Un refuge dans la tourmente

Dangereuse promesse

ALICE SHARPE

Un refuge dans la tourmente

BLACK *ROSE*

éditions HARLEQUIN

Collection : BLACK ROSE

Titre original : MONTANA REFUGE

Traduction française de CAROLE PAUWELS

HARLEQUIN®
est une marque déposée par le Groupe Harlequin

BLACK ROSE®
est une marque déposée par Harlequin S.A.

Photos de couverture

Couple : © JUPITER IMAGES/GETTY IMAGES
Paysage : © WILLIAM BRITTEN/ROYALTY FREE/GETTY IMAGES

Réalisation graphique couverture : C. GRASSET

83-85, boulevard Vincent-Auriol, 75646 PARIS CEDEX 13.

Service Lectrices — Tél. : 01 45 82 47 47
www.harlequin.fr

ISBN 978-2-2802-8086-0 — ISSN 1950-2753

1

Julie Chilton essuya ses mains moites sur sa jupe et inspira profondément. Lorsqu'elle prit la parole, sa voix tremblait légèrement.

— J'ai quelque chose à vous dire, annonça-t-elle.

Son employeur, le Pr James Killigrew, désigna une des chaises placées en face de son bureau.

— Vous semblez troublée, Julie. Asseyez-vous, je vous en prie.

C'était un homme grand, dont l'apparence solennelle était renforcée par un large front surmonté d'une masse de cheveux blancs, des lunettes à monture d'écaille et une veste en tweed.

Mais le plus remarquable chez lui était surtout sa voix. Elle renfermait des intonations de sagesse, de confiance en soi et de curiosité.

Il n'y avait dès lors rien d'étonnant à ce qu'il améliore son salaire de professeur de sciences politiques en donnant des conférences, ou en intervenant comme expert dans diverses émissions de télévision.

C'était pour gérer cette partie de ses activités que Julie avait été engagée, et elle adorait son travail. Enfin, jusqu'à la semaine dernière…

— Je ne sais pas par où commencer, avoua-t-elle.

Il croisa les mains et lui adressa un sourire d'encouragement.

Elle aurait à peu près tout donné pour éviter ce moment,

mais elle n'avait pas le choix. Inutile de tergiverser plus longuement.

— Il y a deux semaines, un homme est venu s'asseoir à côté de moi dans le bus, commença-t-elle. Il m'a montré une sorte de badge et s'est mis à me parler, d'une voix si basse que je devais tendre l'oreille pour l'entendre.

— Un bus ? Comme c'est prosaïque. Et qu'avait-il de si important à vous dire ?

— Il a dit qu'il était un agent fédéral à la tête d'un service spécialisé dans le racket, et que vous faisiez l'objet d'une enquête.

Les sourcils de Killigrew dessinèrent un accent circonflexe.

— Pardon ? Vous êtes sûre qu'il s'agissait de moi ?

— Oui, monsieur. Et il a ajouté que je pourrais également être poursuivie, à moins que…

Killigrew posa les mains à plat sur son bureau et se pencha en avant.

— A moins que quoi ?

— A moins que j'accepte de l'aider dans son enquête. Il voulait des détails sur votre prochain voyage à Seattle. Tout ce que j'avais à faire, c'était de lui fournir votre itinéraire et de lui donner la liste des appels que vous receviez de là-bas.

— Et vous avez accepté ? demanda-t-il avec stupéfaction. Vous avez fait ça ?

L'air misérable, Julie hocha la tête.

— Je sais que vous n'avez rien à vous reprocher, expliqua-t-elle. Et j'étais certaine que cet agent le comprendrait très vite si je coopérais. Je voulais aussi éviter que votre réputation soit ternie si quoi que ce soit filtrait, et je pensais qu'il valait mieux régler ça discrètement.

La suite était plus difficile à admettre, et elle prit de nouveau une grande inspiration avant de poursuivre.

— Ce matin, j'ai regardé dans votre carnet de notes, et j'ai trouvé une photo.

— Vous avez regardé dans mon carnet de notes, répéta-t-il en baissant les yeux sur le mince calepin de cuir noir posé à côté de son ordinateur.

Dans ce domaine, il était de la vieille école, conservant des aide-mémoire sous forme écrite qu'il emportait partout avec lui. Ce matin, il avait oublié le carnet sur son bureau avant d'aller en cours et Julie avait saisi cette opportunité pour le consulter.

Elle en avait été pour ses frais. Non seulement l'écriture de Killigrew était difficile à déchiffrer, mais il utilisait parfois une sorte de code et les pages étaient truffées de gribouillis. Alors qu'elle s'apprêtait à renoncer, une photographie s'était échappée du carnet. Il avait suffi d'un regard dessus pour la pétrifier.

Elle la sortit de sa poche et la posa sur le bureau devant James Killigrew.

Le cliché représentait quatre hommes au milieu d'une foule. L'un était de face, un autre de profil, le troisième semblait en mouvement et le quatrième avait la bouche ouverte, comme s'il parlait à la personne qui tenait l'appareil photo. L'un était Killigrew, les deux autres lui étaient inconnus, et le quatrième n'était autre que l'homme qui s'était présenté comme étant l'agent spécial Roger Trill.

Tandis que son employeur observait la photographie, Julie poursuivit :

— Trill m'a dit qu'il ne vous avait jamais rencontré. Visiblement, il a menti. Ce cliché a été pris en début d'année. Vous voyez, vous aviez encore votre barbe et vous l'avez rasée après cette conférence à Washington où vous avez parlé…

— Je sais de quoi j'ai parlé, la coupa-t-il froidement.

Julie afficha une moue contrite.

— Oui, naturellement. Quoi qu'il en soit, j'ai appelé le bureau de Trill pour lui demander pourquoi il m'avait menti, et pour lui dire que je n'avais plus l'intention de collaborer avec lui. Je voulais également l'avertir que j'allais tout vous dire. Et c'est comme ça que j'ai découvert que le service qu'il prétendait diriger n'existait pas. Il s'est servi de moi pour s'informer sur vous, mais je ne sais pas pourquoi.

— Et je devrais vous être reconnaissant pour cette tardive manifestation de bon sens ?

Tout en parlant, Killigrew avait replacé la photo dans le carnet et glissé celui-ci dans la poche intérieure de sa veste.

— Non, dit-elle à mi-voix. Bien sûr que non. J'ai trahi votre confiance, et j'en suis sincèrement désolée. Pour ma défense, cela semblait crédible sur le moment, mais je me rends compte maintenant que ce n'était pas le cas. Quoi qu'il en soit, il fallait que je vous le dise pour que vous puissiez vous protéger.

— Vous avez raison. C'est d'ailleurs ce que je vais faire en vous demandant de quitter ce bureau immédiatement.

— Mais…

La protestation mourut sur ses lèvres, tandis qu'elle luttait contre l'envie de baisser les yeux de honte.

— Comme vous voudrez. Mais puis-je au moins vous demander qui est réellement cet homme ?

— Je n'en ai pas la moindre idée.

Une demi-heure plus tard, Julie avait rassemblé ses effets personnels dans un carton et quittait l'immeuble sans un regard en arrière, comme enveloppée dans une bulle d'invisibilité tandis qu'elle cheminait sur le trottoir encombré de passants.

Elle avait déjà ressenti cela une fois, environ un an plus tôt, quand elle avait pris conscience que son mariage était terminé.

Mais elle ne se trouvait plus dans le Montana, elle était à Portland, dans l'Oregon. Le climat et la situation étaient différents, et cependant le sentiment d'échec et de culpabilité était le même.

Pourquoi avait-elle fait confiance à Roger Trill ?

Son arrêt de bus était un peu plus loin, et elle s'en approcha d'un pas traînant, prenant place dans la file d'attente à côté d'une femme avec un foulard rouge.

Ses longs cheveux emmêlés par le vent frais qui soufflait du fleuve, elle ferma un instant les yeux sous l'effet d'un léger vertige et ne les rouvrit qu'en percevant un mouvement de foule à l'arrivée du bus.

Une poussée violente dans le bas du dos, comme surgie de nulle part, la catapulta dans la rue. Le carton lui échappa des bras tandis qu'elle chutait, et le cri de surprise collectif des badauds se mêla à un crissement de pneus, avant que le bruit de la circulation ne se transforme en lointaine rumeur.

Julie tomba d'abord à genoux, puis sur les mains, et roula à terre, la joue contre la chaussée.

D'énormes pneus emplirent sa vision. Des vapeurs d'essence irritèrent sa gorge.

Il était trop tard.

Mais soudain des mains la saisirent, la tirèrent, la soulevèrent. Les portes du bus s'ouvrirent avec un gémissement hydraulique caractéristique et le chauffeur jaillit comme un diable de sa boîte.

— Non, mais ça ne va pas ? hurla-t-il. Vous cherchez à vous tuer en vous jetant comme ça sous mes roues ? Vous êtes complètement folle !

Les choses étaient confuses… Les gens ramassaient ses affaires et les replaçaient dans le carton. Sans savoir comment, elle se retrouva assise sur le trottoir, l'estomac retourné, le sang battant violemment à ses tempes, les genoux et les paumes incrustés de gravillons.

Un policier s'accroupit à sa hauteur. Il avait la trentaine, des cheveux noirs coupés en brosse, des yeux bleus perçants et un sourire qui se voulait rassurant.

Elle ne savait même pas quand ou comment il était arrivé là. Il lui parla d'une évaluation psychologique, ce qui n'avait rien d'étonnant puisque le conducteur du bus continuait à raconter à qui voulait l'entendre qu'elle s'était volontairement jetée sous ses roues.

— Non, dit-elle. On m'a poussée.

Elle avait murmuré. Le policier leva les yeux et regarda autour d'eux. Elle fit de même et constata qu'une partie de la foule s'était dispersée.

Il restait malgré tout quelques personnes, dont la femme au foulard rouge. Le policier les interrogea tous, mais ils n'avaient rien vu. Il prit quand même leurs noms et leurs adresses. Il termina par la femme au foulard.

— J'ai entendu ce qu'elle a dit, remarqua-t-elle en désignant Julie d'un signe de tête. Elle a peut-être raison.

— Vous avez vu quelque chose ?

— Oui. Un homme avec un sweat-shirt à capuche noir. Il se tenait derrière elle. J'ai vu sa main sortir de la poche sur le devant de son vêtement. Maintenant que j'y pense, c'était peut-être pour la pousser.

— Vous avez vu son visage ?

— Non. Il portait des lunettes de soleil, c'est tout ce que je peux vous dire.

— Jeune ? Vieux ? Grand ? Petit ?

— Je ne peux pas vous dire pour l'âge. Je suis assez vieille pour que presque tout le monde me paraisse jeune. Ses lunettes étaient énormes, avec des verres miroir qui empêchent de voir quoi que ce soit. Il était de taille et de corpulence moyennes. Oh ! et il portait une montre en métal argenté.

— Vous vous rappelez autre chose à propos de la montre ?

— Non, seulement sa couleur.

— Et qu'a fait ce type après l'accident ?

— Je ne sais pas. Je ne le regardais plus. Nous avions tous les yeux sur elle, vous comprenez ? Sur le moment, j'ai pensé qu'elle était suicidaire. Ce n'est qu'après que j'ai réfléchi à ce que j'avais vu, mais l'homme à la capuche était parti.

Le policier dit à la femme qu'il reprendrait contact avec elle, puis il installa Julie dans sa voiture de patrouille et la conduisit aux urgences.

— J'aimerais que vous veniez au poste jeter un coup d'œil à notre trombinoscope, dit-il après qu'on l'eut soignée.

Julie afficha une mine perplexe.

— Un trombinoscope ?

— Nous avons quelques fauteurs de troubles dans le district. Leur spécialité, c'est de distraire les femmes pour leur voler leur porte-monnaie.

— Et vous pensez que c'est ce qui m'est arrivé ?

— C'est une possibilité. Le type s'est peut-être un peu emballé et vous a poussée trop fort. Quand il a vu ce qui vous est arrivé, il a eu peur de prendre votre sac parce que tout le monde regardait… Je demanderai également aux témoins de passer jeter un coup d'œil aux photos. Je suppose que vous n'avez rien à ajouter à la description faite par la vieille dame ?

— J'étais préoccupée, marmonna Julie. Je ne faisais pas vraiment attention.

— Vous pouvez passer demain, si vous préférez.

— Autant en finir tout de suite.

Il la ramena en ville, l'installa devant deux albums de portraits de délinquants et de criminels, et lui demanda si elle voulait boire quelque chose de chaud. Julie choisit du café et il sortit le lui chercher tandis qu'elle s'attaquait à la tâche, aussi fastidieuse qu'inutile d'après elle, qui consistait à feuilleter les albums.

A quoi bon essayer de reconnaître un visage parmi ces mines patibulaires, alors qu'elle était trop concentrée sur ses propres problèmes pour remarquer quiconque en dehors de la femme au foulard ?

Elle regarda autour d'elle en se demandant où était passé l'inspecteur Yates. Si seulement son café pouvait arriver !

Elle avait de plus en plus mal à la tête, et les images commençaient même à se brouiller devant ses yeux.

Elle se massait les tempes quand deux hommes passèrent dans le couloir, de l'autre côté de la baie vitrée qui ceignait l'un des murs du bureau.

Ils s'arrêtèrent presque en face d'elle. Leur attitude attira son attention et elle les étudia subrepticement, une main cachant son visage. Elle ne savait pas de quoi ils parlaient, mais il était clair qu'ils étaient préoccupés.

Le premier avait la peau mate et le physique imposant d'un joueur de rugby. C'était lui qui parlait le plus, ponctuant ses phrases de grands gestes.

L'autre homme était plus petit et de corpulence moyenne, avec des traits anguleux, des yeux d'une couleur indéfinissable et sans éclat, et des lèvres minces. Il arborait un insigne à la ceinture, que l'on pouvait voir car il avait écarté les pans de sa veste pour enfouir les mains dans les poches de son pantalon.

Dans un état de stupéfaction totale, elle reconnut Roger Trill, et vit qu'il portait le même insigne que celui que l'inspecteur Yates lui avait montré.

Que faisait-il là ?

Il leva soudain les yeux, comme s'il avait senti l'examen soutenu dont il faisait l'objet.

Sous l'effet de la surprise, elle abaissa la main qui dissimulait en partie son visage, et leurs regards se croisèrent.

Il parut aussi choqué de la voir qu'elle l'avait été en le découvrant.

Il interrompit immédiatement son collègue et longea rapidement le couloir pour atteindre la porte du bureau où elle se trouvait.

Julie regarda frénétiquement autour d'elle. Elle était partagée entre l'envie de rester sur place et de lui demander des explications, et celle, viscérale, de prendre la fuite.

Immédiatement.

Il y avait une autre issue à l'autre bout de la pièce. Elle s'empara de son sac posé à terre et se dirigea vers cette porte, passant devant des gens aussi vite que possible, redoutant que l'un d'eux l'interpelle.

Elle ne regarda qu'une seule fois en arrière pour vérifier si Trill, ou quel que soit son véritable nom, l'avait suivie. Il était en effet derrière elle, une expression furieuse sur le visage. Elle aperçut une lueur argentée à son poignet tandis qu'il écartait une chaise sur son passage.

Julie déboucha dans la cage d'escalier et monta les marches, certaine que Trill penserait qu'elle était descendue.

Elle marqua un temps d'arrêt tandis qu'une porte s'ouvrait au-dessous d'elle. Les pas de Trill résonnaient vers le bas.

Elle reprit son ascension. Elle ne connaissait pas l'immeuble. Elle ne savait pas où se cacher ni comment sortir.

Instinctivement, elle s'arrêta à un étage et se précipita aux toilettes, mais ce ne pouvait être qu'une solution provisoire. D'autant qu'avec son imperméable aussi rouge qu'une cape de toréador, ses longs cheveux noirs et son bandage à la tête, elle passait difficilement inaperçue.

S'observant dans le miroir, elle prit la décision la plus évidente : ôter le bandage, relever ses cheveux, retourner son imperméable pour faire apparaître la doublure beige et remonter la capuche sur sa tête.

Des lunettes de soleil extirpées des profondeurs de son sac suivirent. Elle était toujours reconnaissable, mais ça pouvait peut-être passer en n'y regardant pas de trop près.

Regagner l'escalier épuisa ses dernières réserves de courage, et elle fit le trajet jusqu'à la gare routière dans un tel état de nervosité qu'elle en eut la nausée.

Trill l'avait poussée sous le bus, elle en avait la certitude. Elle ne pouvait pas le prouver, mais elle le savait.

Elle prit le premier bus qui passait, sans se soucier de sa destination. L'important était qu'il l'emmène loin de là.

De toute façon, elle n'avait nulle part où aller.

Elle ne pouvait pas retourner au bureau car James Killigrew ne voulait plus la voir, et elle ne pouvait pas non plus rentrer chez elle car Trill savait où elle vivait. Elle résidait dans l'Oregon depuis moins d'un an, et la seule amie qu'elle s'était faite était une voisine, qui travaillait en horaires décalés dans un restaurant, passait rendre visite à son frère malade, et n'arrivait chez elle que vers minuit.

De toute façon, même si Nora était chez elle, Julie n'avait pas envie de lui imposer de nouvelles responsabilités.

En tout cas, elle s'était mise dans un beau guêpier, et elle ne voyait pas comment s'en sortir.

2

Tyler Hunt déchargeait des sacs de grains du plateau de son pick-up tout en sifflotant un air qui lui trottait dans la tête depuis le matin quand un bruit de moteur lui fit tourner la tête.

Une navette d'aéroport remontait le chemin de terre, cahotant dans un nuage de poussière. A son bord devait se trouver Red Sanders, un avocat de Boston, ou bien un médecin du nom de Rob Marquis. Nul besoin d'être devin pour formuler cette hypothèse, tous les autres étaient déjà arrivés.

Le ranch Hunt était une exploitation agricole de plusieurs milliers d'hectares. Quiconque s'engageait pour la transhumance biannuelle des bovins devait s'attendre à travailler dur. Les vaches et leurs veaux devaient être transférés des herbages d'hiver situés dans la vallée jusqu'aux montagnes où se déroulait le pacage d'été. C'était un événement très couru par les amateurs de sensations fortes, et l'occasion pour eux de seconder les professionnels tout en vivant une aventure exceptionnelle.

La navette s'arrêta sur le parking, et un homme d'une quarantaine d'années, affublé d'une épaisse moustache et d'un pantalon de cow-boy en daim beige flambant neuf, sortit de l'arrière. Difficile de dire s'il s'agissait du médecin ou de l'avocat.

Tandis que le chauffeur sortait sa valise, l'homme regarda

autour de lui avec un grand sourire. Tyler se sentit soulagé. L'enthousiasme facilitait toujours les choses.

La porte de la maison qui claquait dans son dos annonça à Tyler que Rose, sa mère, avait également remarqué cette arrivée, et avait provisoirement abandonné ses préparatifs pour jouer les hôtesses.

D'un dynamisme à toute épreuve, Rose était bien plus forte que ne pouvait le laisser supposer sa frêle silhouette. Aussi rude en apparence que la terre qu'elle exploitait, elle possédait en réalité un cœur d'or.

Se dirigeant vers la navette avec son enthousiasme habituel, elle échangea quelques plaisanteries avec le chauffeur, et prit la valise du nouvel arrivant.

Tyler entendit le nom de Sanders flotter à travers la cour et en déduisit qu'il s'agissait de l'avocat. Au même moment, John Smyth, un autre invité arrivé un peu plus tôt dans la journée, sortit de la maison. Il prit la valise des mains de Rose, qui semblait réticente à la lui laisser, et salua l'arrivant.

Apparemment, il n'était pas venu à l'esprit de Red de porter son propre bagage. C'était à se demander comment un type tel que lui allait se débrouiller avec le bétail sans que quelqu'un lui tienne la main…

Smyth était un homme d'une trentaine d'années, grand et plutôt musclé, avec des yeux sombres, l'esprit vif et une prédisposition à rendre service. Il n'était sur place que depuis quelques heures, mais Tyler l'avait repéré dans chaque recoin du domaine, parlant à tout le monde, écoutant avec cette qualité d'attention qui encourageait les gens à se confier. Il semblait particulièrement intéressé par le travail du ranch, et se montrait très à l'aise à cheval et dans le maniement du lasso.

Tyler se remit au travail en sifflotant.

Il restait une bonne douzaine de sacs à décharger et à ranger dans la grange, mais il ne s'inquiétait pas pour les invités. Rose ferait tout pour que l'avocat se sente comme chez lui.

Elle lui proposerait un rafraîchissement, lui présenterait les autres… puis Tyler pourrait faire sa grande entrée, auréolé d'une image de valeureux cow-boy — qui à vrai dire n'était pas pour lui déplaire — et évoquer la transhumance.

Un autre véhicule ne tarda pas à attirer son attention. Celui-ci lui était également familier puisqu'il s'agissait de l'imposante bétaillère blanche du maréchal-ferrant. Cela faisait des heures que Tyler l'attendait, et son arrivée était un soulagement. L'un des chevaux qu'ils utilisaient pour remorquer la roulotte faisant office de cantine avait perdu un fer la veille, et Lenny avait dû se libérer pour une visite impromptue, près de trois semaines avant la date habituelle.

— Désolé pour le retard, lança celui-ci d'une voix de stentor qui s'accordait parfaitement à son mètre quatre-vingt-dix et à ses cent kilos. J'ai été retenu à Hidden Hollow. Alors, comme ça, vous avez des problèmes avec Ned ?

Tyler lui expliqua la situation.

— Je vais commencer par lui. Les autres n'ont pas besoin d'être ferrés avant un mois, mais puisque je suis là, autant que j'y jette un œil. On ne m'attend pas au ranch Blister avant demain matin.

— Pourquoi pas, dit Tyler, tout en ôtant son chapeau pour essuyer son front moite d'un revers de manche. Si un lit et un bon repas vous tentent, vous êtes le bienvenu pour la nuit.

— Ce ne sera pas la peine. Vous me connaissez, je suis comme la tortue…

Désignant la vieille caravane attelée à la bétaillère, Lenny ajouta en riant :

— Je transporte ma petite maison sur mon dos.

— Comme vous voulez. Dites-moi si vous avez besoin de quelque chose.

— Je vais me mettre au travail et vous laisser discuter tous les deux.

Tyler fronça les sourcils.

— Je ne comprends pas. Avec qui voulez-vous que je discute ?

Lenny se tourna vers son camion et fit un petit geste de la main. La portière s'ouvrit du côté passager.

— Je suis tombé sur elle quand j'étais en ville, précisa Lenny. Comme je venais ici de toute façon… Bon, eh bien, je vous laisse.

Tyler resta bouche bée en découvrant la femme qui venait d'apparaître.

Julie ?

Pendant ce qui sembla durer une éternité, ils restèrent à se dévisager, lui figé au sol, elle en équilibre sur le marchepied du camion.

Il observa comme s'il les voyait pour la première fois la masse de ses cheveux d'un noir lustré, ses yeux d'un brun profond, la finesse des traits.

Une année s'était écoulée depuis la dernière fois qu'il l'avait vue, mais il avait l'impression que cela remontait à une autre vie.

— Que veux-tu ? parvint-il enfin à dire, d'une voix qu'il ne reconnut pas.

Comment paraître normal quand il avait l'impression qu'un couteau lui transperçait le cœur ?

— Quel accueil ! On pourrait peut-être commencer par se dire bonjour ?

Elle claqua la portière et prit appui contre l'aile du camion, les bras croisés sur sa poitrine, le menton levé.

Elle avait toujours été svelte, mais elle était vraiment très mince à présent, remarqua Tyler — beaucoup trop à son goût. Son visage était tuméfié et, d'après ce qu'il pouvait voir de ses bras, on aurait dit qu'elle s'était retrouvée au milieu d'une bagarre. Mais il y avait autre chose, une nervosité qu'il n'avait jamais vue chez elle.

L'avait-elle quitté pour tomber dans les bras d'un mauvais

garçon ? Etait-ce là la nouvelle vie enthousiasmante dont elle rêvait, loin de la prétendue monotonie du ranch ?

— Je dois te parler, dit-elle, d'un ton que Tyler perçut comme méfiant.

Mais peut-être était-ce plus de la nervosité que de la méfiance.

— Je sais que je n'ai pas signé les papiers du divorce, dit-il. Je n'ai pas eu le temps, mais je vais m'en occuper.

— Ce n'est pas à propos de ça.

Il lui tourna le dos et s'avança vers son pick-up. D'un mouvement souple, il sauta sur le plateau et se mit à déplacer les sacs de grains, agissant plus rapidement sous l'effet de la nervosité.

Elle le suivit, puis s'arrêta, restant à quelques pas de distance.

— Ça n'a pas été facile de venir ici, tu sais, murmura-t-elle.

— Alors pourquoi l'as-tu fait ?

Elle se tut pendant un long moment, et lorsqu'elle répondit enfin ce fut d'une voix tremblante.

— Tyler, j'ai fait une énorme bêtise.

Il lui jeta un coup d'œil qu'il espérait éloquent. A ses yeux, elle avait toujours été la spécialiste des situations problématiques, et ça ne l'intéressait plus.

Voyant qu'elle s'apprêtait à poursuivre, il leva la main pour l'interrompre.

— Ne me dis rien, Julie. Je m'en moque. Va-t'en, c'est ce que tu as de mieux à faire.

Elle fut plus rapide à répondre, cette fois.

— Et comment veux-tu que je fasse ? Je suis venue avec Lenny.

— Tu n'as qu'à marcher. Ou partir à tire-d'aile. Je ne sais pas, fais preuve de créativité. Tu es déjà partie une fois, tu peux le refaire.

— Tyler, je t'en prie, écoute-moi, j'ai besoin…

— Non, toi, écoute-moi…

Il s'interrompit et secoua la tête, mais n'ajouta rien car il ne savait pas quoi dire.

L'air désemparé, Julie se massait les tempes, son geste accentuant les angles acérés de ses épaules amaigries.

Enfouissant les mains dans les poches de son jean, Tyler baissa les yeux vers ses bottes, en respirant profondément pour se calmer.

Il devait cesser d'agir comme un enfant blessé et trouver une solution. Il était évident que Julie ne pouvait pas marcher jusqu'à la ville, et il n'avait aucune envie de se retrouver seul dans une voiture avec elle.

Bien sûr, il pouvait toujours demander à l'un des nombreux employés du ranch de servir de chauffeur à Julie, mais il n'y avait personne de disponible dans les parages.

— Tu peux rester jusqu'à ce que Lenny s'en aille, se résolut-il à dire. Essaye de ne pas nous déranger. Nous partons demain matin avec le bétail et tout le monde est sur les dents.

— Et Rose ?

— Ma mère ? Eh bien, quoi ?

— Elle a peut-être besoin d'aide.

— Je doute qu'elle veuille de ton aide.

A dire vrai, Rose aimait beaucoup son ex-belle-fille, et elle serait probablement ravie de la voir. Mais cela l'obligerait quant à lui à adopter une attitude raisonnable et accommodante envers Julie, ce dont il n'avait pas du tout envie.

— Je suppose que non, répondit Julie à sa remarque. C'est encore une des choses que j'ai gâchées, non ? Rose me déteste probablement. Je n'aurais pas dû venir.

Tyler découvrit qu'il était malgré tout curieux de savoir ce qui avait incité Julie à revenir. Mais pour rien au monde il ne lui aurait posé la question.

Tant pis, il survivrait au fait de ne pas savoir.

Soulevant un nouveau sac, il s'entendit dire :

— Le bungalow n°8 est vide. Tu peux y passer la nuit.

Le soulagement qu'il perçut dans la voix de Julie lui parut sincère.

— Merci. Mais, Tyler, s'il te plaît, pourrais-tu m'accorder quelques instants ? Il faut vraiment que je te parle.

Un sac jeté en travers de son épaule, il marqua un temps d'arrêt et la toisa.

— Je suis très occupé.

— Ça ne prendra qu'une minute.

— Arrête, dit-il avec un rire sarcastique et un regard glacial. Je ne marche plus. Regarde-toi, tu ressembles à un épouvantail. Je vois bien qu'il se passe quelque chose d'anormal. Un problème avec un homme ? Ton nouveau petit ami a mauvais caractère ?

— Tu te comportes comme un imbécile.

— Et c'est reparti ! Je suis un imbécile. Rien de nouveau sous le soleil, n'est-ce pas ?

C'était contraire à tous ses principes de la laisser se débrouiller avec ses problèmes, mais il était largement temps pour lui de donner la priorité à ses propres besoins.

Elle lui tourna le dos en marmonnant une injure et se rua vers le camion de Lenny. Il en fallait plus pour l'émouvoir, songea Tyler. Si l'intention de Julie était de passer toute la nuit sur le siège passager, grand bien lui fasse !

Tandis qu'il se remettait au travail, il la vit retirer de la cabine un grand sachet en papier et son sac à main, puis se diriger vers la pinède qui abritait les bungalows situés au sud de la maison principale.

Elle voyageait léger, c'était le moins qu'on puisse dire.

Détacher les yeux de sa silhouette lui demanda un effort plus grand qu'il ne l'aurait cru.

Lorsqu'il entendit claquer une porte du côté des bungalows, il laissa tomber le sac qu'il tenait dans ses bras, et prit appui contre le plateau du pick-up, épuisé non par l'effort physique mais par quelque chose qu'il avait du mal à définir, quelque chose de profondément enfoui dans sa poitrine et qui semblait aspirer tout l'air de ses poumons.

Julie était de retour, et soudain tout était différent.

Il se frotta les paupières et jura entre ses dents.

Julie commença par verrouiller la porte, puis elle s'assit sur le bord du lit double et tenta de reprendre ses esprits. Se retrouver face à Tyler s'était révélé beaucoup plus difficile que prévu.

Pendant deux jours d'un interminable voyage en bus, où chaque arrêt et chaque nouveau passager montant à bord prenait des allures de menace potentielle, elle avait eu peur de dormir et s'était sentie trop nerveuse pour manger.

Atteindre le ranch était devenu son unique priorité.

Maintenant, elle était arrivée à destination, mais rien n'était réglé. Tyler la haïssait — ce dont elle se doutait, pour être tout à fait honnête —, il ne pouvait pas supporter de la regarder, et sa présence le faisait même grimacer de dégoût.

Elle finit par se lever et écarta les rideaux. Tyler était toujours à l'arrière de son pick-up, concentré sur sa tâche. Cela faisait un an qu'elle ne l'avait pas vu, mais le temps n'avait en rien diminué son attrait physique. Il était même plus tonique qu'avant, les épaules et le torse plus larges, le corps plus affûté, le visage plus ciselé.

L'aisance avec laquelle il manipulait ces sacs de cinquante kilos de grains était remarquable, et le souvenir de ses bras puissants refermés autour d'elle au plus sombre de la nuit éveillait toujours en elle une douloureuse sensation de manque lorsqu'elle y pensait.

Comment deux personnes qui s'accordaient si bien pouvaient-elles dans le même temps être aussi peu faites l'une pour l'autre ?

Elle laissa retomber le rideau en se reprochant d'avoir tout gâché. Absolument tout.

Comment avait-elle pu s'imaginer que Tyler accepterait de la revoir, et surtout de l'aider ?

Qu'allait-elle bien pouvoir faire à présent ? Comment allait-elle s'en sortir ? Elle se sentait tellement perdue !

Elle finit par se rendre compte qu'elle tenait toujours le sachet en papier et le posa sur la commode. Il contenait ses seules possessions : un jean de rechange dont elle n'avait pas encore eu le temps d'enlever l'étiquette, deux T-shirts et des sous-vêtements, tous achetés en ville avant de venir au ranch. Il ne lui restait plus qu'une vingtaine de dollars en espèces, et elle avait peur d'utiliser sa carte de crédit et son téléphone portable. En tant que policier, Roger Trill n'avait-il pas tous les moyens de contrôle possible à sa disposition ?

Elle ne savait pas. S'il travaillait indépendamment du département de police, s'il était corrompu, peut-être avait-il tout intérêt à se montrer prudent et à ne pas attirer l'attention sur ses activités.

Avec un peu de chance, il allait peut-être même renoncer à la poursuivre, et l'oublier.

Elle n'avait jamais parlé du ranch à personne, pas même à sa gentille voisine, ni à sa collègue de bureau, ni à l'employée du pressing qui était folle de musique country et qui aurait adoré parler du Montana. Elle n'avait pas utilisé le nom de Hunt depuis qu'elle était partie, en se disant que, si elle avait un besoin aussi désespéré de changer de vie, de renoncer à ce qu'elle avait, eh bien, alors, elle ne devait plus se reposer sur le passé.

Et cela avait vraiment fonctionné à la perfection, non ?

Un nouveau départ : voilà ce qu'elle cherchait. Elle avait porté son choix sur l'Oregon parce qu'elle n'y était jamais allée. Elle avait trouvé cet emploi auprès du Pr Killigrew presque immédiatement, et elle avait été ravie de découvrir qu'il lui faudrait voyager occasionnellement. De plus, c'était très bien payé. Elle avait loué un appartement et dépensé ses premiers salaires à le décorer et à le meubler. Pas un seul détail ne lui rappelait le ranch. Elle s'était créé sur mesure un endroit qu'elle pouvait appeler « sa maison ».

Un nouveau départ. Une nouvelle vie.

Il y avait un antique combiné téléphonique sur la table de chevet du bungalow, vestige d'un passé où les téléphones portables n'existaient pas. On était jeudi, ce qui voulait dire que sa voisine, Nora, travaillait dans l'équipe du matin et devait maintenant être chez elle.

Elle composa le numéro. Nora répondit à la première sonnerie et son soulagement en entendant la voix de Julie fit monter les larmes aux yeux de cette dernière. Il y avait encore quelqu'un malgré tout qui tenait à elle.

— Je m'inquiétais pour toi ! s'écria Nora.

— Je suis désolée. Je devais partir, et je n'ai pas eu le temps de te prévenir.

— J'ai cru qu'il t'était arrivé quelque chose d'épouvantable.

— Non, je vais bien.

— La police est venue et a demandé au gardien d'ouvrir ta porte au cas où tu serais à l'intérieur, blessée, ou même pire.

— La police ?

— Oui. Le flic m'a posé des questions à propos de ton état émotionnel. Que se passe-t-il ?

— Attends une minute, Nora. Il t'a dit son nom ?

— Oui, c'était Brill. Non, Trill. Il avait l'air très inquiet pour toi. D'après lui, tu te serais jetée délibérément sous les roues d'un bus.

— Pas du tout, c'est complètement faux.

— Tu es déprimée, c'est ça ? Pourquoi tu ne t'es pas confiée à moi ? Qu'est-ce qu'il t'arrive ?

— Nora, s'il te plaît, écoute-moi. Ça ne s'est pas passé comme ça.

Mais Nora semblait incapable de se taire et d'écouter.

— Tu t'es vraiment enfuie du commissariat de police sans rien dire à personne ? Julie, ce flic avait l'air de penser que tu es complètement folle, comme si tu essayais de te faire du mal.

Julie sentit son estomac se révulser. Trill était-il en train de préparer le terrain pour un faux suicide ?

— Il était seul ou avec un autre policier ?

— Seul.

— Tu lui as dit quelque chose ?

— Qu'est-ce que j'aurais pu lui dire ? J'ai passé l'après-midi avec George, et quand je suis rentrée, ce flic était là.

Julie savait combien il était éprouvant pour Nora de tenir compagnie à son frère. George n'avait plus beaucoup de temps à vivre, et même si tout le monde faisait mine de croire que ce n'était pas vrai, le combat était perdu d'avance.

— Je suis désolée d'ajouter à tes soucis, dit-elle. Dis bonjour à George de ma part la prochaine fois que tu le verras.

— Compte sur moi. J'y retourne cette nuit. Mais que t'arrive-t-il ? Où es-tu, d'ailleurs ?

— C'est sans importance. Ne dis pas à Trill que tu as eu de mes nouvelles.

— Mais… s'il revient ?

— Joue les idiotes. S'il te plaît. Je te promets que je t'expliquerai tout quand je rentrerai.

Nora semblait inquiète, mais elle finit par accepter.

— Ton numéro s'est affiché sur mon téléphone, dit-elle. Je t'appellerai demain.

— Non ! s'écria Julie, affolée. Je ne serai plus là demain matin. Je t'en prie, Nora, ne parle de moi à personne.

— Pas même à ton patron ?

Julie se massa l'arrière du cou.

— Je n'ai plus de patron. Killigrew m'a renvoyée.

— Dans ce cas, pourquoi est-il venu ici pour prendre de tes nouvelles ?

Julie en resta bouche bée. Pourquoi Killigrew se donnerait-il la peine de traverser toute la ville pour venir jusqu'à son appartement ?

— Je n'en sais rien, avoua-t-elle.

— C'est pour ça que tu étais déstabilisée émotionnellement ? A cause de ton renvoi ?

— Je ne suis pas déstabilisée.

— Tu en as pourtant l'air.

— Pas de la façon que tu crois.

Nora resta silencieuse quelques instants, puis elle baissa la voix.

— J'entends du bruit dans ton appartement. Je vais aller voir ce qui se passe.

— Non…, commença Julie.

Mais c'était trop tard. Elle entendait déjà des bruits de pas, puis celui d'une porte qui s'ouvrait.

— Oh ! c'est vous, dit Nora. Je ne m'attendais pas…

Elle fut interrompue par une voix masculine, avant de parler de nouveau.

— Bien sûr, je serais ravie de vous aider. J'étais au téléphone, laissez-moi le temps de raccrocher.

L'homme lui demanda de se dépêcher. Cette fois, il était plus près, et Julie reconnut sa voix.

Un frisson courut le long de sa colonne vertébrale.

Trill !

— Nora ? dit-elle d'un ton inquiet après avoir entendu la porte se refermer. Qu'est-ce que Trill fait là ?

— Il veut que je regarde dans ta penderie pour vérifier s'il manque quelque chose.

— Il ne manque rien pour la bonne raison que je ne suis pas repassée à la maison avant de partir.

— D'accord, mais je ne peux pas lui dire ça, étant donné que tu insistes pour que je ne lui dise pas que je t'ai parlé. Ce serait pourtant plus simple si je lui disais que tu as appelé. Il arrêterait de s'inquiéter pour toi.

— Non. C'est important. Ne lui dis rien.

Il y eut une nouvelle pause avant que Nora se décide à répondre.

— D'accord, mais je te trouve bizarre. Tu n'agis pas comme la Julie que je connais.

Julie fit de son mieux pour la rassurer de nouveau et raccrocha.

Trill était revenu chez elle. Que cherchait-il ?

Quant à Killigrew, elle ne comprenait pas davantage la raison de sa visite. Peut-être avait-il réfléchi et regrettait-il de l'avoir renvoyée ? Peut-être avait-elle encore une chance de récupérer son travail ?

Ou alors, il voulait en savoir plus sur ce que mijotait Roger Trill.

Elle ferma les paupières, submergée par l'angoisse.

Pendant quelques heures elle s'était sentie en sécurité, comme si elle avait fui pour de bon le danger qui la menaçait. Et, à présent, il lui semblait que le piège se refermait de nouveau sur elle…

3

Morose, Tyler finit de ranger le dernier sac de grains dans la grange. Il était tellement obnubilé par ses préoccupations qu'il n'avait pas la moindre envie d'affronter une pièce pleine d'étrangers attendant de lui qu'il se comporte en hôte courtois et leur fasse la conversation.

Il n'avait pas la force de le faire, c'était aussi simple que ça. Et il n'avait jamais été du genre à forcer sa nature. C'est pourquoi il envoya Mele, une des vachères, leur détailler le programme des activités. Il serait toujours temps pour lui de s'excuser au moment du dîner pour avoir manqué à ses obligations.

Pourquoi Julie était-elle revenue ? ne cessait-il de se demander.

Parce qu'elle était désespérée.

Parce qu'elle avait des ennuis.

Mais en quoi cela le concernait-il ? Il se souvenait encore du jour où elle lui avait annoncé qu'elle le quittait. A l'en croire, elle se sentait submergée par le mode de vie qu'il lui imposait, elle avait besoin de vivre ses propres expériences.

Elle devait absolument partir. Il n'y avait pas d'espoir pour eux. Voilà les mots qu'elle lui avait assenés.

Il devait l'oublier, oublier leurs projets, et trouver quelqu'un d'autre. Il n'y aurait pas de bébés, pas d'avenir ensemble.

Elle lui avait ouvert le torse en deux et lui avait arraché le cœur.

Il nettoya quelques stalles, exécutant la corvée comme

un homme possédé. Il ne tenait pas en place et brûlait d'impatience de commencer la transhumance.

Pour le moment, le bétail était cantonné dans les corrals avoisinants et attendait de prendre la direction des montagnes le lendemain matin.

Toute la journée, ses vachers avaient donné aux invités des instructions concernant la façon de monter à cheval et de manier le lasso, en s'aidant pour illustrer leurs propos de films tournés à l'occasion d'entraînements ou de rassemblements précédents. L'ambiance au ranch semblait pétiller d'énergie, tandis que chacun se préparait pour la grande aventure.

Il avait un million de choses à faire, et il perdait du temps à évoquer des souvenirs qu'il avait mis un an à essayer d'oublier, songea Tyler.

Julie.

Au moment même où il avait pris la décision de la demander en mariage, il avait su au fond de son cœur qu'il faisait une erreur.

C'était une fille de la ville. Ses parents possédaient une boutique de fleurs et elle y avait travaillé depuis l'âge de douze ans. Il avait été impressionné par sa conscience professionnelle bien sûr, mais il avait surtout été consumé de désir devant ses longues jambes et ses grands yeux bruns.

Elle était belle, elle sentait délicieusement bon, et elle semblait sincèrement fascinée par la moindre parole qu'il prononçait.

Ils étaient sortis ensemble tout le temps de l'université, et elle avait quitté la maison de ses parents pour s'installer au ranch une semaine après son diplôme.

Echangeant une vie contre une autre, elle était devenue la nouvelle Mme Tyler Hunt.

Et, pendant un moment, cela avait été formidable.

Jetant un coup d'œil hors de la grange, Tyler porta le

regard vers les bungalows, et songea à se diriger vers le n°8 pour lui parler. Pour l'entendre.

Il était prêt à lui donner des conseils, ou de l'argent, ce qu'elle voudrait. Puis il signerait ces fichus papiers de divorce et pourrait enfin tourner la page.

Voilà des mois qu'il aurait dû le faire. L'inertie l'avait gardé enchaîné à elle, tel un forçat.

Il se redressa, prit une profonde inspiration et se dirigea dans sa direction.

Puis il s'arrêta. Non. Il ne pouvait pas faire ça.

Julie regarda de nouveau par la fenêtre. Cette fois, Tyler n'était nulle part en vue.

Devait-elle rester terrée dans sa chambre pour ne pas déranger ? La perspective était assez tentante, elle devait le reconnaître. Les quatre murs lui procuraient un sentiment de sécurité. Mais ce n'était pas en les observant qu'elle allait résoudre quoi que ce soit.

Tyler ne voulait pas d'elle sur le domaine, ça au moins c'était clair, mais peut-être pouvait-elle faire un tour dehors en s'arrangeant pour l'éviter.

Son cheval était-il toujours là, ou Tyler l'avait-il vendu ? En supposant que Babylon fasse toujours partie de l'écurie, Tyler se mettrait-il en colère si elle le montait une heure ou deux ?

D'ailleurs, était-il obligé de le savoir ?

Mais il le saurait. Rien de ce qui se passait sur le domaine ne lui échappait. Le seul mystère que Tyler Hunt n'avait jamais pu résoudre, c'était elle, sa femme.

En ouvrant la porte, Julie fut surprise de constater que le soleil était déjà bas dans le ciel. A cette époque de l'année, il se couchait vers 20 h 30, et les soirées pouvaient être fraîches.

Elle retourna à l'intérieur pour prendre son imperméable

rouge, qu'elle avait passé des heures dans le bus à repriser de son mieux avec un petit nécessaire à couture acheté en route. C'était un vêtement coûteux, et elle était furieuse qu'il se soit déchiré lors de sa chute. Jamais plus il n'aurait l'élégance et le style d'avant.

En regardant vers la montagne, elle vit que la neige avait fondu, sans doute pas depuis longtemps d'ailleurs. Le constat était superflu. Si la neige avait persisté, jamais Tyler n'aurait transféré le troupeau là-haut.

Elle avait participé à quelques transhumances au début de son mariage, cinq ans plus tôt. A l'époque, elle ne pouvait pas supporter de rester très longtemps loin de Tyler, et l'évocation de ces nuits à la belle étoile, ou douillettement pelotonnés sous la tente, lui procurait toujours un petit pincement au cœur qui ne disparaîtrait probablement jamais complètement.

Un jour, sans vraiment savoir pourquoi, elle avait tout bonnement cessé d'y aller. Il l'avait traitée d'enfant gâtée, d'immature, ne comprenant pas qu'elle puisse ne pas vouloir les aider, et elle avait eu envie de le gifler. Etait-ce immature d'avoir envie d'autre chose que de cette vie, de ces vaches et de ces montagnes ?

La seule personne dans l'écurie se trouvait être Lenny, le maréchal-ferrant, qui était occupé à ferrer un *palomino* que Julie ne connaissait pas. Elle lui rendit son sourire et se dirigea vers la stalle de Babylon.

Le grand cheval bai était toujours là, son étoile sur le front toujours aussi blanche, ses grands yeux marron éveillés et doux à la fois. Il hennit en la voyant, et elle lui offrit la pomme qu'elle avait prise dans le panier à l'entrée de l'écurie.

— Comment vas-tu ? murmura-t-elle, tandis que l'animal faisait un sort à la pomme en quelques coups de dents. Toi aussi, tu es en colère contre moi ?

Le cheval renifla ses mains, espérant une autre récompense, et elle lui gratta le front.

— Tu veux aller faire un tour ?

Le cheval agita l'encolure en soufflant et Julie ouvrit la porte de la stalle. Ce ne fut qu'en ajustant sa bride qu'elle remarqua une veste pendue à un crochet à l'extérieur de la stalle et, à côté d'un tabouret, une paire de bottes.

Sa veste. Ses bottes.

Un an après, elles étaient toujours là où elle les avait laissées, comme si elle les avait ôtées la veille.

Enroulant les rênes autour d'un poteau, elle s'assit sur le tabouret et retourna chaque botte pour s'assurer qu'elles n'abritaient pas une ou deux araignées, puis les enfila. Elles épousaient toujours ses jambes de la même façon, comme une seconde peau. Babylon parut approuver en lui chatouillant les cheveux de ses naseaux.

Vint ensuite le tour de la veste, souple et confortable.

— Je suis de retour, au moins pour cette nuit, dit-elle à son cheval, avant de le conduire vers la sellerie.

Refusant l'aide d'un nouveau palefrenier, Julie sella Babylon d'une main sûre, retrouvant immédiatement les gestes qu'elle n'avait pas accomplis depuis un an, et le mena à l'extérieur.

Elle s'éloigna au pas vers la rivière, consciente de ne pas être une aussi bonne cavalière que Tyler, mais rassurée par le tempérament égal et l'allure souple et confortable de Babylon.

Elle n'avait pas eu à s'interroger longtemps sur sa destination. Il y avait un endroit qui l'avait toujours apaisée quand elle se sentait en proie au doute ou à l'inquiétude, et c'était là qu'elle voulait aller, même s'il lui fallait pour cela passer devant la ferme centenaire où elle avait vécu avec Tyler durant leur mariage.

La maison était toujours là, et sans doute se dresserait-elle encore fièrement dans un siècle, se détachant sur des hectares de plaines d'un vert uni et vibrant, majestueuse et imposante malgré la simplicité de ses murs bardés de planches de bois blanchis. Le pick-up de Tyler n'était pas garé devant, et elle se demanda s'il était retourné s'installer dans la maison principale après son départ. En tout cas, il se dégageait des lieux une impression de solitude et d'abandon.

A mesure qu'elle approchait de la rivière, le terrain commença à descendre en pente douce, offrant un paysage de bosquets traversés d'étroites sentes ouvertes par les animaux errants.

Elle entendit le mouvement de l'eau avant de l'apercevoir, distinguant quand même son scintillement à travers les branches, tandis qu'elle se dirigeait vers un de ses méandres, où elle savait qu'un arbre couché formait une arche au-dessus de l'eau.

C'était l'endroit qui lui avait le plus manqué, son endroit secret où elle avait l'habitude de se réfugier pour penser, rêver, et réfléchir à ce qu'elle voulait faire de sa vie. Le seul endroit où elle était certaine d'être seule.

La brise agitait les rameaux au-dessus de sa tête. L'odeur des fleurs et de l'herbe agissait comme un baume apaisant sur les insécurités et les peurs qui l'avaient conduite ici, et elle savait que le clapotis de l'eau l'apaiserait.

Elle fit arrêter son cheval et se prépara à mettre pied à terre pour le guider le long du rivage, mais s'arrêta en découvrant une large masse brune au bord de l'eau.

Sa première pensée fut qu'un ours s'était aventuré hors de la montagne. Puis elle réalisa que c'était un cheval. Babylon l'avait senti aussi et fit entendre un petit hennissement étouffé.

Le cœur de Julie fit un bond dans sa poitrine, tandis que l'idée que Roger Trill ait pu se téléporter de son appartement à la rivière lui traversait soudain l'esprit.

Elle finit par reconnaître Yukon, l'alezan de Tyler, mais n'en fut pas beaucoup plus rassurée. Observant plus attentivement à travers le feuillage, elle repéra une haute silhouette près de l'arbre couché, le regard fixé sur le courant.

Voir Tyler là où elle s'était si souvent assise la stupéfia. D'un autre côté, c'était sa chance. Il était coincé et il serait bien obligé de l'écouter.

Elle déchaussa ses étriers, puis hésita. Cela ressemblait à une embuscade. Elle avait déjà essayé de lui parler, et il lui avait clairement fait comprendre ce qu'il en pensait.

Que pouvait-il bien faire là ? Avec la transhumance qui débutait tôt le lendemain matin, il n'avait pas vraiment le temps de rêvasser.

Tandis qu'elle hésitait sur l'attitude à adopter, elle repéra un autre cavalier à travers les arbres. Un homme avait arrêté son cheval un peu plus loin et semblait attendre ou guetter quelque chose. La distance et le feuillage empêchaient de l'identifier, mais elle était presque certaine de ne pas le connaître. Habillé dans des tons de bruns et coiffé d'un Stetson, il ressemblait à n'importe quel cow-boy.

Elle avait presque peur de respirer, et calma son cheval en se penchant en avant pour lui flatter l'encolure.

— Chut, tout doux, mon grand, murmura-t-elle.

Puis elle attendit. L'attention de l'inconnu était rivée sur Tyler. Il n'avait pas l'air de s'être rendu compte de la présence d'un témoin, et elle eut l'impression très nette qu'il faisait son possible pour rester invisible.

Julie finit par faire avancer Babylon, jetant un coup d'œil par-dessus son épaule quand ils franchirent le couvert des arbres dans un craquement de branches, le cœur battant à se rompre tandis qu'elle imaginait l'inconnu s'élancer à sa poursuite.

Mais il n'en fit rien. Ce qui soulevait une question : Tyler savait-il qu'il était espionné ?

*
* *

A son arrivée à la maison, Tyler découvrit les invités, quelques employés et sa mère assis à trois des tables rondes en chêne massif qui occupaient la salle à manger.

Il fit un calcul rapide et se rendit compte qu'il y avait une personne de plus. Supposant qu'il devait s'agir du médecin qu'ils attendaient, Robert Marquis, il chercha le nouvel arrivant.

Le seul visage inconnu était celui d'une femme d'environ trente-cinq ans, avec des cheveux noirs et des lunettes à monture d'écaille perchées sur un nez en trompette. Elle portait un chemisier à carreaux rouges et blancs, et elle partageait une table avec Red Sanders, l'avocat de Boston, et John Smyth.

Après tout, il était possible qu'ils aient mal saisi le nom. Il s'agissait peut-être de Roberta Marquis.

Tyler se dirigea vers leur table et s'assit à côté de la jeune femme. Ce faisant, il intercepta le regard angoissé que lui lançait sa mère à l'autre bout de la pièce.

Que se passait-il encore ? La conclusion la plus évidente était que sa mère avait croisé Julie. Mais, dans ce cas, ne l'aurait-elle pas invitée à partager leur dîner ? Il crut remarquer que le regard de Rose s'attardait sur sa gauche. Etait-elle en train d'observer John Smyth ?

Chaque table était garnie d'assortiments de charcuterie, de pommes de terre en salade, de macédoine de légumes, de paniers de pain, de jus de fruits et d'eau et d'un pichet de vin rouge. Chacun se servait dans une ambiance familiale, contribuant à créer un sentiment de camaraderie qui se renforcerait sur la piste.

John Smyth adressa un signe de tête à Tyler tandis qu'il déposait une généreuse quantité de pommes de terre sur son assiette.

Tyler se présenta aux deux personnes qu'il ne connaissait pas encore. L'avocat était étonnamment réservé, compte tenu de la flamboyance de sa moustache et du côté ostentatoire de sa tenue, mais cela pouvait s'expliquer par les fréquents transferts entre le pichet de vin et son verre. Les gros buveurs pouvaient être un problème durant une expédition, et Tyler se promit de le tenir à l'œil. La femme se révéla être un agent immobilier de Californie.

— J'étais à une conférence, dit celle qui s'était présentée comme étant Meg Peterson, de l'agence Sherman Oaks, et vous seriez étonné du nombre de personnes dépressives que j'y ai rencontrées. Il faut dire qu'avec la situation économique…

Elle ne termina pas sa phrase. Tyler, qui ne l'écoutait que d'une oreille, nota que son accent était typique du Minnesota, même si elle disait vivre actuellement en Californie.

Elle se tourna vers John en agitant les mains.

— Je payais ma note à la réception, en regrettant d'être obligée de rentrer tout de suite chez moi, quand j'ai vu cette brochure sur le ranch. J'ai décidé de tenter ma chance, en espérant qu'il resterait un bungalow de libre pour m'héberger quelques jours, et j'ai découvert que j'arrivais juste à temps pour participer à un rassemblement de bétail ! Moi qui en rêvais depuis si longtemps !

Elle gloussa, au comble du ravissement.

— Je suis tellement reconnaissante à Rose de m'avoir inscrite. Elle est adorable.

— Je suppose que vous savez monter à cheval ? demanda Tyler d'un ton dubitatif.

Cela ne ressemblait pas à Rose d'accepter des débutants sans avoir pris le temps d'évaluer leurs compétences.

— Oui, oui, j'ai l'habitude des chevaux, ne vous inquiétez pas.

Tyler se tourna vers Red, qui semblait s'être endormi devant son assiette, et choisit finalement de s'adresser à John.

— Vous êtes arrivé tôt ce matin, monsieur Smyth. Avez-vous trouvé de quoi vous occuper ?

— Appelez-moi John, je vous en prie. Et pour répondre

à votre question, j'ai fait une balade à cheval, observé des aigles, et je me suis entraîné au lasso. Rose a également eu l'amabilité de me laisser regarder quelques-uns de vos vieux albums de photos, afin que je me familiarise avec l'histoire du ranch. Il est dans votre famille depuis trois générations, je crois.

— C'est exact.

John Smyth avait une cicatrice au menton, mais cela convenait à la rudesse de son apparence. En fait, maintenant qu'il y pensait, Tyler lui trouvait un air vaguement familier.

— Vous êtes déjà venu ? demanda-t-il. Peut-être au cours de vacances précédentes ?

— Non, jamais. J'ai cru comprendre que la décision de transformer votre ferme en maison d'hôtes a été prise il y a une quinzaine d'années ?

— Après la mort de mon père, ma mère a compris qu'elle allait devoir faire des choix si elle voulait conserver l'exploitation assez longtemps pour me la transmettre. C'est pourquoi la présence des hôtes est importante. Nous n'inventons pas du travail pour vous occuper, vous accomplissez les mêmes tâches que n'importe quel cow-boy.

Meg Peterson se rengorgea.

— J'espère bien repartir d'ici en étant devenue une cow-girl accomplie.

— Les vachers vous ont expliqué nos méthodes pour encadrer le bétail sans le stresser ? demanda Tyler à la cantonade.

Tout le monde hocha la tête à l'exception de Red.

— Bien. L'astuce, c'est de leur donner envie d'aller là où nous voulons qu'ils aillent. Vous comprendrez vite. En attendant, essayez de bien dormir cette nuit et de profiter de vos lits. Vous ne les reverrez pas de sitôt.

— Nous ne rentrons pas tous les soirs ? demanda Meg Peterson.

Tyler ne put retenir un petit rire.

— J'en ai bien peur. C'est une vraie transhumance, pas une balade récréative. Nous devons conduire le troupeau vers des pâturages plus verts et donc plus nutritifs.

Meg parut déstabilisée.

— Mais comment allons-nous faire pour la nourriture, et pour dormir ?

— Rose s'occupe de la roulotte de ravitaillement, non ? remarqua John Smyth.

— Oui, maman va encore s'en occuper cette année. Normalement, c'est le travail de Cookie, comme le surnomment les gars, bien que son vrai nom soit Mac, mais il est dans le Wyoming en ce moment. Et vous dormirez dans des sacs de couchage…

Devant l'air affolé de Meg, il s'empressa de préciser :

— Mais ne vous inquiétez pas, ils sont fournis avec une natte imperméable pour plus de confort. Nous arriverons au premier campement demain après-midi. Des tentes sont prévues si vous préférez dormir à couvert, mais vous aurez peut-être envie de contempler les étoiles.

Tyler jeta de nouveau un coup d'œil vers la tablée de sa mère. Elle était engagée dans une conversation avec un couple de retraités habitués du ranch et accompagnés cette fois de leur fils adulte, ainsi qu'avec deux frères nommés Nigel et Vincent Creswell, tous deux pêcheurs acharnés.

Comme si elle avait conscience d'être observée, Rose tourna la tête, et une expression renfrognée assombrit furtivement son visage.

Cette fois, il en était sûr : elle regardait John Smyth. Tout en se servant une tranche de jambon, Tyler se demanda de quoi diable il pouvait s'agir.

Et en parlant de nourriture, il faudrait qu'il pense à envoyer un vacher avec un plateau garni au bungalow de Julie. Il n'était pas question qu'il s'en occupe lui-même.

Le simple fait de penser à elle lui avait coupé l'appétit, mais il se força à faire honneur au repas et à faire la conversation aux hôtes, heureusement relayé par le reste des vachers venus se joindre au repas du soir. Ses employés n'étaient jamais en reste d'anecdotes et savaient charmer leur auditoire, tout en dévorant force parts de tartes aux pommes.

Le dîner terminé, une jeune stagiaire, étudiante en musique, invita tout le monde à se réunir dans le salon pour un concert improvisé à la guitare.

Tandis que les aides de cuisine débarrassaient les tables, Tyler prit une grande assiette et y disposa un assortiment de nourriture pour le bungalow n°8.

Dans la cuisine, il retrouva sa mère occupée à charger le lave-vaisselle et, blottie près de la cheminée, dans son fauteuil à bascule préféré, Julie, qui dévorait avec son bel appétit d'autrefois le contenu d'une assiette posée sur ses genoux.

Elle sursauta en le voyant.

Depuis combien de temps se trouvait-elle là ? Trois, quatre heures ? Durant ce laps de temps, son visage avait repris un peu de couleurs, et ses griffures étaient moins visibles. Elle avait retrouvé sa vieille veste, celle qui moulait sa poitrine et serrait sa taille, en tout cas avant qu'elle ne perde autant de poids, et tiré en queue-de-cheval des cheveux plus courts qu'autrefois.

C'était comme un retour dans le temps. Elle ressemblait à son béguin du lycée, à sa fiancée, à sa femme. Il avait l'impression de voir sa propre silhouette dédoublée se diriger vers Julie pour lui prendre la main, la conduire jusqu'à leur chambre, lui faire l'amour…

De nouveau, il eut l'impression d'un poignard lui transperçant le cœur.

— Quand allais-tu m'avertir de la présence de Julie ? demanda Rose.

— Probablement jamais, admit-il de mauvaise grâce.

— Pourquoi ? Elle est toujours ta femme.

— Maman, ça ne te regarde pas. Dis-moi plutôt où est passé le médecin.

Ce fut l'une des aides de cuisine, Heidi, une très jeune femme aux cheveux d'un blond presque blanc, qui répondit.

— Le Dr Marquis a appelé pour dire qu'il était coincé à Chicago.

— Il arrivera demain matin, ajouta Rose, et il se formera sur le tas. Nous avons besoin de sa participation. Et ne change pas de sujet. Tout ce qui se passe ici et qui influe sur toi ou sur le ranch me concerne. Imagine ce que j'ai ressenti en voyant Julie descendre du camion de Lenny et ne pas venir à la maison. J'ai dû aller la chercher, et elle n'a pas voulu venir dans la salle à manger.

— Je lui ai dit de ne pas te déranger.

Julie s'éclaircit la gorge.

— Excusez-moi, mais je suis assise juste à côté de vous. Je peux peut-être répondre. Tyler ne voulait pas vous causer de travail supplémentaire, Rose, c'est aussi simple que ça. Je serai partie demain matin.

— Si vite ?

— Oui. Je suis simplement venue parler à Tyler. Je ne savais pas que vous étiez sur le point de partir en transhumance. Je me rends compte que ça tombe mal.

La porte de service s'ouvrit, et l'un de leurs plus anciens employés entra, une bouteille isotherme à la main.

— Ah, Andy. Je suppose que vous voulez du café, devina Rose.

— Tout juste.

Un sourire éclaira son visage tanné quand il aperçut Julie.

— Eh bien, jeune fille, ça me fait plaisir de vous revoir. Pour sûr.

Heidi lui tendit sa Thermos, qu'elle avait remplie au distributeur posé sur le comptoir. Andy porta deux doigts à son chapeau poussiéreux en guise de remerciement et quitta la pièce.

Si son entrée avait vaguement détendu l'atmosphère, son départ fit remonter toute la tension.

Les mains posées sur ses hanches minces, un torchon à vaisselle se balançant le long de sa jambe, Rose regarda sévèrement Tyler.

— Vous avez parlé ?

— Non.

La porte derrière Tyler, celle qui donnait sur la salle à manger, s'ouvrit, livrant le passage à John Smyth. Ce dernier s'interrompit en les voyant tous figés, les yeux tournés vers lui, mais ne parut pas comprendre qu'il dérangeait.

Désignant d'un geste du menton le plateau couvert de vaisselle sale qu'il tenait à deux mains, il expliqua :

— Je me suis dit que je pourrais aider…

Rose secoua la tête, l'air pincé.

— Ce n'est pas la peine, monsieur Smyth. Vous êtes notre hôte.

— Ça me fait plaisir.

Rose tiqua ouvertement.

— Comme vous voudrez. Moi, je vais me coucher.

Tyler s'efforça de masquer son étonnement. Depuis quand sa mère se retirait-elle après le dîner, alors qu'il y avait des hôtes à distraire ?

— Que se passe-t-il ? Tu es malade ?

— Je pourrais bien couver un rhume. J'ai mal à la tête. Et au dos. J'ai dû forcer en chargeant la roulotte. Ce n'est plus de mon âge. Heidi et Melanie n'auront qu'à terminer. Et vous deux, parlez-vous, pour l'amour du ciel.

— Je n'ai pas le temps de parler, protesta Tyler. J'ai un millier de choses à préparer pour demain.

Rose lui lança ce regard glacial qu'elle lui réservait chaque fois qu'il disait ou faisait quelque chose de stupide à son goût, et jeta son torchon à vaisselle sur la paillasse de l'évier. Glissant un coup d'œil furtif vers John Smyth, elle faillit ajouter quelque chose, mais Tyler devina qu'elle n'oserait pas le faire devant un invité.

Après que Rose eut quitté la pièce, Tyler échangea un regard avec Julie. Elle avait posé son assiette, et attendait visiblement qu'il prenne les devants.

Pas dans la cuisine. Pas avec trois autres personnes à portée de voix. Non, pas question.

— Bon, allez, viens.

Se dirigeant vers la porte, il la tint ouverte.

— Allons faire un tour.

4

Un petit vent froid soufflait et, bientôt parcourue de frissons, Julie resserra autour d'elle les pans de sa veste.

Au loin, on entendait mugir le troupeau, et elle se demanda si les bovins se doutaient qu'ils partiraient pour une grande aventure dès le lever du soleil. Elle avait quant à elle le souvenir d'avoir autrefois attendu avec impatience le départ en transhumance, anticipant les chevauchées cheveux au vent, les paysages splendides et l'arrivée dans les alpages, où le vert vibrant de l'herbe et les couleurs enchanteresses des fleurs sauvages étaient comme une explosion de vie.

Elle prit une profonde inspiration, et l'odeur familière du ranch la saisit, mélange de paille, de terre grasse et fertile, de chevaux et de vaches… Et il s'en fallut de peu pour que la nostalgie lui fasse monter les larmes aux yeux.

Mais elle avait d'autres problèmes à régler. Maintenant qu'elle avait toute l'attention de Tyler, elle ne savait pas quoi lui dire. Elle n'était même pas certaine de savoir ce qu'elle attendait de lui.

Un conseil, peut-être.

Ou alors qu'il propose de la cacher. C'était peut-être ça la vraie raison de ce retour au ranch. Il allait adorer !

Un groupe d'invités s'étaient rassemblés sous le vaste porche et leurs rires insouciants flottaient dans la nuit calme. Tyler lui prit le bras pour l'attirer à l'écart de la lumière et du bruit. Elle fut surprise d'être à ce point troublée par un contact aussi anodin, à travers plusieurs épaisseurs de vêtements, qui plus est.

— Un des palefreniers m'a dit que tu avais monté Babylon cet après-midi, dit-il tandis qu'ils longeaient les barrières blanches délimitant des enclos pour les chevaux.

— Ça ne t'ennuie pas ?

Il haussa les épaules.

— C'est ton cheval.

Qui essayait-il de tromper ? Rien dans ce ranch ne lui appartenait plus, ni la terre, ni les animaux, et encore moins les personnes.

Elle faillit lui parler de l'inconnu qu'elle avait vu en train de l'espionner, mais se tut. Cela paraissait trop intrusif d'admettre qu'elle-même l'avait observé près de la rivière. Il était alors plongé dans ses pensées, et elle était presque certaine d'être la cause de son introspection.

Il prit appui contre la barrière, une jambe repliée pour caler le talon de sa botte sur la ridelle inférieure.

Il faisait trop sombre pour qu'elle puisse déchiffrer son expression, surtout avec son chapeau rabattu sur ses yeux, mais elle le connaissait assez bien pour tenter une supposition : regard buté, lèvres étirées en une ligne amère, posture crispée…

— Bon, Julie, finissons-en, lança-t-il d'un ton cassant. Pourquoi es-tu venue ?

Elle se dandina d'un pied sur l'autre, avant de risquer un regard dans sa direction.

— J'ai besoin d'aide.

— Il te faut de l'argent ?

— Non.

— C'est à cause d'un homme ?

— Oui, mais pas comme tu le crois.

— Comment ?

— Ce n'est pas mon petit ami. C'est un policier.

Tyler s'écarta de la barrière comme s'il avait soudain reçu une décharge électrique.

— Un flic ? Qu'est-ce que tu as fabriqué, bon sang ? Je te jure que si tu as mis le ranch en danger…

— Si tu avais signé les papiers du divorce quand je te les ai envoyés, tu n'aurais pas à t'inquiéter pour le ranch, répliqua-t-elle.

— Dis-moi ce que tu as fait.

— Tu sais quoi ? Ça n'a pas d'importance. C'était une erreur de venir ici. Je serai partie demain matin.

Elle voulut faire demi-tour, mais il la saisit par le bras et l'attira vers lui.

Elle vit briller ses yeux dans la nuit, puis ses lèvres s'écrasèrent sur les siennes, provoquant une réaction douloureusement familière et étrangère à la fois.

Après toutes ces années passées ensemble, elle croyait connaître toute la panoplie des baisers de Tyler : le tendre, le passionné, l'amical, ceux qui promettaient une nuit de béatitude, ceux brefs et pressés qui signifiaient une séparation temporaire…

Mais celui-ci était différent. Brutal, presque hargneux, et elle en fut très choquée.

Elle se libéra et traversa le jardin en courant, les yeux brûlant de larmes.

Il la rattrapa à hauteur des bungalows, où l'ombre des grands arbres dessinait des formes étranges et inquiétantes sur le sol.

La saisissant cette fois par les épaules, il lui fit faire volte-face.

— Que se passe-t-il ?

— J'ai… j'ai des ennuis, balbutia-t-elle en tremblant sous l'effet d'un afflux d'émotions trop compliquées pour qu'elle parvienne à les identifier.

Quelques mèches de cheveux s'étaient détachées de sa queue-de-cheval, et elle les repoussa derrière ses oreilles.

— Quel genre d'ennuis ?

La voix de Tyler se mua en un murmure horrifié tandis qu'il ajoutait :

— Tu n'es pas enceinte, au moins ?

— Non, bien sûr que non, quelle idée. Je n'aurais pas dû faire appel à toi. Mais, je ne savais pas vers qui d'autre me tourner. J'ai peur, Tyler. Quelqu'un essaie de me tuer.

— Quoi ? Qui essaie de te tuer ?

— En quoi ça te concerne ?

Il lui fallut un long moment avant de répondre, et quand il le fit sa voix semblait résignée.

— Ça me concerne. Malheureusement pour moi.

Tyler n'était pas entré dans le bungalow n°8 depuis des années. La plupart des hôtes préféraient loger dans la maison principale mais, à en juger par la lumière derrière les vitres, trois des quatre bungalows étaient actuellement occupés.

Quand Julie et lui s'étaient mariés, ils avaient emménagé dans l'ancien corps de ferme du ranch, situé plus près de la rivière que ne l'était la maison actuelle. Il y dormait encore toutes les nuits, dans le lit qu'ils avaient partagé.

Durant les années qu'ils avaient passées ensemble, Julie avait laissé les lieux tels qu'ils avaient toujours été, emplis des meubles de leurs grands-parents. Après son départ, il s'était demandé pourquoi elle n'avait pas davantage imprimé sa marque à la maison.

Si elle tenait tant à avoir une vie bien à elle, pourquoi n'avait-elle pas commencé par transformer son décor quotidien ? Il en avait conclu que c'était parce qu'il y vivait aussi. Ce qu'elle voulait, c'était se libérer de lui.

Et voilà qu'elle était assise à trois pas de lui, sur le bord d'un lit qu'ils ne partageraient jamais, les cheveux en bataille, l'air aussi jeune et effrayé qu'une pouliche sauvage.

Il prit place sur la seule chaise de la pièce, les avant-bras posés sur ses cuisses et les doigts entrelacés.

— Explique-moi.

Elle essuya ses larmes d'une main tremblante, tout en lui lançant un regard indécis, comme si elle se demandait si elle pouvait réellement lui faire confiance. Il se dit qu'elle aurait dû y penser avant, sinon, à quoi bon venir ?

Vaguement agacé, il se leva et se dirigea vers la fenêtre. Une lune voilée jetait un halo fantomatique sur le jardin.

Le fait qu'il lui tourne le dos parut la rassurer, et elle commença à parler.

Elle évoqua un travail qu'elle avait fait pendant une grande partie de l'année, l'homme pour qui elle travaillait — un professeur d'excellente réputation, et puis un autre homme du nom de Trill, qui l'avait abordée dans un bus et l'avait convaincue d'espionner son employeur.

Il eut envie de se retourner et de lui demander si elle était sérieuse. Comment avait-elle pu tomber dans un piège aussi grossier ?

Il finit par risquer un contact visuel quand elle en vint à la partie où elle avait été poussée devant un bus.

— Tu es sûre qu'on t'a poussée ?

Elle hocha la tête.

— Et ensuite, j'ai vu Trill au commissariat. Il correspondait à la description que la femme derrière moi avait donnée à l'inspecteur appelé sur les lieux.

— Et ils l'ont arrêté ?

— Non ! C'est un policier.

— Qu'a-t-il dit quand tu lui as demandé pourquoi il s'était fait passer pour un agent fédéral ?

— Je ne lui ai pas parlé. Il a essayé de m'attraper. Je me suis enfuie.

— Tu ne lui as pas demandé d'explications ?

— Non, je n'ai pas pu. J'étais tellement surprise de le

voir là. Et il était furieux. Tu aurais dû voir son expression quand il m'a vue.

— Je ne comprends pas pourquoi tu t'es enfuie. Tu étais entourée de flics. Si tu étais allée lui parler, il n'aurait rien pu te faire.

— C'est facile à dire pour toi. Il a quand même essayé de me tuer. Et ensuite, j'ai appris par ma voisine…

— Rien ne te permet d'affirmer qu'il a voulu te tuer. L'inspecteur a bien parlé d'une série de vols à l'arraché…

— Arrête ! Laisse-moi terminer avant de me dénigrer.

— Je ne te dénigre pas.

— Si.

— Je trouve seulement curieux que tu te sois enfuie au lieu d'affronter Trill et de lui demander à quoi rimait cette supercherie. Et pourquoi n'es-tu pas allée voir tout de suite ton employeur pour lui demander s'il y avait quelque chose de vrai dans les accusations de Trill, au lieu d'agir derrière son dos ? Je trouve ça un peu mesquin. Mais ça doit être ta façon d'agir avec les hommes, non ?

Elle le toisa, puis se leva sans un mot et alla ouvrir la porte.

— J'apprécierais que tu t'en ailles, dit-elle. Et sans ajouter un mot de plus, s'il te plaît.

Il prit une profonde inspiration, posa son chapeau sur sa tête et fit ce qu'elle lui demandait.

Il avait visiblement touché une corde sensible, et elle n'avait après tout que ce qu'elle méritait.

Pourquoi dans ce cas n'éprouvait-il aucun sentiment de victoire ?

Julie eut toutes les peines du monde à trouver le sommeil. Etendue dans son lit, les yeux fixés sur le plafond, elle ne cessait de revivre chaque instant qui s'était écoulé entre le dîner et son retour au bungalow.

Et quand elle fermait les yeux, c'était encore pire : elle

voyait le visage de Tyler, elle sentait ses lèvres sur les siennes, elle entendait sa voix…

Elle avait bien compris qu'il parlait de lui, de la façon dont elle avait trahi leur mariage. Mais était-ce sa faute à elle s'il ne l'avait jamais prise au sérieux ? Elle avait pourtant essayé de lui parler des dizaines de fois avant de prendre la décision de s'en aller.

Pourquoi la vie était-elle si compliquée ?

Et qu'allait-elle bien pouvoir faire à présent ? Les seules autres personnes au monde vers qui elle pouvait se tourner étaient ses parents, et ils avaient tous les deux soixante-cinq ans. Elle était une enfant unique arrivée tardivement chez un couple qui n'y croyait plus, et qui l'avait surprotégée jusqu'à l'étouffement. Le mariage avait été sa solution pour se libérer, et son père ne se privait jamais de lui rappeler son échec.

N'avait-elle vraiment pas d'autre solution que de retourner chez ses parents en admettant qu'elle avait une fois de plus tout raté ?

Submergée par une sensation d'étouffement, elle se leva, s'habilla à la hâte et prit le chemin des écuries.

Se glissant dans la stalle de Babylon, elle passa les bras autour de son encolure et posa la joue contre sa robe soyeuse.

— Je suis venue te dire que je pars demain, murmura-t-elle. Même si ça me fend le cœur.

— Alors ne pars pas, lança une voix masculine.

Julie sursauta.

— Tyler ?

— Oui, dit-il en s'avançant.

— Que fais-tu là ?

— J'étais venu m'asseoir au calme pour réfléchir.

— A quoi ?

— D'après toi ?

— Oh ! Tyler…

— Je me demandais comment nous en étions arrivés là.

— Tu voulais des enfants.

— Et pas toi.

— Je n'étais pas prête.

— Je sais, et j'étais d'accord pour attendre.

— Il n'y avait pas que ça. Ton désir d'avoir un enfant était normal et formidable, mais je savais qu'une fois devenue mère je n'aurais plus jamais la chance de m'accomplir par moi-même. Je savais que je serais coincée ici pour tout le reste de ma vie. J'ai essayé de te le faire comprendre…

Il se pencha et elle sentit ses lèvres effleurer son front.

— Tu voulais une autre vie, murmura-t-il contre sa peau.

— Mais je voulais que tu en fasses partie.

— Ma vie est ici, tu le sais.

— Et c'est pour ça que je devais partir.

— Ce ranch est dans ma famille depuis des générations, ajouta-t-il, comme s'il essayait de se convaincre lui-même. C'est dans mon sang, c'est l'héritage que je laisserai à mes enfants. Je n'ai pas le droit de tout abandonner.

— Et tout ça est beaucoup plus important que moi, commenta-t-elle.

Et cette fois, contrairement à l'année précédente, elle réussit à le dire sans amertume. C'était un fait auquel elle ne pouvait rien changer.

— Oh ! Julie, ce n'est pas aussi simple.

Elle leva la tête et leurs lèvres se rencontrèrent.

Ce n'était pas un baiser aussi agressif que le précédent, et pourtant il n'était pas doux non plus. Mais l'étreinte de Tyler se fit bientôt si intime, aimante et persuasive qu'elle lui pardonna son assaut initial. Elle oublia même qu'elle n'était pas supposée apprécier autant ses baisers.

Il la connaissait, il savait comment l'affoler par ses caresses, tout comme elle connaissait les mêmes secrets à son sujet. Elle savait exactement ce qu'il avait en tête, ce qu'il avait l'intention de faire si elle ne l'arrêtait pas. Le problème était qu'elle ne savait pas ce qu'elle voulait.

Lorsqu'il s'agenouilla et la coucha sur un lit de paille fraîche, restant un instant suspendu au-dessus d'elle pour observer sa réaction, elle tendit les mains pour attraper les pans de sa veste et l'attirer sur elle.

Posant les lèvres sur son cou, il souleva son T-shirt et fit entendre un gémissement rauque quand il découvrit qu'elle ne portait pas de soutien-gorge. Sa bouche se referma sur son sein droit, tandis que sa main s'aventurait sous la ceinture de son jean.

Elle devait l'arrêter. Ce n'était pas bien. Céder à la tentation ne ferait qu'aggraver les choses entre eux.

Mais, oh, ces sensations, ces vagues de plaisir… Elle n'avait pas connu cela depuis un an, et elle était submergée de désir.

Soudain, elle lui saisit le poignet avec fermeté et il s'arrêta instantanément. Un silence de plomb s'installa entre eux, jusqu'à ce qu'il murmure :

— J'ai envie de toi, Julie, et je sais que tu me désires aussi.

— Non, dit-elle d'une voix si basse qu'elle-même l'entendait à peine. Ce n'est pas ce que je veux, et tu ne le veux pas réellement non plus.

Il bascula sur le côté dans un crissement de paille, et elle remit maladroitement de l'ordre dans ses vêtements.

— Je suis désolée, commença-t-elle.

Il l'interrompit.

— Non, s'il te plaît. Je me suis laissé emporter. Ça ne se reproduira plus.

— Et pour cause ! Je ne serai plus là demain.

— J'ai dit que tu n'étais pas obligée de partir.

— Je sais, mais je crois que c'est mieux.

— Où iras-tu ?

— Je ne sais pas. La seule chose dont je sois sûre, c'est que ce n'est pas ton problème.

Elle le regarda droit dans les yeux et lança :

— Je ne suis plus ton problème.

5

La tête baissée pour voir où elle allait, se reprochant encore sa conduite dans l'écurie, Julie sentit soudain une présence et leva les yeux.

Un homme se tenait près de la porte du bungalow, dans le halo de la lanterne fixée sous l'avancée du toit.

Il était aussi grand que Tyler, un peu plus charpenté, et avec les cheveux légèrement plus clairs. De loin, c'était presque à s'y méprendre.

Julie ne le reconnut pas et faillit crier de surprise.

— Vous ne pouviez pas réussir à dormir non plus ? demanda l'homme.

Il ne fit pas un geste dans sa direction, ayant visiblement décrypté sa réaction alarmée.

— Je suis l'un des hôtes, expliqua-t-il. Nous nous sommes vus dans la cuisine, après le dîner. Au fait, je m'appelle John Smyth.

— Julie Chilton, répliqua-t-elle automatiquement.

— Ecoutez, je vois bien que je vous ai fait peur. Je vais rentrer maintenant, mais nous aurons tout le temps de faire connaissance durant la transhumance.

— Je n'y participe pas.

Son cœur avait repris un rythme normal. Le premier mouvement de peur passé, elle se surprenait à éprouver pour l'inconnu un mélange d'intérêt et de curiosité, assorti d'un étrange sentiment de familiarité.

— Vous êtes là depuis longtemps ? demanda-t-elle, tout en essayant de se souvenir si Tyler et elle avaient fait du bruit.

Sans doute pas, et l'écurie était de toute façon assez éloignée.

— Un moment. Bon, il est temps d'aller dormir. Je regrette que vous ne fassiez pas la route avec nous.

Il fit demi-tour et se dirigea vers son bungalow. Quelques secondes après qu'il eut fermé la porte derrière lui, elle entendit le cliquètement d'un verrou.

Et cela lui fit penser qu'elle n'avait pas verrouillé son propre bungalow quand elle l'avait quitté une heure plus tôt.

Mais pourquoi s'inquiéter ? Elle n'avait aucun objet de valeur à dérober. Elle actionna la poignée et alluma la lumière, se tournant pour fermer la porte, avant de faire face à la chambre.

Quelque chose lui semblait différent.

La peur qui était toujours là, toujours prête à rejaillir, s'abattit sur elle tandis qu'elle regardait le sac de vêtements et notait que le jean posé sur le dessus n'était pas plié comme elle l'avait laissé.

Et son sac à main n'était-il pas couché sur le côté quand elle avait quitté la pièce, au lieu d'être comme maintenant, posé debout ?

Elle attrapa son portefeuille. Ses cartes de crédit et ses espèces étaient toujours là. En fait, conclut-elle après avoir tout vérifié, rien ne manquait.

Que pouvait bien chercher la personne qui s'était introduite chez elle ? Si c'était des informations à son sujet, il n'y avait rien à voir en dehors de ce qu'elle transportait dans son sac.

La porte du placard était ouverte, ainsi que celle de la salle de bains. Elle s'arma d'une torche métallique et chercha dans tous les endroits où quelqu'un aurait pu se cacher, découvrant pour finir qu'elle était seule. Puis elle s'assit sur la chaise que Tyler avait occupée un peu plus tôt, en serrant toujours la lourde torche dans ses mains, le cœur battant la chamade, et le corps si chargé d'adrénaline qu'elle était prête à en découdre avec le premier venu.

Elle sursauta quand elle entendit frapper à la porte.

Elle fut aussitôt sur ses pieds, préparée à se battre, même si un reste de logique lui soufflait que les personnes mal intentionnées ne frappaient pas à la porte.

— Qui est-ce ? demanda-t-elle, respirant à peine.

— C'est Heidi, madame.

— Que voulez-vous ?

— Rose voudrait savoir si vous pourriez venir lui parler quelques minutes.

— Maintenant ?

— Elle a dit qu'elle était désolée qu'il soit aussi tard.

Il fallait que ce soit important pour que Rose agisse de la sorte. Julie posa la lampe et prit la clé du bungalow. Cette fois, elle ferma la porte avant de suivre Heidi jusqu'à la maison principale.

Le jour à peine levé, Tyler était déjà aux écuries, et ce fut lui qui aida Robert Marquis à choisir une monture adaptée à ses capacités de cavalier.

Le médecin était un homme grand, avec un visage décharné et des vêtements qui semblaient trop larges pour lui. En outre, il ne paraissait pas du tout à l'aise avec les chevaux, et mentionna à plusieurs reprises son travail d'urgentiste à Denver, comme pour se valoriser et compenser sa crainte des équidés.

Il trébucha et faillit s'étaler de tout son long quand son doux hongre alezan posa amicalement ses naseaux soyeux sur son bras.

Tyler était anxieux de régler les derniers détails avant le départ, et comptait sur l'activité physique intense que supposait la transhumance pour évacuer les pulsions purement hormonales et les émotions non résolues qui l'agitaient. Il aurait une semaine pour oublier la visite de Julie et, à son retour, il signerait les papiers du divorce afin d'enterrer un mariage qui était déjà objectivement mort.

— Celui-ci est gigantesque, remarqua le Dr Marquis en observant d'un œil torve la monture que Tyler lui avait donnée.

Voyant qu'il s'agissait d'un homme de haute stature, avec un minimum d'expérience, Tyler avait tout de suite évalué que le médecin avait besoin d'un cheval grand, pour un meilleur confort en selle, et d'un tempérament paisible.

— Tex est une vraie crème, dit-il en grattant le front de l'animal. Vous vous entendrez très bien avec lui.

Heidi apparut soudain à la porte de l'écurie, la taille ceinte d'un grand tablier.

— Rose veut vous voir.

Tyler posa la main sur son cœur.

— Moi ? Où est-elle ?

— A la maison.

— Que fait-elle là-bas ? Je croyais qu'elle devait terminer de préparer la roulotte de ravitaillement.

— Je n'ai pas demandé. Elle m'a seulement dit de venir vous chercher avant de dresser le buffet du petit déjeuner, et c'est ce que j'ai fait.

Tyler se tourna vers le médecin.

— Avant de nous rejoindre à table, faites quelques tours de manège pour voir si le duo fonctionne avec Tex.

— D'accord, répondit le Dr Marquis en jetant un regard suspicieux au cheval. Je ne suis pas un gros mangeur, de toute façon.

Tyler prit le temps de donner quelques instructions supplémentaires à l'un de ses employés et prit la direction de la maison, non sans jeter un regard vers le bungalow n°8.

Julie était-elle déjà partie ? Lenny avait quitté les lieux au lever du soleil, et elle l'avait probablement accompagné.

Il frappa à la porte de l'appartement de sa mère, situé

au rez-de-chaussée de la maison, et entra sans attendre la réponse. Contre toute attente, il la trouva assise au comptoir de la kitchenette, encore en robe de chambre, à siroter une tasse de thé.

— Que se passe-t-il ? dit-il en regardant autour de lui pour trouver une explication à cette étrange situation.

Rose soupira.

— Nous allons peut-être devoir renvoyer les hôtes chez eux.

— Quoi ?

— Il va falloir les rembourser et leur payer le voyage retour. Et, bien sûr, il faut annuler la transhumance.

Tyler dévisagea sa mère comme s'il avait affaire à une inconnue.

— Nous ne pouvons pas nous le permettre, dit-il. Et, de toute façon, le bétail a besoin de changer d'herbage.

— Tu peux toujours déplacer les bêtes avec les employés. Ça te prendra probablement moins de temps qu'avec les hôtes.

Tyler ôta son chapeau.

— Que se passe-t-il ?

Il étrécit son regard et observa sa mère plus attentivement, alarmé par ce qu'il voyait. Non seulement Rose n'était pas habillée, mais elle ne semblait pas très en forme et avait le visage aussi pâle que son peignoir ivoire.

— Tu es malade ?

Elle évita son regard et hocha la tête.

— Qu'est-ce que c'est ?

— Je ne sais pas.

— Quels sont les symptômes ?

— Ne me harcèle pas, jeune homme. Je ne suis pas mourante. Je suis juste un peu fatiguée.

— Au début de la saison ?

— C'est peut-être le début de la saison touristique, mais nous avons eu un hiver particulièrement rude, et les vêlages ne se sont pas bien passés cette année, ce qui m'a donné plus de travail.

— Si tu ne te sentais pas bien, pourquoi as-tu laissé Mac partir ?

— Le bébé de sa fille est arrivé plus tôt que prévu, et tu sais bien que son gendre est engagé dans un conflit armé. Que pouvais-je faire d'autre ? Je n'allais pas retenir ce pauvre homme de force. J'ai pensé que je pourrais me débrouiller mais je me rends compte que ce n'est pas possible. Je suis désolée.

Regardant soudain sa mère d'un autre œil, Tyler prit conscience qu'il ne l'avait pas vue vieillir. Pour lui, elle était toujours cette femme débordante de santé et d'énergie qui avait terminé une transhumance avec une cheville cassée, qui allait au bout de tout ce qu'elle entreprenait — toujours. Si elle manquait à une obligation maintenant, en connaissant les conséquences que cela pouvait avoir pour le ranch, c'est qu'elle devait souffrir.

Depuis la mort de son père, Rose avait été aussi inébranlable que le rocher de Gibraltar, faisant tout pour faciliter la vie des employés et des invités, et le déchargeant de toutes les responsabilités. Si elle disait qu'elle était fatiguée et qu'elle ressentait son âge, alors il n'y avait pas de raison d'en douter. Il était même probable qu'elle minimise la gravité de la situation, songea Tyler.

Un mélange de culpabilité et d'inquiétude l'envahit. Peut-être s'était-il trop reposé sur elle, lui demandant d'accomplir des tâches trop fatigantes pour une personne de son âge. Sans le savoir, peut-être l'avait-il poussée au-delà de ses limites.

— Je ne sais pas comment nous ferons pour rembourser tout le monde, mais ta santé passe avant tout, déclara-t-il. Nous trouverons une solution.

— J'en ai peut-être une.

— C'est-à-dire ?

— Trouver quelqu'un pour me remplacer.

— Qui ? Je ne vois personne qui pourrait se libérer aussi rapidement.

— Andy peut conduire la roulotte. Il allait de toute façon m'aider au campement.

— Tu oublies qu'il ne sait pas cuisiner. Il est même incapable de faire un café correct.

— Il suffit de trouver quelqu'un d'autre pour la partie ravitaillement…

— J'ai beau réfléchir, je ne vois vraiment pas à qui nous pourrions faire appel.

— Et pourquoi pas à Julie ?

— Quoi ?

— Je te rappelle qu'elle nous a accompagnés pendant plusieurs années. Elle sait cuisiner et manipuler les réchauds à gaz. J'ai chargé toute la nourriture hier dans la roulotte, et les menus sont prêts.

— Julie n'acceptera jamais. De toute façon, je crois qu'elle est partie avec Lenny.

— Non, elle est encore là. Et je lui ai déjà parlé. Elle veut bien prendre ma place à titre de faveur personnelle.

Tyler prit appui contre l'encadrement de la porte et dévisagea sa mère, avec l'impression renouvelée d'avoir affaire à une inconnue.

— J'espère que ce n'est pas un piège, et que tu es vraiment malade.

— Comment peux-tu penser que je serais capable d'une chose pareille ? protesta Rose d'un ton outré. Crois-moi, la situation ne m'amuse pas du tout. De toute façon, c'est bien simple : soit nous annulons et nous remboursons, soit Julie me remplace.

— Donc, c'est décidé. Je n'ai pas le choix.

Rose ne dit rien.

Conscient qu'ils ne pouvaient pas se permettre un manque à gagner de cette ampleur, Tyler s'approcha de la fenêtre tout en se massant pensivement le front. John Smyth faisait des tours de manège en s'entraînant à enrouler son lasso autour d'un piquet.

— Je parie qu'il pourrait nous aider, remarqua Tyler. Si Andy conduit la roulotte, nous risquons de manquer de cavaliers expérimentés pour encadrer les hôtes débutants.

— Non ! s'exclama Rose.

Il leva les sourcils, surpris par l'agressivité de sa mère.

— Pourquoi pas ?

— Je ne l'aime pas.

— J'avais cru comprendre. Pourtant, il semble sympathique. Quel est le problème ?

— J'ai un mauvais pressentiment, c'est tout. Je sens qu'il va nous attirer des ennuis. Tu devrais l'éviter.

— Je ne t'ai jamais entendue parler comme ça avant.

Décidément, il avait l'impression d'avoir été téléporté dans une autre dimension.

— Que se passe-t-il ?

Rose afficha une mine butée.

— Rien. J'ai bien le droit de ne pas aimer quelqu'un, non ?

— Pas si c'est un hôte qui nous paie pour passer un séjour agréable. Je crois d'ailleurs que c'est la consigne que tu donnes à tous nos employés.

Rose secoua la tête.

— Je suis de mauvaise humeur en ce moment, laisse-moi tranquille. De toute façon, ce qui se passera en route est ton problème, pas le mien. Allez, file, maintenant.

Tyler hésita encore, se demandant s'il était sage de laisser sa mère toute seule au ranch. Mais avait-il le choix ?

— Tu nous manqueras, dit-il en enfonçant son chapeau sur sa tête.

— Tout ira bien. Fais confiance à ta femme.

Sa femme ? Quelle plaisanterie !

— A dans une semaine, ajouta-t-il.

*
* *

Quelques années plus tôt, un des vachers avait demandé s'il pouvait passer l'hiver à restaurer la roulotte. L'engin était vieux et source d'une myriade de problèmes et Tyler avait accepté avec soulagement.

L'employé s'était révélé être un véritable artiste et avait pris son travail à cœur, redonnant à la roulotte tout son charme d'antan, ce qui ne manquait jamais de ravir les touristes. Les parties de bois naturel recouvertes de plusieurs couches de vernis rutilaient, tandis que le toit avait été peint dans un ton de vert grisé un peu fané. Les grandes roues laquées en rouge supportaient sans peine les terrains accidentés. D'antiques tonneaux en chêne contenant les réserves d'eau étaient arrimés sur les côtés, tandis que deux grandes malles recevant le matériel de cuisine étaient fixées à l'arrière. A l'abri de la toile imperméable tendue au-dessus des arceaux métalliques formant la structure du toit, le plateau accueillait des étagères et des placards de bois pour ranger les provisions et une table pliante faisant office d'espace de travail. Sous la banquette du charretier, un espace vide était réservé aux sacs de couchage et aux effets personnels.

Andy s'affairait à atteler à la roulotte les deux chevaux de trait, Gertie et Ned, et Tyler s'arrêta pour l'aider.

— C'est toi qui vas conduire la roulotte, dit-il, tout en bouclant le harnais de Gertie.

— Moi ? Et Rose ?

— Elle a déclaré forfait.

— Mais qui va cuisiner ? Pas moi, j'espère.

— Non, tu te contenteras de conduire.

Tournant la tête vers Julie, qui traversait le jardin au pas de course tout en boutonnant sa veste, Tyler ajouta :

— Voici la cuisinière.

— Julie ? Je me demandais pourquoi elle était revenue. Est-ce qu'elle et toi…

— Non. Il n'y a plus rien entre nous.

— Tu es sûr ?

— Certain.

Andy regarda Tyler dans les yeux.

— Ça fait longtemps que je suis là, fiston. Je me souviens encore quand tu as ramené la petite. Je n'avais jamais vu deux personnes aussi amoureuses l'une de l'autre. Je n'en suis pas revenu quand elle t'a quitté.

— Ce sont des choses qui arrivent. Tu le sais bien. Toi aussi, tu as été marié.

— Ça remonte à longtemps. Et nous n'étions pas aussi proches que Julie et toi. Lily rêvait d'une vie différente.

Tyler s'abstint de dire qu'il en était de même pour Julie.

— Bien, en avant pour le spectacle, dit-il en donnant une tape d'encouragement sur l'encolure de Gertie.

Contournant la roulotte, il découvrit Julie en train d'étudier le contenu des étagères, tout en rassemblant ses cheveux dans un élastique.

Elle releva la tête à son approche, l'air embarrassé.

— Je sais que tu n'as pas envie que je participe à la transhumance…, commença-t-elle.

— Et toi non plus.

— Je ne pouvais pas le refuser à ta mère.

— Tu crois qu'elle est réellement malade ?

— Il est vrai que ça ne lui ressemble pas. Je ne sais pas quoi penser.

— Moi non plus.

Baissant la tête, il contempla un instant le bout de ses bottes, avant de chercher de nouveau son regard.

— Dis-moi la vérité. C'est toi qui lui as proposé cet arrangement pour fuir tes problèmes ?

— Absolument pas !

— C'est quand même bizarre. Il y a deux jours, elle trottait comme un lapin, en menant le personnel à la baguette comme d'habitude, et voilà qu'elle reste à traîner en robe de chambre.

— Tu sais, ça arrive à tout le monde de tomber malade. Même aux personnes qui semblent être des forces de la nature…

— Bon, admettons.

Redevenant professionnel, et attendant la même chose d'elle, il ajouta :

— Rose a tout préparé hier, donc tu peux y aller. Je veux qu'Andy et toi ralliez le plus vite possible le campement près de la rivière afin de tout préparer. La chevauchée d'aujourd'hui sera courte, pour que chacun puisse s'acclimater, et nous vous rejoindrons à la mi-journée. Nous avons quelques pêcheurs acharnés dans l'équipe, et il y aura peut-être de la truite au dîner.

— C'est le même campement que d'habitude ?

— Le même. J'y suis allé avec Andy la semaine dernière pour tout vérifier. Il connaît le chemin.

Il savait que Julie le connaissait aussi, et se demanda si elle se rappelait la dernière fois où ils étaient allés à cheval jusque-là, la nuit qu'ils y avaient passée…

Probablement pas. Et c'était sans doute préférable.

6

Avant de partir, Julie prit le temps de courir jusqu'au bungalow pour appeler Nora. Elle ne pouvait supporter la pensée de son amie s'inquiétant pour elle pendant plusieurs jours, en plus du souci qu'elle se faisait pour son frère et de la fatigue engendrée par ses longues heures de travail.

Par ailleurs, elle avait envie de savoir ce que Trill avait dit la nuit dernière.

Nora ne répondit pas au téléphone, ce qui ne lui ressemblait pas étant donné qu'elle avait toujours son téléphone sur elle, enfoui dans une poche ou dans son sac, ou connecté à une oreillette si elle conduisait. Elle vivait dans la peur constante de ne pas être là pour George au moment où il aurait le plus besoin d'elle.

C'était la raison pour laquelle Julie faisait en sorte de ne pas appeler Nora au travail, car elle prenait toujours ses appels.

Mais pas cette fois.

La sonnerie retentit quatre ou cinq fois, et le téléphone bascula sur la messagerie. Julie laissa un bref message pour expliquer qu'elle ne serait pas joignable pendant une semaine, et qu'il ne fallait pas s'inquiéter. Puis elle quitta le bungalow et se mit au travail.

Elle commença par se familiariser avec le stock, et fit plusieurs allées et venues entre la roulotte et la maison pour demander à Rose des explications de dernière minute.

Comme indiqué, elle trouva des haricots rouges en train

de tremper dans une marmite en vue d'une prochaine cuisson, et tous les aliments périssables dans des glacières. Autrefois, les cow-boys se nourrissaient essentiellement de haricots, de maïs et de viande séchée, mais les hôtes qui payaient plus de mille dollars pour ces vacances d'exception s'attendaient à un repas un peu plus élaboré.

Le problème, c'est qu'elle ne cuisinait que pour une seule personne depuis un an — elle — et que les repas qu'elle préparait se résumaient à du poisson poché et à des légumes vapeur. Il ne fallait pas qu'elle se fasse d'illusions, accommoder des travers de porc grillés et autres chili con carne pour vingt personnes n'allait pas être une partie de plaisir.

Julie savait d'expérience que Tyler avait déjà rassemblé la plus grande partie du bétail, mais il y avait toujours des imprévus quand il s'agissait d'acheminer plus de deux cents vaches et leurs veaux vers les montagnes.

Ils suivraient loin derrière la roulotte pour empêcher un trop gros dépôt de poussière sur la nourriture et le matériel. Les vachers aideraient les novices à s'habituer à leur cheval et aux rigueurs de la piste, mais aujourd'hui le rythme serait délibérément plus lent pour ne stresser personne.

De toute façon, ils ne menaient jamais un train d'enfer. Les veaux n'étaient pas capables d'avancer très vite, et les chevaux ne pouvaient pas non plus être poussés au-delà de leurs forces.

Les invités et les vachers échangeraient leurs places en chemin, fermant la marche pendant un moment, puis prenant position sur les flancs. Dans l'ensemble, les vaches semblaient savoir exactement où elles allaient, même s'il y avait toujours une ou deux bêtes pour compliquer la vie des conducteurs, multipliant les tentatives de demi-tour, s'écartant du gros du troupeau pour brouter, ou s'arrêtant complètement pour une raison connue d'elles seules.

En tout cas, Tyler détestait employer la manière forte.

Vouloir à tout prix guider le troupeau en le harcelant pour garder les rangs ne servait qu'à énerver inutilement les animaux, alors qu'on obtenait de meilleurs résultats en laissant les bêtes trouver toutes seules le chemin le plus facile, tout en les contenant légèrement sur les côtés.

Julie avait rencontré tous les participants au moment où ils étaient venus lui confier les effets personnels qu'ils ne pouvaient pas transporter dans les fontes de leur selle, ainsi que leur sac de couchage.

Tandis que la roulotte cahotait le long du chemin, elle essaya de relier les noms et les visages.

Il y avait cette femme avec un fort accent, qui montait Snowflake — Meg quelque chose — et le Dr Marquis, qui était arrivé en retard et ne semblait pas affecté d'avoir dû passer la nuit dans la salle d'attente d'un aéroport.

L'avocat de Boston s'appelait Red Sanders. Les deux frères aux visages poupins, venus de l'Iowa ou de l'Idaho, elle ne savait plus, s'appelaient Nigel et Vincent Cresswell.

Carol et Rick Taylor étaient des habitués qu'elle se rappelait avoir vus deux ans plus tôt. Cette fois, ils voyageaient avec leur grand fils, Bobby. Il y avait aussi un groupe de trois femmes, toutes secrétaires dans la même société de courtage à Wall Street, Sherry, Mary et Terry.

Restait John Smyth, qu'elle avait rencontré la nuit dernière, et qui avait apparemment déposé son sac de couchage lors d'une de ses échappées vers la maison.

Il était difficile de ne pas se poser de questions sur cet homme. Avait-il fouillé son bungalow ? Et si ce n'était pas le cas, avait-il vu quelqu'un rôder dans les parages ?

Elle devait trouver un moyen de se retrouver seule avec lui et de lui poser la question sans impliquer Tyler.

En attendant, elle se retrouvait assise à côté d'un cow-boy de cinquante-huit ans au caractère aussi délicat que celui d'un grizzli, équipé d'une carabine et d'un revolver. Son cheval sellé suivait, retenu par une longe qui reliait son mors à l'arrière de la roulotte.

Andy remarqua qu'elle l'observait et grimaça un sourire tandis qu'il attrapait sa Thermos sous son siège.

— Le patron a dit que c'était fini entre vous, lança-t-il tout à trac.

La roulotte heurta durement une ornière, et Julie prit la Thermos afin qu'Andy puisse guider l'attelage à deux mains. Elle ne s'attendait pas à ce que Tyler parle de leur couple à ses hommes.

— Oui, finit-elle par répondre, en observant le paysage au loin.

De minuscules fleurs roses formaient un tapis sur la gauche. Un aigle volait en cercles dans le ciel, ses cris aigus suggérant la présence proche d'un nid.

Julie inspira profondément et, pendant une seconde, elle eut l'impression qu'elle n'était jamais partie.

— Faites-moi une faveur, ma mignonne. Servez-moi une tasse de café.

— Vous emportez toujours votre Thermos à cheval ?

— Bien sûr. Je monte Shasta depuis si longtemps qu'il sait quand je prends mon café et il ralentit l'allure tout seul. Mais c'est quand même plus stable dans une roulotte.

Julie fit de son mieux pour verser le café sans en renverser. La bouteille isotherme était vieille et cabossée, mais le café qui en sortit était brûlant et noir comme du charbon.

Elle tendit le gobelet à Andy tandis qu'il regroupait les rênes dans une main.

— Vous savez, vous lui manquez toujours, dit le vieux cow-boy après avoir avalé une gorgée.

— A qui ?

— Au patron. Quand je vous ai vue hier, j'ai pensé que vous étiez revenue pour de bon. Vous étiez la meilleure chose qui pouvait arriver à ce ranch. Ça n'a plus été pareil après votre départ.

Elle le dévisagea, stupéfaite par ces révélations.

— J'espère que vous y réfléchirez à deux fois avant de repartir, dit-il, puis il leva son gobelet. Bon, je sais, ça ne me regarde pas. Mais il faut bien parler de quelque chose. Je finis par m'ennuyer à rester assis dans cette roulotte.

— Je croyais que vous deviez aider Rose.

— Pas pour la conduite. Elle se débrouille comme un chef avec un attelage. Non, je devais la seconder une fois arrivés au campement, c'est tout. Ce n'est pas mon truc de rester assis comme ça. Je préfère cent fois être sur un cheval.

— Eh bien, finissez votre café et arrêtez la roulotte. Je suis capable de mener les chevaux toute seule.

— Vous êtes sûre ?

Elle éclata de rire.

— Ça doit être comme le vélo, ça ne s'oublie pas. Mais, si ça peut vous rassurer, vous n'aurez qu'à me donner un cours en accéléré.

Ils arrivèrent au premier campement vers 14 heures. Les terres qu'ils traversaient appartenaient toutes aux Hunt, et ils ne franchiraient la propriété d'un autre rancher qu'au cours des deux derniers jours.

Tout avait été fait pour que chaque campement procure aux hôtes un maximum de confort, mêlant ainsi vacances et travail, même si Rose tenait à préserver le plus possible l'esprit d'une transhumance traditionnelle.

Comme ils utilisaient ce site pour différentes excursions à partir du ranch, le camp était particulièrement joli, situé au bord de la rivière, où la brise écartait les insectes et où le feuillage des nombreux arbres offrait ombre et protection.

Demain, le troupeau devrait traverser la rivière, mais cela se ferait plus haut, à un endroit où il n'y avait pas de rapides et où l'eau était moins profonde. Commencerait alors la lente ascension vers la montagne, et à chaque kilomètre ils laisseraient un peu plus la civilisation derrière eux.

Autrefois, le périple la faisait se sentir minuscule et insignifiante, et même un peu perdue. Mais, aujourd'hui, Julie en espérait une sorte de renaissance.

Tout ce qu'elle avait à faire, c'était de rester le plus loin possible de Tyler.

Un par un, les hôtes commencèrent à arriver à pied, leurs chevaux ayant été laissés à paître en compagnie des vaches un peu à l'écart du campement pour assurer la sécurité des humains durant leur sommeil. Les vaches étaient des animaux peureux et imprévisibles, et la menace d'une soudaine cavalcade était un danger présent dans tous les esprits.

L'ambiance était joviale. Seul le médecin semblait morose, mais peut-être était-ce son expression habituelle. Il demanda s'il n'y avait pas autre chose à boire que du café, et Julie lui proposa un jus de fruits, en ajoutant qu'il y avait toujours des barres de céréales et des fruits à la disposition de chacun.

— Oh ! je ne suis pas un gros mangeur, plus maintenant en tout cas, dit-il avec une grimace.

Elle ne savait pas comment réagir. Cela semblait un peu indiscret de demander ce qu'il entendait par là.

— Eh bien, c'est une bonne chose d'avoir un médecin avec nous, se contenta-t-elle donc de remarquer.

Insérant la paille dans la mini-brique de jus de fruits, il releva les yeux.

— Je suis urgentiste.

— Formidable ! S'il arrive quelque chose, vous pourrez nous aider.

— Vous pensez qu'il va arriver quelque chose ? demanda-t-il, l'air étrangement inquiet.

— Non, bien sûr que non. Mais, vous savez, nous sommes

en altitude, et même si nous demandons aux participants d'employer de l'écran total, tout le monde ne le fait pas. Il y a aussi parfois des coupures ou des piqûres d'insectes. Mais j'ai une trousse de secours avec des produits de base comme du désinfectant ou des pansements.

— Parfait. Espérons que je n'aie pas à intervenir.

Il jeta la brique de jus de fruits dans la poubelle et s'éloigna.

Julie regarda un moment les deux frères fans de pêche enrôler un petit groupe de personnes équipées de cannes et de lignes mises à leur disposition par les Hunt.

Un peu plus loin, encadré par un des vachers, un autre groupe pratiquait le tir à l'arc sur des cibles accrochées à des bottes de paille.

Elle retirait un pain de maïs du four quand elle entendit du mouvement derrière elle. En se tournant, elle découvrit Tyler qui se servait un café.

Ses manches retroussées découvraient des avant-bras puissants où la sueur avait tracé de fins sillons humides, comme sur son visage.

Elle l'avait toujours trouvé particulièrement séduisant quand il travaillait à l'extérieur, un peu poussiéreux, un peu fatigué, le visage hâlé. Et elle ne pouvait pas nier que les odeurs de cuir et de coton chauffés au soleil avaient quelque chose de troublant…

— Comment ça se passe ? demanda-t-il.

— Bien.

— Tu n'as pas besoin d'aide ?

— Non, merci. Andy a déchargé les sacs de couchage pour moi. Je viens de sortir le pain. Les haricots mijotent. La salade est prête. Et je m'apprête à faire griller la viande. Si j'ai oublié quelque chose, dis-le-moi.

— On dirait que tu as pensé à tout.

Elle entendit soudain quelque chose siffler à son oreille. L'instant d'après, elle se retrouvait à terre, écrasée par le poids de Tyler.

— Julie, dit-il. Tu n'as rien ?

— Que s'est-il passé ?

Il l'aida à se relever puis, les mains sur ses épaules, la fit pivoter.

— Regarde.

Elle découvrit une flèche plantée dans l'un des montants de la roulotte, précisément à la hauteur de sa tête.

Tyler saisit la flèche et essaya de la déloger. Il avait beau tirer de toutes ses forces, elle resta fichée dans le bois.

Tandis que Julie insistait pour se remettre au travail, il se dirigea vers la zone de tir, à présent désertée par les participants.

Une vachère du nom de Mele, originaire d'Hawaii, où ses parents avaient une exploitation agricole, s'était proposée pour la leçon.

Lorsqu'il rejoignit sa jeune employée, cette dernière était occupée à récupérer toutes les flèches plantées dans les bottes de paille.

— Où est passé tout le monde ? demanda Tyler quand il ne fut plus qu'à quelques pas.

— La leçon vient de se terminer, et ils avaient tous hâte de se mettre à table.

Tyler expliqua ce qui s'était passé, et demanda si l'un des archers s'était comporté étrangement.

— Pas à ma connaissance. Mais le seul à être assez expérimenté pour lancer une flèche aussi loin me semble être John Smyth. Meg Peterson et Red Sanders n'ont pas mis une seule fois dans le mille, et le Dr Marquis a eu l'air de dormir pendant toute la leçon.

Elle haussa les épaules, en affichant une moue contrite.

— Je ne sais pas quoi vous dire, mais il est possible que quelqu'un ait visé dans la mauvaise direction et que la flèche soit partie toute seule. On a vu des choses plus étranges.

— C'est vrai, dit Tyler, mais la mise en garde de sa mère

à propos de Smyth résonnait dans sa tête. Smyth a emporté son arc avec lui ?

— Comme tout le monde. Les participants sont prévenus qu'ils doivent rapporter le matériel au camp, à l'exception des flèches qui doivent être récupérées par un employé. Mais vous le savez, puisque c'est vous qui avez fixé les règles. Quoi qu'il en soit, M. Smyth ne m'a pas fait l'impression d'être un homme imprudent.

Tandis qu'il faisait demi-tour, Tyler se demanda si l'incident était lié à ce que Julie lui avait raconté la nuit précédente. Mais ne s'en serait-elle pas rendu compte si Trill faisait partie du voyage ? Elle avait rencontré tout le monde quand les participants avaient apporté leur sac de couchage à la roulotte, et elle aurait forcément reconnu le policier qui la menaçait.

Le temps que Tyler revienne au campement, les vachers avaient commencé à monter des tentes blanches pour ceux qui voulaient les utiliser. Les pêcheurs étaient revenus, et Julie avait proposé de faire griller leurs prises. Des cuisses de poulet finissaient de rôtir sur le grill, des steaks les rejoindraient bientôt, le feu de camp à l'ancienne préparé par Andy brûlait à plein régime et la lumière commençait à décliner.

Quelques personnes s'étaient assises sur des balles de paille et tenaient des cocktails à la main. Le ranch ne fournissait pas d'alcool, mais les invités pouvaient apporter leurs propres réserves s'ils le souhaitaient. Red faisait partie de ceux qui avaient un verre et, à en juger par la couleur de ses joues, ce n'était pas son premier. John Smyth discutait avec le Dr Marquis et Bobby Taylor.

Tyler entendit Andy se lancer dans une anecdote haute en couleur tandis qu'il rejoignait Julie.

— Tu as trouvé qui…, commença-t-elle.

— Non. Je pense que quelqu'un a dû prendre un équipement et faire l'idiot avec, sans se rendre compte du drame que cela aurait pu provoquer.

Elle le dévisagea à travers la fumée du grill.

— J'espère que ça ne se reproduira plus.

— Certainement pas. Je vais faire une mise au point à propos de la sécurité et demander à la personne qui a fait ça de se dénoncer.

— C'est un peu exagéré.

— Tu n'as pas l'air de te rendre compte que…

— Que j'aurais pu être tuée ? Si. Je sais.

7

Julie prit une profonde inspiration pour tenter de se calmer. Voilà, c'était dit, la pensée qui la taraudait depuis l'instant où elle avait vu cette flèche et l'avait imaginée maculée de son sang avait été formulée à voix haute.

Trill l'avait retrouvée.

Mais il n'y avait pas une seule personne ici qui lui ressemblait d'une quelconque façon. Il fallait qu'elle cesse de s'inventer des scénarios catastrophe. Le flic qui en avait après elle n'était pas du voyage.

— Nous ne savons même pas si c'est quelqu'un du campement qui a tiré cette flèche, dit-elle.

— Qui voudrais-tu que ce soit d'autre ?

— Quelqu'un aurait pu nous suivre. Regarde le campement.

— Eh bien, quoi ?

— Regarde-le vraiment. Regarde les gens.

Tyler fit ce qu'elle lui demandait. Presque tout le monde s'était rassemblé autour du feu, partageant des histoires, riant… Les seules personnes manquantes étaient les vachers chargés de surveiller le troupeau pour la nuit.

— Tes invités commencent à se sentir en confiance. Si tu insinues que quelqu'un a délibérément tiré sur moi, ils vont commencer à se méfier les uns des autres, et ça gâchera leur voyage.

— Mais si quelqu'un a essayé de te tuer…

— Je sais, je sais, et je suis terrifiée à l'idée que celui

qui a commencé en Oregon m'ait suivie ici. Mais nous n'en savons rien. Ce n'est peut-être qu'une maladresse.

— Mais…

— Laisse la flèche où elle est. Il ne faudra pas longtemps avant que quelqu'un commence à poser des questions. J'attirerai leur attention sur la sécurité, sans avoir l'air de me faire passer pour une victime. De toute façon, l'équipement de tir à l'arc restera sur place quand nous nous en irons demain. Le problème se résoudra tout seul, n'en faisons pas toute une histoire.

Tyler ne parut pas satisfait, et Julie fut étrangement ravie qu'il se rende enfin compte qu'elle était en danger. Mais elle ne pouvait pas pour autant mettre en péril toute l'expédition, pour ce qui n'était peut-être qu'un malheureux incident.

— Laisse-moi, dit-elle. Je dois terminer de faire cuire les steaks. Va t'occuper de tes hôtes.

Elle le vit s'asseoir près du médecin, qui voulut savoir comment se passerait le franchissement de la rivière. Il semblait anxieux, ce qui était compréhensible compte tenu de la façon dont il se tenait à cheval.

— Nous ferons passer le troupeau quelques kilomètres plus loin, là où le débit de l'eau et la profondeur sont plus faibles.

— Mais, et la roulotte ? demanda Meg Peterson.

— Elle passera au même endroit que nous, en prenant la tête. Julie a l'habitude et Andy est là pour l'aider en cas de besoin. Le temps que nous conduisions le bétail dans le bas du ravin où nous passerons la nuit, notre cuisinière aura préparé le café pour nous accueillir. N'est-ce pas, Julie ?

Elle agita la main.

— C'est exact.

— Et pour le déjeuner ? demanda Bobby Taylor.

— Ça se passera comme pour aujourd'hui. Vous transporterez de l'eau et de la nourriture à cheval avec vous.

Mais ne craignez rien, le petit déjeuner sera si copieux que vous n'aurez pas vraiment faim.

— Je ne parierais pas là-dessus, dit Bobby en tapotant son ventre proéminent.

Julie actionna la cloche pour annoncer que le repas était prêt, et toutes les têtes se tournèrent vers elle.

Tyler dîna en compagnie de la femme au fort accent du Minnesota, mais il s'excusa sitôt la dernière bouchée avalée et vint déposer son assiette dans le bac à vaisselle.

— Tu t'es bien débrouillée, dit-il. Tout était délicieux. En fait, tes haricots sont meilleurs que ceux de Rose, mais ne lui répète pas ce que j'ai dit.

— Promis. Tu as eu de ses nouvelles ?

— Il n'y a pas de réseau à cause de la montagne. Mais s'il y avait un problème, elle enverrait un employé avec un quad. A mon avis, elle n'avait tout simplement pas envie de venir.

Ou elle avait imaginé ce subterfuge pour les forcer à passer du temps ensemble, songea Julie, sans le dire.

— Il faut que j'aille prendre mon tour de garde pour permettre à quelqu'un d'autre de dîner, annonça Tyler. Tu veux que je demande à deux employés de t'aider pour la vaisselle ?

— Non, merci. Andy a pompé de l'eau du puits, et je l'ai déjà mise à chauffer. Tout est parfaitement organisé.

— J'essayais seulement de t'aider. Tu as l'air épuisée.

— J'ai accepté ce travail et je le ferai jusqu'au bout. Tes employés ont autre chose à faire.

Tandis que Tyler et Andy enfourchaient leur monture et s'éloignaient ensemble dans le soleil couchant, Julie accepta les compliments de quelques dîneurs enthousiastes et se mit à la tâche.

— Laissez-moi vous aider, dit une voix masculine tandis qu'elle finissait de gratter les dernières assiettes.

Elle reconnut la haute silhouette de John Smyth alors qu'il s'avançait dans le halo de la lanterne.

— Ça va, je m'en sors très bien.

— Je vais laver et vous rangerez, dit-il en remontant ses manches. Je ne saurais pas où vont les choses.

Se rappelant qu'elle voulait l'interroger sur la présence éventuelle d'un rôdeur près de son bungalow la nuit précédente, elle acquiesça.

— C'est une belle nuit, dit-elle en attrapant un torchon.

— C'est vrai.

Il sifflota quelques notes et s'arrêta.

— Cet air me trotte dans la tête. Je ne sais pas où je l'ai entendu.

— Ça vient de Tyler.

— Ah bon ? C'est obsédant. Vous savez comment ça s'appelle ?

— Je n'en ai pas la moindre idée. Je l'ai toujours entendu siffloter cet air.

— Donc vous le connaissez depuis longtemps ?

— Je n'ai pas dit ça.

Il eut un petit rire gêné, comme s'il avait conscience d'être allé trop loin.

— Je voulais vous demander quelque chose, reprit-il après un moment. J'avais envie d'aller proposer mon aide pour surveiller le troupeau cette nuit. Vous croyez que c'est possible ?

— Pourquoi pas ? dit-elle en vidant une bouilloire d'eau chaude dans le bac de lavage.

Les nuits sans sommeil qui avaient précédé ce voyage commençaient à se faire sentir, et elle ne put réprimer un bâillement.

— Tyler propose généralement aux participants de s'inscrire dans l'après-midi. Je pensais qu'il l'avait fait.

— J'ai dû rater ça. Je me suis mis un peu à l'écart pendant un moment.

Elle redressa brusquement la tête, les sourcils levés. Avait-il rôdé autour des équipements de tir à l'arc, une fois la leçon terminée ?

La regardant continuer à préparer les bassines pour la vaisselle, il remarqua :

— Vous faites ça comme si vous étiez née dans un ranch.

— J'ai un peu d'expérience.

— Où ?

— Ici et là.

— Vous avez déjà travaillé pour Tyler ?

Elle haussa les épaules.

— On peut dire ça.

— Depuis combien de temps le connaissez-vous ?

— Qui a dit que je le connaissais ?

Il esquissa un sourire entendu.

— Il y a quelque chose qui passe entre vous, on décèle une certaine alchimie quand vous êtes ensemble.

— Ah…

— D'ailleurs, j'ai entendu Andy dire que vous aviez déjà participé à plusieurs transhumances.

Julie rinça un plateau en étain et le sécha, avant de le poser sur la pile de vaisselle déjà essuyée.

Que cherchait au juste John Smyth ?

Ses questions semblaient anodines, mais elles lui rappelaient Roger Trill, et la façon dont ce dernier l'avait interrogée à propos du Pr Killigrew.

— Je suis sûre que vous avez été surpris de me voir ce matin, après que je vous ai dit que je ne participerais pas à la transhumance, dit-elle en évitant ainsi de répondre à sa dernière remarque.

— Non. En fait, je n'ai pas du tout été surpris.

— Pourquoi cela ?

— Parce que je me suis levé de bonne heure, et j'ai rencontré Rose près de la roulotte. Nous avons parlé quelques minutes. Elle m'a dit qu'elle ne se sentait pas bien et qu'elle allait demander à quelqu'un de la remplacer. Quand j'ai demandé qui, elle a parlé de vous.

Julie lui jeta un regard en coin, sans savoir quoi penser.

— En parlant de la nuit dernière, vous n'avez vu personne quand vous étiez près de mon bungalow ?

— Je ne pense pas. Pourquoi ?

— Je me demandais si je risquais de tomber sur d'autres âmes esseulées en me levant au milieu de la nuit pour utiliser les toilettes.

— Pas que je sache.

Elle ne pouvait pas lui demander franchement s'il avait vu quelqu'un entrer dans son bungalow. Pour commencer, cela risquerait de l'alarmer, et il serait peut-être tenté d'en parler aux autres participants. L'esprit de camaraderie qui était tellement nécessaire au bon fonctionnement de ce genre de périple en serait affecté. D'autre part, il pourrait penser qu'elle l'accusait — d'ailleurs, cette pensée lui avait traversé l'esprit.

Tout serait différent si elle était une invitée comme les autres, et pas une sorte d'employée ayant un lien émotionnel avec le patron — une connexion que Smyth avait d'ailleurs aisément perçue. En tout état de cause, elle devait protéger Tyler si elle le pouvait.

— C'est bon à savoir, dit-elle, en ayant hâte que la vaisselle se termine et que cet hôte un peu trop curieux s'en aille.

Tyler et Andy avaient pris le premier tour de garde, l'un assis sur une pierre plate, sous un ciel constellé d'étoiles, l'autre à l'endroit qu'il préférait au monde — sur la selle d'un cheval.

Dès que la garde serait terminée, Andy s'endormirait comme une masse près du troupeau, redoutant moins leur compagnie que celle des humains. Tyler, quant à lui, attendrait la relève pour rentrer au camp.

Deux heures plus tôt, John Smyth était venu proposer son aide et Tyler avait accepté, mais la conversation anodine de son hôte l'avait vite lassé, et ses pensées avaient dérivé vers Julie.

Sentant probablement qu'il était de trop, Smyth s'en était retourné comme il était venu, tandis que Tyler ressassait toujours les mêmes angoisses. Le souvenir de cette flèche plantée sur le côté de la roulotte l'obsédait. Il s'en était vraiment fallu de peu qu'elle atteigne mortellement Julie.

Tyler se redressa en entendant des voix, et vit deux de ses employés approcher.

Surpris, il se servit de la touche d'éclairage du cadran de sa montre pour regarder l'heure. Ses quatre heures de garde étaient passées incroyablement vite. D'habitude, le fait d'être assis sous le ciel étoilé, avec le doux clapotis de l'eau en bruit de fond et la respiration lente des vaches, donnait l'impression que le temps s'écoulait avec une lenteur lénifiante.

Il se leva et étira ses muscles endoloris, puis il prit le chemin du campement, pressé de dérouler son sac de couchage et de dormir.

Surpris de voir de la lumière à l'arrière de la roulotte, il bifurqua dans cette direction, s'attendant à trouver un Bobby Taylor affamé en train de piller les réserves de barres de céréales. Mais ce fut Julie qu'il découvrit à son poste de travail.

— Que fais-tu ? demanda-t-il, bien que ce ne soit pas très difficile à comprendre.

Contre toute attente, elle détaillait des poivrons en lanières.

— Je prends de l'avance pour le petit déjeuner. Des omelettes façon Denver.

— Julie, ce n'est pas raisonnable. Tu as besoin de sommeil.

— Non, ça va.

Il plissa les yeux.

— D'accord, quel est le problème ? Il s'est passé autre chose ?

— Non. Tout va bien. Je finis ça et je…

— Je ne te crois pas.

— Non, je t'assure que tout va bien. Va te coucher.

— Tu ne serais pas un peu nerveuse à l'idée de passer la nuit toute seule après cette histoire de flèche ?

— Non.

— Alors, quoi ?

— Je n'ai jamais dormi seule à la belle étoile, et je n'ai pas envie de partager une tente avec les secrétaires. D'abord, ce sont des invitées et elles n'ont pas à supporter la présence d'une employée. Et, en plus, je dois me lever dans quatre heures.

— Julie, nous avons tous les deux besoin de dormir…

Il lui prit le couteau et le posa sur la planche à découper.

— Andy m'a dit que tu tenais à conduire la roulotte. Tu ne peux pas assumer une activité aussi physique en ne dormant que quelques heures. Si tu voulais une tente, il fallait le demander aux hommes, ils t'en auraient installé une. Et puisque tu veux que je te traite comme mes autres employés, je t'ordonne d'aller dormir.

Il marqua une hésitation avant d'ajouter :

— Je vais m'installer là-bas près des arbres. Laisse tomber tes légumes et viens avec moi. Ce ne sera pas la première fois que nous passerons la nuit sous les étoiles tous les deux.

Il n'aurait pas dû ajouter ce dernier commentaire, car il vit aussitôt dans ses yeux qu'elle n'avait pas plus que lui oublié leur dernière nuit ensemble sur ce campement.

Mais, l'instant d'après, elle se mit à bâiller, et il comprit que la fatigue couplée à la peur serait un facteur décisif.

Elle disposa les légumes tranchés dans un contenant en plastique et déposa celui-ci dans une glacière, puis elle prit son sac de couchage.

Tyler éteignit la lanterne et se servit de sa torche pour les guider vers la rivière. Il savait que dormir à côté d'elle serait une torture, mais la sécurité de Julie restait sa priorité.

Ils déroulèrent leur sac sur un site qu'il avait choisi un peu plus tôt, sous un bosquet de pins qui, avec les années, avaient perdu suffisamment d'aiguilles pour former un épais matelas au sol.

Eteignant la torche, Tyler ôta son jean et son T-shirt et les plia pour les glisser sous son oreiller. Devinant la silhouette de Julie tandis qu'elle se mettait également en sous-vêtements à côté de lui, il détourna le regard.

L'air était frais, et ils ne perdirent pas de temps à se glisser dans leur sac de couchage.

Le petit soupir de contentement de Julie tandis qu'elle se lovait confortablement dans le duvet flotta un instant dans le silence de la nuit.

En tendant la main, il aurait pu la toucher, pensa Tyler. Il ne le fit pas, évidemment, mais fut troublé de constater à quel point il en avait envie.

Avant hier, il n'avait pas pensé à elle pendant des semaines. Il était bien sans elle, il l'avait reléguée dans son passé…

Mais s'il avait réellement tiré un trait sur leur mariage, pourquoi ne lui avait-il pas renvoyé les papiers du divorce signés ?

Il tourna la tête. Les cheveux d'ébène de Julie luisaient au clair de lune, si noirs contre son oreiller.

Il s'exhorta au stoïcisme, essaya de rester impassible tandis que des images d'autrefois défilaient dans son esprit comme des scènes d'un film.

Plonger nus dans la rivière, faire l'amour dans l'eau et se laisser tomber sur le rivage, à bout de souffle et heureux. Laisser le soleil sécher leur peau, et tomber de nouveau dans les bras l'un de l'autre…

Oui, ils avaient vécu tout cela, et pourtant ces souvenirs lui semblaient appartenir à quelqu'un d'autre.

C'était proche et loin à la fois. Bien réel, mais avec une impression de l'avoir rêvé.

Un juron étouffé et des bruits de Nylon froissé à côté de lui le ramenèrent à la réalité.

Il se redressa brusquement. Julie se débattait pour s'extirper de son sac de couchage.

Elle l'appela à l'aide d'un ton désespéré. Il se libéra aussitôt et vint lui prêter main-forte, bataillant dans le noir avec la fermeture à glissière de son duvet.

Dans sa hâte à se dégager, elle trébucha sur lui et ils tombèrent tous les deux au sol dans un enchevêtrement de jambes nues.

— Mais qu'est-ce qui te prend ? marmonna-t-il.

Pour la réponse, il devrait attendre. Elle s'était déjà relevée et courait vers la rivière.

8

Tyler attrapa sa torche et suivit Julie tandis qu'elle dévalait la berge en pente. En entendant un bruit de plongeon, il promena le faisceau lumineux le long de la rivière et la vit immergée dans l'eau jusqu'au menton.

La rivière était encore fraîche à cette période de l'année, et il fut surpris par son comportement. Quelle mouche l'avait donc piquée ?

Il s'approcha du bord et resta à l'observer, pieds nus sur l'herbe humide.

Lorsqu'elle sortit de l'onde, un brutal élan de désir le saisit devant cette vision de nymphe lacustre.

Dans la clarté de la lampe, son corps se dessinait sous le tissu devenu transparent de ses sous-vêtements ruisselant d'eau. Contrastant avec ses cheveux noirs, son visage et ses épaules prenaient des reflets de nacre sous le scintillement des étoiles.

Son trouble se communiqua à sa voix, et ce fut d'un timbre plus rauque qu'il dit :

— Mais qu'est-ce que tu fiches ?

Elle se rapprocha de lui et parla si bas qu'il eut du mal à la comprendre, d'autant qu'elle claquait des dents.

— Des araignées, Tyler. Dans mon sac de couchage. Je commençais à m'endormir, et j'ai senti quelque chose avec mon pied.

— Des araignées ?

— Pas au début. J'ai d'abord senti quelque chose qui

ressemblait à du carton. Je me suis dit que la teinturerie avait oublié une étiquette. C'était presque au fond — tu sais combien ces duvets sont longs, étant donné qu'ils sont prévus pour plusieurs tailles. J'ai donné un coup de pied pour m'en débarrasser et, quelques minutes plus tard, j'ai senti quelque chose monter sur ma jambe.

— Et tu es sûre que c'était une araignée ?

Elle frissonna.

— Je crois, oui.

— Viens, dit-il en la guidant vers les sacs de couchage.

Il ne vit personne dans les parages, et en déduisit qu'ils n'avaient pas fait autant de bruit qu'il le pensait.

— Reste un peu à l'écart, dit-il, je vais jeter un œil.

Il prit le temps de lui tendre sa veste, prise sur la pile au sol, et enfila son jean et ses bottes tandis qu'elle frissonnait dans ses sous-vêtements mouillés.

Eclairant le sac de couchage, il l'ouvrit complètement. La doublure était bleu ciel, et il ne fut pas difficile de voir les silhouettes noires de plusieurs araignées effrayées par la lumière décamper en tous sens.

Tyler parvint à en écraser une et s'accroupit pour l'examiner de plus près. Puis il chercha l'objet que Julie avait senti avec son pied.

Se redressant, il la prit par la main.

— Viens avec moi.

— Où allons-nous ? J'ai froid.

— On retourne près de la rivière. Il faut que tu enlèves tes sous-vêtements pour que je m'assure que tu n'as pas été piquée.

— Quoi ?

— C'est pour ça que je t'ai ramenée ici, pour être plus tranquilles. Mais nous pouvons demander à une femme de t'aider, si tu insistes.

— Non, ça va. Tu m'as déjà vu nue. Ce n'est pas une fois de plus qui changera quoi que ce soit. Mais, pour ce qui est des araignées, je ne crois pas avoir été piquée. Et quand bien même ce serait le cas, est-ce que c'est si grave ?

— Celle que j'ai tuée ressemble à une araignée clochard, une variété particulièrement venimeuse. Il vaut mieux vérifier, d'autant qu'avec le froid tu ne dois pas être capable de sentir si tu as été piquée ou non. Déshabille-toi, je vais faire vite.

— Ce n'est vraiment pas comme ça que j'envisageais cette transhumance, grommela-t-elle.

Elle lui tourna le dos et ôta ses sous-vêtements.

— Je vais vérifier le côté face, dit-elle.

Il lui passa la lampe et s'absorba dans la contemplation de l'eau, en essayant d'oublier qu'elle était nue à quelques pas de lui.

Finalement, elle lui redonna la lampe et il examina son dos.

Il ne la toucha pas, ce n'était pas nécessaire, mais il en brûlait d'envie. Et quand il souleva ses cheveux pour regarder ses épaules, il ne put s'empêcher de penser aux centaines de fois où il avait accompli ce geste avant de l'embrasser dans le cou. Les douces rondeurs de ses fesses appelaient les caresses, et il s'attarda à les observer peut-être un peu plus longtemps qu'il n'était nécessaire.

Balayant le faisceau lumineux sur ses jambes, il tiqua en découvrant les contusions résultant de sa chute sur la chaussée devant un bus.

— Bien, dit-il en lui tendant la veste qu'elle tint devant sa poitrine, je vais aller chercher tes vêtements.

Un coup d'œil lui suffit pour noter le changement.

Quelqu'un s'était approché de leur bivouac.

Il balaya le campement de sa lampe. Tout était paisible, mais il était certain qu'on l'observait.

Il prit les vêtements de Julie et le reste de ses affaires, secouant le tout vigoureusement tandis qu'il regagnait le bord de l'eau au pas de course. Son agitation s'apaisa quelque peu lorsqu'il repéra entre les ombres la souple silhouette de liane de Julie.

— Et voilà ! Garanti sans araignées.

Tandis qu'elle commençait à s'habiller, il enfila sa chemise et la boutonna.

— Je viens de penser à quelque chose, dit-elle. Si mon sac est infesté, les autres le sont peut-être aussi. Il faut réveiller les gens…

— Non, c'est inutile. Ce carton que tu as senti, c'était celui d'une boîte d'œufs.

Elle fit passer son pull au-dessus de sa tête et le regarda avec surprise.

— Une boîte d'œufs ?

— Et ce n'est pas le modèle que nous utilisons au ranch, ce qui veut dire que quelqu'un l'a apportée. Mais il y a autre chose. Il y avait des petites incisions en V sur le couvercle.

— Tyler, je ne comprends rien à ce que tu dis. Pourquoi y avait-il une boîte d'œufs ?

— Pour transporter les araignées.

— Et les incisions ?

— Pour insérer les araignées une à une à l'intérieur des alvéoles, à l'aide d'une pince à épiler, par exemple, et ainsi éviter qu'elles se sauvent. Imagine-toi qu'elles ne vont pas attendre gentiment que tu les mettes dans la boîte et que tu refermes le couvercle.

— Donc, tu crois que quelqu'un a déposé cette boîte pleine d'araignées spécialement dans mon sac ?

— Oui. Et je n'ai pas à te rappeler que chaque duvet est clairement étiqueté.

— Sauf que mon étiquette est au nom de Rose.

— Et tout le monde savait que maman t'avait proposé de la remplacer.

— Mais, même si j'avais été piquée, ça ne m'aurait pas tuée immédiatement, à moins d'être allergique. J'aurais eu le temps de retourner au ranch.

— Peut-être. Mais si tu avais subi plusieurs piqûres tandis que tu dormais… qui peut savoir.

— Je ne comprends pas, Tyler. Montre-moi.

— Je ne peux pas. La boîte a disparu, ainsi que l'araignée que j'ai écrasée.

— Comment est-ce possible ?

Il passa un bras autour de ses épaules tremblantes.

— Je suis désolé de ne pas t'avoir prise au sérieux la première fois. Tu as raison, quelqu'un essaie de te tuer.

Elle soupira.

— Et, tôt ou tard, il y arrivera.

— Ne sois pas aussi défaitiste. Qui sait que tu es ici ? A part les employés du ranch.

— Personne.

— Tu n'as dit à personne que tu étais originaire d'ici ?

— Non, Tyler. J'ai utilisé mon nom de jeune fille en Oregon.

— C'est valable avec tes amis, mais pas pour tout ce qui est administratif. Et c'est vrai pour un emploi, une ouverture de compte, la location d'un appartement. Tu as forcément dû employer ton nom de femme.

— C'est vrai. Je n'y avais pas pensé.

— Et ce flic, Trill, ce n'était pas un problème pour lui d'avoir accès à ton identité.

A bout de forces, elle se frotta les yeux en bâillant.

— Dans ce cas, tout le monde connaît mon vrai nom. Mais je n'ai jamais parlé du Montana.

— Tout le monde sauf tes amis.

— En fait, il n'y a qu'une seule personne avec qui j'ai vraiment sympathisé, et j'ai bien pris soin de ne pas lui dire mon vrai nom. Même hier, quand je lui ai parlé.

— Tu lui as parlé ?

— C'est une voisine, et je sais qu'elle se serait inquiétée. Je ne lui ai pas dit d'où j'appelais, et je lui ai fait promettre de ne dire à personne que nous nous étions parlé.

— Attends. A qui aurait-elle pu le dire si elle était ta seule amie vraiment proche ?

— A Trill. Il est venu chez moi et a convaincu le gardien de lui ouvrir. Puis il a sonné chez Nora pendant que nous étions au téléphone. Il a essayé de lui faire croire que j'étais suicidaire, et il voulait qu'elle vérifie s'il manquait quelque chose dans mon appartement. Et Nora m'a dit que le Pr Killigrew était également venu me voir.

— C'est ton employeur ?

— C'était.

— Pourquoi ne m'as-tu pas dit tout ça hier ?

— Tu n'étais pas spécialement d'humeur à m'écouter.

Il eut une petite grimace confuse.

— Non, je suppose que non.

— On a également fouillé mon bungalow pendant que nous étions dans l'écurie.

— Quelque chose a été pris ?

— Non. John Smyth se trouvait à l'extérieur quand je suis rentrée la nuit dernière. Lorsque je lui ai demandé s'il avait vu quelqu'un rôder dans le coin, il a affirmé que non.

— Ce type est partout.

Laissant passer un silence, il ajouta :

— Nous devons prendre une décision, Julie.

— Nous ?

— Oui, nous. Tu es venue me demander de l'aide, et je suis enfin sur la même longueur d'ondes que toi. Ce que je propose, c'est que tu termines la transhumance et que nous gardions en permanence les hôtes à l'œil. Je peux demander aux vachers de nous aider, sans leur dire pourquoi.

— Et si c'est l'un d'eux ?

— Un de mes hommes ? Sûrement pas ! La boîte d'œufs ne vient pas du ranch et aucun d'eux ne s'est absenté depuis des semaines. Sinon, il y a une autre option : tu pars demain, tu passes à la maison prendre le chéquier, tu vas en ville acheter tout ce dont tu as besoin, et tu files chez tes parents. Ou alors, je confie la responsabilité de la transhumance à quelqu'un et je viens avec toi.

Il s'interrompit un court instant avant d'ajouter d'un air pensif :

— Je pourrais aussi tout annuler…

— Non. Il faudrait rembourser tout le monde. Il n'en est pas question.

— Si cela pouvait résoudre le problème, je n'hésiterais pas. Mais le danger vient d'un des participants : ramener tout le monde au ranch avec nous ne nous aidera pas beaucoup.

— Si tu n'as pas d'autre proposition, je vote pour la première.

— Bien. C'est également mon choix. Et maintenant, essayons de dormir un peu. Je propose que nous nous installions dans la roulotte. Là, au moins, nous serons tranquilles.

Julie n'avait pas envie de dormir aussi près de lui, mais leurs choix étaient limités. Ils allaient devoir partager le même sac de couchage.

Elle était persuadée qu'elle ne fermerait pas l'œil, et pourtant elle s'endormit instantanément.

Le jour se levait quand Julie sentit Tyler lui secouer l'épaule.

Elle n'avait dormi que deux heures, et pourtant elle se réveilla immédiatement, l'esprit aussitôt en alerte.

— Il faut que j'aille m'assurer que le troupeau va bien, dit Tyler. Et il n'y avait pas moyen de sortir de ce duvet sans te réveiller.

— Ce n'est pas grave, dit-elle en faisant de son mieux pour ignorer le frisson que lui procurait cette proximité. Il est probablement temps que je commence à cuisiner.

— Dois-je te rappeler d'être prudente ?

— Non, mais je ne suis pas sûre de savoir comment me protéger des choses bizarres qui se produisent.

— Fais attention à ton entourage.

Il finit par s'extirper du sac de couchage et lui tendit la main, mais elle se débrouilla sans la prendre.

La nuit dernière les avait précipités dans un cocon de fausse intimité. Elle s'était retrouvée dans le rôle de sa femme avec trop de facilité, et il prenait un peu trop les choses pour acquises — ce en quoi elle l'avait d'ailleurs encouragé.

Mais n'était-ce pas profondément injuste de lui promettre quelque chose qu'elle ne pouvait pas lui donner, à savoir un avenir à deux ?

Après le départ de Tyler, Julie se mit au travail sans perdre de temps.

Des lambeaux de brume s'étiraient au creux des collines, et des gouttes de rosée faisaient scintiller la prairie comme autant de minuscules diamants.

Dans un ciel zébré de rose pâle, un soleil voilé tentait de percer l'écran cotonneux des nuages. Alentour, il n'y avait pas un bruit, sinon le chant d'un criquet dissimulé dans les hautes herbes.

Gagnée par la sérénité de ce moment, Julie respira l'air doux et parfumé en se disant que la journée serait belle, au moins sur le plan météorologique. Pour le reste, elle verrait bien.

Une heure plus tard, les hôtes commencèrent à arriver, certains marchant avec raideur, conséquence des heures passées en selle la veille.

Le Dr Marquis faisait grise mine et toucha à peine à l'omelette, aux saucisses et à la salade de fruits que Julie avait préparés.

Tandis que tout le monde se restaurait, elle trouva de quoi s'occuper en préparant des en-cas pour la journée. Mais ce qui se passait dans sa tête n'avait rien à voir avec l'attitude posée qu'elle affichait.

Une de ces personnes parfaitement ordinaires avait essayé de la tuer. Deux fois.

Et ça pouvait être n'importe qui car ils étaient tous des inconnus, à l'exception du couple de retraités. Donc il pouvait s'agir du fils Taylor, au comportement si guindé, d'une des secrétaires, ou de l'avocat à la moustache flamboyante.

Et pourquoi pas Meg Peterson, les frères amateurs de pêche ou même le médecin ?

Ou John Smyth.

Le plus étonnant à propos des incidents de la veille, c'est que Smyth n'était pas dans les parages, alors qu'il semblait toujours être partout.

Elle le chercha des yeux et le trouva assis sur une balle de foin avec Merry. A moins que ce ne soit Sherry. Elle avait toujours un peu de mal à les différencier. La jeune femme parlait d'un ton volubile, et John avait la tête penchée comme s'il écoutait avec le plus grand intérêt.

Julie savait que ce n'était pas le cas. Son attention semblait dirigée ailleurs et elle suivit son regard. Comme par hasard, il regardait vers le bosquet de pins près de la rivière, où avait eu lieu l'incident avec les araignées.

Et soudain, il tourna les yeux vers elle et la surprit en train de l'observer. Elle lui adressa aussitôt un sourire, et il fit de même.

Entre-temps, le Dr Marquis s'était avancé vers la poubelle pour y jeter le contenu de son plateau à peine entamé.

— Je peux vous proposer autre chose ? demanda-t-elle tandis qu'il déposait sa vaisselle dans le bac à laver.

— Non, non. Votre repas était délicieux.

— Je n'ai pas pu m'empêcher de remarquer que vous mangez très peu. J'espère que vous n'êtes pas malade.

— Pas du tout. Mais je me suis fait poser un anneau gastrique il y a quelque temps, et quelques bouchées suffisent maintenant à me rassasier.

— Oh ! je comprends.

— Vous voyez donc que ça n'a rien à voir avec votre cuisine.

— J'en suis ravie.

— J'aimerais autant que vous n'en parliez à personne d'autre.

— N'ayez crainte, je ne dirai rien. Votre secret sera bien gardé avec moi. Et si vous avez vraiment envie de quelque chose, n'hésitez pas à me le dire, d'accord ?

— C'est entendu.

Tyler et trois employés qui avaient manqué le petit déjeuner revinrent au campement un peu plus tard, alors que Julie faisait la vaisselle.

Elle ne put s'empêcher de regarder Tyler guider sa monture avec une aisance qu'elle-même n'aurait jamais, observant au passage les muscles de ses longues jambes jouer à travers son jean qui le moulait comme une seconde peau.

Aussi impressionnant de force et de beauté que son cheval, il semblait ne former plus qu'un avec lui. Et, en dépit de ce qu'elle pensait des cow-boys, de leur mode de vie passéiste et de leur misogynie, c'était une vision qu'elle ne pouvait s'empêcher d'admirer.

Après avoir déposé leurs sacs de couchage dans la roulotte afin qu'ils soient transportés jusqu'au prochain campement, la plupart des hôtes étaient partis avec le premier groupe de vachers et s'affairaient maintenant à encercler le bétail.

Sa position d'avant-poste supposait que Julie aurait déjà dû être partie depuis un moment, mais elle avait pris du retard sur son programme — le manque de sommeil sans doute, et le stress de la situation.

Tyler se dirigea vers elle, le regard brûlant de questions.

— Il ne s'est rien passé, s'empressa-t-elle de dire. Tout est aussi normal qu'il est possible. Je t'ai préparé des sandwichs et des œufs durs à emporter en cas de besoin.

— Nous avons le temps de nous asseoir quelques minutes. Et toi, tu as mangé ?

— Oui, oui, ne t'inquiète pas.

Ses coéquipiers et lui dévorèrent les sandwichs et finirent le repas par des fruits et du café.

Andy fut le premier à se lever. Après avoir éteint le feu de camp, il sacrifia à son rituel en remplissant sa bouteille isotherme à la fontaine à café.

Le reste de l'équipe fut bientôt prêt à lever le camp, et Tyler tint à dire un dernier mot à Julie.

— Sois prudente aujourd'hui.

— Je le serai.

— On se revoit dans quelques heures.

Elle hocha la tête, secrètement déstabilisée par l'envie de le retenir ou de l'accompagner — peu importait du moment qu'elle n'était pas seule.

L'illusion de sécurité que lui procurait sa présence était assurément un penchant qu'elle devait combattre. Aussi s'obligea-t-elle à quitter des yeux sa silhouette qui s'éloignait et à terminer sa tâche.

Pendant ce temps, Andy avait attelé Ned et Gertie. Tandis que Julie rangeait la dernière casserole dans sa malle et s'assurait que tout était bien fixé, le vieux cow-boy la rejoignit à l'arrière de la roulotte.

— Vous voulez conduire ?

— Jusqu'à la rivière. Et ensuite, ce sera à vous de jouer. Vous savez où nous allons traverser, je suppose ?

— Dans cinq kilomètres.

— A la fourche près de l'arbre foudroyé ?

— Exact. Allez, en route, ma mignonne.

Il lui tendit la main pour l'aider à se hisser sur la banquette et baissa la voix, bien qu'il n'y eût plus personne dans les parages.

— Le patron m'a raconté ce qui se passe. Mais pas de panique, ma belle. Celui qui voudra vous attaquer devra me passer sur le corps. Pour sûr !

Elle lui adressa un sourire reconnaissant, mais elle était en réalité loin de ressentir la confiance qu'elle affichait.

Ils avaient affaire à un assassin très déterminé à ce qu'elle ne passe pas la journée.

Et elle ne savait pas pourquoi.

9

La route le long de la rivière ne présentait aucune difficulté particulière de conduite, et Julie en profita pour se réhabituer à la sensation de mener un équipage.

Au lieu de longer la roulotte ainsi qu'il l'avait fait la veille, Andy chevauchait derrière, comme pour surveiller si on les suivait.

Pour le moment, Julie se sentait en sécurité, sachant que celui ou celle qui était responsable de tous ces incidents se trouvait avec le reste du groupe.

A moins qu'ils aient affaire à un tueur solitaire.

Celui-ci pourrait très bien les attendre un peu plus loin…

D'un autre côté, le chemin était assez éloigné de la rivière pour réduire la végétation, et elle avait donc une vue dégagée sur plusieurs centaines de mètres.

Oui, mais il pouvait aussi se cacher derrière un rocher avec un fusil à lunette.

Soudain, elle eut l'impression d'avoir une cible sur le front.

Et puis elle réalisa que tous ces événements avaient en commun d'être mis en scène afin de pouvoir passer pour des accidents.

Il était évident que celui ou celle qui avait placé les araignées dans son sac de couchage surveillait au loin le déroulement de la scène. Il suffisait de voir la rapidité avec laquelle les preuves avaient disparu dès qu'elle avait couru vers la rivière.

Il serait beaucoup plus efficace de lui tirer dessus ou de

lui planter un couteau entre les côtes, mais le meurtre serait alors trop évident.

Donc, sa mort devait être accidentelle : le résultat d'une bousculade à un arrêt de bus, une flèche égarée ou une invasion d'araignées venimeuses.

Le chemin n'allait pas tarder à descendre vers la rivière, et Julie arrêta la roulotte pour passer les rênes à Andy. Ce dernier attacha de nouveau son cheval à l'arrière, se saisit de sa carabine et de sa fidèle Thermos, et se hissa sur la banquette.

Glissant son arme sous son siège, il prit le temps de se servir un gobelet de café. Julie refusa sa proposition de se joindre à lui, tout en regrettant de ne pas être plus amatrice de caféine.

Un petit vent froid l'avait obligée à remonter le col de sa veste et, outre le fait qu'il l'aurait réchauffée, le café aurait sans doute balayé une partie de la fatigue latente qui lui donnait l'impression d'avoir la tête dans un étau et l'intérieur des paupières passées au papier de verre.

Mais un regard à l'épais breuvage noir comme de l'encre qu'Andy sirotait comme un champagne de prix dissipa la tentation.

La rivière était plus large à cet endroit, roulant en vaguelettes entre des îlots de gravillons.

— Il n'y a pas plus de deux pieds de profondeur ici, commenta Andy, mais c'est une vraie glacière à cause de la neige fondue.

Julie se rappela son plongeon dans la rivière la nuit dernière — en fait, un peu plus tôt dans la matinée, pour être exacte — et frissonna. Andy avait raison, l'eau était glaciale.

Celui-ci vida son gobelet d'un trait et le tendit à Julie afin de pouvoir utiliser ses deux mains pour aborder un virage délicat.

Elle vissa le gobelet métallique sur la Thermos et déposa celle-ci sur le siège entre eux.

— On a eu quelques beaux jours de soleil, au printemps, remarqua Andy.

Etouffant un bâillement, il se frotta les yeux avec son poing.

— Du coup, marmonna-t-il, la fonte a été… plus importante, vous voyez. Et le courant est… comment dire… plus fort qu'en mai. Ce sera plus profond aussi.

— Ça risque d'être dangereux ?

— Peut-être bien. On pourrait se faire… arroser.

Se rendant compte des difficultés qu'Andy avait à parler, Julie se dit qu'il devait faire un gros effort de concentration pour guider les chevaux vers la rivière et les inciter à traverser, simplement en leur donnant des indications via les rênes.

— Ça bouge un peu, mais c'est… normal, dit-il. C'est les bières… les pierres… qui roulent quand on bouche… on touche un truc… une gouttière, vous voyez… une ornière…

Julie le dévisagea avec inquiétude. Son discours n'avait aucun sens, et la façon dont il haletait entre les mots n'était pas normale.

Elle le vit plonger la tête en avant, jusqu'à ce que son menton touche son torse, les yeux à demi fermés.

Alarmée, elle lui secoua le bras.

— Andy ! Que se passe-t-il ?

Il rejeta la tête en arrière et dirigea vers elle un regard flou.

— Je ne sens plus…

Elle tenta d'attraper les rênes, mais il ne voulait pas les lâcher.

— Andy, donnez-moi les rênes, ordonna-t-elle en essayant de déplier ses doigts.

Tandis qu'elle jetait un coup d'œil inquiet aux remous de l'eau sur les côtés de la roulotte, Andy ouvrit les mains et les chevaux montrèrent des signes d'hésitation face au manque d'indications.

Comme elle reprenait le contrôle, Andy se leva brusquement. D'une main, elle saisit le bas de sa veste pour le retenir, de peur qu'il ne passe par-dessus bord.

Il vacillait sur ses pieds et finit par retomber lourdement en position assise sur la banquette.

Ballottée par les mouvements de la roulotte, Julie avait le plus grand mal à garder son équilibre et ne parvenait pas à reprendre la main sur les chevaux qui commençaient à s'emballer.

Grommelant des paroles indistinctes, Andy essaya de nouveau de se lever, tandis que l'attelage filait à une allure beaucoup trop rapide vers l'autre rive.

Soudain, Andy tomba de tout son poids sur Julie.

Elle entendit un bruit de tissu qui se déchirait, sentit qu'elle basculait dans le vide, et toucha l'eau dans une grande éclaboussure.

La roulotte et les chevaux avaient disparu. Le monde se réduisait maintenant à quatre-vingt-dix centimètres d'eau.

Le courant l'emporta immédiatement, mais elle ne s'inquiéta pas plus que cela. Il lui fallait juste s'accrocher à une pierre au fond de l'eau pour stopper le mouvement et se redresser.

Mais elle était incapable de s'agripper aux roches couvertes de mousse et de vase et ses mains glissaient sur leur surface ronde.

Le courant était de plus en plus rapide, l'eau plus profonde.

Luttant pour garder la tête au-dessus de la surface, elle essaya de nager vers la berge. Apercevant des branches basses, elle tendit le bras mais fut emportée plus loin avant d'avoir eu le temps de les saisir fermement, ne gardant dans ses mains gelées que quelques feuilles arrachées au passage.

Un tronc penché au-dessus de l'eau lui apparut un peu plus loin.

Elle essaya de prendre position pour l'attraper d'un bras. Elle ne vit la branche cassée pointant tout droit du tronc qu'à la dernière seconde et se griffa le visage, manquant se perforer un œil.

Elle lâcha prise et fut engloutie sous l'eau, ne sachant plus très bien où était le fond et où était la surface. C'était comme se trouver à l'intérieur d'une machine à laver géante.

Lorsqu'elle refit surface, la rivière lui apparut différente, et elle réalisa qu'elle approchait les rapides.

Pour la première fois, il lui vint à l'esprit qu'elle n'y survivrait peut-être pas…

Tyler ôta son chapeau et passa l'avant-bras sur son front couvert de sueur.

Un soleil estival précoce dardait ses rayons dans un ciel d'un bleu uniforme, et il commençait à faire vraiment chaud.

A environ un kilomètre derrière lui, le troupeau marchait bon train, offrant aux conducteurs professionnels et amateurs une chevauchée relativement aisée. Cela changerait aux abords de la rivière, les animaux ayant tendance à craindre l'eau.

Sur l'autre rive, le terrain en pente et rocailleux deviendrait moins praticable, et certains invités encore peu à l'aise sur un cheval pourraient bien avoir des sueurs froides. C'est pourquoi Tyler avait recommandé à chacun de ses employés de surveiller de près les invités dont ils avaient la charge. Julie et Andy devaient quant à eux avoir passé la rivière depuis longtemps maintenant, et ne plus être très loin du ravin.

Dès le lendemain, tout le groupe prendrait la direction de la montagne, empruntant des pistes de plus en plus escarpées qui les mèneraient dans la zone la plus hostile de la région. Cette terre appartenait à un autre rancher qui les avait autorisés à traverser sa propriété deux fois par an.

Ils atteindraient ensuite leurs propres herbages, où le bétail passerait tout l'été à s'engraisser. Le groupe ne resterait qu'une journée sur place, le temps de s'assurer que les bêtes allaient bien, puis ce serait le retour au ranch.

D'habitude, Tyler avait un petit pincement au cœur quand une expédition se terminait, mais c'était différent cette fois. Il voulait découvrir qui essayait de faire du mal à Julie et pourquoi, et s'assurer que la boîte de Pandore qu'elle avait ouverte par inadvertance dans l'Oregon se refermerait.

Mais, surtout, il espérait avoir le courage de la laisser s'en aller et sortir cette fois définitivement de sa vie.

Il avait découvert depuis longtemps qu'il était l'homme d'une seule femme et, depuis ses années de lycée, Julie était cette femme. Les mots « pour le meilleur et pour le pire » avaient toujours eu pour lui un sens profond. L'engagement n'était pas quelque chose qu'il prenait à la légère.

Le fait que Julie ne ressente pas la même chose avait été une pilule bien amère à avaler.

Et il avait l'horrible sentiment, malgré ses bonnes résolutions, d'avoir à vivre de nouveau cette situation.

La rivière avait beaucoup monté depuis la semaine précédente, quand Tyler était venu en repérages avec Andy, mais Yukon l'aborda sans hésitation, avançant d'un pas sûr au milieu des graviers et des fragments de roche.

D'un bel élan, le cheval gravit la déclivité formée par la berge opposée et suivit la piste que la roulotte avait dû emprunter deux heures plus tôt.

Dès qu'il aperçut la roulotte arrêtée quelques mètres plus loin, un mauvais pressentiment envahit Tyler.

Pressant Yukon d'avancer, il atteignit la roulotte, sauta à terre et attacha son cheval à côté de Shasta.

Dans un silence qui ne faisait qu'exacerber son inquiétude, il fit le tour du véhicule et découvrit Andy affalé sur la banquette, la bouche grande ouverte et les yeux clos.

Ned et Gertie relevèrent un instant la tête et se remirent

à brouter les maigres huppes d'herbe environnantes, indifférents au drame humain qui se jouait derrière eux.

Tyler prit quelques secondes pour observer les parages, appelant Julie et guettant avec angoisse une réponse qui ne vint pas.

De plus en plus inquiet, il se hissa sur le marchepied et posa deux doigts à la base de la gorge d'Andy. Son pouls semblait stable, mais Tyler eut beau lui tapoter les joues et l'appeler, rien ne parvint à le réveiller.

Finalement, il se décida à faire glisser Andy de la banquette et à l'étendre au sol, à l'ombre d'un arbre. Puis il se mit en quête de Julie, fouillant les bosquets alentour.

Revenu bredouille à la roulotte, il se mit debout sur la banquette et profita de ce point de vue surélevé pour balayer du regard les environs.

Il n'y avait trace de Julie nulle part.

Rongé d'angoisse, il s'apprêtait à redescendre quand il aperçut un bout de tissu bleu ciel coincé dans l'armature métallique du siège. Andy était vêtu dans des tons de brun…

— Julie ! cria-t-il, répétant son nom à l'infini tandis qu'il tournait la tête en tous sens.

Il finit par s'asseoir et prit les rênes pour déplacer la roulotte hors de la piste, afin que celle-ci ne soit pas renversée par la horde des bovins remontant la berge au galop. Puis il défit les harnais de Ned et Gertie, tendit une corde entre deux arbres et y attacha les chevaux.

Il œuvrait avec la peur au ventre, se demandant ce qui était arrivé à Julie.

Si elle avait tenté de rejoindre le groupe pour demander de l'aide, elle n'aurait jamais abandonné Andy dans la roulotte. Et elle ne serait pas partie à pied, elle aurait pris Shasta.

A supposer que ce morceau de tissu provienne de ses vêtements, elle l'avait probablement perdu aujourd'hui, ce qui voulait dire qu'elle était tombée.

Si la chute s'était produite sur le chemin, il l'aurait déjà trouvée. Mais si elle était tombée dans l'eau, elle avait probablement été emportée par le courant…

Il vérifia une dernière fois l'état d'Andy, s'assura que son pistolet était chargé, enfourcha Yukon et longea la berge un moment.

Si Julie était là, il la trouverait.

Mais il ne pouvait pas écarter la possibilité qu'elle ait été enlevée par un cavalier qui aurait suivi le groupe à l'insu de tous. Les incidents qui s'étaient déroulés la veille n'étaient peut-être pas le fait d'un des participants, mais d'une personne étrangère à la transhumance.

Aussi angoissante que soit la situation, il ne devait pas baisser les bras.

Si Julie avait été enlevée, elle était probablement morte à l'heure qu'il était. Mais si elle était dans la rivière, peut-être y avait-il encore une petite chance de la sauver.

Et la seconde option lui semblait la plus logique dans la mesure où Andy ne semblait pas avoir été victime d'une agression. Peut-être avait-il eu une attaque au moment où Julie était tombée…

— Julie ! cria-t-il.

Laissant Yukon s'avancer jusque dans l'eau, puis remonter sur la berge, il prit soudain conscience que le bruit de l'eau était beaucoup plus fort qu'avant, ce qui voulait dire que les rapides n'étaient plus très loin.

Il parcourut encore quelques mètres, avant que le terrain lui-même ne change complètement. De plus en plus abrupt et encombré d'arbres tombés et de racines, il finit par devenir impraticable pour un cheval.

Il mit pied à terre, laissant Yukon dans un endroit sûr, et marcha vers le bord de l'eau.

Le soleil était encore plus haut dans le ciel, la lumière très vive, l'air agréablement tiède près de l'eau en effervescence.

Il grimpa sur un gros rocher et mit sa main en visière au-dessus de ses yeux.

Au début, il ne vit rien d'autre que des grosses pierres sombres, mouillées par les éclaboussures d'eau, et des troncs d'arbres déracinés.

Puis il aperçut ce qui, à première vue, ressemblait à une ombre au milieu d'un tourbillon d'écume, mais était en réalité une silhouette humaine.

— Julie ! cria-t-il.

Et le miracle eut lieu. Parvenant à se hisser sur la pierre, elle tourna la tête vers lui.

— Reste où tu es, cria-t-il, sans savoir si elle pouvait l'entendre avec le bruit des rapides.

Remontant vers la berge, il décrocha son lasso de la selle de Yukon, et courut jusqu'à l'endroit où se trouvait Julie.

D'un pas sûr, il sauta d'une pierre à l'autre jusqu'à ce qu'il soit le plus près possible de sa position. Il leva alors le lasso pour lui faire comprendre ce qu'il s'apprêtait à faire, et la vit hocher la tête.

Manipulant le lasso d'un geste forgé par l'expérience, il lança le nœud coulant autour de ses épaules, la capturant comme il l'aurait fait d'un veau destiné au marquage.

D'une main, elle guida le cercle de corde jusqu'à sa taille, tout en s'agrippant de l'autre à l'extrémité retenue par Tyler.

Marchant à reculons, il fixa solidement la corde autour d'un tronc et leva le pouce pour lui indiquer qu'elle pouvait s'élancer.

Devinant le courage qu'il lui fallait pour se jeter de nouveau à l'eau, il déploya toutes ses forces pour la tirer le plus vite possible vers la berge.

Il n'était pas question pour lui de la perdre si près du but.

Quand elle atteignit enfin les eaux plus calmes de la rive, il libéra une main pour la tendre vers elle. Elle s'y accrocha avec l'énergie du désespoir, et finit par tomber dans ses bras, pleurant de peur, de soulagement et de joie.

Les yeux humides, lui aussi, Tyler avoua dans un souffle :

— J'ai cru ne jamais te retrouver.

— Je savais que tu y arriverais, dit-elle, tandis qu'il écartait d'une main tremblante les cheveux plaqués par l'eau sur son visage.

Il l'aida à prendre pied sur la berge et ôta sa veste pour en couvrir ses épaules.

— Je vais faire un feu pour te réchauffer, proposa-t-il.

— Où est Andy ? demanda Julie en claquant des dents.

— Près de la roulotte. Je ne sais pas ce qu'il a.

— Il s'est effondré d'un coup. Je pense que c'est son cœur. Il faut l'aider.

— Mais tu dois retirer ces vêtements mouillés.

— Nous n'avons pas le temps pour ça. Ils sécheront en route. Allons-y, maintenant. Dépêche-toi.

L'urgence dans sa voix convainquit Tyler qu'elle allait bien. Une fois hors de l'eau, ses coupures et ses égratignures saignaient, mais cela paraissait sans gravité. Il sortit de sa poche un bandana propre et le pressa contre l'estafilade la plus profonde, celle sur son front.

Elle prit le relais et appuya avec plus de force tandis qu'il enfourchait Yukon, puis se saisit de la main qu'il lui tendait et monta en selle derrière lui.

Par chance, ils arrivèrent à la roulotte juste avant que la première vache ne commence à traverser la rivière et trouvèrent Andy toujours endormi. Sa respiration était à présent régulière ainsi que son pouls.

A eux deux, ils parvinrent à l'installer à l'arrière de la roulotte. Puis Tyler suggéra à Julie de se changer tandis qu'il se mettait en quête du Dr Marquis.

— Oui, bonne idée, approuva-t-elle.

Il lui prit le menton et, voyant qu'elle ne s'écartait pas, inclina la tête pour l'embrasser.

— Je croyais que tu étais morte, murmura-t-il.

— Moi aussi.

Ils échangèrent un long regard, mais la magie de l'instant fut interrompue par les ronflements d'Andy.

— On dirait qu'il a pris une bonne cuite, remarqua Tyler.

— Il n'a pourtant bu que du café.

— Il aurait pu le corser un peu ?

— Non, j'aurais senti l'odeur de l'alcool quand je lui en ai servi un gobelet.

Ils échangèrent de nouveau un regard avant de détourner la tête, et Tyler eut la nette impression qu'ils étaient tous deux parvenus à la même conclusion : le café d'Andy avait été drogué.

— Où est la Thermos ? demanda Tyler, en regardant autour de la roulotte.

— Je ne sais pas. Je la tenais quand je suis tombée.

— Elle a basculé avec toi ?

— C'est probable. Je ne me souviens pas.

Il repoussa son chapeau avec une mimique chagrinée.

— Dommage. Ça nous aurait fait une preuve.

10

Le Dr Marquis écouta le cœur du vieux cow-boy, souleva ses paupières, braqua une lampe sur ses pupilles, et fit une grimace difficilement déchiffrable.

— A priori, il n'y a pas d'indication de crise cardiaque. Il dort profondément, c'est tout.

— C'est ce que nous avons pensé, commenta Tyler.

— Il a pris des somnifères, ou quelque chose ? demanda le médecin.

— Pas intentionnellement, en tout cas, répondit Tyler. Il savait que son rôle était de veiller à ce que Julie traverse la rivière en toute sécurité, et il n'aurait jamais fait quelque chose qui puisse la mettre en danger.

— Et pourtant, de nombreuses personnes pratiquent l'automédication sans rien dire à qui que ce soit, souligna le Dr Marquis.

— Pas Andy, insista Tyler. Et pas dans une situation comme celle-ci.

— Il ne comprenait pas ce qui lui arrivait, dit Julie, en se rappelant les phrases sans queue ni tête prononcées par Andy peu avant son évanouissement.

Elle avait enroulé ses cheveux en chignon serré et enfilé ses vêtements les plus épais, gardant malgré tout sur elle la veste doublée de peau de mouton de Tyler, ceinturée pour lui tenir plus chaud.

— Avec la quantité de café que boit cet homme, on

se demande où il trouve une telle réserve de sommeil, remarqua le médecin.

Tyler le dévisagea avec surprise.

— Vous connaissez sa marotte ?

— Tout le campement est au courant. Sa Thermos et lui sont inséparables. Je devrais peut-être jeter un coup d'œil à son contenu…

— Elle a disparu, dit Julie. J'ai bien peur qu'elle soit tombée à l'eau avec moi.

— S'il y avait un problème avec le café, nous serions tous malades ou endormis, remarqua le médecin. Et vous, Julie, comment vous sentez-vous ?

Elle haussa les épaules.

— Pas trop mal.

— Tyler m'a dit ce qui s'était passé. Vous avez dû être terrifiée. Et cette plaie sur votre front a besoin d'être désinfectée et suturée. Malheureusement, nous ne sommes pas à l'hôpital, et je n'ai rien pour vous recoudre. Il faudra se contenter de sutures adhésives.

Il désinfecta la plaie, et y apposa trois étroites petites bandes de pansement.

— D'autres problèmes ? Des contusions ? Des douleurs quelque part ?

Elle décida de ne pas mentionner les larges hématomes sur sa hanche et son épaule, là où elle s'était cognée contre la pierre qui avait finalement été son salut. Il n'y avait rien à faire pour ça, à part appliquer un onguent à l'arnica, ce qu'elle avait fait.

— Non.

— Montrez-moi vos mains.

Il les tourna pour observer les paumes. Elles étaient griffées et coupées et, tout à coup, elle revécut ce moment terrifiant où elle avait attrapé n'importe quoi à sa portée dans une tentative désespérée pour stopper son irrémédiable descente vers les rapides.

— Vraiment, je vais bien, dit-elle en se libérant.

— Je pourrais vous examiner complètement…

— Non, non, ça va, je vous assure.

Elle eut conscience que Tyler l'observait tandis que le médecin rangeait son équipement en lui recommandant de faire appel à lui si elle changeait d'avis.

Mais quand ils se retrouvèrent assis côte à côte sur la banquette, il ne fit aucun commentaire.

Depuis leur poste d'observation, ils suivirent la progression du troupeau, et Julie s'amusa à reconnaître les invités d'après leur silhouette et leur posture.

Meg Peterson, par exemple, se tenait droite comme un piquet sur son cheval blanc. Les secrétaires étaient ensemble, comme toujours, de même que les frères Creswell.

John Smyth, qui restait un peu en retrait, se tenait à cheval de la même façon que Tyler, détendu et pourtant aux aguets. Il semblait aussi à l'aise que s'il était chez lui, et une fois encore Julie eut l'impression de l'avoir déjà vu.

La personne qui droguait le café, tirait des flèches et dissimulait des araignées se trouvait-elle parmi eux ? C'était difficile à croire, mais les indices s'accumulaient.

La main de Tyler posée sur son bras la fit tout à coup sursauter.

— Pourquoi fronces-tu les sourcils en regardant John Smyth ?

Elle tourna la tête vers lui.

— Je n'avais pas conscience de le faire.

— Il a dû se rendre compte que tu l'observais. Il vient par ici. Mais avant qu'il arrive, sache que j'ai l'intention d'avoir une discussion sérieuse avec toi ce soir.

Surprise par son intonation, Julie le dévisagea en écarquillant les yeux.

— Je veux que tu me répètes tout ce qui s'est passé à Portland. Trill, ton ancien patron, le bus… tout. Le temps presse. Si quelqu'un a drogué le café d'Andy, c'était pour te mettre en danger, de la même façon que pour les autres incidents.

— Je suis d'accord. Mais, en impliquant une autre personne, il est passé à la vitesse supérieure, et qui peut dire de quoi il sera capable la prochaine fois ?

— C'est vrai. Andy aurait aussi bien pu tomber à l'eau comme toi et, drogué comme il l'était, il se serait noyé instantanément.

— Ce qui signifie que ma présence pourrait compromettre la sécurité d'autres personnes. Je ferais mieux de partir.

Elle observa l'autre rive et songea au long trajet de retour jusqu'au ranch.

— Je ne peux pas te renvoyer seule à la maison, dit-il, en devinant à quoi elle pensait.

John arriva au même moment et arrêta son cheval à côté de la roulotte. Son sourire parut forcé.

— Mele a besoin de vous, dit-il en s'adressant à Tyler.

Puis son regard se posa sur Julie.

— Autant être honnête avec vous. Nous sommes tous au courant de ce qui est arrivé à Andy. Comment va-t-il ?

Tyler répondit sèchement :

— Il ira mieux dans un moment.

Pendant presque une minute, ils se dévisagèrent tous trois en chiens de faïence.

John s'éclaircit la gorge.

— Je me suis dit que vous pourriez avoir besoin d'aide.

Il parlait d'une voix si douce qu'elle était à peine audible avec le bruit du bétail tout proche.

— Que puis-je faire ?

— Rien, dit Tyler. Merci quand même de l'avoir proposé.

— Vous pourriez peut-être m'aider à atteler les chevaux, suggéra Julie.

— Bien sûr. J'ai eu l'occasion de regarder faire Andy.

— Vous seriez peut-être d'accord également pour faire le voyage en roulotte avec moi ? ajouta-t-elle, y voyant la solution pour que Tyler retourne avec le groupe, là où était sa place.

— Je suis toujours ravi de pouvoir rendre service, répondit John. Mais je dois vous prévenir. Je ne sais pas mener un attelage.

— Ne vous en faites pas, je conduirai et vous serez mon coéquipier. Tout ce que vous aurez à faire, c'est de garder votre pistolet à portée de main.

Julie jeta un regard en coin à Tyler, qui semblait sur le point de s'étouffer.

— Ça risque d'être amusant, dit John. J'ai toujours voulu voyager à bord d'une roulotte.

Tyler darda un regard noir sur John.

— Je garderai un œil sur vous… au cas où vous auriez besoin d'aide.

— Je pense que je peux me débrouiller tout seul, rétorqua John.

— Ce n'est pas ce que j'ai voulu dire.

— Ah non ? Et que vouliez-vous dire, alors ?

John souriait, mais il y avait une lueur de défi dans ses yeux.

L'hostilité de Tyler surprit Julie. Jamais elle ne l'avait entendu parler ainsi à un invité. Pourquoi se tenait-il sur la défensive ? Il n'avait aucune raison d'en vouloir à John.

Mettant son étonnement de côté, elle le prit par le bras.

— Je te rappelle que Mele a besoin de toi. La roulotte ne sera qu'à quelques mètres devant le troupeau, et tu pourras venir vérifier si tout va bien aussi souvent que tu le veux. Ne t'inquiète pas.

— Eh bien, c'est réglé, décida John, en se dirigeant vers l'endroit où les chevaux de trait étaient attachés.

Dès qu'ils furent seuls, Tyler passa à l'offensive.

— Je ne sais pas, Julie… Tu as vraiment envie d'être seule avec ce type ?

— J'ai mon idée sur lui.

— Moi aussi.

— Je pense que la mienne est un peu plus positive que la tienne. Ne t'inquiète pas. Fais-moi confiance.

Elle laissa courir délicatement ses doigts le long de la manche de chemise de Tyler pour lui prendre la main.

— Et merci de m'avoir sauvé la vie.

La façon dont il la regarda lui alla droit au cœur.

— Je t'en prie.

— Sacrée journée, commenta John.

Il avait pris les directives de Julie très au sérieux. Son arme était posée sur ses genoux. Heureusement, la sécurité était enclenchée.

— Oui, répondit Julie d'un ton morne.

Avec ses cheveux encore humides, la fraîcheur de la forêt lui faisait l'effet d'une chape de glace et elle ne se sentait pas au mieux de sa forme. D'autant que la fatigue et les courbatures commençaient à lui peser.

— J'ai appris ce qui vous était arrivé, ajouta John. C'est bizarre.

— Très.

Il lui était difficile de ne pas se demander ce que les invités pensaient de l'étrange tournure des événements. Le sujet serait très probablement abordé dans la soirée, que cela lui plaise ou non. Et demain, elle serait contrainte de partir.

— Vous voulez bien m'expliquer ? demanda John.

— C'est un peu compliqué.

— Je m'en doute.

Elle sentit qu'il la dévisageait avec insistance et lui lança un regard interrogateur.

— Quoi ?

— Tyler et vous êtes en plein divorce.

— Comment savez-vous cela ?

— Peu importe comment je le sais. Je suis au courant,

c'est tout. Je sais aussi que vous êtes partie il y a un an. Mais j'avoue ignorer pourquoi vous êtes revenue au ranch.

— Et en quoi cela vous regarde-t-il ?

Il rit.

— Vous êtes une adversaire de taille, madame Hunt.

Elle ne répondit pas à cela.

— J'ai une question à vous poser.

— Et si j'y réponds, vous confierez-vous à moi ? Me direz-vous ce qui s'est vraiment passé aujourd'hui, et pourquoi Tyler et vous êtes restés éveillés une partie de la nuit ?

— Vous savez ça aussi.

— Pas tout, non.

— Vous avez vu quelqu'un d'autre qui ne dormait pas cette nuit-là ?

— Et qui aurait rôdé autour du campement ? Non. Pourquoi, il y avait quelqu'un d'autre ?

— Je le pense.

— Posez-moi votre question.

Les yeux rivés sur le chemin, elle marqua un temps d'hésitation avant de parler.

— Le jour de mon arrivée au ranch, je suis allée à la crique. Tyler y était déjà, et j'ai décidé de ne pas le déranger. Puis je me suis aperçue que quelqu'un l'observait.

— Qui ?

Elle lui lança un bref regard.

— Ai-je besoin de le préciser ?

— Ah... je vois.

— Vous étiez très attentif à ses moindres gestes.

Un tic nerveux fit tressaillir la joue de John.

— Vous lui en avez parlé ?

— Pas encore. J'ai réalisé que c'était vous quand je vous ai vu tout à l'heure à cheval, à la même distance et dans la même posture. Je lui en parlerai quand je saurai ce que vous aviez en tête...

Tournant les yeux vers lui, elle chercha son regard.

— Ou devrais-je dire, ce que vous *avez* en tête ? Car je me rends bien compte que vous n'êtes pas parmi nous pour le simple plaisir de la randonnée.

Il répondit par une autre question.

— Pourquoi Tyler et vous avez-vous décidé de vous séparer ?

— Ça ne vous regarde pas.

— Etait-ce parce qu'il faisait d'horribles cauchemars à propos de son passé ?

Julie ne cacha pas son étonnement devant une question aussi personnelle.

— Vous avez l'air de bien le connaître. Peut-être devriez-vous m'expliquer pourquoi vous avez menti sur la véritable raison de votre présence.

— Vous ne pensez pas que vous auriez pris peur si je vous avais dit connaître votre histoire personnelle ?

Elle haussa les épaules.

— Je suppose que si.

— J'ai eu la très nette impression que Tyler est toujours fou de vous.

Elle lui lança un regard noir.

— Laissez tomber, John.

Il étouffa un rire.

— Très bien, comme vous voudrez.

Voyant qu'il ne semblait pas décidé à poursuivre la conversation, elle insista :

— Et alors ?

— Je ne suis pas venu uniquement pour conduire le bétail dans les alpages.

— Comme si je ne le savais pas.

Il marqua une pause et Julie ne le brusqua pas, cette fois. Qui mieux qu'elle savait qu'il fallait parfois prendre du temps pour dire les choses de la bonne manière ?

Il soupira avant de se lancer.

— Je vais devoir vous demander de garder ça pour vous, au moins pendant un moment.

— Je ne peux rien vous promettre.

— Je comprends. Mais sachez que c'est important pour Tyler qu'il n'en sache rien avant que j'aie la certitude de ne pas commettre d'erreur.

— Oh ! pour l'amour du ciel, John ! s'exclama-t-elle en lui lançant un regard impatient. Je ne ferais rien qui puisse causer du tort à Tyler.

— Vous l'avez quitté, non ?

Elle s'offusqua.

— Laissez-moi vous dire que là, vous marchez vraiment sur des œufs !

Il leva une main en signe d'excuse.

— Je retire ce que j'ai dit.

— Et donc… cette nouvelle si importante que vous avez à m'apprendre ?

— Je crois que Tyler est mon demi-frère.

— Quoi ?

Julie le dévisagea un peu plus longuement cette fois, mais les soubresauts de la piste qui faisaient dangereusement cahoter la roulotte demandèrent bientôt toute son attention.

Leur route bifurquait à présent vers le ravin du Pendu, dont l'hostilité du paysage s'accordait à la brutalité du nom, et elle aurait préféré ne pas avoir à gérer dans le même temps une situation aussi troublante émotionnellement.

— C'est impossible, dit-elle.

John s'était penché en arrière pour vérifier comment allait Andy, qui somnolait toujours à l'abri de l'auvent.

— Au contraire, c'est très possible.

— Tyler est fils unique.

Elle tourna brièvement la tête vers lui.

— Vous n'insinuez quand même pas que son père ou sa mère aurait eu un autre enfant d'une autre relation, sans jamais lui en avoir parlé ?

Il secoua la tête.

— Non. Je crois que Tyler a été adopté.

— Mais Rose…

— Je la trouve un peu sur la défensive. Pas vous ?

— Généralement non, mais je dois reconnaître qu'elle n'est pas tout à fait elle-même depuis que je suis revenue.

— Et ce changement d'humeur correspond justement au jour de mon arrivée.

— Vous lui avez parlé de ce que vous venez de me dire ?

— Pas du tout. Si cette adoption avait été faite au grand jour, les choses auraient été plus faciles. Mais il est évident qu'elle pose problème…

Il secoua la tête.

— Non, je me suis contenté de poser des questions, et Rose m'a probablement trouvé trop intrusif. Si elle a vraiment quelque chose à cacher, comme je le crois, ça a dû lui mettre la puce à l'oreille.

Laissant passer un silence, il ôta son chapeau et passa une main hâlée dans ses cheveux.

Le soleil tapait fort et, à ces altitudes, une insolation était toujours à craindre. Aussi Julie faillit-elle lui dire de ne pas rester trop longtemps tête nue. Mais, en le voyant ainsi, elle eut l'impression de distinguer une certaine ressemblance entre John et Tyler.

— Ecoutez, dit-il en remettant son chapeau, je ne veux faire de tort à personne. Je n'ai pas envie de bouleverser des vies si je peux l'éviter.

— Depuis combien de temps soupçonnez-vous que Tyler est votre frère ?

— Pas très longtemps.

— Vous avez des preuves ?

— Rien qui soit recevable devant un tribunal. Je n'ai que des ouï-dire et une petite musique.

— Comment cela, une musique ?

— Cet air que Tyler siffle en permanence. Je l'avais oublié

jusqu'à ce que je l'entende ici. J'ai aussitôt reconnu un air de mon enfance. C'est une vieille chanson d'Europe de l'Est, et le fait que Tyler la connaisse est passablement troublant.

— Vous confondez peut-être. La plupart des souvenirs d'enfance sont tellement flous qu'il est facile de se fabriquer un passé qui n'existe pas.

— Peut-être, mais il n'y a pas de photos de Tyler avant l'âge de quatre ans dans les albums de Rose.

— La maison a brûlé.

— C'est ce qu'elle dit. Mais il n'y a aucune trace de feu nulle part. A moins que l'incendie se soit produit dans cette vieille maison, un peu à l'écart…

Julie secoua la tête.

— Pas à ma connaissance. J'y habitais avec Tyler et la bâtisse est exactement dans l'état où ses grands-parents l'ont laissée quand ils ont fait construire la nouvelle maison. En revanche, Rose m'a parlé d'une étable qui a brûlé il y a plusieurs dizaines d'années, en détruisant toutes les archives familiales.

John afficha une moue dubitative.

— J'ai entendu la même chose mais, franchement, qui entreposerait des photos de son bébé dans une grange, surtout dans le Montana où les feux de forêt sont fréquents ?

Elle soupira.

— Je ne sais pas, John. Votre histoire semble quand même un peu tirée par les cheveux. Rose n'est pas une personne à faire des mystères. Si le père de Tyler et elle avaient adopté un enfant, elle ne s'en serait pas cachée.

— Sauf si les parents biologiques de Tyler avaient été sauvagement assassinés.

Julie tomba des nues.

— Là, il faut vraiment que vous vous expliquiez.

— Pas tout de suite.

Sa voix était douce mais aussi ferme que l'acier, et elle

réalisa soudain qu'il parlait de ses propres parents, que ceux-ci soient également ou non ceux de Tyler.

— Vous me promettez de ne pas lui en parler ? demanda-t-il.

— Evidemment. Et je vous demande de faire la même chose. Inutile de le troubler avant d'être absolument sûr de ce que vous avancez.

La piste était à présent un peu plus large et le terrain moins accidenté, de sorte que Julie se sentit assez en confiance pour laisser les chevaux Ned et Gertie avancer librement et à leur rythme. Elle en profita pour accorder toute son attention à John et le fixer droit dans les yeux.

— Même si c'est la vérité, pensez à ce que vous allez déclencher. Tyler est profondément attaché à ce ranch. Contrairement à moi, il n'a aucune interrogation existentielle. Il sait qui il est et où se trouve sa place. C'est un Hunt avant tout. Aussi promettez-moi d'être très prudent quand vous aborderez le sujet.

— Je vous donne ma parole. Mais vous devez comprendre qu'il y a d'autres enjeux que ceux auxquels vous pensez.

Elle hocha la tête et porta le regard loin devant elle, l'estomac noué à la pensée de ce qu'éprouveraient Tyler et Rose si tout cela était vrai.

Cela signifierait que l'enfance de Tyler avait été bâtie sur un mensonge…

— Et maintenant, à votre tour, dit John. Qu'est-il arrivé à Andy ?

— Nous pensons que son café a été drogué.

— Et comment êtes-vous tombée à l'eau ?

— Parce qu'il s'est effondré sur moi, et que j'ai perdu l'équilibre quand les chevaux se sont emballés.

— Mais, à travers Andy, c'est vous qui étiez visée, n'est-ce pas ?

Elle écarquilla les yeux.

— Comment savez-vous cela ?

Il haussa les épaules, en affichant un air modeste.

— C'est mon métier.

— Qui est ?

— Je suis un ancien policier, devenu garde du corps, et reconverti en détective privé. Je sais quand quelqu'un a des ennuis. Et vous, Julie Hunt, vous êtes dans une situation compliquée, n'est-ce pas ?

Son ancienne carrière ainsi que le but qu'il poursuivait aujourd'hui expliquaient beaucoup de choses sur le comportement de John Smyth, comme par exemple sa manie de poser des questions, le fait qu'il semblait être partout à la fois…, songea Julie.

Peut-être n'était-ce pas raisonnable mais elle avait envie de lui faire confiance.

— Quelqu'un essaie de me tuer, dit-elle. Et je pense qu'il s'agit d'un des participants à la transhumance.

— Pourquoi ?

— Bonne question.

— Et vous ne connaissez pas la réponse ?

— Je pense que je dois être au courant de quelque chose que je ne devrais pas savoir. Le seul problème, c'est que j'ignore quoi.

— Eh bien, voilà qui ne va pas nous aider beaucoup.

11

Tyler fut soulagé d'apercevoir la silhouette de Julie qui s'affairait autour de la roulotte quand il entra sur le campement. L'énergie qu'elle déployait était incroyable après la nuit d'angoisse qu'ils avaient vécue et sa chute dans la rivière.

Etrangement, il l'avait toujours considérée comme étant fragile et délicate. La personne dynamique et dure à la tâche qu'elle était devenue était une continuelle source de surprise, et n'offrait que peu de ressemblance avec la femme qu'elle était deux ou trois ans plus tôt, lorsqu'elle avait renoncé à l'accompagner dans les déplacements du bétail.

Percevant une arrivée, elle releva la tête et son expression un instant terrifiée s'évanouit lorsqu'elle le reconnut. Il eut même droit à un large sourire.

— Comment va Andy ? demanda-t-il en mettant pied à terre.

Se dirigeant vers une bassine d'eau, il attrapa un morceau de savon, se lava les mains et s'aspergea le visage. Julie lui tendit une serviette et répondit à sa question.

— Il commence à se réveiller tout doucement. Deux des vachers lui ont monté une tente et l'ont porté à l'intérieur. Je vais régulièrement le voir pour m'assurer que tout va bien.

Elle lui tendit une tasse de café et, remarquant sa réticence, lui précisa qu'elle avait soigneusement rincé la cafetière avant d'en refaire.

Il regarda vers le bas de la falaise où plusieurs tentes avaient été déposées pour être montées.

Apparemment, la plupart des invités avaient demandé à dormir à l'abri cette nuit. Tyler n'en fut pas surpris. Les personnes qui se laissaient tenter par l'aventure d'une nuit à la belle étoile, au cœur de la prairie ou au bord de l'eau, préféraient souvent la sécurité — toute relative d'ailleurs — d'un toit sur leur tête quand elles se retrouvaient au fond d'un ravin.

Cela faisait partie des raisons pour lesquelles il avait choisi ce site pour établir leur campement. En plus d'offrir de l'eau et de la nourriture pour le bétail, l'endroit proposait aux participants une expérience différente, plus proche de la rigueur de la vie des cow-boys d'autrefois.

Le camp offrait aussi une zone de stockage pour les fournitures supplémentaires. Quelques années auparavant, ils avaient décidé de se simplifier la tâche en laissant sur place des équipements pour la cuisine ou les activités sportives, plutôt que de transporter le matériel à chaque voyage. D'autant que ce campement était aussi une destination pour des randonnées autres que les transhumances.

— Comment ça s'est passé avec John Smyth ?

— Bien. Je lui ai expliqué ce qui s'était réellement passé aujourd'hui.

Il leva les sourcils d'étonnement.

— Tu as fait ça ? Je suis surpris.

— Eh bien, il m'a dit qu'il avait travaillé dans les forces de l'ordre et qu'il avait déjà compris la situation tout seul. Il se trouve qu'il a également travaillé comme garde du corps à une époque, et j'ai pensé que son expérience nous serait utile.

Tyler n'aimait pas la tournure que prenaient les événements. Ce Smyth ne lui inspirait aucune confiance.

Regardant autour de lui, il ne vit que très peu de mouvement.

— Où est-il ?

— Après m'avoir aidée à sortir le grill, il a rejoint d'autres personnes pour une exploration du cours d'eau qui coule au fond du ravin. Nigel et Vincent semblent persuadés qu'il y a des poissons.

— Et ceux qui ne pêchent pas ?

— Le Dr Marquis fait la sieste, et les Taylor lisent sous leur tente. Bobby Taylor est parti avec les randonneurs.

Il la regarda émincer des oignons.

— Alors nous sommes seuls ?

— On dirait bien.

Prenant appui contre la paroi de la roulotte, il repoussa son chapeau.

— Remémore-moi ce que t'a dit ton patron quand tu lui as révélé que tu l'espionnais.

Elle déposa les oignons émincés dans un saladier et commença à éplucher des haricots verts.

— Eh bien, il était en colère contre moi, ce à quoi je m'attendais…

— Non, je voulais savoir ce qu'il a dit à propos de Trill.

— Qu'il ne le connaissait pas.

— A-t-il fourni une explication à propos de la photo prise en compagnie de Trill et des autres hommes ?

— Non. Mais, tu sais, il était à une conférence, et ce genre d'événement est souvent suivi d'un cocktail ou d'un dîner. Et il est fréquent que des personnes se retrouvent à la même table sans vraiment se connaître. Si ça se trouve, Trill enquêtait déjà sur le Pr Killigrew et s'est arrangé pour figurer sur la photo.

— Je sais que tu étais préoccupée par ta survie, mais pose-toi cette question : pourquoi ton employeur gardait-il la photo d'inconnus dans son carnet de notes ?

— Je ne sais pas. Mais il fait des gribouillis et utilise des codes. C'est assez étrange.

— Quel genre de gribouillis ?

— Des formes géométriques : des triangles, des carrés…

— Pour en revenir à la photo, il n'y en avait pas d'autre, n'est-ce pas ?

— Non.

— Donc, si Killigrew ne connaissait pas Trill, il devait connaître au moins un des autres hommes. Et tu n'as reconnu personne ?

Tout en ôtant le fil d'un haricot, Julie essaya de se remémorer la photo. Killigrew avec sa crinière de cheveux d'un blanc immaculé. Trill dans un costume en rayonne bleu, ressemblant plus à un représentant qu'à un flic. Un homme en surpoids, le dos à demi tourné à l'objectif, et un homme plus petit et à la peau plus mate, visage rond, lunettes, la quarantaine, en mouvement.

— Je ne crois pas les avoir vus avant, mais ils me semblent à présent familiers. C'est absurde. Qu'est-ce que ça peut bien vouloir dire ?

— Je ne sais pas. Mais tu as décrit Killigrew comme étant assez agressif quand tu lui as parlé.

— Qui pourrait le blâmer après ce que j'ai fait ?

— Trill, ou quel que soit son nom, l'a accusé de racket, c'est bien exact ?

— Oui.

— Il a précisé sur quoi portaient leurs soupçons ?

— Non. En fait, il est resté très vague.

— A ma connaissance, le racket est pratiqué par des bandes très organisées. Trill a parlé d'un lien avec la mafia ou autre ?

— Non. Il a seulement évoqué l'évasion fiscale et le chantage.

— Et il était préoccupé par quelque chose qui devait se passer cet été, non ?

— En effet. Dans quelques jours, le professeur doit tenir une autre conférence. Trill voulait que je récolte des informations et que j'espionne les conversations téléphoniques.

Elle secoua la tête.

— Je n'arrive pas à croire que j'aie pu accepter.

Tyler l'enveloppa d'un regard compréhensif.

— Je sais que tu as des remords, mais tu te posais peut-être inconsciemment des questions sur Killigrew. Ça pourrait expliquer que tu te sois laissé entraîner dans tout ça pour te prouver, avant de prouver à Trill, que Killigrew était aussi irréprochable qu'il en avait l'air.

Elle parut contrariée pendant quelques instants, et il se dit qu'il n'était peut-être pas très loin de la vérité. Puis elle secoua la tête.

— C'était un emploi de rêve. Son assistante avait brutalement démissionné et il avait besoin de quelqu'un. J'étais la première candidate qu'il recevait, et il m'a trouvée parfaite. A l'époque, je désespérais de trouver un emploi et j'ai sauté sur l'occasion.

— Je comprends.

Ce qu'il comprenait surtout, c'est qu'elle désespérait de le fuir, de gagner sa vie parce qu'elle refusait de dépenser son argent et d'avoir un espace bien à elle.

Il fit un effort pour endiguer la colère qu'il sentait brûler au creux de son estomac.

— Dès notre retour au ranch, j'essaierai de prendre contact avec son ancienne assistante, dit Julie. Je sais qu'elle s'appelle Marti Keizer, et qu'elle vit maintenant sur la côte, au sud de Seaside, dans l'Oregon.

— Bonne idée. Elle a travaillé longtemps pour lui ?

— Deux ou trois ans, je crois. Personne ne parlait d'elle, mais ça n'avait rien de curieux car dans l'équipe du professeur tout le monde était très collet monté et réservé. Il y avait quelqu'un d'autre avant, mais je ne connais pas son nom.

— Ecoute, je vais monter au sommet de la falaise où la réception est meilleure pour essayer d'avoir le ranch et m'assurer que Rose n'est pas plus malade qu'elle le laisse voir. Viens avec moi et appelle ton amie. Tu verras s'il se passe autre chose à Portland que tu devrais savoir, comme la diffusion d'un avis de recherche contre toi, par exemple.

— Je ne peux pas partir maintenant. C'est le dernier dîner que je prépare avant mon départ, et je veux qu'il soit parfait.

— Nous serons partis moins d'une heure, et tu as déjà bien avancé. Je t'aiderai à terminer quand nous reviendrons.

Elle accepta et ils disposèrent rapidement la nourriture déjà préparée dans les glacières. Puis ils enfourchèrent Yukon.

Tyler avait hésité à seller pour elle le cheval d'Andy, avant de décider qu'ils n'avaient pas de temps à perdre. Le trajet n'était pas très fatiguant, et Yukon avait eu une journée plutôt facile.

Et, pour tout dire, il ne trouvait pas déplaisant d'avoir les bras de Julie autour de sa taille.

— A toi l'honneur, déclara Julie.

Elle s'était assise sur une large pierre plate et offrait son visage au soleil, tandis qu'à quelques pas de là Yukon évoluait librement en grignotant quelques jeunes pousses d'herbe.

Tyler prit le temps de la regarder, photographiant dans son esprit ces images qui ne seraient bientôt plus qu'un souvenir. Demain, Andy et elle feraient demi-tour vers le ranch, et elle serait partie avant qu'il ne revienne de cette expédition.

Enfin résigné à lui tourner le dos, il passa son appel.

Heidi répondit à la deuxième sonnerie, et rit quand il demanda à parler à sa mère.

— Rose est en excursion avec un groupe de banquiers de Cincinnati, dit-elle. Ils ont réservé à la dernière minute, et elle n'a pas pu refuser.

Tyler tomba des nues.

— Elle se sent capable d'assumer ça physiquement ?

— Il semblerait. Elle ne s'est pas arrêtée une minute depuis que vous êtes partis. Elle a même repeint la tonnelle en blanc.

— Je croyais qu'elle était malade.

— Je sais.

— Elle a vu un médecin ?

— Pensez-vous !

Tyler eut la désagréable impression d'avoir été mené en bateau par Rose. Si sa mère était partie faire une randonnée à cheval après avoir repeint la tonnelle, elle ne pouvait pas être à l'article de la mort.

Il salua Heidi, mit fin à la conversation et retourna près de Julie.

— Comment va Rose ?

— Apparemment très bien.

— Eh bien, tant mieux. Pourquoi as-tu l'air aussi contrarié ?

— Parce qu'elle me ment.

Il remarqua la façon embarrassée dont Julie avait détourné les yeux, et il eut soudain l'impression qu'elle en savait plus qu'elle ne voulait en dire sur Rose.

— Tu sais ce qui lui arrive ?

Elle secoua la tête.

— Non.

— C'est vrai ?

— Bien sûr.

— Tu me le dirais s'il y avait des raisons de s'inquiéter ?

— Evidemment.

— Bon, je verrai ça plus tard. A toi.

Il lui tendit le téléphone et s'assit sur la pierre tandis qu'elle se levait et s'éloignait de quelques pas pour passer son appel.

Après quelques secondes, il l'entendit dire quelque chose d'une voix qui lui fit penser qu'elle laissait un message.

— Elle ne répond pas, dit-elle. J'appelle son frère.

Elle dut appeler les renseignements pour avoir le numéro de George, mais fut rapidement mise en communication.

Tyler l'entendit poser une question, puis elle baissa la tête et se mit à marcher en petits cercles tandis qu'elle écoutait.

A un moment, elle releva brusquement la tête et lança

à Tyler un regard affolé. Il se leva aussitôt et se précipita vers elle, redoutant qu'elle s'évanouisse.

Elle marmonna quelque chose dans le téléphone, raccrocha et lui tendit l'appareil comme s'il s'agissait d'une bête venimeuse susceptible de la mordre.

— Que se passe-t-il, Julie ?

— Nora est morte, dit-elle en ouvrant de grands yeux effarés. Elle a été assassinée il y a deux jours. La police pense qu'elle a interrompu un cambriolage.

— Il y a deux jours ? Ce n'est pas à ce moment-là que tu as appelé du ranch ?

— Si. Et Roger Trill était chez moi. Elle devait y aller pour feindre de vérifier s'il manquait quelque chose.

Ses lèvres tremblaient et elle avait les yeux remplis de larmes.

— Elle a appelé George pour lui dire qu'elle serait en retard, mais il lui a trouvé une drôle de voix, et elle parlait d'une valise, ou quelque chose. Il n'a pas très bien compris. Mais elle n'est jamais venue, et il a envoyé chez elle un ami qui l'a trouvée poignardée.

Ayant repris ses allées et venues, elle s'arrêta un instant pour chercher le regard de Tyler, le visage dévasté par l'angoisse.

— Et si elle avait dit à Trill qu'elle m'a eue au téléphone ?

— Et alors ?

Il lui prit le bras pour éviter qu'elle ne bascule dans le précipice.

— Pourquoi s'en serait-il pris à elle uniquement parce qu'elle t'a parlé ? Elle ne savait même pas où tu te trouvais.

— Mais si elle a mentionné l'appel, il a peut-être voulu lui prendre son portable pour me tracer.

— Il est flic, Julie. Il pouvait obtenir une commission rogatoire pour accéder à la liste de ses appels.

— Mais ça aurait pris du temps, et sa demande aurait

été enregistrée officiellement, ce qui n'est sans doute pas dans son intérêt.

— Dans ce cas, il pouvait la faire parler. Tu m'as dit qu'elle était inquiète pour toi, et qu'il avait suscité cette inquiétude en lui faisant croire que tu étais suicidaire. Je parie qu'elle aurait fait tout ce qu'il lui demandait. Il n'avait aucune raison d'avoir recours à la violence.

Julie libéra son bras et essuya ses yeux dans sa manche. Il sortit un mouchoir de sa poche et le lui tendit.

— Pourquoi a-t-elle dit à son frère qu'elle apportait une valise ? demanda-t-il. Elle avait l'intention de rester chez lui ?

— Je ne pense pas. L'appartement de George est vraiment très petit, et il y a une infirmière qui reste sur place de 23 heures à 8 heures du matin. Il n'y aurait pas eu de place pour Nora. Et puis, George ne comprenait pas de quoi il pouvait s'agir… Ou alors…

Julie avait laissé sa phrase en suspens tandis qu'une pensée la frappait.

— Quoi ?

— Nora a peut-être découvert qu'il manquait une valise et des vêtements dans mon appartement.

— Mais… tu as dit que tu n'avais rien emporté.

— Justement. Trill avait peut-être pris des affaires m'appartenant lors de sa première visite, et il voulait que Nora confirme qu'il manquait des choses pour établir que j'étais partie de mon plein gré. Mais elle savait que je n'étais pas repassée par mon appartement, et elle a dû comprendre que c'était un coup monté.

A mesure qu'elle échafaudait son hypothèse, sa voix gagnait en nervosité.

— Et si Trill s'est rendu compte qu'il avait été percé à jour, cela pourrait expliquer qu'il l'ait tuée en faisant passer cela pour un cambriolage qui aurait mal tourné.

— Cela fait beaucoup de suppositions, remarqua Tyler.

— Je sais.

Ses larmes s'étaient arrêtées quelques instants, mais elles recommençaient à couler sans qu'elle puisse rien faire pour les retenir.

— Pauvre George. Je ne sais pas ce qu'il va faire sans Nora. Et tout ça, c'est à cause de moi.

Tyler tendit le bras et l'attira contre lui pour la réconforter, mais il ne dit pas un mot. Rien de ce qu'il pourrait dire ne l'aiderait, et il était de toute façon fort probable qu'elle ait raison.

Julie avait fini par se ressaisir et le dîner fut servi à temps, mais il n'y avait pas grand monde dans la file d'attente devant le buffet. En effet, un veau était tombé dans une crevasse, et deux vachers étaient partis à sa rescousse, accompagnés d'un petit groupe d'invités.

Andy avait fini par émerger de sa tente, et avait demandé du café. Julie lui en avait servi un grand mug, avec ce qu'il restait de la tarte de la veille. Il avait eu du mal à garder les yeux ouverts, mais il avait écouté attentivement quand elle avait expliqué qu'il avait probablement été drogué à cause d'elle.

Il s'était restauré, l'avait remerciée, et c'était à contrecœur laissé examiner par le Dr Marquis, avant de regagner sa tente.

Ceux qui étaient partis secourir le veau revinrent enchantés d'avoir tiré le petit animal de la mauvaise passe où il s'était mis, et se mirent à table.

Julie avait hâte que le repas se termine afin de pouvoir faire la vaisselle et d'aller se coucher de bonne heure. Elle avait l'impression que la fatigue la transformait en zombie. Or, si elle voulait reconduire Andy au ranch le lendemain et quitter ensuite le Montana, elle avait besoin d'être en forme.

De son côté, Tyler semblait attendre que tout le monde ait fini de boire son cocktail. Sans doute espérait-il qu'un peu d'alcool aiderait à faire passer ce qu'il allait dire.

Il finit par croiser le regard de Julie et se leva, en tapant une cuillère contre son mug en métal.

Lorsqu'il parla, sa voix porta sur tout le campement.

— Mes amis, s'il vous plaît, puis-je avoir votre attention ?

Toutes les têtes se tournèrent dans sa direction. Julie eut le sentiment qu'ils attendaient tous une vraie explication à propos des événements de la journée, plutôt que de s'en tenir à la rumeur.

— Tout d'abord, je suis désolé de cette longue attente à la rivière. Je voudrais vous expliquer ce qui s'est passé, et pourquoi il va falloir faire quelques changements.

John Smyth se leva.

— Excusez-moi de vous interrompre, mais nous savons tous ce qui s'est passé. Nous en avons discuté entre nous, et nous savons que Julie et Andy ont l'intention de partir demain matin. Et, franchement, ça ne nous convient pas du tout.

Il regarda autour de lui, quêtant l'approbation des autres, qui se manifestèrent par des hochements de tête et des marmonnements.

— Si Julie retourne au ranch, reprit-il, nous sommes tous d'accord pour rentrer également. Nous avons commencé cette aventure ensemble, et nous la finirons ensemble.

— C'est très gentil, dit Tyler, mais vous ne comprenez pas la situation.

— Au contraire, nous la comprenons très bien, protesta John. Vous avez un troupeau à mener à l'estive et une femme en danger.

Meg Peterson se leva à son tour.

— Nous comprenons tous. John et le Dr Marquis nous ont tout expliqué. Quelqu'un a drogué le café d'Andy, et a tenté à plusieurs reprises de tuer Julie. Mais il ne peut pas s'agir de l'un de nous. Il y a forcément une autre personne qui se cache quelque part. En tout cas, nous ne voulons pas qu'Andy et Julie s'en aillent tout seuls de leur côté.

Les larmes de Julie étaient de retour, mais elles n'étaient plus motivées par la culpabilité, comme lorsqu'elle avait appris ce qui était arrivé à Nora. Il s'agissait cette fois de larmes de gratitude.

— Il faut envisager la situation sous un autre angle, dit John. Nous allons tous la surveiller, désormais. D'ailleurs, nous allons tous veiller les uns sur les autres. Julie est bien plus en sécurité maintenant que les choses sont claires. S'il y a un inconnu mal intentionné quelque part, l'un de nous le verra forcément. Et si, dans le groupe, quelqu'un n'est pas ce qu'il prétend être, qu'il sache que nous le démasquerons tôt ou tard.

Tyler secoua la tête.

— J'ai l'impression que vous ne savez pas à quoi vous vous engagez. On voit bien que vous ne connaissez pas toute l'étendue…

— Vous faites allusion au sac de couchage de Julie ? demanda John.

Tyler ne masqua pas sa surprise.

— Vous êtes au courant de ça ?

— Pas les détails, mais je sais qu'il y a eu un problème, et que vous êtes restés debout presque toute la nuit.

— Et cette flèche ? demanda Bobby Taylor, en désignant le projectile toujours fiché dans le bois de la roulotte. Nous savons qu'elle a manqué Julie de quelques centimètres.

Un silence suivit, et Julie se sentit obligée de prendre la parole.

— Je suis désolée d'avoir gâché vos vacances.

— Vous ne devez pas vous inquiéter pour ça, dit Meg Peterson, tandis que les trois secrétaires se précipitaient à côté de Julie.

— Nous avons tous voté, dit l'une d'elles. Nous voulons conduire le bétail à destination et rester ensemble. D'ailleurs, vous allez dormir avec nous sous la tente, ce soir. Vous ne devez pas pleurer.

— Ce sera comme dans les vieux westerns, dit Meg.

— Ouais, renchérit Bobby. Nous tous contre les méchants.

Julie essaya de dire quelque chose mais elle en fut incapable.

— Et nous allons faire la vaisselle ce soir, proposa une autre des secrétaires. Vous devez vous reposer. Je n'ose imaginer à quel point cette chute dans la rivière a dû être éprouvante.

— A présent, nous formons une chaîne de l'amitié, déclara solennellement John, et vous ne serez plus jamais seule.

Les secrétaires tinrent parole. Deux d'entre elles firent la vaisselle et la troisième, Sherry, conduisit Julie à leur tente.

Julie étendit son sac de couchage au sol et l'ouvrit entièrement avant de s'y glisser, inspectant chaque centimètre de toile avec une lampe torche, à la recherche d'araignées ou de serpents.

Malgré son épuisement, le sommeil se refusa à elle, et la visite inopinée du Dr Marquis tomba à point pour la distraire de ses sombres pensées.

— Toc, toc, dit-il à l'extérieur de la tente.

Sherry ouvrit le rabat de toile et il entra en affichant cette mimique renfrognée qui ne le quittait que rarement.

— Tyler m'a dit que vous aviez appris une mauvaise nouvelle au téléphone, dit-il, et je me demandais si vous aviez besoin de quelque chose pour vous aider à dormir.

— Non, dit Julie en se redressant. C'est gentil, mais je préfère m'en passer. Il faut que je me lève de bonne heure pour préparer le petit déjeuner.

— Je vous aiderai, proposa Sherry.

La première réaction de Julie fut de protester, puis elle réfléchit. Ne se trompait-elle pas elle-même en pensant qu'elle pouvait tout gérer seule en dépit de sa fatigue et des préoccupations qui l'agitaient ? De la compagnie et une paire de mains en plus seraient les bienvenues.

— Merci, dit-elle. J'apprécie beaucoup votre offre.

— Vous êtes sûre que vous ne voulez vraiment rien prendre ? insista le Dr Marquis.

Julie secoua de nouveau la tête.

— Non, vraiment, ça va aller.

— N'hésitez pas à m'appeler si vous changez d'avis.

Tyler fut le suivant, et Sherry insista pour sortir quelques instants afin qu'ils puissent se souhaiter une bonne nuit.

— Visiblement, tout le monde sait que nous sommes mariés, remarqua Julie en grommelant.

— Tout le monde est au courant de tout, répliqua Tyler.

Mais son regard pétillait de malice tandis qu'il s'accroupissait à sa hauteur.

— Je suis désolée d'avoir provoqué une telle mutinerie, dit-elle. Je pourrais essayer de filer à l'anglaise…

— Impossible ! John a organisé une surveillance du campement. Des tours de garde ont été mis en place par équipes de deux.

— J'ai l'impression que les invités trouvent la situation plutôt réjouissante.

Tyler eut un haussement d'épaules fataliste.

— Il est vrai que ça pimente leur séjour.

— On dirait qu'ils ne se rendent pas compte qu'ils pourraient tomber nez à nez avec un tueur.

— N'exagérons pas quand même, dit-il en tendant la main pour écarter une mèche de cheveux de son visage.

Soudain, elle eut envie qu'il se glisse dans le sac de couchage avec elle, juste pour la tenir dans ses bras, pour soulager un peu son chagrin. Mais n'était-ce pas égoïste de sa part ?

— Tu as besoin de dormir, dit-il. Bonne nuit, Julie.

Il se pencha et déposa un baiser sur son front.

— Si ce n'est pas le moment de prendre ton tour pour surveiller le troupeau, tu pourrais rester une minute ? demanda-t-elle à voix basse.

Il lui prit la main.

— Je peux arriver avec quelques minutes de retard. Couche-toi.

Elle fit ce qu'il lui demandait.

— Tu as assez chaud ? demanda-t-il, en remontant le duvet sous son menton.

Elle hocha la tête.

Il fredonna quelques notes de son air favori. Elle l'avait toujours associé à lui et le trouvait réconfortant. Mais cette fois, la pensée de la bombe que John Smyth attendait de faire éclater lui noua l'estomac.

12

Tyler se réveilla à l'aube, non loin du troupeau où il avait installé son sac de couchage après son tour de garde. Ses pensées s'envolèrent immédiatement vers Julie.

Les gestes lents et les yeux à peine ouverts, il enroula le duvet, le cala sous son bras et prit la direction du campement.

La scène qui se profila devant ses yeux à mesure qu'il approchait était pleinement rassurante.

Non seulement Julie s'activait sans relâche à la préparation du petit déjeuner, mais elle était secondée par deux des secrétaires de Wall Street. John Smyth leur prêtait main-forte et faisait cuire des pancakes.

Même Andy était levé. Assis sur une pierre, il sirotait un café. Apparemment sa mésaventure de la veille ne l'avait pas détourné de sa passion pour ce breuvage.

Tyler ne comprenait pas ce que sa mère avait à reprocher à John que, pour sa part, il avait fini par trouver éminemment sympathique.

Julie lui faisait confiance, en tout cas. Et il s'était démené pour elle. En fait, il avait plus ou moins pris les commandes du groupe. La plupart des vachers étaient comme Mele, jeunes, relativement novices face à la violence, plus habitués à servir les invités qu'à garder un œil sur eux, et ce n'était pas plus mal que quelqu'un de solide et d'expérimenté les encadre.

*
* *

Deux heures plus tard, la roulotte était prête à lever le camp, menée par Julie.

— J'avais cette Thermos depuis vingt-huit ans, grommela Andy tandis qu'il attelait les chevaux avec Tyler. J'aimerais bien mettre la main sur celui qui l'a trafiquée.

— Tu as une idée ? demanda Tyler, tout en bouclant le harnais de Gertie.

— Non. Je la laissais toujours dans la sacoche accrochée à ma selle. N'importe qui aurait pu y toucher.

— C'est aussi ce que je pense.

— En tout cas, je vais bien la regretter, cette Thermos.

— Rachètes-en une et mets-la sur mon compte.

— Ça marche. Mais comment je vais faire aujourd'hui pour le café ?

— Que veux-tu que je te dise, mon vieux ? Vois ça avec Julie.

Le Dr Marquis avait pris place à côté de Julie sur la banquette, son cheval étant attaché à l'arrière. Andy chevauchait à côté d'eux.

Le troupeau suivait loin derrière, les bovins cherchant invariablement le chemin le plus facile, tandis que les humains s'efforçaient de les garder plus ou moins rassemblés.

Il était plus efficace d'empêcher un animal de vagabonder que de se lancer dans une course-poursuite, de l'encercler et de l'obliger à réintégrer le troupeau.

Tyler ne s'était pas aventuré aussi loin cette année, et il était surpris de découvrir quelques glissements de terrain mineurs. Il demanda à ses employés de redoubler d'attention envers les cavaliers les moins aguerris, et se réjouit que le médecin ait décidé d'accompagner Julie.

L'un des invités était-il un assassin ?

Il ne croyait pas vraiment à la théorie d'un étranger les

suivant de loin, droguant le café d'Andy, essayant sans cesse d'atteindre Julie sans y parvenir.

Si le but était de la tuer, il suffisait de lui tirer dessus et c'était terminé. Donc, ce n'était pas ça, le but.

Mais, s'il s'agissait uniquement de lui faire peur, pourquoi ne pas agir plus ouvertement ?

Pour lui, tout indiquait la volonté de maquiller le meurtre de Julie en accident.

Qu'allait faire cette personne maintenant que tout le campement savait ce qui se tramait ?

Soudain, il s'en voulut de s'être laissé manipuler par les invités, au mépris du bon sens. La dernière chose dont il avait besoin, c'était d'un procès pour mise en danger, ou — le ciel l'en préserve — de se retrouver avec un mort sur les bras. Les conséquences pour la survie du ranch seraient terribles.

Malheureusement, il ne pouvait rien faire pour le moment afin d'améliorer la sécurité des hôtes. Mais dès qu'ils arriveraient au prochain campement, il mettrait les choses au point et diviserait ses employés en deux groupes : un en tête avec le bétail, et un à l'arrière avec les invités.

En attendant, il essaya de compter ses troupes.

Il pouvait voir les secrétaires essayer de discipliner un groupe de six jeunes vaches et leurs veaux, avec l'aide de Bobby Taylor et de Mele.

John Smyth n'était pas très loin, chevauchant avec les deux frères fans de pêche. Le couple Taylor s'occupait du flanc côté falaise avec l'aisance de vieux professionnels.

Il chercha du regard Meg Peterson, qui tenait généralement compagnie aux secrétaires, mais pas aujourd'hui.

Trop d'événements inquiétants s'étaient déroulés pour ne pas s'inquiéter de son absence.

Il mit Yukon à l'arrêt, pivota sur sa selle, et mit sa main en visière au-dessus de ses yeux.

Une lueur de blanc annonça la présence de son cheval

près d'un vertigineux éboulis de roches. Meg était en selle et, si elle n'était pas une mauvaise cavalière, il n'était pas rassuré de la savoir aussi près du bord de la piste sur un terrain instable.

Il fit exécuter une demi-volte à son cheval et entama la remontée jusqu'à elle, partagé entre l'envie de lui crier de faire attention et la crainte d'effrayer les vaches — ou un participant.

Il s'avéra que Meg prenait des photos. Sentant peut-être qu'elle était observée, elle tourna la tête. Elle avait repoussé son chapeau sur son visage rougi par le soleil, mais elle était trop éloignée pour qu'il puisse voir son expression.

Elle agita le bras comme pour le saluer. Son cheval recula un peu, dansant sur le bord du précipice. Tyler songea que la combinaison d'un cavalier trop confiant et d'un cheval nerveux n'était jamais bonne.

Comme il fallait s'y attendre, Snowflake s'élança. Meg essaya de tirer sur les rênes, mais cela ne servit à rien.

Impuissant, Tyler observa la scène tandis que les sabots de l'animal dérapaient sur le rebord. Meg essaya de faire contrepoids sur la selle pour inverser le déplacement du cheval, tandis qu'une petite avalanche de poussière et de cailloux soulevait un nuage brunâtre autour d'eux.

L'épisode se déroulait dans un étrange silence, uniquement troublé par le piétinement des cailloux. Meg semblait trop effrayée pour crier, et le cheval luttait de toutes ses forces pour sauver sa vie.

Tyler avait mis son cheval au galop, tout en sachant confusément qu'il arriverait trop tard pour intervenir.

Sur place, il se jeta au sol en laissant pendre les rênes de Yukon, et vit Snowflake tomber à genoux.

Meg fit aussitôt un vol plané au-dessus de la tête du cheval, et atterrit quelques mètres plus bas dans un horrible fracas.

Snowflake se releva instantanément et, trouvant enfin

un point d'équilibre, s'enfuit au galop dans un nuage de poussière.

Meg Peterson gisait sur une étroite plate-forme de terre entourée de buissons. Tyler entendit des chevaux approcher et découvrit en tournant la tête que John Smyth l'avait rejoint. Au loin, un groupe de vachers galopaient dans sa direction.

— Elle est toujours vivante ? demanda John en décrochant son lasso de sa selle.

— Pour le moment. Il faut la sortir de là avant qu'elle bascule dans le vide.

Tyler prit également son lasso et le noua à celui de John, tout en redoutant que la corde ne soit malgré tout pas assez longue.

— Vous voulez que j'essaie de récupérer son cheval ? proposa John.

— Non, j'ai besoin de vous. Envoyez quelqu'un d'autre. Snowflake est probablement retourné au canyon où nous avons passé la nuit. Et envoyez aussi quelqu'un chercher le médecin. Dites à la personne de prendre sa place et d'aider Julie à ramener la roulotte ici le plus vite possible. Bon sang, j'espère qu'ils ne sont pas déjà arrivés au campement !

Les vachers et les hôtes commençaient à arriver et offrirent leur aide. Un autre lasso fut ajouté aux deux précédents.

Tyler passa le nœud coulant autour de sa taille, en un geste qui lui rappela celui que Julie avait accompli la veille dans la rivière, et s'adressa à tous :

— Je vais descendre m'assurer qu'elle peut être déplacée. Mais, comme il n'y a rien pour attacher la corde, vous allez devoir vous mettre en ligne et assurer le contrepoids.

Après quelques minutes de descente en rappel, il atterrit sur la plate-forme et s'agenouilla près de Meg, qui avait les yeux ouverts.

— Je suis drôlement contente de vous voir, parvint-elle à articuler.

Il lui adressa un sourire rassurant.

— Vous avez quelque chose de cassé ?

— Je ne sais pas. Peut-être mon poignet.

— Pouvez-vous vous asseoir ?

— Je vais essayer.

Tyler ne se sentait pas très à l'aise sur cette corniche. Le supplément de poids semblait avoir provoqué un début d'érosion, et le bruit des pierres qui se détachaient était constant.

Il aida Meg à s'asseoir, en lui recommandant d'aller doucement.

Elle avait atterri sur les mains, et celles-ci saignaient beaucoup. Elle avait aussi quelques égratignures sur le visage.

Elle leva vers lui des yeux mouillés de larmes.

— Ça fait très mal, dit-elle en soutenant son bras droit de sa main gauche. Je crois que c'est cassé.

— Je peux regarder ?

— N'y touchez pas ! s'écria-t-elle tandis qu'il posait légèrement les doigts sur sa main intacte.

— Je ne le ferai pas.

Elle déplia les doigts, révélant sa blessure. Le sang sur sa peau semblait venir des contusions, et aucun os ne pointait.

— Au moins, ce n'est pas une fracture ouverte, dit-il.

Meg serra son bras contre sa poitrine.

— Est-ce que le médecin est là ?

— Il ne va pas tarder à arriver. J'ai envoyé quelqu'un le chercher dès que vous êtes tombée.

Tout en parlant, il avait ôté la corde qui ceignait sa taille, et l'avait fait passer au-dessus de la tête de Meg. Il allait falloir qu'elle se tienne à la corde d'une seule main tandis que les hommes la tireraient depuis le haut du ravin.

Quand il eut placé la corde autour de la taille de Meg, en prenant soin de ne pas toucher son poignet, il ôta sa veste et la boutonna au-dessus de son bras blessé pour éviter qu'il ne ballotte durant l'ascension.

— On ne pourrait pas appeler un hélicoptère ? demanda-t-elle, visiblement guère convaincue par la corde.

— Le téléphone ne passe pas ici, dit Tyler. Nous allons vous remonter dans un endroit plus sûr, et si le médecin pense que vous devez être héliportée je grimperai au sommet du plateau, là où on peut capter un signal relativement fort, et j'appellerai les secours.

— C'est quand même incroyable qu'à notre époque il reste encore des zones où aucun moyen de communication ne fonctionne. Cela semble tellement archaïque. Enfin…

Après un lourd soupir, elle ajouta :

— Est-ce à votre femme que je dois ce qui m'est arrivé ?

— Vous voulez dire, votre chute ?

Meg répondit par un hochement de tête qui le surprit.

— Pourquoi pensez-vous cela ? Et que s'est-il passé, d'ailleurs ? Pourquoi Snowflake s'est-il emballé comme ça ?

— Je ne sais pas. Je me suis arrêtée pour prendre des photos. Le cheval a commencé à s'agiter, comme si quelque chose l'avait effrayé. C'est à se demander si on ne m'aurait pas prise pour Julie…

Il jeta un coup d'œil à la silhouette courtaude et replète. Il n'y avait pas deux femmes plus différentes que Meg Peterson et Julie Hunt.

— Je ne vois pas comment ce serait possible, ne put-il s'empêcher de remarquer.

— Vous semblez prendre un peu à la légère ce qui m'arrive, protesta Meg. En essayant de protéger Julie, nous nous sommes finalement tous mis en danger.

D'un ton accusateur, elle ajouta :

— Et vous nous avez laissés faire.

Tyler décida qu'il n'avait pas de temps à perdre à discuter avec une personne effrayée, blessée, et souffrant visiblement beaucoup.

D'autant qu'elle n'avait peut-être pas tout à fait tort.

— Je veux rentrer chez moi, dit-elle. C'est dangereux, ici, et ça ne m'amuse plus du tout.

— Vous avez raison, c'est dangereux, dit-il, tout en vérifiant la solidité des nœuds.

C'était pour cette raison que tout le monde avait dû signer une décharge. Il s'agissait d'un véritable convoi de bétail, où le danger ne manquait pas, mais il n'allait pas non plus argumenter sur ce sujet.

En fait, il était plutôt d'accord avec Meg. Il était partiellement responsable de cette situation, quelle qu'en soit la cause.

Levant la tête, il héla John.

— Meg semble avoir le poignet cassé, elle ne pourra donc pas se hisser. Vous êtes prêts là-haut ?

— Prêts, cria John.

— Contentez-vous de tenir la corde de votre bonne main, recommanda Tyler à Meg.

Elle commença par hocher la tête, puis la secoua vigoureusement.

— Je ne peux pas.

— Il le faut.

— Appelez quelqu'un, s'il vous plaît, dit-elle en fouillant dans sa poche. Faites venir des secouristes ou qui vous voudrez.

Tyler croyait avoir déjà réglé la question, mais elle semblait proche de l'hystérie. Il prit son téléphone et le manipula.

— Votre batterie est morte, dit-il en le lui rendant.

Elle jura entre ses dents.

— Vous devez en avoir un. Servez-vous-en.

Il sortit son téléphone de sa poche, l'alluma et lui montra l'écran.

— Pas de signal.

Comme elle cherchait à l'attraper, le téléphone glissa de sa main et dévala la pente en rebondissant contre la paroi rocheuse.

Meg poussa un cri horrifié et couvrit ses yeux de sa main valide.

— Je suis désolée, je suis désolée, sanglota-t-elle. Qu'est-ce que nous allons faire, maintenant ?

— Ne vous inquiétez pas pour le téléphone. Nous sommes livrés à nous-mêmes, mais ce n'est pas grave. Nous allons nous débrouiller. Tout va bien se passer.

— Je n'y arriverai jamais, geignit-elle. Et s'ils me laissaient tomber ?

— Meg, nous perdons du temps. Venez.

— Et vous ?

— Ils me renverront la corde une fois que vous serez en sécurité. Maintenant, allons-y. Nous avons assez tergiversé.

L'ascension se fit non sans mal, Meg ne cessant de gesticuler et de hurler, mais elle finit par disparaître de la vue de Tyler, qui accueillit avec soulagement la perspective de pouvoir être remonté à son tour.

Il guetta la voix du médecin, mais n'entendit que Meg qui geignait.

— Tout va bien ? cria-t-il.

Pour toute réponse, on lui envoya la corde. Il la passa autour de sa taille et tira dessus pour signaler qu'il était prêt.

La remontée fut complexe mais se déroula sans incident. A quelques pas du sommet, deux vachers l'attrapèrent sous les bras et l'aidèrent à regagner la terre ferme.

Il s'inquiéta aussitôt de l'état de Meg, s'attendant à voir Rob Marquis penché au-dessus d'elle. Mais la blessée en larmes se tenait au milieu d'un cercle de vachers et d'invités inquiets, tandis que Red Sanders essayait de la convaincre de boire une gorgée du remontant que contenait la flasque fixée à sa ceinture.

— Où est le médecin ? demanda Meg.

Portant le regard au-dessus de la marée de croupes bovines, Tyler chercha la silhouette d'un cavalier sur la piste.

— Ça fait presque une heure que Mele est partie le chercher, dit John.

L'estomac de Tyler se noua.

Une cavalière aussi expérimentée que Mele aurait dû très vite rattraper la roulotte. Et même si le médecin n'était pas un foudre de guerre à cheval, on aurait maintenant dû l'apercevoir.

Et si Meg avait raison ?

Si l'étrange comportement de Snowflake avait quelque chose à voir avec les perpétuelles attaques dirigées contre Julie ?

Après avoir donné des ordres à ses employés, il sauta en selle. John s'empressa de l'imiter.

— Où croyez-vous aller comme ça ? demanda Tyler d'un ton querelleur.

— Avec vous. Des objections ?

— Non.

Dès qu'ils eurent dépassé le troupeau, ils s'élancèrent au grand galop. Tyler s'attendait à voir un nuage de poussière annonçant l'arrivée d'un cavalier, mais le temps s'écoulait et il n'y avait toujours personne.

Il se raccrocha à l'espoir que Julie et Rob Marquis étaient arrivés sains et saufs au campement, et que le médecin avait décidé de faire un tour pour observer les plantes sauvages ou autre chose, ceci expliquant que Mele ait du mal à le localiser.

Cet espoir fut réduit à néant quand il finit par découvrir la roulotte au loin, arrêtée au milieu du chemin près d'un amas de grosses roches. Les chevaux étaient toujours harnachés, mais il n'y avait aucun mouvement.

Tyler arrêta son cheval et prit le temps de sortir des jumelles de ses fontes. La scène lui faisait l'effet d'un guet-apens, et il n'avait pas envie de se jeter droit dans la gueule du loup.

John s'arrêta à côté de lui.

— Vous apercevez quelque chose ?

— Mele est en train de se pencher sur quelque chose ou quelqu'un.

A l'idée qu'il puisse s'agir de Julie, sa gorge s'était nouée.

— Vous voyez quelqu'un d'autre ?

— Non. Et le cheval d'Andy n'est plus là.

Il remit ses jumelles en place et pressa Yukon d'avancer.

Quelques minutes plus tard, ils arrivaient à hauteur de la roulotte. La voix affolée de Mele les incita à descendre de selle en catastrophe et à se ruer vers elle.

— Par ici ! Heureusement, vous êtes venus. Faites vite, je crois qu'il est en train de mourir.

Ils la trouvèrent agenouillée près d'Andy, tenant un chiffon rougi de sang contre son torse. Il avait le visage cireux comme un masque.

— J'avais peur de le laisser pour aller chercher de l'aide, expliqua Mele en dirigeant vers eux un regard rongé d'anxiété.

John s'agenouilla immédiatement à côté d'elle.

— J'ai reçu une formation de secourisme, dit-il. Laissez-moi faire.

— Où sont Julie et le médecin ? demanda Tyler, juste avant d'apercevoir une tache de sang sur la banquette.

La trousse de Rob Marquis se trouvait en dessous du siège, mais une balle l'avait transpercée et son contenu était à présent brisé.

Tyler alla chercher le kit de secours du ranch à l'arrière de la roulotte et le tendit à Mele.

— Je ne sais pas, dit-elle.

— Vous ne savez pas quoi ?

Elle ouvrit la boîte métallique et, tout en donnant à John ce qu'il demandait, leva les yeux vers Tyler.

— Andy était comme ça quand je suis arrivée. Son arme était à côté de lui. Je suppose que Julie et le médecin ont été enlevés de force.

— Il a dû essayer de les défendre, dit Tyler.

Vérifiant l'arme d'Andy, il constata qu'il manquait deux balles. Puis il observa le sol, cherchant à voir combien de chevaux étaient passés par là, mais il y avait trop d'empreintes.

Elargissant son cercle de recherche, il trouva quelques empreintes qui allaient vers l'est. Il les suivit un moment, redoutant à moitié de trouver le corps sans vie de Julie ou du médecin derrière les rochers.

Afin d'avoir une meilleure vue d'ensemble, il escalada une butte, et arriva au sommet à bout de souffle et rongé d'angoisse.

Le paysage qui s'offrait à sa vue était accidenté et rocailleux, doté d'une maigre végétation, et apparemment dépourvu de toute vie.

Il redescendit et attrapa les rênes de Yukon.

— Il faut que je parte à leur recherche. Ils doivent avoir au moins deux heures d'avance.

Il se hissa en selle.

— Ecoutez, tous les deux, faites ce que vous pouvez pour ce pauvre Andy, mettez-le à l'arrière et rejoignez les autres. Mele, demande aux vachers de se diviser en deux groupes. Le premier conduira seul le bétail à destination. Jack et le deuxième groupe ramèneront les participants au ranch.

— Je préfère vous accompagner, dit John. Qui sait ce qui vous attend.

Tyler secoua la tête.

— Meg Peterson va faire une crise de nerfs en apprenant que le médecin n'est pas là. Il faudra que vous immobilisiez son poignet, et que vous raisonniez les autres. Tout le monde sera très perturbé.

— Savez-vous seulement dans quelle direction ils sont partis ?

— Vers l'est, d'après les empreintes. Mais ne vous inquiétez pas pour moi. Faites seulement en sorte que le bétail arrive demain au pâturage, et que les invités repartent aujourd'hui. Et soyez prudents. Celui qui a fait ça a maintenant deux otages.

— C'est vous qui devriez être prudent, intervint Mele.

Son visage exprimait toujours une profonde anxiété.

— Qui a pu faire ça ? Et pourquoi ?

Tyler secoua la tête avec une mimique impuissante.

John se leva.

— Nous ferons demi-tour pour venir vous aider dès que…

— Non, ça ne servirait à rien. Personne ne sait où cette traque va me mener. Le temps que vous reveniez, je pourrai être n'importe où. Et j'ai le sentiment qu'il sera trop tard pour m'apporter une aide quelconque.

John reporta son attention sur Andy, mais Tyler vit qu'il était déçu de ne pas l'accompagner. Son passé dans les forces de l'ordre ne le prédisposait sans doute pas à accepter de rester sur le bord du chemin quand il y avait de l'action.

Prenant la direction de l'est, Tyler s'engagea dans la zone la moins hospitalière que la région avait à offrir, truffée de pierres et de canyons.

Le jour commençait à décliner, et la mission qu'il s'était lui-même assignée ne serait pas une partie de plaisir.

Mais la vie de Julie était en danger. Elle était là quelque part, et il devait lui porter secours.

C'était la seule motivation dont il avait besoin.

13

Tyler était le premier à admettre qu'il n'était pas le meilleur pisteur du monde. Et, tandis que le jour tombait, les kilomètres s'enchaînant sans aucun indice auquel se raccrocher, il se demanda avec inquiétude s'il n'était pas passé à côté de quelque chose.

Le regard fouillant inlassablement les parages, partagé entre l'horizon et le sol, il essaya de comprendre ce qui s'était passé à la roulotte.

Le sang sur la banquette devait appartenir à Julie ou à Rob Marquis. Il y avait peu de chance qu'il s'agisse de celui d'Andy, car celui-ci chevauchait probablement Shasta.

Etaient-ils tombés dans une embuscade ?

Quelqu'un aurait pu facilement se cacher derrière ces rochers et tirer sur Andy. Occupée à mener l'attelage, Julie aurait déjà eu fort à faire pour retenir les chevaux effrayés par le coup de feu et n'aurait pas pu se défendre.

Quant à Rob Marquis, il devait être aussi mauvais avec un pistolet qu'il l'était avec un arc ou sur un cheval.

Mais peut-être avait-il quand même essayé de protéger Julie et avait-il été blessé.

Tyler préférait ne pas envisager la possibilité qu'ils soient morts tous les deux. A ce stade, il serait probablement tombé sur leurs cadavres ou aurait vu des vautours voler en cercles.

Le remords le rongeait. Il aurait dû accompagner Julie au lieu de rester avec le troupeau.

D'un autre côté, s'il avait été présent, il serait peut-être en train de se vider de son sang et ne pourrait plus rien faire pour aider qui que ce soit.

La nuit tombait et il ne savait plus quoi faire. S'il continuait à se déplacer dans l'obscurité, il risquait de passer à côté d'un signe de bifurcation. Il n'y avait rien par là. Pourquoi quelqu'un continuerait-il à avancer avec deux otages récalcitrants ?

Il finit par s'arrêter par égard pour son cheval qui commençait à trébucher sur la piste inégale. Il n'allumerait pas de feu, mais les ravisseurs le feraient peut-être…

Attendant l'obscurité complète, il se percha sur un rocher et attendit, ses jumelles à portée de main, sa lampe torche éteinte. Malheureusement, il ne vit aucun signe d'un feu à distance, ou de quoi que ce soit qui pourrait lui indiquer la position des ravisseurs.

En cherchant sa lampe, il avait découvert dans ses fontes le déjeuner auquel il n'avait pas eu le temps de toucher. Il attaqua avec un bel appétit le sandwich au beurre de cacahuète et à la gelée de groseille, gardant la pomme pour Yukon.

Prenant soudain conscience que son repas avait été préparé par Julie ce matin, il déglutit avec peine et leva les yeux vers les étoiles, en se demandant si elle faisait la même chose non loin de lui, et en sachant qu'elle devait être terrifiée.

Inévitablement, cette pensée l'incita à s'interroger sur l'avenir de leur relation. Si Julie était vraiment décidée à partir et à vivre sans lui, il n'aurait d'autre choix que de s'en détacher à la fois physiquement et émotionnellement.

Ce ne serait pas facile, mais il devait la laisser partir.

La retrouver vivante devrait lui suffire. Sa liberté de mener la vie qu'elle souhaitait devrait lui suffire.

Tout, mais ne pas avoir à l'enterrer.

Tout sauf ça.

*
* *

Tyler se réveilla aux premières lueurs de l'aube, après une nuit misérable passée à même le sol. Il avait froid, il était fatigué et il se sentait mal.

Deux heures plus tard, il tomba sur le premier signe indiquant qu'il avait pris la bonne direction. Et il serait passé à côté si Yukon n'avait pas baissé la tête et henni en reniflant le sol caillouteux.

Le temps qu'il descende de sa selle, le cheval finissait de manger quelque chose de craquant. Tyler crut détecter une odeur de pomme et se demanda si Yukon avait trouvé un vieux trognon.

Il regarda autour de lui et vit un rayon de soleil se refléter sur quelque chose à quelques pas de là. Il s'agissait d'un papier d'aluminium contenant un reste de sandwich au beurre de cacahuète et à la gelée de groseille.

Il était impossible d'établir si la nourriture avait été mangée aujourd'hui ou la veille, mais il reprenait espoir grâce à cette preuve que les autres étaient passés par là.

Il avait d'ailleurs le sentiment qu'il se rapprochait d'eux, une sensation que rien ne pouvait expliquer à part l'instinct.

Le soleil se faisait plus ardent à mesure que Tyler chevauchait. Il avait une gourde contenant de l'eau pour lui, mais le terrain était poussiéreux, l'air desséché, et son cheval devait commencer à avoir soif.

A en juger par le vol des corneilles, ils n'étaient plus qu'à une dizaine de kilomètres des pâturages et de la source. En voiture, c'était une distance dérisoire. A cheval, cela pouvait prendre un peu de temps.

Il savait que John préviendrait la police dès son arrivée au ranch, ou qu'il essaierait de les joindre en chemin si quelqu'un avait un téléphone qui parvenait à capter un signal de réception.

Il s'attendait presque à voir l'hélicoptère que Meg avait

appelé de ses vœux arriver en vrombissant depuis le sud. Mais le ciel était désert, à peine dérangé par les taches cotonneuses des nuages.

Peu après, alors qu'il passait la zone en revue avec ses jumelles, il distingua un mouvement.

Son cœur fit un bond dans sa poitrine. Il ajusta la mise au point jusqu'à ce qu'il voie nettement Shasta et un grand cheval rouan, celui de Rob Marquis, Tex. Les chevaux étaient sellés, mais il n'y avait pas trace de leurs cavaliers. En fait, ils semblaient abandonnés, les rênes pendant jusqu'à terre.

Saisi de panique, il talonna son cheval, les yeux aux aguets, son pistolet prêt à faire feu, l'image des blessures infligées à Andy omniprésentes dans son esprit.

Shasta et Tex perçurent son approche et relevèrent la tête. Il n'y avait toujours personne avec eux. Et bien malin qui aurait pu dire combien de distance les chevaux avaient parcouru depuis qu'ils avaient perdu leurs cavaliers.

Il dirigea Yukon vers un amas de roches susceptible de lui offrir un peu de hauteur. Parvenu au sommet, il distingua quelque chose de bleu de l'autre côté et songea immédiatement à la chemise en jean délavé de Julie.

Il dévala le monticule, courut à perdre haleine et s'arrêta brutalement en découvrant qu'il s'agissait bien d'une chemise, mais pas de celle de Julie.

Rob Marquis gisait à demi dans une crevasse, une carabine abandonnée à côté de lui. Un bandage improvisé ceignait son biceps, et il était couvert de sang séché.

Tyler sut qu'il était mort à l'instant où il le vit. Il s'agenouilla quand même à côté de lui pour prendre son pouls, en se demandant de quoi il était mort, ce qu'il faisait là, mais, surtout, où se trouvait Julie.

Il entendit soudain un bruit distinctif et fit un bond en arrière. Quiconque avait un jour entendu ce son ne pouvait plus jamais l'oublier.

Un serpent à sonnette.

Sous ses yeux, un jeune serpent émergea de sous le corps émacié de Rob et commença à glisser sur la pierre, s'arrêtant pour s'enrouler sur lui-même quand il sentit sa présence.

Un autre sortit d'une anfractuosité, et un autre encore apparut aux pieds de Tyler. Il sauta de côté pour l'éviter et faillit tomber. En habitué de cette nature sauvage, il savait que les très jeunes serpents n'avaient pas de sonnette. Mais, s'il avait entendu ce bruit reconnaissable entre tous, c'est que la mère n'était pas loin. Comment se faisait-il, d'ailleurs, qu'elle ait eu des petits si tôt dans la saison ?

Il récupéra la carabine abandonnée et revint vers son cheval. Shasta hennit lorsqu'il se rapprocha. Il tendit la main pour prendre ses rênes, mais l'animal fit un écart et s'éloigna au petit trot.

— Shasta, appela-t-il.

Le cheval ne réagit pas et continua à avancer en direction d'un bosquet d'arbres rabougris.

Se pouvait-il que Shasta sache réellement où se trouvait Julie ?

Il allongea l'allure, dépassa le cheval d'Andy et ne tarda pas à apercevoir une forme blanche et rectangulaire partiellement recouverte de branches et de feuilles.

Il reconnut un des sacs de couchage du ranch zippé de la tête aux pieds. Rien ne bougeait, et pourtant on reconnaissait une silhouette humaine sous le duvet.

Il eut l'horrible sensation qu'il venait de découvrir Julie et qu'il était trop tard.

Il se rua entre les arbres, tomba à genoux, écarta sommairement les débris de végétaux et défit la fermeture à glissière.

Ce qu'il découvrit le laissa sans voix.

Moite de transpiration, les cheveux plaqués sur son visage et sa nuque, Julie était aveuglée avec son propre bandana, bâillonnée, les poignets et les chevilles immobilisés par une corde.

Mais elle était en vie, comme en attestait le pouls qui battait à sa gorge.

— Julie, c'est moi, dit-il.

Il dénoua le bandana et vit la peur dans son regard se transformer en larmes de soulagement.

Dès qu'il eut libéré ses mains, elle jeta ses bras autour de lui en sanglotant.

Il serra contre lui son corps tremblant, médusé de la retrouver vivante. Puis, tenant son visage à deux mains, il demanda :

— Tu es blessée ?

Elle secoua la tête.

— Je suis tellement contente que tu sois…

Il ne la laissa pas terminer sa phrase. Oubliant la promesse qu'il s'était faite à lui-même de la laisser partir, il l'embrassa comme l'aurait fait un mari, comme l'homme qui l'aimait et avait besoin d'elle.

Julie fut la première à recouvrer ses esprits.

— Il faut partir, murmura-t-elle frénétiquement contre sa peau. Tout de suite. Avant qu'il revienne.

— Avant que qui revienne ?

Il regarda du côté des chevaux, dont le calme démentait toute nouvelle approche.

— Julie, qui est derrière tout ça ?

— Trill.

— Il est là ?

— Non, son coéquipier, le Dr Marquis. Sauf qu'il n'est pas vraiment médecin.

Tyler la dévisagea un moment, ne comprenant pas le sens de ses paroles. Cet homme s'était pourtant comporté comme un véritable professionnel de santé. Et en même temps, avec ce déferlement de séries télévisées à caractère médical, ne s'était-il pas contenté d'imiter ce qu'il avait vu à l'écran ?

— J'ai fini par le reconnaître, ajouta Julie. C'est l'un des hommes qui figurent sur la photo que j'ai trouvée dans le carnet de notes du Pr Killigrew. Celui qui est en surpoids.

— Mais il est fin comme un haricot.

— Il m'a dit, il y a plusieurs jours de ça, qu'il s'était fait poser un anneau gastrique. Il a dû perdre au moins cinquante kilos. Mais tout cela n'a plus d'importance, maintenant. Il a dit qu'il allait chercher un endroit où son téléphone pourrait capter un signal de réception. Tu as une arme avec toi, il faut se cacher et lui tendre une embuscade quand il reviendra…

— Il ne reviendra pas. Il est mort.

Julie hoqueta de surprise.

— Tu l'as…

— Non, je ne l'ai pas tué. Il est tombé dans une crevasse et il a atterri dans un nid de serpents à sonnette. Qui devait-il appeler ? Il l'a dit ?

— Il s'agissait probablement de Trill. Après tout, qui d'autre pourrait l'avoir envoyé ici ? En tout cas, il était vraiment contrarié que les choses ne se soient pas passées comme il l'avait prévu. Tous ces accidents étaient destinés à me diminuer physiquement pour que j'aie besoin des soins d'un « médecin ».

Cette évocation la fit frissonner.

— Il avait avec lui un produit pour arrêter mon cœur. Il a même essayé de m'en injecter hier en prétendant qu'il s'agissait d'un sédatif. Son but était de faire en sorte que je meure alors qu'il faisait semblant d'essayer de me sauver.

— Mais qu'en est-il des autopsies et du fait que le vrai Dr Marquis aurait fini par se manifester ? Tôt ou tard, ta mort aurait été reconnue pour ce qu'elle était vraiment : un meurtre.

— Il a tué le Dr Marquis. Il s'en est vanté…

Elle serra les bras autour d'elle, et Tyler se demanda si elle avait froid, ou si c'était un geste inconscient de protection.

— Il a dit qu'il me gardait en vie au cas où tu nous

retrouverais, afin d'avoir une monnaie d'échange. Il m'aurait éliminée dès que sa sécurité aurait été assurée.

Le sac de couchage jeté en travers de son épaule, Tyler ouvrit la marche à travers les branches cassées qui jonchaient le sol.

— Le vrai médecin avait fait sa réservation depuis des mois, remarqua-t-il. Comment ce type pouvait-il être au courant ?

— Je ne sais pas. Il m'a seulement dit qu'il avait tué le pauvre homme à l'aéroport. C'est pour ça que tu as reçu cet appel disant qu'il était retenu à Chicago.

Une sensation de malaise envahit Tyler lorsqu'il prit conscience de ce que cela signifiait.

— Il devait avoir un contact au ranch. C'est la seule façon qu'il pouvait avoir de connaître l'identité de nos invités. Ça veut dire qu'il y a un traître parmi nous.

— Il y a peut-être une autre explication. De toute façon, est-ce que c'est si important, maintenant ?

— Pas à cet instant précis, j'imagine. Pour le moment, il faut mettre toutes les chances de notre côté en filant au plus vite d'ici. On ne peut pas savoir si ton ravisseur a réussi à passer son appel avant de mourir. Il avait peut-être organisé un renfort.

— On pourrait vérifier son téléphone, suggéra Julie, tandis qu'ils sortaient du couvert des arbres.

— Non, c'est trop dangereux avec ce nid de serpents dans les rochers.

Lorsqu'ils furent revenus près des chevaux, Tyler tendit sa gourde à Julie, et fixa le sac de couchage derrière la selle de Shasta pendant qu'elle se désaltérait. Il l'aida ensuite à se mettre en selle, fixa une longe à la bride du cheval rouan afin de le faire chevaucher à côté de lui, et enfourcha Yukon.

— Pourquoi ne t'a-t-il pas tuée ? demanda-t-il. A quoi cela lui servait-il de te garder prisonnière ?

Julie lui lança un bref coup d'œil et détourna le regard.

— Je l'ai convaincu que tu étais sur sa piste et qu'un coup de feu s'entendrait à des kilomètres dans ces montagnes. Je lui ai dit que, s'il me tuait, tu n'aurais de cesse de le retrouver et de me venger.

Elle lui lança un autre regard, comme pour évaluer sa réaction devant une interprétation aussi catégorique de ce qu'elle représentait pour lui.

Savait-elle à quel point elle était proche de la vérité ? Tyler n'en était pas certain.

— Je voulais seulement lui faire peur pour qu'il me garde en vie, ajouta-t-elle.

— Que s'est-il passé hier ?

— Hier ?

— Dans la roulotte.

Julie parut revenir subitement à la réalité.

— Oh ! mon Dieu, Andy ! Comment va-t-il ?

— Pas très bien. Je l'ai laissé avec John et Mele. Ils essayaient de le stabiliser avant de le ramener au ranch. Que s'est-il passé ?

— Nous avancions tranquillement quand le faux médecin a brandi un pistolet et a tiré dans le dos d'Andy. Andy est tombé de cheval mais a réussi à riposter et à toucher le type au bras. Ça ne l'a pas empêché de m'assommer. Quand je suis revenue à moi, j'étais ligotée en travers de la selle de Shasta, et je ne savais pas où nous nous trouvions.

— Mais pourquoi a-t-il soudain changé de mode opératoire ?

— Je ne sais pas. Sans doute parce qu'il avait un délai maximum pour accomplir sa mission. En tout cas, il était furieux d'avoir été forcé à une confrontation directe. Il a dit que ça devait avoir l'air d'un accident, et qu'il ne toucherait probablement pas la totalité de la somme qu'on lui avait promise.

— Et tu es sûre que c'était l'homme de la photo ?

— Oui. Je l'ai interrogé sur Trill quand il m'a enlevé mon bâillon, et il m'a gratifié d'un sourire narquois. Je lui ai dit que je l'avais vu avec Trill sur une photo…

— Donc, tu penses que c'est Trill qui l'a engagé ?

— Oui. Et je suis persuadée que le Pr Killigrew était leur cible. Trill a dû s'en prendre à moi parce qu'il pensait que j'étais au courant de quelque chose. Pourtant, je n'ai aucune idée de ce que ça peut être.

Elle poussa soudain un petit cri alarmé.

— Mais j'y pense, il faut absolument que je prévienne le professeur du danger qu'il court !

— Dès que nous serons au ranch.

En fin de journée, Julie et Tyler avaient regagné l'endroit de la fusillade. Il n'y avait plus personne, et la piste n'était plus qu'un amas de traces de roues, de pieds et de sabots.

D'un commun accord, ils décidèrent de poursuivre leur chemin jusqu'à ce qu'il n'y ait plus assez de lumière pour s'orienter.

En haut de la falaise où Meg Peterson avait eu son accident, ils évoquèrent la théorie de cette dernière, selon laquelle on aurait pu la confondre avec Julie.

— Tu as vérifié le cheval pour voir si quelqu'un avait piégé sa selle, afin de provoquer un frottement douloureux ou une piqûre qui le ferait réagir de façon dangereuse ? demanda Julie.

— Je n'ai pas eu le temps. J'espère que quelqu'un d'autre y aura pensé. Mais, vraiment, je pense que Meg est la seule responsable. En faisant de grands gestes pour attirer mon attention, elle aura effrayé ce pauvre Snowflake.

— C'est une mauvaise fracture ?

— Je ne sais pas. Ils sont probablement au ranch maintenant, et elle a dû être prise en charge. C'est Andy qui m'inquiète le plus.

Julie marqua son acquiescement d'un hochement de tête. Combien de personnes à ce jour avaient-elles été blessées, ou pire, à cause d'elle ? James Killigrew, le vrai Dr Marquis, Nora, Andy, peut-être Meg Peterson…

— Tu es bien silencieuse, commenta Tyler, alors qu'ils pénétraient dans le ravin du Pendu.

— Je réfléchissais.

Ils s'arrêtèrent près de la remise, que Tyler ouvrit en fracturant la serrure car la clé était dans la roulotte. Ils prirent quelques provisions et un peu de matériel, et continuèrent vers la crique. Là, ils dessellèrent les chevaux et les laissèrent aller boire.

Après que Tyler eut préparé un feu, Julie remplit d'eau l'une des casseroles qu'ils avaient prises dans la remise et la posa sur une pierre pour la faire chauffer. Puis elle fouilla dans les boîtes de conserve. Le choix n'était pas très vaste, mais elle avait tellement faim que même des raviolis et des fruits au sirop lui paraissaient un festin.

Avant la tombée de la nuit, ils installèrent le sac de couchage, firent chauffer les raviolis et les mangèrent directement dans la casserole. Ils n'avaient trouvé qu'une cuillère et se la passèrent à tour de rôle pour pêcher les fruits au sirop dans leur boîte.

La lumière chatoyante du feu, les craquements du bois et le frémissement de l'eau, le tapis d'étoiles au-dessus de leurs têtes… tout concourait à créer une troublante sensation d'intimité qui incita tout naturellement Julie à s'interroger sur ses sentiments pour Tyler.

— Tu crois que tu vas supporter l'idée de dormir dans le sac de couchage ?

Brutalement ramenée à la réalité, elle battit des paupières.

— Bien sûr. Du moment qu'on ne le ferme pas.

— Tu n'es pas obligée de le partager avec moi. Je peux dormir à même le sol, avec ma selle en guise d'oreiller.

Elle le dévisagea un long moment, avant de trouver le courage de lui dire la vérité.

— Je n'arrête pas de penser à toi. A nous.

— Fais très attention à ce que tu vas dire, et à ta façon de le dire, la prévint-il avec le plus grand sérieux. Tu sais ce que je ressens pour toi.

— Toujours ? Après tout ce que je t'ai fait subir ?

— Oui.

Sa réponse avait été immédiate, et prononcée avec cette sincérité toute simple qu'elle avait toujours trouvée tellement désarmante.

— Cette première nuit dans l'écurie…

— Trop rapide, dit-il en secouant la tête.

— Oui… et non. Je t'ai dit que ce n'était pas ce que je voulais, mais je crois que je me mentais à moi-même.

— Ah ? Et tu me dis ça pour quoi ?

— Comme ça. Pour que tu le saches.

Tout en parlant, elle avait commencé à déboutonner son chemisier, consciente que le regard de Tyler était aimanté à chacun de ses gestes.

— On peut savoir ce que tu fais ? demanda-t-il.

— Je me mets à l'aise pour dormir, répondit-elle d'un ton innocent. A moins que tu aies une autre idée…

14

Simplement la toucher, la tenir contre lui, c'était presque plus qu'il n'en pouvait supporter, songea Tyler.

Il voulait que tout soit parfait pour elle, mais cela avait commencé incroyablement vite, et la frénésie qui leur dictait sa loi ne montrait aucun signe de ralentissement.

Il y avait eu ses mains à lui agrippées aux fesses de Julie, ses jambes à elle enroulées autour de ses hanches…

Et toujours, toujours, les bouches rivées l'une à l'autre, les langues qui en exploraient fiévreusement l'intérieur…

Il serait toujours temps plus tard de réfléchir à ce que cela signifiait et aux conséquences que cela aurait pour eux.

Ce qui lui importait, c'était l'instant présent, les retrouvailles avec la femme qu'il aimait.

Tandis qu'elle jouissait en criant son nom, le plaisir le submergea avec la force d'un ouragan brisant les digues, submergeant tout sur son passage.

Ivres de bonheur, en sueur et à bout de souffle, ils restèrent dans les bras l'un de l'autre jusqu'à ce que meurent les derniers soubresauts de leurs corps.

Il embrassa plusieurs fois son front, écoutant sa respiration décroître, conscient que les battements de son propre cœur reprenaient un rythme normal.

Il avait prévu de rester éveillé toute la nuit pour monter la garde, ou tout simplement pour revivre et prolonger en pensée cette merveilleuse unité qu'ils venaient de redécouvrir.

Mais la fatigue finit par le rattraper, et il sentit ses paupières devenir de plus en plus lourdes tandis que le feu mourait lentement.

Julie se réveilla à l'aube dans les bras de Tyler.

Elle le regarda dormir pendant un moment, en se demandant si la nuit précédente avait été la plus belle de sa vie, ou la plus grande erreur qu'elle eût jamais commise… peut-être un peu des deux.

Comme s'il avait conscience de l'intérêt dont il était l'objet, Tyler souleva les paupières.

Lorsque leurs regards se croisèrent, il lui sourit et effleura ses lèvres d'un baiser.

— Bonjour, dit-il.

— Bonjour.

— Tu es réveillée depuis longtemps ?

— Non, depuis quelques minutes seulement. Mais je crois que nous devrions nous lever et rentrer au ranch. J'ai hâte d'avoir des nouvelles d'Andy, et je sais que Rose doit s'inquiéter à ton sujet.

Ils se lavèrent sommairement dans la rivière, s'habillèrent et improvisèrent un petit déjeuner autour d'une boîte de chili con carne.

Ils se nourrirent dans un silence gêné dû aux souvenirs de la passion qu'ils avaient partagée la nuit dernière.

Julie avait peur qu'il ait envie d'en parler, de chercher à connaître ses sentiments, de discuter de ce qui avait changé… Mais, peut-être parce qu'il devinait ses réticences, Tyler n'en dit pas un mot.

Il leur fallut plusieurs heures d'intense chevauchée pour atteindre la rivière où Julie était tombée, puis quelques-unes encore pour gagner le site de leur premier campement. Là aussi, Tyler brisa la serrure de la remise en tirant un coup de feu dedans.

Après s'être rapidement restaurés, ils se remirent en selle et entamèrent la dernière partie de leur voyage.

— Tu penses souvent à l'avenir ? demanda Julie, alors qu'ils n'étaient plus qu'à quelques kilomètres du ranch.

— Autrefois, oui.

Il lui lança un bref coup d'œil.

— Ce n'est pas un secret que j'ai toujours voulu avoir des enfants. Le ranch a besoin de sang neuf. Il faut perpétuer la lignée.

Julie n'y avait plus pensé depuis deux jours, mais cette remarque lui rappela évidemment l'incroyable révélation que John Smyth s'apprêtait à faire.

— Ça signifie beaucoup pour toi, n'est-ce pas ? La filiation, l'hérédité ?

— Bien sûr. Mais ce n'est pas uniquement pour perpétuer le nom. Mon père est mort quand j'étais adolescent. J'ai manqué beaucoup de bonnes années avec lui, et ce sont des années que je voudrais partager avec mes propres enfants. Et toi, Julie ?

— Je veux des enfants aussi, dit-elle, surprise par la facilité avec laquelle les mots étaient sortis de sa bouche.

Elle avait cru que sa vie allait se terminer, et elle sortait de cette expérience complètement changée.

Tout à coup, elle prenait conscience qu'il y avait en elle des chemins qu'elle avait eu peur d'emprunter, et elle voulait maintenant les explorer.

Tyler parut également surpris.

— C'est vrai ?

— Oui.

Elle ressentit le besoin de se justifier.

— J'ai fait des efforts pour m'intégrer à ta vie, Tyler. Je voulais aimer ce que tu aimais, désirer la même chose que toi. Mais je n'y arrivais pas, et j'avais l'impression d'être bonne à rien…

— Une fois de plus, je me suis emballé trop vite, marmonna-t-il.

Le bruit des sabots couvrait sa voix, et Julie le fit répéter.

— Que veux-tu dire ?

— Je me suis dit d'être prudent avec toi, mais bien sûr je n'ai pas suivi mon propre conseil.

— Oh ! Tyler…

— Non, ça va, dit-il en levant une main. Tu ne m'as jamais rien promis. Le plus important, c'est que tu sois quasiment hors de danger. Tu vas devoir affronter Trill, mais tu ne seras pas seule. Nous irons voir le shérif et il nous dira quoi faire. Je crois que nous devons tous les deux apprendre à aborder la vie au jour le jour.

Quel concept simple, et quel difficile chemin à suivre…, pensa Julie.

Comme ils passaient à proximité, Julie tourna la tête vers la maison qui avait été la sienne, le regard attiré par la fenêtre de leur chambre au deuxième étage.

D'abord, elle pensa que c'était à cause de la nature de leur discussion… avant de prendre conscience qu'il y avait quelque chose d'anormal.

Pour commencer, les voilages flottaient au vent, ce qui signifiait que la fenêtre était ouverte. Tyler ne laissait jamais la maison ouverte plusieurs jours d'affilée quand il n'était pas là. Puis elle aperçut quelque chose de brillant derrière les rideaux…

Avant qu'elle ait le temps de réagir, un coup de feu fut tiré, suivi de deux autres.

Julie ressentit une brûlure au bras et tomba de cheval. Cette fois, elle montait Tex, le rouan, et la pauvre bête détala dans un nuage de poussière.

Tyler se précipita pour lui porter secours. Chassant les deux autres chevaux, sans doute pour faire diversion, il guida Julie à l'abri de la barrière, où elle serait invisible depuis la fenêtre du deuxième. Une pluie de balles s'abattit autour d'eux.

— Tu as été touchée, dit-il quand ils furent arrivés à destination.

— Toi aussi, dit-elle en remarquant son avant-bras gauche.

— Ce n'est qu'une égratignure.

Il défit son bandana de son cou et le pressa sur sa plaie.

— Tu as vu quelqu'un ?

— Juste le scintillement d'un objet métallique.

Il sortit son arme.

— Vas-y, dit-elle en prenant le bandana pour le presser elle-même sur sa coupure. Ça va aller. Il s'agit sûrement de Trill, et je ne veux pas qu'il s'échappe.

— Tu es sûre ?

— Dépêche-toi, Tyler, avant qu'il s'en aille. Et sois prudent, souviens-toi que c'est un flic.

Tyler était persuadé d'avoir l'avantage. Après tout, il avait connu cette maison toute sa vie, et y avait vécu durant les sept dernières années.

Il savait où se tenir dans le hall pour entendre le craquement des planchers de l'étage si quelqu'un s'y déplaçait. Retenant son souffle, son arme prête à faire feu, il attendit. Après quelques secondes de tension, il entendit le son qu'il guettait.

— Je vais t'avoir, murmura-t-il.

Il monta lentement l'escalier, en évitant la troisième marche qu'il savait bruyante, puis longea le couloir.

Un coup de feu retentit de nouveau, et il se plaqua contre le mur, s'attendant à prendre une balle dans la tête à tout moment. Puis il comprit que les tirs étaient dirigés vers l'extérieur, pas l'intérieur.

C'était Julie qui était visée, et il devait faire quelque chose pour détourner l'attention du tireur. Sans se préoccuper désormais du bruit qu'il pouvait faire, il se rua vers la porte de la chambre.

Tandis que les tirs s'arrêtaient, il aperçut une silhouette derrière les rideaux. A en juger par les mouvements furtifs et les bruits, le tireur rechargeait son arme.

Il se précipita à l'intérieur de la pièce, se jeta sur la silhouette et la plaqua au sol.

Empêtré dans les rideaux qui s'étaient décrochés avec eux, le tireur fut rapidement immobilisé. Tyler récupéra son arme, enclencha la sécurité et la glissa à sa ceinture.

Puis il se releva et pointa son propre pistolet sur la tête de l'inconnu.

— Debout, dit-il.

Au même moment, Julie déboula dans la chambre derrière lui.

— Tu n'as rien ?

— Reste où tu es !

Empêtré dans les plis du rideau, le tireur semblait avoir du mal à se dégager. Tyler lui prit le bras et le hissa sur ses pieds.

Son regard s'écarquilla lorsqu'il reconnut Meg Peterson. L'expression de bonhomie qu'il lui connaissait avait disparu, laissant place à un regard froid et menaçant.

— Vous ! s'exclama Julie, incrédule.

Meg ricana méchamment.

— Qui d'autre, espèce d'idiote ?

Sans perdre un instant, Tyler la ligota, notant qu'il n'y avait aucun signe de fracture à son poignet, et la fit asseoir sur le lit pendant que Julie appelait le shérif, lequel promit d'envoyer quelqu'un immédiatement.

— Mais, et votre chute ? demanda Julie.

— Oh ! ça… Je devais faire diversion pendant que Rob s'occupait de toi et du vieux, mais je ne pensais pas que ce stupide cheval allait tomber. Heureusement, je m'en suis bien tirée. Où est Rob, au fait ?

Son apparence de madame-tout-le-monde avait disparu, tout comme son accent provincial.

— Il est mort, dit Tyler.

— Vous l'avez tué ?

— Non, ce sont les serpents qui l'ont eu. Ironique, non ? Un serpent tué par l'un des siens.

— Si vous le dites.

— Qui était-il ? Et qui êtes-vous ?

— Je ne le connaissais que sous le nom de Rob. Et pour moi, il faudra se contenter de Meg.

— Qui vous a engagés ?

— Je n'ai pas à vous répondre.

— Aviez-vous un contact au ranch ?

La tueuse parut surprise.

— Non.

— Comment le choix de Robert Marquis a-t-il été fait ?

— Je ne sais pas. Et même si je le savais, je ne vous le dirais pas.

— Vous n'avez encore tué personne pour le moment. Si vous nous aidez, ça jouera en votre faveur.

— Ce n'est pas la peine d'essayer de négocier. Je ne suis qu'une exécutante, et vous le savez. Je ne suis au courant de rien. La seule chose que je peux vous dire, c'est que c'est un homme, et qu'il a l'intention d'assassiner une personnalité politique.

Julie, qui s'était absentée pour passer quelques appels sur le téléphone du salon, revint dans la chambre.

— Je n'ai pas réussi à joindre le professeur, dit-elle. J'ai appelé le ranch pour expliquer les coups de feu et le fait que les chevaux soient rentrés seuls. Je leur ai dit aussi de rester où ils étaient et de ne pas s'étonner s'ils entendaient des sirènes.

— Tu leur as parlé d'elle ? demanda Tyler, en désignant Meg d'un coup de menton dédaigneux.

— J'ai simplement dit qu'elle était avec nous. Personne n'avait remarqué son absence car elle était supposée se reposer dans sa chambre. Il se trouve que son poignet était simplement tordu, pas cassé. Mais ça, tu l'avais deviné.

— Et Andy ?

— Il est toujours en vie. Il a été transporté à l'hôpital en hélicoptère. Mele est avec lui.

— Bien. Et Trill ? Tu as pu avoir confirmation qu'il était toujours à Portland ?

— Non. J'ai appelé le commissariat, avec l'intention de raccrocher dès que j'entendrais sa voix, mais on m'a dit qu'il était absent jusqu'à la semaine prochaine et que je devrais essayer son portable.

Jetant un regard amer à Meg, elle ajouta :

— Et elle ? Qu'est-ce qu'elle a dit ?

— Rien de très utile jusqu'à présent.

Tournant la tête, il s'adressa à la tueuse.

— Vous connaissez un flic du nom de Roger Trill ?

Elle ricana.

— Je n'ai pas pour habitude de sympathiser avec les flics. Je n'ai jamais entendu parler de lui.

— Nous pensons que c'est lui qui vous a engagée.

— Etant donné que je ne risque pas d'être payée pour un travail que je n'ai pas terminé, je m'en moque un peu, vous voyez…

— Vous pourriez sauver la vie d'un homme si vous acceptiez de coopérer, remarqua Julie.

Meg haussa les épaules.

— Tout ce que je sais, c'est que l'homme qui m'a engagée est un terroriste parfaitement intégré dans la société, et qui bénéficie de nombreux contacts haut placés. Rob l'a rencontré l'année dernière à une convention ou un truc comme ça.

Julie et Tyler échangèrent un regard, puis s'écartèrent pour avoir une conversation à mi-voix.

— La convention correspond à ce que nous savons de Trill, dit Julie.

— Et ça établit également un lien avec ton ancien employeur. Attends, tu m'as dit que tu ne pouvais pas le joindre. Il n'a pas de portable ?

— Si, mais il ne répond jamais quand il ne reconnaît pas le numéro. Il n'a aucun moyen de savoir que c'est moi qui l'appelle, et même s'il le savait je ne crois pas qu'il aurait envie de me parler.

— Et à son bureau ? Il n'y a pas quelqu'un qui pourrait le contacter ?

— Pas quand il s'absente pour des voyages privés. Dans ces cas-là, il reste enfermé dans sa chambre d'hôtel, et il ne veut pas qu'on le dérange. C'est quelqu'un de très secret.

— Son étrange réaction quand tu lui as parlé de Trill s'explique peut-être par le fait que le flic le faisait chanter. Il a pu penser que tu voulais ta part, toi aussi.

Elle hocha la tête.

— Ça se tient.

Julie se rapprocha de Meg.

— Savez-vous pourquoi on veut me tuer ?

L'air maussade, la tueuse haussa les épaules.

— Non, et je m'en fiche complètement.

Julie redressa la tête en entendant les sirènes approcher.

— Je descends ouvrir au shérif, dit-elle.

Tyler s'adressa à Meg, qui soutint son regard d'un air de défi.

— Rob et vous étiez coéquipiers ?

— Pas vraiment. Il nous arrivait parfois de travailler ensemble. Il m'a appelée et m'a dit d'arriver ici un jour avant lui, et de me faire passer pour quelqu'un d'inoffensif.

J'étais son plan de secours au cas où il ne réussirait pas à faire passer la mort de Julie pour un accident.

— Pourquoi était-ce si important que ça ressemble à un accident ?

— C'est ce que le client a demandé. Vous savez comment ça se passe, on vous propose un contrat et vous essayez de vous y conformer. Mais la consigne de base était simple : tuer Julie.

— Et vous avez échoué.

Elle haussa les épaules.

— Personne n'est parfait.

15

— Résumons, dit l'adjoint du shérif en comptant sur ses doigts, le regard éberlué. Le corps d'un médecin se trouve dans le coffre d'une voiture garée à l'aéroport de Chicago ?

Lorsque Julie hocha la tête et ouvrit la bouche pour parler, il leva une main boudinée pour l'interrompre. L'adjoint Harris était un brave homme, mais il était visiblement dépassé par les événements.

— S'il vous plaît, madame, dit-il, laissez-moi terminer. Il y a un autre cadavre, quelque part sur la propriété de Willard. Et le type a été tué par des serpents. En juin, c'est plutôt curieux, mais admettons.

Julie garda cette fois ses commentaires pour elle.

— Ensuite, il y a une femme morte à Portland, apparemment victime d'un cambriolage, mais qui aurait été tuée par un policier corrompu qui faisait aussi chanter votre ancien employeur.

— C'est ce que je crois.

— Et, pour finir, la femme que nous venons d'arrêter et le type aux serpents sont des tueurs engagés par ce policier pour vous tuer, car vous avez découvert qu'il n'était pas vraiment un agent fédéral comme il le prétendait. Et, maintenant, votre ancien patron est en danger et je devrais appeler Seattle pour que mes collègues essayent de le prévenir ?

— Et pour arrêter Trill. Je suis sûre qu'il est là-bas aussi. D'ailleurs, on m'a dit à son bureau qu'il était absent pour la semaine.

L'adjoint soupira.

— Madame, on m'en a raconté des histoires, mais celle-ci remporte le pompon. Je vais vous dire une chose : vous allez rester ici, avec toutes les personnes qui faisaient la transhumance. Nous allons récupérer la victime des serpents, et nous reviendrons demain pour en discuter tranquillement.

— Mais nous n'avons pas le temps…

— C'est moi qui décide de la procédure. Que personne ne quitte le ranch jusqu'à demain.

D'un geste décidé, il enfonça son chapeau sur sa tête et quitta la pièce dans un concert de protestations.

— J'avais des projets pour ce week-end, dit John Smyth, tandis que les autres renchérissaient.

Julie pensait que Tyler interviendrait, mais il semblait étrangement pressé de sortir. Ce fut donc Rose qui prit les choses en main.

— Nous avons de nouveaux invités, et la maison est pleine pour la nuit, comme au bon vieux temps. Le dîner sera servi dans une heure, mes amis.

La vieille dame regarda autour d'elle avec une vague lueur d'agacement dans le regard.

— Où est passée Heidi ? J'ai besoin d'elle.

— Elle avait quelque chose à dire à Tyler, répondit Mele.

Julie vit que John se rapprochait pour lui parler et elle n'avait pas envie d'encourager cela. Elle s'empressa donc de suivre Rose, comme si elle avait l'intention de l'aider.

Elle n'aimait pas avoir de secrets pour Tyler, et celui qu'elle partageait avec John lui pesait sur le cœur.

Dans la cuisine, elle se composa rapidement un plateau de fromages, de crackers et de fruits, et emprunta la porte de service pour aller se réfugier dans le bungalow n°8.

Elle devait partir. Ce soir, si possible.

L'adjoint du shérif ne ferait rien, ou alors ce serait trop tard, et il n'était pas question qu'elle reste assise à se tourner les pouces dans le Montana pendant que le Pr Killigrew allait se jeter dans la gueule du loup à Seattle.

Comme c'était elle qui avait organisé le voyage du professeur, elle savait dans quel hôtel il était descendu, et connaissait l'heure de la conférence à laquelle il devait participer le soir.

Evidemment, Tyler serait furieux de son départ, mais elle espérait qu'il comprendrait qu'elle n'avait pas le choix. Cette fois, elle ne fuyait pas les problèmes, elle allait à leur rencontre.

Julie sortait de la douche quand elle entendit un air familier s'élever dans la chambre. Elle y trouva Tyler assis sur le lit, sans ses bottes.

— J'ai toujours aimé la façon dont tu portais les serviettes de bain, dit-il d'un ton charmeur.

Il s'était douché, rasé, et avait revêtu un jean et un T-shirt noir qui rehaussaient son air ténébreux et sexy.

— Tu n'es pas resté pour le dîner ? demanda-t-elle.

— Je n'avais pas faim. En plus, maman est aussi nerveuse qu'un veau au marquage, John se comporte vraiment bizarrement, et tout le monde ne parle que des serpents. Je te jure, on dirait qu'ils sont déçus d'avoir raté ça.

Elle sourit et s'assit à côté de lui.

— J'ai parlé à Heidi, dit-il.

Il s'était imperceptiblement penché, son attention visiblement attirée par ses épaules, et Julie sentit un brûlant frisson de désir la traverser.

— Et alors ?

— Quand elle a appris que le véritable Dr Marquis avait été assassiné, elle a demandé à me parler. Ça lui a rappelé un appel qu'elle avait reçu quelques jours avant le début de la transhumance.

Tyler fit un aparté dans son récit.

— Cela correspond à la période où les ennuis ont commencé pour toi à Portland. Donc, reprit-il, quelqu'un l'a convaincue de lui communiquer les noms des participants. Il prétendait écrire un article qui apporterait une énorme publicité au ranch, et il voulait prendre contact avec nos invités pour qu'ils lui racontent leur parcours, ce qui les avait décidés à choisir ce genre de vacances… etc. Heidi lui a donné la liste de nos hôtes sans penser à mal et ça lui est sorti de l'esprit.

Tout en parlant, il dardait sur elle un regard brûlant. Sa phrase terminée, il se pencha un peu plus, écarta les cheveux de ses épaules et lui embrassa le cou.

— Alors personne n'était de mèche avec ces deux tueurs, dit-elle en essayant d'ignorer les sensations troublantes qui naissaient au creux de son ventre.

— Juste une gamine qui n'a pas réfléchi, répondit-il, tandis que ses doigts glissaient le long de ses épaules puis sous la serviette qui se détacha.

Elle ferma les yeux sous ses caresses et ils se retrouvèrent bientôt sous les draps frais, créant leur propre chaleur.

Elle savait que cela compliquerait un peu plus la situation, mais elle s'en moquait. Elle avait besoin de Tyler, et c'était tout ce qui comptait.

Plus tard, elle prit conscience qu'elle allait devoir trouver un moyen pour le faire sortir du bungalow car elle devait absolument partir. Elle avait dérobé les clés du pick-up dans la vieille maison, mais comment s'esquiver de cette chambre ?

— Quand allais-tu me le dire ? demanda-t-il soudain.

Elle étudia son regard et ne répondit pas. Faisait-il allusion à la théorie de l'adoption évoquée par John ?

— Tu n'allais quand même pas filer en catimini ? insista-t-il d'un ton doucereux.

Elle eut un petit sursaut quand elle réalisa que cela n'avait rien à voir avec John Smyth. Tyler avait visiblement deviné ses projets.

— Si, répondit-elle avec franchise. Comment le sais-tu ?

— Deux choses m'ont mis la puce à l'oreille : ton expression quand le shérif adjoint t'a dit de ne pas bouger, et le fait que les clés de mon pick-up se trouvent sur la commode.

Se souvenant de les avoir déposées là avant de se doucher, elle se dit que c'était finalement une bonne chose qu'il soit au courant.

— Bon, très bien. Maintenant, je peux te poser la question franchement : je peux emprunter ta voiture ?

— Non.

Sa contrariété s'exprima par une moue boudeuse.

— Je dois aller à Seattle, Tyler. Je dois trouver le professeur. S'il lui arrive quelque chose…

Il l'interrompit en posant un doigt sur ses lèvres.

— Tu ne peux pas emprunter ma voiture, mais je peux t'y conduire.

— Quoi ? Tu ne peux pas partir comme ça.

— Bien sûr que je le peux.

— Mais, Tyler…

— Il n'y a pas de « mais ». C'est le marché : la voiture et moi, ou tu t'en vas à pied.

Tyler avait insisté pour prévenir quelqu'un de leur départ, et Julie l'avait convaincu de la laisser parler à Rose pendant qu'il retournait à la vieille maison préparer un sac de voyage.

Elle trouva Rose dans la cuisine, en train de surveiller la cuisson des plats, et elle lui demanda si elle pouvait s'entretenir avec elle en privé. Rose la conduisit dans son appartement et ferma la porte derrière elles.

— Je n'ai pas beaucoup de temps, dit Julie. Tyler et moi partons immédiatement.

— Vous allez à Seattle, je suppose ?

— Il le faut.

— Et Tyler vous accompagne ?

— Oui. J'ai essayé de l'en dissuader, mais…

— Mais il vous aime.

— Je sais.

Rose lui prit la main, soudain émue aux larmes.

— John vous a parlé de sa ridicule idée, n'est-ce pas ?

Julie pressa la main tremblante de la vieille dame pour la réconforter.

— Il a fini par vous parler franchement ?

— Oui. Je lui ai dit de partir immédiatement, puis Tyler et vous êtes arrivés, et maintenant il est bloqué ici à cause du shérif adjoint.

Elle ferma un instant les paupières et prit une profonde inspiration pour se calmer.

— Je savais qu'il mijotait quelque chose. C'est pour ça que je ne vous ai pas accompagnés.

— Je comprends que vous soyez bouleversée, Rose. Mais, pouvez-vous me dire si ce qu'il avance contient une part de vérité ?

Rose hocha lentement la tête, l'air profondément malheureux.

— Essayez de ne pas trop vous inquiéter. Je suis sûre que John fera ce qui est le mieux pour Tyler. Et Tyler vous considérera toujours comme sa mère. Il sait que vous l'aimez, et il vous aimera toujours. Vous ne le perdrez pas si John dit la vérité. Vous lui expliquerez, et il comprendra.

— Pouvez-vous me le promettre ?

Julie planta ses yeux dans les siens.

— Oui, je vous le promets.

Julie conduisit la première pendant que Tyler faisait de son mieux pour ne pas penser et essayer de dormir. Son tour au volant viendrait bien assez tôt.

Après quatorze heures de route, ils arrivèrent à Seattle.

Il était un peu plus de midi, et la circulation était tellement dense qu'il leur fallut une heure de plus pour traverser la ville et gagner l'hôtel où Julie avait réservé une chambre pour Killigrew.

Son plan était simple : surveiller sa chambre jusqu'à ce qu'elle le voie, et le convaincre que sa vie était en danger et qu'il devait se mettre sous la protection de la police.

— Tu sais, ils ne nous diront pas dans quelle chambre il est, souligna Tyler tandis qu'ils entraient dans le parking. Même si tu leur expliques que c'est une urgence. Au mieux, ils lui laisseront un message.

— Je sais. C'est pourquoi tu vas lui faire livrer des fleurs. Je suivrai le coursier jusqu'à la chambre du professeur.

— Je ne peux pas faire livrer des fleurs à un homme, protesta Tyler, l'air légèrement choqué.

— Bien sûr que si. Dépêche-toi, maintenant. Si je me rappelle bien les informations sur le site internet, le fleuriste est juste à droite dans le hall.

Elle fit un geste du bras.

— Par là. Arrange-toi pour choisir quelque chose d'original, pour que nous soyons certains que la livraison est bien pour lui. Je vais jeter un œil à la cafétéria pour m'assurer qu'il n'est pas en train de déjeuner.

Tyler entra dans la boutique du fleuriste et choisit le premier arrangement qui lui frappa le regard : des tiges de bambous en forme de spirales et des orchidées. Il inventa une histoire à propos d'un ami malade, et donna un gros pourboire pour que la livraison soit faite immédiatement.

En quittant la boutique, il repéra Julie assise près de l'ascenseur de service. Elle lui avait demandé d'y aller seule et, même s'il n'aimait pas cette idée, il n'avait pas vraiment le choix. Pourtant, il lui était difficile d'admettre qu'il n'avait pas à la protéger quand chaque fibre de son corps réclamait justement de le faire.

Il s'assit donc à proximité, dans un fauteuil club du coin

salon au style un peu démodé. A trois pas de là, un panneau annonçait une conférence à 17 heures dans la salle émeraude.

Julie lui avait demandé de prêter attention à un homme plus grand que la moyenne, âgé d'une cinquantaine d'années, avec une crinière de cheveux blancs. S'il passait dans le hall, Tyler devait le suivre au cas où la ruse du fleuriste ne fonctionnait pas.

Quinze minutes plus tard, un jeune groom entra dans la boutique et en ressortit avec l'arrangement floral. Il se dirigea directement vers l'ascenseur de service, comme s'il avait répété son rôle.

Sur le panneau extérieur le bouton du huitième étage s'alluma. Julie se rua aussitôt dans l'ascenseur réservé aux clients.

Au diable son plan, décida Tyler.

Julie sortit de l'ascenseur et perdit un temps considérable à essayer de s'orienter. Où se trouvait ce fichu ascenseur de service dans ce dédale de couloirs ?

Elle commençait à désespérer quand elle aperçut au loin le groom qui sortait d'un couloir transversal. Elle le suivit à distance et le vit frapper à une porte.

Le battant s'ouvrit, elle entendit un grommellement de voix masculines, les fleurs disparurent, de l'argent changea de main et le groom reprit son chemin.

Elle se dirigeait vers la chambre quand un mouvement au bout du couloir attira son attention. Reconnaissant Tyler, elle contint son premier réflexe d'agacement. Elle savait que Killigrew était dans sa chambre, et c'était tout ce qui comptait.

— Tu l'as trouvé ? demanda-t-il en la rejoignant.

— Oui. Il est dans sa chambre. Je m'apprêtais à frapper.

— Il te verra dans l'œilleton.

— Je sais, mais ça l'intriguera et il sera tenté d'ouvrir.

— Ce n'est pas si sûr. Laisse-moi faire.

Il sortit son arme et la lui tendit.

— Je sais que ce n'est pas légal de porter une arme cachée, expliqua-t-il, mais il n'est peut-être pas seul, et nous risquons d'avoir à nous défendre.

Julie reconnut qu'elle n'avait pas pensé à ça.

— Tiens le pistolet à deux mains, et reste plaquée contre le mur. Allons-y.

Voilà qu'il recommençait à donner des ordres, se dit Julie. Mais, bizarrement, elle ne lui en tint pas rigueur. Sa remarque était pleine de bon sens, et elle fit ce qu'il avait suggéré.

Tyler frappa. La porte s'ouvrit en grand.

Julie était prête à s'avancer, mais Tyler leva les mains à hauteur de sa tête.

— Vous n'êtes pas le professeur, dit-il.

Julie se plaqua contre le mur.

— Et je ne vous connais pas, dit une autre voix.

Julie reconnut cette voix.

Roger Trill !

Ses doigts se crispèrent autour de la crosse du pistolet.

— Vous menacez toujours les inconnus d'une arme ? demanda Tyler.

— Uniquement quand ce sont des amis de Killigrew. Entrez.

Julie n'avait pas beaucoup de temps pour réfléchir. Une fois la porte refermée, Tyler serait à la merci de Roger Trill.

Elle s'avança. Devinant sans doute son intention, Tyler se saisit l'estomac d'une main et se plia en deux, en grommelant comme s'il ressentait soudain une intense douleur.

Trill tendit le bras pour attirer Tyler à l'intérieur, et avança la tête dans l'ouverture de la porte. Julie enclencha rapidement la sécurité, retourna l'arme dans sa main, et donna un coup de crosse sur la tempe de Trill.

Le reste se déroula en un éclair. Trill cria de surprise

et s'affaissa sous le choc. Tyler le poussa à l'intérieur de la chambre et le plaqua au sol. Julie se précipita dans la pièce, tenant Trill en joue pendant que Tyler le désarmait.

Assis par terre, massant la bosse qui commençait à se former sur sa tempe, Trill dévisagea Julie avec surprise.

— Je ne m'attendais pas à vous voir.

— Parce que vous pensiez que vos tueurs m'avaient éliminée ?

Le visage de Trill exprima l'incompréhension.

— Quels tueurs ?

— Ceux que vous avez envoyés dans le Montana pour me descendre.

Il secoua la tête.

— Pas moi. Votre employeur. Je suppose qu'il n'avait pas le temps de régler le problème lui-même.

— Vous osez accuser le professeur alors que vous avez essayé de me pousser sous un bus ?

— D'accord, là, c'était moi. J'ai paniqué quand j'ai appris par les écoutes téléphoniques que vous étiez au courant de ma fausse identité d'agent fédéral. Quand je vous ai vue au commissariat, j'ai cru que vous alliez me griller.

— Et vous avez tué Nora.

— Non.

— J'étais au téléphone avec elle quand vous êtes venu lui demander de vérifier mon appartement. J'ai parlé à son frère. Je sais.

— Je ne l'ai pas tuée.

— Si ! Ne mentez pas.

Il cilla et détourna le regard.

— C'était un accident. Je voulais lui faire peur et le coup est parti.

Le visage livide, l'expression crispée, il se frotta les yeux.

— Ecoutez, j'ai perdu les pédales, je l'admets. Ma passion du jeu m'a entraîné sur une mauvaise pente. J'avais des dettes. J'étais pris à la gorge, vous comprenez ?

— Quel rapport avec le professeur et avec moi ?

— Je surveillais Killigrew dans le cadre d'une enquête, j'avais des preuves contre lui. Je me suis dit qu'en le faisant chanter je pourrais régler mes problèmes. L'année dernière, je me suis arrangé pour le rencontrer à une conférence, je me suis même débrouillé pour que nous soyons pris en photo ensemble.

— Pourquoi ? Et comment s'est-il retrouvé avec une copie ?

— Je la lui ai envoyée. Je voulais le perturber. Mais cet homme est plus froid qu'une banquise. Rien ne l'atteint.

— Il y avait quatre hommes sur cette photo, remarqua Julie. L'un était Rob, un tueur à gages qui travaillait avec Killigrew, si j'en crois ce que vous venez de me dire. Qui était l'autre ?

— Ignacio Lendez, le fils de l'ancien président du Paranagua. Quelques jours après que cette photo a été prise, Ignacio est mort, empoisonné par une toxine pour laquelle il n'existe pas d'antidote — dans le genre de celles qu'utilisaient les pays de l'Est dans les années soixante-dix.

Trill fit une digression, évoquant une affaire célèbre.

— Vous vous souvenez peut-être de l'affaire Georgi Markov, tué par une bille d'acier contenant du poison ? On le lui avait injecté dans la jambe avec une pointe de parapluie.

Revenant au présent, il conclut :

— Bref, Ignacio Lendez a été tué par votre patron.

— C'est impossible !

— Je savais qu'il se préparait pour une autre mission, continua Trill. En marge de la conférence académique à Seattle doit se tenir une réunion entre plusieurs leaders sud-américains souhaitant restaurer la démocratie dans leur pays. J'espérais que vous me donneriez des informations qui me permettraient de découvrir qui est sa nouvelle cible.

— Afin de pouvoir faire chanter Killigrew ? intervint Tyler, tout en prenant l'arme des mains de Julie. Je devrais vous tuer tout de suite et épargner à nos concitoyens le coût de votre procès.

— L'addiction au jeu est un véritable poison, essaya de se justifier Trill d'un ton plaintif. Je n'y peux rien.

— Vous aviez des informations sur un meurtrier et vous vouliez le faire chanter au lieu de le livrer à la justice ?

Tyler secoua la tête avec dégoût.

— Ce n'est pas de l'addiction, c'est de la cupidité au dernier degré.

S'adressant à Julie, il ajouta :

— Regarde cette chambre. Ton patron n'est pas ici.

A présent qu'elle n'avait plus à tenir Trill en joue, Julie put observer la chambre. Tyler avait raison. En dehors des orchidées, qui avaient été déposées sur la table basse, il n'y avait aucun signe d'occupation.

— Il ne reste jamais dans les chambres qu'il réserve, expliqua Trill. Il se présente à la réception, change d'apparence, et quitte l'hôtel sans être reconnu.

— Dans ce cas, pourquoi êtes-vous là ?

— J'espérais qu'il laisserait un indice sur l'identité de sa prochaine victime. Il est spécialisé dans les dirigeants sud-américains dont la ligne politique va à l'encontre des intérêts de ses clients. Ce soir, un des hommes assistant au congrès va mourir. Et une fois que le travail sera fait, Killigrew reprendra son rôle de professeur admiré de tous.

Une lueur cruellement ironique éclaira un instant l'expression abattue de Trill tandis qu'il concluait en s'adressant à Julie :

— Quant à vous, ma chère, inutile de vous dire que vos jours sont comptés.

16

Tyler voulait appeler la police, mais Julie parvint à le persuader qu'il leur faudrait trop de temps rien que pour les convaincre qu'ils n'étaient pas fous, d'autant que le statut de policier de Trill risquait de compromettre leurs chances de stopper Killigrew.

Après que Tyler eut neutralisé Trill en utilisant ses propres menottes et l'eut ligoté sur une chaise, Julie prit le téléphone portable du flic, et ils s'en allèrent en laissant sur la porte de Killigrew le panonceau « ne pas déranger ».

— Si nous survivons à cette journée, nous risquons d'avoir beaucoup de réponses à fournir, dit Tyler. Par exemple en ce qui concerne l'enlèvement d'un policier, le fait de porter une arme dissimulée, le vol du téléphone… Pourquoi as-tu besoin de ce téléphone, au fait ?

— Je peux accéder à internet avec, et trouver le lieu de rendez-vous. Et je peux aussi appeler l'ancienne assistante de Killigrew. Elle sera peut-être en mesure de me dire quelque chose qui nous aidera à comprendre comment il se déguise. Ce n'est pas un homme au physique quelconque. Il est grand, avec l'air distingué, assez hautain dans son attitude. Les gens le remarquent. Comment peut-il être ce personnage que nous a dépeint Trill ?

— Trill semblait sûr de lui.

— Mais quand même…

Elle laissa passer quelques instants de silence tandis qu'elle surfait sur internet, puis s'écria :

— Euréka ! La réunion commence demain au Pacific Sound Institute, sur la jetée. Ce soir, il y a un cocktail payant qui se tient au même endroit. Je vais voir si je peux acheter des billets en ligne.

Elle tapota sur son clavier et soupira :

— Tout est vendu depuis des semaines.

— Et maintenant ?

— Essayons de trouver Marti Keizer.

— Entre les différents moteurs de recherche à notre disposition et les annuaires en ligne, ça ne devrait pas être trop difficile…

Après quelques minutes de recherche, elle annonça triomphalement :

— Ah, voilà ! 211 Bay Street, Seaside, Oregon.

Tandis que Tyler se garait, Julie composa nerveusement un numéro sur son portable. Miracle des miracles, un homme répondit après la première sonnerie.

— Bonjour, pourrais-je parler à Marti Keizer ? demanda-t-elle d'une voix aimable, tout en se demandant comment l'interroger à propos de Killigrew sans l'alarmer.

— Je suis son mari. Qui êtes-vous ?

— Elle ne me connaît pas, monsieur Keizer. C'est moi qui l'ai remplacée auprès du Pr Killigrew. J'aurais quelques questions à lui poser.

— Si c'est une blague, elle est de mauvais goût !

— Je suis désolée, dit-elle, saisie d'un mauvais pressentiment. Quand elle a pris sa retraite…

— Marti n'aura profité de sa retraite que pendant deux jours. Elle a été tuée en pleine rue alors qu'elle retirait de l'argent à un distributeur. Si vous êtes celle que vous prétendez être, Killigrew aurait dû vous le dire.

— Je suis absolument confuse, monsieur, je l'ignorais. Le professeur n'a peut-être pas voulu m'inquiéter…

— Nous avons acheté une maison sur la plage quand elle a reçu cette grosse prime. Nous n'avions pas fini de déballer les cartons quand elle a été tuée. Je suis resté ici car je n'avais plus le courage de retourner en ville. C'est devenu tellement dangereux avec toute cette délinquance… Ils n'ont jamais trouvé qui avait fait ça.

Sa voix s'était brisée, et ce fut dans un sanglot qu'il ajouta :

— Elle n'avait que cinquante-huit ans, bon sang. Elle avait encore de belles années devant elle.

Puis il raccrocha.

Julie resta quelques instants à contempler son portable avec hébétude.

— Qu'y a-t-il ? demanda Tyler.

Elle tourna la tête vers lui.

— Marti est morte. Assassinée quelques jours après avoir quitté son travail. Killigrew ne m'en a jamais parlé.

— Les autres personnes du bureau n'ont rien dit ?

— Il n'y a pas grand monde. Le professeur travaille avec une équipe réduite. Les deux autres femmes sont beaucoup plus âgées que moi, et tellement aimables qu'elles ne me donneraient même pas l'heure. Je me suis dit qu'elles voulaient toutes les deux mon poste, et j'ai réduit les échanges avec elles au strict minimum.

Le temps que Julie et Tyler trouvent un emplacement de parking et remontent la rue à pied jusqu'au Pacific Sound Institute, les voitures officielles, équipées des drapeaux des différents pays participants, avaient commencé à bloquer la rue pour déverser leurs occupants.

En l'absence de stars de cinéma, l'attention des médias était modeste, et il n'y avait qu'un camion portant le logo d'une chaîne de télévision, avec un reporter et un cameraman postés près de l'entrée. Des badauds s'étaient arrêtés pour regarder. Julie et Tyler se joignirent à eux.

Une fois descendus de voiture, les participants à la conférence avaient tendance à s'agglutiner du même côté. Certains s'arrêtaient pour dire quelques mots au reporter, d'autres attendaient en retrait, l'air gêné de toute cette attention. Pendant ce temps, Tyler s'essayait à reconnaître les drapeaux.

— Voici la voiture de l'Uruguay, dit-il en désignant une longue limousine noire dont les ailes supportaient des drapeaux jumeaux, blancs rayés de bandes horizontales bleues, avec un soleil dans le coin gauche.

Julie regarda les drapeaux, puis la longue file de voitures attendant de pouvoir avancer jusqu'au tapis rouge. Une des voitures arborait les bandes horizontales rouge, jaune, vert de la Bolivie. La suivante affichait des bannières vertes traversées par deux chevrons jaune et rouge pointant vers la droite.

Elle posa la main sur la manche de Tyler.

— Regarde.

— Quoi ?

— Ces drapeaux. Ils me font penser aux gribouillis dans le carnet de Killigrew. A quel pays correspondent ceux-ci ? Les verts.

— Je ne suis pas sûr. La Guyane, peut-être.

— Le dessin que j'ai vu ressemble un peu à celui-ci, mais les chevrons se font face au lieu d'aller dans le même sens. Il faut repérer la voiture de ce pays. L'homme qui se trouve à l'intérieur est la prochaine victime de Killigrew.

— Mais que fais-tu des gardes du corps du diplomate ? Si nous nous approchons, ils risquent de tirer d'abord et de poser des questions après.

— Mais quand il sortira de la voiture, Killigrew devra se trouver tout à côté, non ? Tout ce qu'il aura à faire, c'est de le poignarder ou de lui faire une injection en faisant mine de le bousculer, de marmonner une excuse et de filer. Donc il ne doit pas être loin du tapis rouge.

Ils se frayèrent un passage dans la foule et arrivèrent à temps pour voir sortir de la voiture bolivienne un homme grand et élégant, accompagné d'une femme incroyablement séduisante. La voiture officielle de la Guyane suivit.

Tandis que Tyler guettait le drapeau décrit par Julie, cette dernière scrutait la foule.

De quelle façon Killigrew avait-il pu se déguiser ? Il ne pouvait pas réduire sa taille, à moins qu'il ait porté des talonnettes en jouant le rôle du professeur. N'ayant jamais rien remarqué d'étrange à ses chaussures, elle chercha plutôt une personne à l'apparence voûtée. Les cheveux du Orofesseur étaient sa signature, elle pouvait donc supposer qu'il portait une perruque ou un chapeau. A cette période de l'année, le climat de Seattle était plutôt frais, et presque tout le monde portait un chapeau ou un foulard.

Derrière une vieille dame emmitouflée dans une cape de laine et tenant un chariot à roulettes pour les courses se tenait un homme avec un parapluie — accessoire également courant dans la région.

Mais, maintenant qu'elle y pensait, n'était-ce pas par le biais d'une pointe de parapluie que Georgi Markov avait été empoisonné ?

L'homme avait des cheveux noirs sous un feutre gris, une moustache, des lunettes, un gros nez… Il portait un trench-coat informe et il se tenait courbé…

Julie s'avança dans cette direction. Elle était persuadée qu'il s'agissait de Killigrew, et le besoin d'agir la poussait à prendre tous les risques.

Comme elle approchait, il fit un pas en avant. Tournant la tête, elle vit que la voiture de sa cible était arrivée à la hauteur du tapis rouge.

La portière s'ouvrit, et un homme bedonnant et de petite taille vêtu d'un smoking en sortit. Il marqua une pause pour tirer sur ses manchettes.

Julie regard, l'homme qu'elle avait identifié comme étant

Killigrew, et vit qu'il s'était arrêté et prenait lourdement appui sur son parapluie, comme il l'aurait fait d'une canne.

A côté de lui, la vieille dame souleva le rabat de son chariot à roulettes. Julie fixa sa main, et la sensation d'un anachronisme lui fit faire un bond en arrière. Ce n'était pas une main de femme âgée, sillonnée de grosses veines et marquée de taches de vieillesse, mais celle d'un homme, puissante mais déliée, et élégamment manucurée comme l'étaient toujours celles de Killigrew.

Les doigts de la « vieille dame » se refermèrent sur ce qui ressemblait à un inoffensif stylo mécanique, puis elle s'avança vers le tapis rouge, d'une démarche poussive.

— Tyler ! cria Julie à pleins poumons, se moquant d'être entendue par Killigrew. C'est la vieille dame. C'est dans un stylo.

Tyler bondit devant le diplomate, alertant aussitôt ses gardes du corps et la police. Julie essaya de les rejoindre, gênée dans sa progression par la foule qui la regardait comme si elle était folle.

— Elle va vous tuer, dit-elle au dignitaire, sans être sûre qu'il comprenne l'anglais. Ce n'est pas une vieille dame, c'est un terroriste. Il a du poison.

Les gardes du corps avaient fait bloc autour du diplomate. La police hésitait. Killigrew, qui avait essayé de se fondre dans la foule, se jeta soudain sur Julie.

— Encore vous, espèce de trouble-fête, grinça-t-il à son oreille. Cette fois, vous n'en réchapperez pas.

Il levait son stylo vers le cou de Julie quand Tyler apparut et tira sur son bras. Les deux hommes luttèrent un moment, la pointe du stylo s'approchant dangereusement du visage de Tyler.

Et puis, soudain, la bouche de Killigrew se tordit en une affreuse grimace et il tomba à terre comme une poupée de chiffon, le stylo planté dans la gorge, signant ainsi sa dernière mission.

*
* *

Julie et Tyler restèrent trois jours à Seattle pour répondre à un nombre incalculable de questions.

Killigrew refusa de parler et mourut à l'issue du deuxième jour des effets du poison. Mais Trill avait amassé une grande quantité d'informations, et il allait essayer de négocier une remise de peine pour la mort involontaire de Nora, en échange de renseignements cruciaux pour la démocratie internationale.

Si les journées se déroulaient dans les locaux de la police, les nuits n'appartenaient qu'à eux, et Tyler commençait à croire aux miracles.

Après lui avoir reproché la monotonie de leur relation de couple, Julie commençait à y voir ce que lui-même y avait toujours trouvé : l'amour, la confiance, la compréhension… mais aussi ce petit grain de folie qui rendait la vie plus excitante.

Puis elle reçut un appel téléphonique qui changea tout. Elle ne dit rien, et il n'osa pas poser de questions, mais il sentit confusément qu'une nouvelle étape était franchie.

Ce ne fut que le soir au dîner qu'elle aborda le sujet.

— Tu sais, cet appel que j'ai reçu dans l'après-midi, dit-elle en décortiquant une langoustine.

Vêtue d'une robe de satin rouge qui moulait ses courbes de façon affolante, elle n'avait jamais été aussi belle que ce soir-là, à la table de ce restaurant de fruits de mer à la décoration délicieusement kitch.

Tyler, qui la dévorait des yeux depuis quelques minutes, fasciné par ses gestes et par le mouvement de ses lèvres, sentit son estomac se nouer. Elle était nerveuse, et ça le rendait nerveux.

— C'était le proviseur de l'école où Killigrew enseignait, là où je travaillais.

— Il voulait te féliciter pour ton aide dans l'arrestation d'un criminel ?

— En quelque sorte. Il m'a proposé de travailler avec lui.

— Tu ne vas pas accepter, n'est-ce pas ?

Elle évita son regard.

— Tyler, essaie de comprendre. Si je retourne maintenant dans le Montana, je le ferai comme une personne qui a lamentablement échoué à trouver sa voie. C'est ma chance de rebondir, de me prouver que je peux y arriver.

Il repoussa son assiette, l'appétit définitivement coupé.

— Ecoute-moi. Tu as passé la semaine à échapper à des assassins, tout en travaillant comme une damnée. Jour après jour, tu as affronté l'adversité, et tu es toujours là.

— C'est grâce à toi si je suis en vie.

— Tu t'es bien battue, toi aussi.

Elle secoua la tête, et il vit qu'il l'avait perdue — encore une fois.

Le lendemain, Tyler déposait Julie devant chez elle, à Portland, et lui donna un dernier baiser devant sa porte.

— Dès que j'arrive à la maison, je signe les papiers, promit-il.

— Ce n'est pas la peine de se précipiter. Laisse-moi te rendre visite à la fin de la saison, quand nous aurons tous les deux eu le temps de réfléchir. Nous pourrons discuter tranquillement à ce moment-là. Tu vas avoir beaucoup de choses à faire à ton retour.

— Je n'ai pas besoin de réfléchir, dit-il. C'est la différence entre toi et moi.

— Je t'en prie, essaie de me comprendre. On m'offre la chance de prendre un nouveau départ.

— Et tu adores les nouveaux départs, n'est-ce pas ?

— Pas toi ?

— Pas quand j'ai déjà ce qu'il me faut.

Elle lui pressa la main.

— Appelle-moi dès que tu seras à la maison. J'ai besoin de savoir que tu es rentré sain et sauf.

— D'accord.

Ce fut la seule chose qu'il parvint à dire avant de partir, sinon elle aurait entendu sa voix se briser.

Tyler roula presque d'une seule traite, ne voyant pas l'intérêt de dormir si c'était pour que Julie vienne le hanter dans ses rêves.

Le contact à peine coupé devant la maison, il se saisit du téléphone portable qu'il avait acheté à Seattle et composa le numéro qu'elle y avait programmé.

— Tu es rentré ? demanda-t-elle.

— A l'instant.

— Tout va bien ?

— A merveille, dit-il en descendant du pick-up. Ecoute, John et ma mère sortent de la maison. Et, crois-le ou non, Rose est toute souriante. Bref, ils viennent vers moi, donc je vais raccrocher. Prends soin de toi, Julie.

Il coupa la communication, préférant cela à un nouvel au revoir de sa part.

— Vous traînez encore dans le coin ? demanda-t-il à John.

— J'avais prévu de partir avant-hier, mais j'ai appris ce qui s'est passé à Seattle, et j'ai eu envie d'en savoir plus. Rose m'a convaincu que ça ne serait pas gênant si je restais quelques jours de plus, d'autant que vous pourriez avoir besoin d'aide puisque Andy est toujours à l'hôpital.

— Oui, j'ai pris de ses nouvelles. Il s'en sort bien. Les médecins disent que Mele et vous lui avez sauvé la vie.

— C'est Rose qui a fait tout le travail, dit-il, tandis que cette dernière tendait les bras vers Tyler.

Ils échangèrent une accolade, puis le regard de Rose posa

une question dont Tyler savait qu'elle ne la prononcerait pas à voix haute.

D'un bref mouvement de tête, il lui fit comprendre que Julie ne revenait pas.

Les jours passèrent, et John se rendit tellement indispensable au ranch que Tyler en vint à le soupçonner de vouloir se faire engager.

— Qu'est-ce que tu fais dans la vie quand tu ne joues pas les cow-boys? lui demanda-t-il alors qu'ils déchargeaient des piquets de clôture.

A force de travailler ensemble, dans un climat de sympathie et de complicité, les deux hommes avaient fini par se tutoyer.

— Un peu de ci, un peu de ça…

— Tu n'as pas de vrai travail ?

— Si, j'ai un travail : celui de réunir ma famille.

— Ta femme t'a quitté ? demanda Tyler, en réalisant soudain que John ne parlait jamais de lui.

— Je ne suis pas encore marié. Celle que j'aime m'a dit de régler mes problèmes familiaux avant de penser au mariage. Comme je suis pressé de la retrouver, je crois qu'il vaudrait mieux que j'arrête de perdre du temps et que j'aille droit au but.

— Je te trouve bien sibyllin. Pourquoi ai-je l'impression que tu essaies de me dire quelque chose ?

— Parce que j'essaie de te dire quelque chose.

Il laissa retomber le piquet qu'il venait de soulever, et s'assit sur le plateau du pick-up. Tyler l'imita, ouvrit sa gourde et avala une grande rasade d'eau.

— Que se passe-t-il ?

John repoussa son chapeau en arrière.

— Je vais te donner la version courte, te laisser l'assimiler, et après tu pourras me poser toutes les questions que tu veux. D'abord, je vais te parler un peu de moi. Ma mère est morte quand j'étais très jeune. Mon père s'est remarié et il a eu deux autres fils. Il était diplomate dans un petit pays qui s'appelle le Kanistan. Je ne sais pas si tu en as déjà entendu parler.

— Bien sûr, dit Tyler en faisant couler un peu d'eau sur sa nuque, appréciant le contact frais sur sa peau cuite par le soleil.

— Donc, comme tu le sais…

John ne termina pas sa phrase et Tyler tourna la tête pour voir ce qui avait attiré son attention.

Il découvrit sur le chemin gravillonné une petite voiture blanche immatriculée dans l'Oregon. Elle s'arrêta devant la maison et sa conductrice en sortit, les cheveux soulevés par le vent.

Tyler sauta instantanément à terre.

— Nous reprendrons cette conversation plus tard, dit-il, avant de se diriger vers la voiture.

Etonné par la présence de Julie, il n'eut que vaguement conscience que John lui emboîtait le pas.

Il s'arrêta à quelques pas de la voiture, et Julie et lui se dévisagèrent sans rien dire.

John continua son chemin vers la maison.

— Bonjour, Julie, dit-il en passant.

Elle lui répondit d'un ton distrait, tout en s'avançant vers Tyler, ne s'arrêtant que lorsqu'elle fut assez près pour le toucher.

Repoussant ses cheveux en arrière, elle le dévisagea longuement. Pour la première fois depuis des années, ses yeux ne contenaient plus aucun secret, aucun mystère, et il se demanda ce que cela signifiait.

— J'ai beaucoup réfléchi, dit-elle.

— C'est ton truc.

— Oui, je crois que tu as raison. Mais parfois je réfléchis trop. Je manque de spontanéité…

Elle laissa passer un silence, et il attendit.

Il voyait bien qu'elle cherchait ses mots, et il se demanda ce que tout le monde avait aujourd'hui à vouloir lui faire des révélations.

— Tu sais, finit-il par dire, John et moi étions justement en train de parler. Il a quelque chose en tête, et il ne sait pas comment présenter les choses. Il a absolument tenu à remonter à son enfance, et j'imagine qu'il finira par dire ce qu'il a sur le cœur, mais j'aime autant qu'on aille droit au but. Donc, si tu veux me dire quelque chose, ce n'est pas la peine de tourner autour du pot. Commence par m'expliquer ce que tu fais ici.

— Tu as signé les papiers ?

— Pour le divorce ? Pas encore. Tu es venue jusqu'ici pour ça ?

— Pas exactement.

— Julie, tu as déjà oublié ce que j'ai dit ? Va droit au but.

— Je suis venue parce que je t'aime.

— Ça ne suffit pas.

Julie écarquilla les yeux, mi-étonnée, mi-vexée.

— Pardon ? dit-elle, et dans sa voix vibrait une note de colère.

— Je veux autre chose que ton amour.

Elle posa les mains sur ses hanches, et il se rendit compte qu'elle avait quelque chose de changé. Elle n'avait pas à proprement parler grossi, mais elle était plus… épanouie.

— Que veux-tu ? demanda-t-elle.

— Pour commencer, tu n'es pas un cadeau, Julie Hunt. Te supporter est un dur travail pour un simple cow-boy comme moi.

Une lueur de fanfaronnade dansa dans les yeux de Julie.

— Mais j'en vaux la peine.

Il esquissa un sourire.

— Et tu aimes les défis, ajouta-t-elle.

Le sourire de Tyler s'élargit.

— C'est vrai.

— Et je n'ai pas envie de continuer sans toi.

— Et ton envie de nouveau départ ? Ton besoin de te prouver des choses ?

Elle plissa le nez.

— Tu vas rire, mais je suis entrée dans le bureau du proviseur, j'ai écouté ses grands projets, et j'ai réalisé que je m'en moquais éperdument. Mon cœur n'était pas dans ce bureau, pas dans cette école, pas dans cette région. Il était ici. J'ai pensé à Babylon, au ranch, à Rose…

Elle eut une petite moue moqueuse et reprit :

— Pas forcément dans cet ordre. J'ai pensé à la vieille maison, à la façon dont je pourrais la rendre plus moderne et confortable… Mais, surtout, j'ai pensé à toi.

Cherchant son regard, elle ajouta :

— Je veux retrouver ma vie, Tyler. Et ma vie, c'est toi, c'est ce ranch, et ce ciel…

La voix cassée par l'émotion, il l'interrompit.

— Qu'est-ce que tu fais encore plantée là au lieu de m'embrasser ?

Il lui ouvrit les bras et elle courut s'y blottir.

Longuement, les yeux fermés, ils s'embrassèrent, goûtant la joie de se retrouver, de savoir qu'ils avaient toute la vie devant eux.

Epilogue

Rose déboucha le champagne et chassa tout le monde de la cuisine, à l'exception de Julie, Tyler et John.

Tyler s'installa où elle lui dit de s'asseoir, et il s'aperçut qu'il y avait plus que de la joie et de la célébration dans l'air. Il y avait aussi une sorte d'attente fébrile.

— Pourquoi nous as-tu réunis ? demanda-t-il.

— John a quelque chose d'important à te dire.

Il vit Julie tiquer et se demanda ce qui l'attendait.

John se massa le menton, embarrassé.

— J'ai commencé à te parler, hier…

— Oui, je sais. Nous en étions restés à ton enfance au Kanistan.

— C'est exact.

— Et de ta mère, qui est décédée quand tu étais enfant, et du remariage de ton père.

— Oui. Malheureusement, mon père et ma belle-mère sont morts dans une explosion. J'ai été blessé, et j'ai perdu la mémoire. J'ai ensuite été élevé par des personnes qui se prétendaient mes grands-parents. L'année dernière, j'ai été contacté par une femme qui avait vu ma photo dans le journal, après que j'ai sauvé la vie d'un politicien.

Tandis qu'il marquait une pause pour reprendre son souffle, Tyler se demanda où John voulait en venir. Ce long préambule mettait sa patience à mal. Heureusement, il ne tarda pas à poursuivre :

— Elle trouvait que j'avais une ressemblance avec son

frère, dont on lui avait dit que les trois fils étaient tous morts, et elle a imaginé que je pouvais être son neveu — ce qui est le cas. A partir de là, je me suis demandé si les deux autres enfants pouvaient également avoir survécu.

Il les regarda tour à tour, très ému.

— Vous devez comprendre qu'avant cela j'ignorais totalement que j'avais des frères. Je me suis rendu au Kanistan, et j'y ai fait des recherches. A mon retour aux Etats-Unis, j'ai été sauvagement agressé, et une nouvelle amnésie s'est greffée à la première.

— C'est une plaisanterie ? demanda Tyler.

— Pas du tout. Je comprends que tu aies du mal à le croire. Moi-même, j'ai eu beaucoup de mal à accepter la réalité. Et maintenant, laisse-moi te poser une question. Où as-tu appris cet air que tu siffles toujours ?

Tyler fredonna quelques notes.

— Ça ?

— Oui.

— Je ne sais pas. Je l'ai toujours eu dans la tête.

Il chercha le regard de Rose pour avoir une confirmation, et elle acquiesça.

— Je l'ai sans doute inventé.

— En fait, il s'agit d'un air folklorique du Kanistan. Notre père avait un employé…

— Attends une seconde, dit Tyler, en bondissant sur ses pieds. *Notre père ?*

— Ecoute-moi sans m'interrompre. Cet homme travaillait à l'ambassade et il venait souvent à la maison. Il sifflait toujours cet air. C'est là que tu l'as entendu. Tu es mon frère.

— A cause d'une chanson ? Mais tu es fou, mon pauvre vieux. Il est impossible que nous soyons apparentés. Pour commencer, je n'ai pas été adopté…

— Si, dit Rose d'une voix très douce. Je sais que j'aurais dû te le dire depuis des années, mais ton père ne voulait pas. Et, après sa mort, j'ai pensé qu'il était trop tard.

Tyler se demanda si le monde était devenu fou. Il tourna les yeux vers Julie et vit son expression débordante de sympathie.

— Tu savais que mes parents avaient été assassinés ? demanda-t-il à Rose.

— Non, elle ne le savait pas, répondit John. L'homme qui a fait ça était très rusé. Il a changé ton nom et falsifié les dossiers, puis il t'a envoyé à l'étranger, où tu ne pourrais pas lui causer d'ennuis. Rose et ton père adoptif ont eu une version très différente de ton histoire et de ton passé.

— On nous a dit que tes parents étaient morts dans un accident de voiture, expliqua Rose, et que tu étais le seul survivant, ce qui expliquait tes brûlures.

— C'est la même histoire que mes faux grands-parents ont racontée dans le village où j'ai grandi, dit John.

Les joues couvertes de larmes, Rose se leva et s'avança vers Tyler.

— Peux-tu me pardonner ?

Tyler la regarda et ne vit que sa mère, ni plus, ni moins. La seule mère qu'il ait jamais connue.

Se levant à son tour, il la prit dans ses bras et la serra très fort contre lui.

Puis il leva les yeux au-dessus de sa tête, et croisa le regard de son frère.

Son frère.

— Tu as dit que nous étions trois…

John hocha la tête.

— Et je crois que j'ai retrouvé la trace de notre petit frère. Mais je vais avoir besoin d'aide, Tyler.

Julie les interrompit en levant sa coupe de champagne.

— Aux nouveaux départs, dit-elle.

Cherchant le regard de Tyler, elle ajouta :

— Il arrive parfois qu'ils se produisent sans qu'on ait cherché à les provoquer.

Tyler prit deux coupes, en tendit une à sa mère et à son frère, et se servit à son tour.

— Aux nouveaux départs, répéta-t-il.

A partir de ce jour, tout serait différent, et pourtant rien n'aurait fondamentalement changé.

Et cela lui allait très bien comme ça.

PAULA GRAVES

Dangereuse promesse

BLACK *ROSE*

éditions HARLEQUIN

Titre original : SECRET KEEPER

Traduction française de CATHY RIQUEUR

83-85, boulevard Vincent-Auriol, 75646 PARIS CEDEX 13.
Service Lectrices — Tél. : 01 45 82 47 47
www.harlequin.fr

1

Des étoiles scintillaient, constellant le vaste terrain vague qui s'étendait devant elle. Mais la pluie qui ruisselait sur son visage lui brouillait la vue, l'empêchant de se repérer.

Non, songea-t-elle, luttant pour recouvrer sa lucidité. Pas des étoiles. Il ne pouvait s'agir d'étoiles. Pas sur le sol.

De l'eau. Ce devait être de l'eau.

De l'eau. De l'eau partout…

Une imposante forme sombre surgit devant elle, assoupie sous l'averse. *Là, en revanche, il n'y a pas de lumières*, pensa-t-elle sombrement. Seulement une obscure masse inutile qui aurait dû représenter son salut.

Marsh. Ce nom se présenta à son esprit confus qui cherchait quelque chose à quoi se raccrocher. *Le général Marsh. Trouve le général Marsh. Le général Marsh pourra t'aider.*

Mais le général Marsh n'était pas chez lui.

Elle s'avança en trébuchant, ne s'arrêtant que pour s'affaisser contre le revêtement de bois rugueux de la maison sombre et silencieuse.

Peut-être ses occupants dormaient-ils.

Ses yeux se fermèrent. Si seulement elle pouvait dormir. Elle avait tant besoin de sommeil.

Ce qu'il lui restait de détermination s'insinua profondément en elle, la ramenant brutalement à la conscience de manière importune. En signe de protestation, une douleur lancinante lui vrilla le crâne mais elle parvint à se relever et à avancer en titubant, sur le sol détrempé, vers l'entrée de la maison.

La large terrasse sur pilotis était accessible par quelques marches qu'il lui faudrait encore gravir. Elle faillit tomber en s'y hissant et se rattrapa au vieux rocking-chair en rotin installé près de la porte d'entrée. Faisant un effort pour ne pas s'affaler lamentablement sur le sol, elle frappa trois fois à la porte. La joue appuyée contre le bois massif, elle tendit l'oreille, épiant le moindre bruit de mouvement à l'intérieur.

Elle n'entendit rien.

Des larmes lui brûlaient les yeux mais elle battit des paupières pour les chasser, se persuadant que ce n'était que la pluie. Les Harlowe ne pleuraient pas.

Elle abattit de nouveau son poing sur le battant avec un sanglot.

Aucune réponse.

Elle s'éloigna alors de la porte et repartit, chancelante, en direction des marches de la terrasse. Au moment où elle agrippait la rambarde glissante, tout sembla se mettre à tourner autour d'elle pendant un instant. Elle réussit cependant à rétablir son équilibre et arriva sans encombre au bas des marches.

Mais elle ne distingua pas la dalle dissimulée par l'obscurité et la pluie battante.

Son orteil heurta le bord de la pierre et elle fut projetée en avant. Elle tenta de se rattraper mais sa main glissa sur l'herbe mouillée et elle tomba lourdement, la tête la première, sur une autre pierre plate.

Une douleur fulgurante la transperça. Portant la main à son front, elle sentit un liquide chaud se mêler à la pluie froide.

Dans la faible clarté se réverbérant sur l'eau, elle vit des filets de sang sur ses doigts pâles. Alors qu'elle contemplait cette vision déroutante, une nouvelle goutte sombre éclaboussa la paume de sa main. Elle devait l'essuyer.

Elle explora les poches de son jean. La gauche était vide

mais, tout au fond de la droite, elle sentit quelque chose de fin et de soyeux. Elle tira sur l'étoffe et se retrouva une écharpe à la main.

Elle appartenait à sa mère. Que faisait-elle avec l'écharpe de sa mère ?

Elle s'y essuya la main et se releva en chancelant. Puis elle fit un tour sur elle-même, embrassant du regard cet univers qui ne lui était pas familier.

Derrière elle se trouvait une étendue d'eau. Devant elle, une maison.

Que faisait-elle près de ce lac ? Pourquoi se tenait-elle debout sous la pluie ?

Un brouillard ouateux lui emplissait la tête comme si le contenu de son crâne était trop volumineux pour y tenir. Elle secoua la tête et le monde se mit à tournoyer de nouveau autour d'elle.

D'accord. Elle éviterait de réitérer ce mouvement. Elle entreprit de s'avancer de nouveau vers la terrasse mais s'arrêta au pied des marches, les yeux fixés sur la façade obscure.

Personne n'est à la maison, songea-t-elle.

Elle n'aurait su dire avec certitude comment elle le savait mais elle en était convaincue.

Un bruit lui parvint, pas très loin. Une portière de voiture qui s'ouvrait et se refermait. Puis des pas crissant sur le gravier d'une allée. Même à travers la pluie qui tambourinait, le son lui parut distinct et inquiétant.

Quelqu'un se trouvait à proximité.

Se cacher.

Elle s'éloigna de la maison d'un pas chancelant, puis du lac. Les bois s'épaississaient alentour, les arbres s'élevant vers les nuages bas dans le ciel. Elle était dans les montagnes.

La vision d'une autre maison s'imposa à son esprit. Un vaste chalet en pin, situé au cœur des montagnes du nord de la Géorgie, où ses parents l'attendaient.

Elle devait les rejoindre. Ils avaient besoin d'elle.

Pourquoi avaient-ils besoin d'elle ?

De l'eau lui coula dans les yeux. Elle l'essuya, clignant des yeux devant le monde flou qui l'entourait. Elle devait escalader la montagne.

Se dirigeant à l'aveuglette vers la lisière des bois, elle se prit les pieds dans les broussailles et trébucha. Elle se rattrapa au tronc d'un pin à proximité. L'écorce rugueuse lui écorcha les mains mais elle parvint à rester debout. Un pas encore, puis les ronces enchevêtrées enserrèrent ses chevilles et elle chuta lourdement, atterrissant sur une couche d'aiguilles de pin et de boue.

Elle regarda fixement le monde renversé de côté et ne vit qu'un paysage inconnu, empli de mystères et de monstres. Elle ferma alors les yeux, en rejetant l'augure.

Lentement, par bonheur, le monde s'évanouit.

Il n'était pas question qu'il aille regarder à la porte de derrière. Ce maudit chat ne lui appartenait pas. Ce n'était qu'un chat errant qui traînait autour de la maison, quémandant les restes de repas. D'accord, il y entrait assez régulièrement ces jours-ci mais Dieu savait combien de temps il avait vécu dehors sous la pluie avant de se présenter sur le pas de sa porte. Ce chat pourrait sans doute s'accommoder de quelques trombes d'eau automnales.

Wade Cooper s'enfonça plus profondément dans son fauteuil relax et tenta de se concentrer sur le roman de Dick Francis qu'il s'efforçait de lire depuis qu'il était rentré chez lui une heure plus tôt, après une longue journée de travail au bureau. Mais, à l'extérieur, le gémissement du vent dans les arbres conspirait avec le crépitement de la pluie sur son toit pour attirer son attention sur la porte de derrière.

Après tout, cela ne lui coûterait rien de jeter un rapide coup d'œil pour vérifier si ce vieux matou pelé ne tremblait pas de froid sur la terrasse du jardin.

Quand il ouvrit la porte, une fine brume froide s'insinua à l'intérieur, lui rappelant que l'automne était arrivé et que l'hiver ne tarderait pas à lui succéder. Quelques années plus tôt, Gossamer Ridge avait presque enregistré des chutes de neige record pour une région qui en recevait rarement et les météorologues avaient laissé entendre qu'un nouvel hiver rigoureux était à prévoir.

Peut-être pourrait-il persuader le chat de rester davantage à l'intérieur lorsque le temps se rafraîchirait. Peut-être est-ce qu'en le nourrissant deux fois par jour au lieu d'une et en lui achetant des jouets pour s'amuser…

Il coupa court au fil de ses pensées.

Ce n'était pas son chat. Il avait probablement un foyer et devait mendier dans chaque maison.

Personne dans le voisinage ne l'avait réclamé mais qui le ferait ? Il manquait au matou efflanqué la pointe de son oreille gauche et il avait des doigts supplémentaires à chaque patte. De plus, il mangeait comme un ogre et il volait tout ce qui lui tombait sous la patte. Malheureusement, il avait décidé que Wade méritait d'être le bénéficiaire de sa générosité de monte-en-l'air. Cela signifiait qu'une fois par semaine Wade faisait la tournée des voisins avec un panier contenant le butin du chat afin qu'ils puissent récupérer les chaussettes, chaussures et outils de jardinage dérobés, ainsi que, en une occasion particulièrement humiliante, un string.

— Ernie ? appela-t-il dans la pénombre, cherchant à percer l'obscurité pluvieuse du regard.

Aucun mouvement au-dehors ne répondit à son appel.

Le bourdonnement de son téléphone portable vibrant sur la table basse lui donna autre chose à penser. Il referma la porte sur le temps pluvieux et saisit le téléphone. Le nom de son frère Jesse s'affichait sur l'écran.

— Allô, Jesse.

— Je viens de rentrer de Géorgie. Je n'ai rien trouvé.

Son frère semblait fatigué. L'Agence de Sécurité Cooper

avait récemment aidé à rechercher le général de l'armée de l'air Emmet Harlowe, son épouse Cathy et leur fille adulte, disparus quasiment trois semaines plus tôt de leur chalet de vacances dans les montagnes du nord de la Géorgie, près de Dahlonega. Jesse y avait passé les trois jours précédents où il avait suivi des pistes ténues.

— Les Harlowe n'ont pas pu se volatiliser dans les airs, reprit Jesse.

Wade s'enfonça de nouveau dans son fauteuil avec une grimace de douleur, son genou blessé se rappelant brusquement à son bon souvenir.

— Leur chalet n'était pas si isolé, dis-moi ?

— Il est plutôt loin des sentiers battus, reconnut Jesse. La dernière fois que quelqu'un se rappelle avoir vu un membre de la famille remonte au 19 août. C'est-à-dire plusieurs jours avant que l'on ne signale leur disparition.

— Il n'y a pas de caméras de surveillance dans le secteur ? demanda Wade.

— Les policiers ont passé chaque endroit au peigne fin dans un rayon de cent kilomètres.

— As-tu essayé de nouveau de parler au général Marsh ?

Le silence maussade de Jesse fut une réponse en lui-même. Lorsqu'il reprit enfin la parole, il grommela, dépité :

— Il refuse de prendre mes appels.

— Il acceptera sans doute de parler à Evie.

— Je refuse d'obliger Evie à jouer les intermédiaires entre l'agence et son père, répliqua Jesse d'un ton ferme. Je l'ai recrutée pour ses talents de comptable, pas en raison de son lien de parenté avec Rita. Et surtout pas à cause de son père.

Wade se fit la réflexion que son frère faisait montre d'une susceptibilité excessive étant donné la liaison tumultueuse qu'il avait entretenue dans le passé avec la fille aînée du général Marsh, Rita. Mais il savait que mieux valait ne pas insister. Jesse avait sa propre manière de procéder et le contredire n'aboutirait qu'à le faire camper sur ses positions.

— Je pourrais essayer de l'appeler moi-même, suggéra-t-il.

— Penses-tu que cela te mènera quelque part ?

Wade en doutait. Sans doute ne présentait-il pas comme Jesse le handicap de fiançailles rompues avec Rita mais il était peu probable que le général accepte de lui parler pour autant. La famille vivait à moins de cinq cents mètres de chez lui, sur la rive du lac, mais leurs rapports de voisinage étaient à peine cordiaux.

Toutefois, il y avait des vies en jeu, y compris celles des Harlowe disparus. Cela valait la peine d'essayer.

— Je ne le saurai que lorsque j'aurai tenté ma chance, répondit-il à la question de Jesse.

— Eh bien, n'essaie pas ce soir en tout cas, l'avertit son frère. Le général fait partie de ces gens qui se couchent et se lèvent tôt. Et il est une heure de plus à New York.

— New York ?

— C'est vrai, j'oubliais. Evie m'a expliqué que le général et sa femme étaient à New York avec Rita. Ils sont allés acheter son trousseau de mariage.

Aïe !

— Rita se marie ?

— Oui. Avec un professeur de l'université de New York qu'elle a rencontré lorsqu'elle donnait des cours magistraux à Emory. Ils se sont bien entendus et, à présent, elle a obtenu un poste d'enseignante en histoire dans une onéreuse classe préparatoire privée de Manhattan.

Jesse le cachait bien mais Wade savait que son frère gardait des cicatrices douloureuses de ses fiançailles rompues avec Rita Marsh, même si leur relation avait pris fin des années plus tôt. Il supposa que le mariage prochain de Rita risquait de rouvrir certaines de ces blessures.

Pauvre idiot, songea-t-il.

— Je t'enverrai le numéro de téléphone par e-mail. Tu

pourras essayer de le joindre dans la matinée, reprit Jesse. Je dois vérifier auprès des autres où nous en sommes dans le traitement des autres affaires. Je te recontacte plus tard.

Wade raccrocha et contempla sa jambe étendue devant lui. Elle semblait désormais presque normale. Seul le léger renflement au niveau de l'articulation du genou trahissait la blessure grave qui avait failli nécessiter une amputation. Plusieurs opérations et la pose d'une prothèse du genou lui avaient épargné le sort échu à beaucoup trop de ses camarades marines. Quoique, considérant à quel point certains de ses anciens frères d'armes s'en sortaient bien, même avec des membres artificiels, il avait commencé à se demander si ses efforts pour conserver sa jambe n'avaient pas été une perte de temps.

Les muscles, les tendons et les ligaments déchirés ainsi que les dommages nerveux impliquaient que sa jambe ne serait plus jamais la même. Devenu incapable de remplir les critères d'aptitude physique, il avait dû quitter les Marines.

Jesse l'avait engagé à l'Agence de Sécurité Cooper parce qu'il était un Cooper, pas parce qu'il avait grand-chose à offrir à l'agence étant donné sa condition physique actuelle. Il n'était ni doué comme Isabel, ni astucieux comme Rick. Il ne disposait pas de compétences spécifiques telles que le génie informatique de Shannon ou l'esprit analytique de sa sœur Megan. Avant d'être blessé, il avait été un homme robuste, fort et athlétique, capable de distancer ou de vaincre au combat n'importe quel adversaire lui lançant un défi.

Cette époque était révolue désormais.

Il fallait qu'il cesse de s'apitoyer sur lui-même, se réprimanda-t-il.

Il se remit debout, ignorant la douleur qui le taraudait et se dirigea de nouveau vers la porte de derrière. Il n'était peut-être plus un super marine mais il pouvait arrêter de se lamenter sur ce qu'il ne pouvait plus faire et aller soustraire à la pluie un pauvre vieux matou trempé.

La pluie s'était arrêtée pendant qu'il discutait avec Jesse mais un brouillard humide persistait. Il réprima un léger frisson et appela le chat depuis la porte.

— Ernie !

Cette fois, au son de sa voix, une forme grise jaillit des bois sombres, traversant le jardin comme un éclair, et s'arrêta au bord de la terrasse. Désormais abrité par l'auvent métallique, le chat prit son temps pour traverser d'un pas digne la terrasse en béton, agitant sa queue touffue.

Il lui apportait un nouveau présent, constata Wade avec consternation. Une écharpe rouge et grise, à première vue.

Ce fut seulement lorsque Ernie s'approcha que Wade aperçut des taches rouges sur son museau.

Le chat déposa son présent aux pieds de Wade et se mit à ronronner doucement.

Wade grimaça en se penchant pour ramasser l'écharpe. Il reporta son poids sur sa jambe valide et secoua l'écharpe mouillée. Les gouttes d'eau qui tombèrent sur la terrasse à ses pieds étaient teintées de rouge.

Portant l'étoffe à son nez, il la renifla. L'odeur métallique du sang assaillit ses narines.

— Ernie, tu es blessé ?

Suspendant l'écharpe au dos de l'une des chaises du salon de jardin, il souleva le chat bien qu'il sache qu'il n'aimait pas être manipulé. Ernie se tortilla mais il le laissa examiner son museau sans griffer ni mordre. Wade frotta doucement les taches rouges qui s'enlevèrent facilement et ne releva par ailleurs aucune trace de blessure sur l'animal.

Pourtant le sang paraissait frais. Avait-il attrapé une souris ou un écureuil avant de commettre son dernier larcin ?

— Entre, mon vieux, dit-il en le reposant à terre.

Il ouvrit la porte et Ernie s'engouffra à l'intérieur puis attendit patiemment que son repas soit servi. Il s'installa alors devant le chauffe-eau, mangeant sa pâtée dans le vieux bol en plastique que Wade avait destiné à son usage.

Wade retourna prendre l'écharpe de soie gris pâle, plus décorative qu'utile. Respirant de nouveau son odeur, il perçut une bouffée de parfum mêlée au sang.

Le regard attiré par la forêt d'où Ernie avait émergé, il traversa le jardin en boitant et se dirigea vers la lisière des bois.

— Il y a quelqu'un ? lança-t-il dans l'obscurité dense.

Aucune réponse ne lui parvint.

Alors qu'il scrutait les bois, il sentit un frottement contre sa jambe. Ernie l'avait rejoint, il le fixait de ses yeux verts lumineux. Wade ne devait pas avoir bien refermé la porte.

— Qu'as-tu découvert là-bas, mon chat ?

Le chat huma l'air puis il entra d'un pas tranquille et feutré dans les bois. Avançant d'environ deux mètres, il se retourna pour regarder Wade.

Ce sacré félin essayait-il de le conduire quelque part ?

Le chat continua d'avancer. Wade le suivit.

Le sous-bois devint plus dense, les ronces et les branches mortes s'enroulant autour de ses chevilles et rendant sa progression plus périlleuse qu'il ne s'y attendait. Pour un homme qui avait grandi dans ces bois, qui les avait considérés comme étant autant sa maison que la vieille ferme en briques et en bardeaux où son père vivait toujours, se sentir étranger à son ancien terrain de jeu était déconcertant.

C'était cette fichue jambe. Les muscles défaillants, l'articulation artificielle, la sensation de faiblesse… Wade avait l'impression de traîner un membre étranger qui pouvait le trahir sans préavis s'il lui en laissait l'occasion.

Il sentit un accès de panique l'envahir. Mais il réprima ce sentiment avec une détermination farouche et accéléra le pas, ignorant le frisson d'angoisse qui lui vrillait les entrailles.

Devant lui, Ernie s'était arrêté près d'un chêne au tronc imposant. Le chat fit prudemment le tour de l'arbre, la queue agitée de soubresauts sous l'effet de la curiosité. Wade le rattrapa et contourna l'arbre à son tour.

La première chose qu'il vit fut une main portant des traînées de sang. Une main menue. De femme.

Sa chevelure brune était étalée sur le sol, mouillée par la pluie et aussi, par endroits, par le sang. Son visage était à demi enfoui dans le terreau de feuilles mortes.

Wade entreprit de s'agenouiller, mais la douleur aiguë pulsant dans son genou l'en empêcha. Il ajusta sa position, se courbant en deux, et il lui palpa la gorge pour chercher son pouls.

La femme réagit à son contact, elle eut un mouvement de recul rapide, presque violent. Elle tourna vers lui des yeux sombres, égarés, bien qu'il ne pensât pas qu'elle le vît réellement. Du sang maculait un côté de son visage provenant d'une longue entaille, à la naissance de ses cheveux, qui suintait encore.

— Je ne sais rien, lança-t-elle d'une voix haletante, repoussant violemment ses mains.

— Chut, murmura Wade en prenant son téléphone dans sa poche. N'ayez crainte. Tout ira bien.

— Je ne sais… rien…

Ses yeux se révulsèrent et, de nouveau, elle sombra dans l'inconscience. Il appela les secours et reprit son pouls. Régulier quoique trop rapide. Mais sa peau était glacée. Si elle n'était pas déjà en état de choc, cela ne saurait tarder.

Wade enleva sa veste et l'étala sur elle, prenant soin de la border tandis qu'il expliquait la situation à l'assistante de régulation des secours. La blessée émit un gémissement profond mais elle demeura parfaitement immobile.

Il ne distinguait pas grand-chose dans l'obscurité et ne pouvait donner d'elle qu'une description générale : femme plutôt jeune aux yeux et aux cheveux foncés. Il y avait chez elle quelque chose qui lui était vaguement familier bien qu'il fût certain de ne jamais l'avoir rencontrée.

La régulatrice des secours lui proposa de rester en ligne avec lui. Il la remercia en lui disant qu'il allait plutôt appeler son cousin Aaron, adjoint au shérif. Ce dernier habitait non loin de là et il arriverait sans doute sur place avant les secouristes.

Aaron décrocha à la deuxième sonnerie.

— Que se passe-t-il, Wade ?

Wade lui expliqua la situation.

— Je ne suis pas sûr de ce qui lui est arrivé mais je pense qu'il pourrait s'agir d'une scène de crime.

— Je pars tout de suite, répliqua Aaron.

Fidèle à sa parole, il arriva dans les cinq minutes, devançant les secours.

— Wade ? appela-t-il, balayant les bois de l'éclat de sa lampe torche.

— Par ici !

Wade lui fit signe de le rejoindre. Aaron se fraya facilement un chemin dans les sous-bois. Il portait une grande couverture sur son bras et brandissait son Smith & Wesson M&P 40.

Sa femme, Melissa, avançait dans son sillage, tentant de suivre le rythme de ses longues enjambées.

Parvenu à côté de Wade, Aaron braqua le faisceau de sa torche sur la victime étendue au sol. Les paupières de la jeune femme tressautèrent lorsque la lumière crue les frappa et elle gémit de nouveau en détournant le visage afin de s'y soustraire.

— Croyez-le ou non, c'est bon signe, les informa Melissa avant de s'agenouiller près d'elle.

Elle chercha son pouls sur sa carotide tout comme Wade l'avait fait.

— Madame, je dois vous examiner. Etes-vous consciente ?

Wade se serait donné des gifles. Pourquoi n'avait-il pas pensé à vérifier son état, à tenter de la garder éveillée ? Ces maudits rebelles Kaziri l'avaient-ils également privé de son bon sens en détruisant son genou ?

Mais puisqu'il ne pouvait pas s'accroupir près d'elle, ni

s'agenouiller, mieux valait laisser à une personne valide le rôle du héros.

— Wade ?

Il leva les yeux vers son cousin, réprimant l'irritation que lui causait sa faiblesse.

— Oui ?

— Regarde son visage.

Aaron braqua de nouveau le faisceau de sa lampe sur le visage de la jeune femme.

Elle s'était tournée vers eux. La pluie avait en partie nettoyé le sang sur son visage et ils distinguaient mieux ses traits.

Wade en eut le souffle coupé.

— Nom de nom !

— C'est elle, n'est-ce pas ? demanda Aaron.

Wade hocha la tête, contemplant l'ovale du visage de la femme que sa famille et lui avaient passé les trois dernières semaines à tenter de retrouver.

Melissa leva les yeux vers eux.

— Qui est-ce ?

— Annie Harlowe, lui répondit Wade. La fille du général de l'armée de l'air porté disparu.

— Si elle se trouve ici, où diable peut être le général ? dit Aaron, le regard sombre.

2

Annie ne parvenait pas à se rappeler son rêve. Elle constata seulement que son cœur cognait dans sa poitrine et qu'elle avait la nausée. Elle s'était réveillée percluse de douleurs… dans les bras, les poignets, les genoux et particulièrement au niveau de son crâne qui lui donnait l'impression d'avoir été évidé puis rempli d'une matière atrocement brûlante.

Elle tenta prudemment d'ouvrir les yeux, s'attendant à subir le chaos et l'éclat de lumières vives mais la chambre était par bonheur obscure, si l'on exceptait la lueur faible s'infiltrant par l'embrasure de la porte à un ou deux mètres d'elle. Le lit étranger qui soutenait son corps affaibli était inconfortable, son environnement plongé dans la pénombre, morne et stérile.

Une ombre remua sur sa droite et elle eut l'impression que son cœur cessait de battre.

— Vous êtes réveillée ?

La voix était douce et grave, teintée d'un accent du Sud.

— Qui êtes-vous ? Où suis-je ?

— Mon nom est Wade Cooper, lui répondit l'ombre. Et vous êtes au quatrième étage de l'hôpital du comté de Chickasaw.

La douleur devint plus compréhensible.

— Comment suis-je arrivée ici ?

— Je vous ai découverte à demi inconsciente dans les bois près du lac Gossamer.

Elle fronça les sourcils et le regretta instantanément

lorsqu'une douleur épouvantable lui vrilla le crâne. Elle porta une main à son front et découvrit un bandage.

— Que m'est-il arrivé ?

— Nous l'ignorons encore, lui répondit Cooper. Vous pensez pouvoir supporter la lumière ?

Elle aurait aimé pouvoir dire non tant elle était certaine que la dernière chose que puisse supporter son cerveau sur le point de se désintégrer était une clarté vive. Mais elle n'aimait pas parler à une ombre, aussi acquiesça-t-elle.

Il se leva et alluma la veilleuse au-dessus du lit. Après le choc initial, ses yeux s'adaptèrent rapidement à la faible lumière et le mal de tête se fit plus supportable. Son visiteur se rassit, lui permettant de mieux le voir. Elle estima qu'il devait avoir un peu plus de trente ans. Il était mince, avec de larges épaules ainsi qu'une mâchoire pugnace et virile. Dans la clarté diffuse, ses yeux lui parurent noirs comme du charbon et mystérieux mais son expression calme et neutre la convainquit qu'elle était en proie à son imagination.

— Vous allez bien ? demanda-t-il.

— Je crois.

Elle remarqua ses vêtements… un jean et une chemise écossaise verte sous une veste en jean délavé.

— Vous n'êtes pas médecin.

Il lui sourit, dévoilant une dentition blanche et parfaite.

— Non, madame, c'est juste.

— Où m'avez-vous dit que j'étais, dans le comté de Chickasaw ? En Géorgie ?

Elle n'arrivait pas à se rappeler s'il y avait un comté de Chickasaw en Géorgie. Elle eut soudainement l'impression que sa mémoire lui jouait des tours.

— Le comté de Chickasaw est en Alabama, corrigea-t-il.

— En Alabama ?

Elle plissa le front et ce mouvement lui provoqua une nouvelle douleur fulgurante au cuir chevelu. Que faisait-elle en Alabama ?

— Vous ne vous rappelez pas comment vous êtes arrivée ici ?

Avant qu'elle puisse répondre à cette question, la porte de la chambre d'hôpital s'ouvrit et un homme portant des vêtements verts de chirurgien entra, une feuille de température à la main. En croisant le regard de la patiente, ses yeux s'agrandirent sous l'effet de la surprise.

— Vous êtes réveillée.

Il lança un regard à Wade.

— Et vous avez un visiteur, ajouta-t-il sur un ton désapprobateur. Bien au-delà des horaires de visites.

Wade afficha un air contrit mais ne bougea pas.

— Je ne voulais pas qu'elle se réveille seule à l'hôpital.

Annie lui glissa un regard furtif, surprise par la gentillesse de sa voix. Elle travaillait à Washington où les actes désintéressés n'étaient pas précisément la norme, du moins pas dans les cercles où elle évoluait.

— C'est gentil à vous, répliqua le médecin d'un ton sec et dépourvu de sincérité. Mais, à présent, je dois examiner ma patiente.

Wade se dirigea vers la porte. Pour la première fois, elle s'aperçut qu'il boitait visiblement.

— Attendez, lui lança-t-elle alors qu'il s'apprêtait à quitter la chambre.

Il se retourna dans l'embrasure de la porte, la lumière provenant du couloir dessinant le contour de ses puissantes épaules et de ses hanches minces. Une stature de cow-boy, songea-t-elle, ses lèvres sèches esquissant un sourire.

— Oui ?

— Vous partez ? Je veux dire, vous quittez l'hôpital ?

Détestant le désarroi qu'elle percevait dans sa voix, elle se fit la réflexion qu'elle gagnerait à ce qu'il parte.

— Non, je pense que je vais rester un peu dans les parages.

Son visage était dans l'ombre mais elle crut y distinguer un sourire.

Il disparut ensuite, la laissant seule avec le médecin.

— Je n'ai pas saisi votre nom, dit-elle au praticien.

— Dr Brady Ambrose, lui répondit-il vivement en lui saisissant le poignet pour prendre son pouls.

Même la peau de ses poignets était douloureuse au contact de ses doigts.

— Depuis combien de temps êtes-vous réveillée ?

— Je l'ignore… quelques minutes ?

Il examina ses yeux à l'aide d'une lampe stylo.

— Mal à la tête ?

— Oh oui.

— D'autres douleurs ?

— J'ai mal partout, reconnut-elle.

Plus elle reprenait conscience et plus son corps meurtri l'élançait, comme si elle avait été hachée menu. Elle regarda son poignet, toujours douloureux depuis que le médecin l'avait touché et elle y vit des écorchures et des ecchymoses d'un profond rouge violacé. Levant son autre main, elle y trouva les mêmes marques.

Elle se rendit compte avec une inquiétude grandissante qu'il s'agissait de marques de liens.

— Quel jour sommes-nous ? demanda-t-elle.

— Vendredi.

Le médecin consulta sa montre.

— En fait, samedi, à présent, ajouta-t-il avec un sourire las.

— Je voulais dire, quelle date ?

— Le 8 septembre.

Son inquiétude se mua en un incontrôlable sentiment de panique.

— Septembre ?

C'était impossible. Le matin même, elle avait voyagé en avion de Washington à Chattanooga afin de rejoindre ses parents à l'aéroport et de prendre la route avec eux à destination de leur chalet de vacances de Dahlonega. La dernière chose dont elle se souvenait était…

Quelle était la dernière chose dont elle se souvenait ?

Rien. L'aéroport était son dernier souvenir. Elle se rappelait avoir traversé le terminal, récupéré sa valise sur le carrousel à bagages et être partie à la recherche de ses parents qui devaient l'attendre pour l'emmener.

On était alors le 18 août.

Quasiment trois semaines de sa vie s'étaient évanouies.

— Elle paraît lucide, déclara Wade à Jesse qui était assis face à lui dans la salle d'attente du quatrième étage. Mais je ne pense pas qu'elle se rappelle ce qui leur est arrivé à ses parents et à elle. Ç'aurait été la première chose dont elle se serait inquiétée, tu ne crois pas ?

Jesse se passa une main sur le visage, ses yeux sombres emplis de frustration.

— Donc, elle ne nous fournira pas la piste que nous espérions.

Assise près de lui, leur sœur Megan décocha à Jesse un regard noir.

— Une femme dont j'étais quasiment sûre qu'elle était morte est réapparue en vie, déclara-t-elle sur un ton impérieux. Ce n'est pas rien.

— Non, bien sûr, concéda Jesse avec un léger sourire. Mais nous ne sommes pas plus avancés dans le décodage du journal du général Ross.

— Peut-être ne se rappelle-t-elle rien pour l'instant, reprit Megan, mais cela ne signifie pas que la mémoire ne va pas lui revenir. Rappelez-vous, lorsque Hannah a été agressée et qu'elle en a perdu le souvenir. Ça s'est finalement arrangé.

— Finalement. Mais dans l'affaire qui nous occupe, trois semaines se sont déjà écoulées. Et, apparemment, elle a échappé à ses ravisseurs, ce qui pourrait faire courir à ses parents un danger encore plus grave.

— Elle-même n'est pas hors de danger.

Wade regarda en direction de la porte de la salle d'attente, se remémorant la confusion et la vulnérabilité dans les yeux d'un brun caramel d'Annie Harlowe.

— Si elle s'est échappée, il se peut qu'elle possède des informations susceptibles de nous mener aux kidnappeurs. Et ils vont chercher à l'empêcher de révéler ce qu'elle sait.

— Les kidnappeurs ne seront pas les seuls à vouloir mettre la main sur elle, fit remarquer Jesse. J'imagine que le Pentagone voudra apprendre tout ce qu'elle sait sur ce qui est arrivé à son père.

Wade hocha la tête.

Le ministère de la Défense ne voyait sans doute pas d'un bon œil le fait qu'un général récemment retraité de l'armée de l'air, dont le cerveau recélait des années d'opérations militaires secrètes, disparaisse pendant trois semaines. Les recherches lancées pour le retrouver faisaient la une des médias et des théories du complot fleurissaient sur les chaînes câblées d'information en continu.

En comparaison, la couverture de la disparition de son épouse et de sa fille avait été reléguée au second plan en raison de l'importance du général au regard de la sécurité nationale. Mais les émissions d'information avaient assez souvent diffusé leurs photographies. Quelqu'un à l'hôpital avait peut-être déjà reconnu Annie Harlowe.

Wade se leva et s'avança en boitant vers la fenêtre qui avait vue sur l'entrée principale de l'hôpital. Il n'y avait encore aucun fourgon de télévision. Mais l'information ne tarderait pas à filtrer. Que se passerait-il alors ?

— Nous avons une possibilité restreinte d'obtenir quelque chose d'elle, confia-t-il à Jesse, venu le rejoindre à la fenêtre.

— Aaron est supposé arriver d'une minute à l'autre afin de l'interroger à titre officiel.

Aaron avait mobilisé une équipe de policiers du comté de Chickasaw pour quadriller les bois derrière la maison de Wade. Assisté de son épouse Melissa, il était resté avec eux afin de diriger les recherches tandis que Wade suivait l'ambulance jusqu'à l'hôpital.

— Il se peut qu'il soit déjà trop tard, dit Wade en repérant un fourgon de télévision de Huntsville qui remontait l'allée en direction des admissions.

Megan les rejoignit à la fenêtre.

— Voilà les vautours, soupira-t-elle avec une grimace.

— Ils font seulement leur travail, lui fit remarquer Jesse.

— Ils vont s'abattre sur elle comme la misère sur le pauvre monde.

Wade ne put réprimer un sourire. La remarque de sa sœur était probablement pertinente mais Jesse avait raison. Les journalistes avaient un travail à accomplir.

Tout comme lui.

— Je vais voir si le médecin a fini de l'examiner, annonça-t-il. Pourquoi n'iriez-vous pas faire en sorte de retarder les journalistes pendant un petit moment ?

Jesse lui donna une tape dans le dos.

— Que comptes-tu lui dire ?

— La vérité, répondit simplement Wade.

Lorsqu'il arriva à la chambre d'Annie Harlowe, il trouva la porte à demi ouverte. Il tendit l'oreille, pensant entendre la voix du médecin, mais il ne perçut qu'un léger reniflement.

Des pleurs, songea-t-il, son cœur se serrant sous l'effet d'un mélange déconcertant de compassion et d'appréhension.

Il se reprit et frappa d'un doigt léger à la porte.

— Annie, c'est Wade Cooper. Puis-je entrer ?

Il y eut un long silence avant qu'elle ne réponde.

— Oui.

Il s'avança vers le lit, s'efforçant de dissimuler sa boiterie. Sans grand succès. La jeune femme était allongée, la tête tournée de l'autre côté comme si elle regardait par la fenêtre. Mais les stores étaient baissés.

— Qu'est-ce que le médecin avait à vous dire ?

— Que j'ai une commotion cérébrale. Ainsi que des égratignures et des contusions.

Elle se tourna vers lui. Ses yeux étaient rougis mais secs.

— Et trois semaines de ma vie ont disparu de ma mémoire.

Intéressant, songea Annie en observant le visage de Cooper pour voir sa réaction. Elle nota seulement un radoucissement dans ses yeux sombres, un élan discret de compassion dans le plissement de son front.

Ce qu'elle venait de lui dire n'était pas une surprise pour lui.

— Vous savez déjà qui je suis, murmura-t-elle.

Wade s'assit dans le fauteuil près de son lit.

— Vous faites la une des médias depuis trois semaines.

— Pourquoi mes parents ne sont-ils pas ici ? Quelqu'un a-t-il même pensé à les prévenir ?

Ils avaient dû être désespérés lorsqu'ils s'étaient présentés à l'aéroport et avaient découvert que leur fille en avait disparu sans laisser de trace, songea-t-elle.

Ou alors existait-il une trace d'elle ? Elle l'ignorait. Tout ce qui s'était passé après le carrousel à bagages avait sombré dans le néant.

— Quelle est la dernière chose que vous vous rappeliez ? lui demanda Cooper.

— Mon arrivée à l'aéroport de Chattanooga, répondit-elle, agacée qu'il n'ait pas répondu à sa question. Où sont mes parents ?

— Nous l'ignorons, lui confessa-t-il. Vous avez tous été portés disparus en même temps.

Elle le regarda fixement, soudain horriblement angoissée.

— Mes parents ont disparu ?

— Vous ne vous rappelez vraiment rien après l'aéroport ?

— Non, j'ai cru… j'ai supposé que c'était l'endroit où l'on m'avait enlevée ou que sais-je.

Une pensée nouvelle et terrifiante l'assaillit.

— Ai-je été… A-t-on pensé à vérifier si j'avais été violée ?

Wade blêmit.

— Je l'ignore.

Elle réprima un soudain accès de nausée.

— Je crois que je vais vomir.

Wade attrapa un haricot posé sur la table près du lit et le lui donna. Une série de haut-le-cœur secoua le corps de la jeune femme mais son estomac vide ne restitua rien.

Il se rendit alors dans la salle de bains et en revint avec un gant de toilette mouillé. Il le lui tendit et elle l'accepta avec reconnaissance, pressant le linge frais contre sa bouche.

— Je sais qu'ils vous ont soigneusement examinée aux urgences avant de vous installer dans une chambre, reprit-il avec douceur. Une femme policier vous accompagnait, ils ont donc sans doute vérifié. Je pense que s'ils avaient découvert quoi que ce soit, le médecin vous en aurait informée.

— Trois semaines, reprit-elle d'une voix râpeuse, la gorge nouée. Il se pourrait que l'on ne détecte plus rien après trois semaines…

Cooper lui prit doucement la main. Rassérénée par le contact de ses doigts fermes et chauds, elle sentit s'apaiser les tremblements qui menaçaient de se propager à tout son corps. Elle prit plusieurs inspirations profondes, s'enjoignant de se concentrer sur ce qu'elle savait plutôt que sur ce qui lui échappait.

Elle devait se détacher de la manière dont cette histoire l'affectait personnellement et s'en tenir aux faits. Elle devait réfléchir en journaliste.

— Y a-t-il une théorie expliquant ce qui nous est arrivé à mes parents et à moi ? demanda-t-elle à voix haute, appréhendant quelle pourrait être la réponse de Cooper.

Il hésita avant de lui répondre, ce qui l'incita à sonder son regard pour voir s'il recélait d'autres secrets.

— La version officielle est que les enquêteurs n'ont pas de théorie avérée.

OFFRE D'ABONNEMENT
BLACK ROSE
2 romans en 1 volume
Marie Ferrarella
Un précieux allié
Margaret Watson
L'étau du mensonge
HARLEQUIN
IK3E01
Recevez
2 romans GRATUITS
+
3 cadeaux GRATUITS
1 verre à limonade
(le 1er d'une collection)
et 2 couteaux Laguiole
4 bonnes raisons d'en profiter
Envoi directement chez vous
Romans en avant-première
5% de remise systématique
Sans engagement de durée

— Et qu'en est-il officieusement ?

— Le fait que votre père soit un officier d'un rang aussi élevé suggère une affaire relevant de la sécurité nationale.

Bien sûr, si elle avait eu les idées claires, cette pensée lui aurait déjà traversé l'esprit.

Et il y avait eu aussi le comportement étrange de son père lorsqu'il l'avait appelée le lundi précédant son vol pour Chattanooga afin de lui demander de trouver un moment pour des vacances en famille la semaine suivante.

— Il y a une chose dont je dois te parler, lui avait-il annoncé d'une voix grave.

Avait-il eu l'occasion de le faire ?

— Comment quelqu'un a-t-il pu nous kidnapper tous les trois dans un aéroport bondé ?

— Ce n'est pas ce qui s'est passé, lui répondit Cooper en exerçant une douce pression sur son bras.

Elle baissa les yeux sur ses longs doigts, sur le jeu des muscles et des tendons du dos de sa main tandis qu'il lui serrait de nouveau le bras avant de le relâcher.

— Vos parents et vous êtes arrivés au chalet le 18 août comme prévu. Le gardien a remis la clé à votre père, votre mère et vous étiez toutes deux présentes avec lui. Vous avez été aperçus à Dahlonega le lendemain matin, vous y êtes apparemment allés prendre votre petit déjeuner. Le gardien se rappelle vous avoir vus, vos parents et vous, revenir dans le Ford Expedition gris métallisé de votre père vers 10 h 30 le 19. C'est la dernière fois que l'on vous a aperçus.

Elle secoua la tête.

— Je ne me rappelle rien de tout cela.

— Votre commotion cérébrale a dû provoquer une perte de mémoire.

— Vais-je recouvrer mes souvenirs ?

— Je l'ignore.

La nausée menaça de l'envahir de nouveau. Elle la réprima.

— Pourquoi ai-je le sentiment que vous savez mieux que moi ce qui m'est arrivé ?

— Je ne pense pas que ce soit le cas.

Il lui sembla plutôt sincère mais elle décela de nouveaux mystères dans ces grands yeux bruns.

— Vous me cachez quelque chose.

Un coup frappé à la porte sauva Wade d'avoir à répondre. Comme personne n'entrait, il se leva.

— Je vais voir qui est là.

Annie le regarda se diriger vers la porte en évitant de trop s'appuyer sur sa jambe droite. Son genou droit semblait un peu plus gros que le gauche et tendait la toile de son jean délavé. Etait-il blessé ? se demanda-t-elle.

Elle l'entendit converser à voix basse avec quelqu'un. L'autre voix était aussi masculine mais elle ne put comprendre ce qui se disait. Peu de temps après, Cooper referma la porte derrière lui et revint auprès d'elle, rapprochant son fauteuil. Son regard sombre était grave.

— Deux agents du service de renseignement de l'armée sont à l'accueil et ils demandent à vous parler. La décision vous revient. Si vous souhaitez leur parler, très bien. Si vous préférez attendre de vous sentir mieux, c'est tout aussi bien.

La dernière chose dont elle ait envie était de subir un interrogatoire de l'A.F.O.S.I., le service de renseignement de l'armée. Mais elle savait qu'elle ne ferait que repousser l'inéluctable.

— Vous pouvez leur dire que je vais les recevoir.

Wade hocha la tête et se leva. Sortant une carte de l'une de ses poches il la lui tendit.

— Il y a mon numéro de portable dessus. S'il y a quoi que ce soit dont vous vouliez parler, vous m'appelez. Compris ?

Son ton pressant lui noua l'estomac mais elle acquiesça, grimaçant sous un nouvel assaut de douleur à la tête.

— Vous partez ?

— Je serai juste en bas, dans le hall. Appelez ce numéro et j'arriverai en courant.

Alors qu'il disparaissait dans l'embrasure de la porte, elle poussa un soupir tremblant. Elle n'avait pas l'habitude de se sentir faible et vulnérable. Elle détestait cela. Mais son monde s'était trouvé bouleversé en l'espace de quelques instants… ou, plus précisément, des trois semaines disparues de sa mémoire. Elle devait se rétablir.

Elle devait découvrir ce qui était arrivé à ses parents.

Un coup bref frappé à la porte précéda l'entrée de deux hommes vêtus de costumes sombres. Ils envahirent l'espace restreint avec un air d'autorité, se présentant comme Braddock et Hartman de l'A.F.O.S.I. Braddock mena l'entretien. Hartman se tenait légèrement en retrait, un petit sac marin à la main. Annie regarda le sac avec curiosité.

— Il faut que vous nous disiez tout ce que vous savez sur cet incident en Géorgie, annonça-t-il sans plus de préambule.

— Je le voudrais bien, répondit-elle prudemment. Mais je souffre d'une blessure à la tête et je ne me rappelle rien.

Braddock haussa les sourcils.

— Rien ?

— Rien.

Les deux hommes échangèrent un regard qui lui fit froid dans le dos.

— Puis-je voir vos cartes ? leur demanda-t-elle.

Ils la regardèrent avec froideur. Puis l'expression tendue de Braddock céda la place à un sourire engageant.

— Certainement.

Il glissa la main dans la poche poitrine de sa veste.

Annie se raidit, une vision traversant comme un éclair son cerveau confus. Celle d'une aiguille luisant à la lueur d'une simple ampoule nue. Une gouttelette minuscule tremblant à son extrémité avant de tomber.

Un sentiment de panique lui vrilla les entrailles.

L'homme sortit la main de sa poche. Elle tenait seulement

un porte-cartes plat et noir. Il l'ouvrit et lui présenta une carte nominative apparemment officielle. Arthur Braddock de l'A.F.O.S.I. Elle lui parut en règle.

Dans ce cas, pourquoi ne pouvait-elle chasser le sentiment que ces hommes étaient tout sauf ce qu'ils prétendaient être.

— Quelle est la dernière chose que vous vous rappeliez avant de vous être réveillée ?

— Je me tenais près du carrousel à bagages de l'aéroport de Chattanooga, répondit-elle.

— Et vous ne vous souvenez de rien d'autre ?

Braddock sembla sceptique.

— J'ai de vagues souvenirs de la salle des urgences plus tôt dans la soirée, lui répondit-elle, circonspecte.

Elle ne mentionna pas la vision de l'aiguille, surtout parce qu'elle n'avait pas confiance en ces hommes. Mais la vérité était qu'elle se souvenait d'avoir été examinée dans la salle des urgences. On avait découpé ses vêtements. Elle avait été auscultée et radiographiée sous toutes les coutures. Elle avait le souvenir d'une caverne blanche et froide… un scanner ?

— Que faisiez-vous, vos parents et vous, en Géorgie ?

— Nous prenions des vacances. Nous aimons les passer ensemble une ou deux fois par an.

— Seulement vous trois ?

— Nous avions prévu de déjeuner avec ma tante Phyllis le jeudi.

La sœur de sa mère vivait à Gainesville en Géorgie. Ils essayaient généralement de déjeuner ou de dîner avec elle une fois au moins durant chaque séjour. Annie supposa qu'ils n'avaient pas réussi à le faire si la dernière fois que ses parents et elle avaient été aperçus remontait au 19 .

— Votre tante est la personne qui a signalé votre disparition, l'informa Hartman.

Braddock regarda son collègue. Annie eut le sentiment qu'il aurait préféré qu'il se taise.

— Je ne vois vraiment rien à ajouter, conclut Annie.

— Je pense que vous en savez davantage que vous ne l'imaginez. Nous aimerions vous emmener à Quantico. Sur la base, il y a un hôpital qui pourra vous prendre en charge et où les psychiatres vous aideront à retrouver vos souvenirs.

La voix de Braddock était douce et encourageante mais Annie se rendit compte, alarmée, qu'elle ne croyait pas un mot de ce qu'il disait.

Ces hommes n'étaient pas venus l'aider.

— Nous pouvons organiser votre admission dès ce soir. Il vous suffit de signer les documents de transfert.

Elle ne devait pas les laisser l'emmener. Quoi qu'elle fasse, il ne fallait pas qu'elle les laisse l'isoler.

La voix qu'elle entendait dans sa tête n'était pas la sienne. C'était celle de son père, l'accent grave, râpeux et traînant des côtes de Caroline qu'elle avait toujours tellement adoré.

— Je n'ai pas de vêtements… on les a découpés pour me les enlever aux urgences.

— Nous vous en avons apporté.

Hartman posa le sac marin au pied de son lit et recula.

— Vous avez pensé à tout, murmura Annie.

Elle afficha un sourire forcé.

— Bien, mais j'ai besoin de rester seule pour m'habiller, ajouta-t-elle. Cela vous permettra de finaliser le transfert avec le personnel hospitalier. Je signerai ensuite les documents avant de partir.

Braddock et Hartman échangèrent un regard.

— Entendu, acquiesça Braddock avec ce qui était censé être un sourire aimable.

Son expression était celle d'un prédateur.

A son grand soulagement, ils quittèrent la chambre, refermant la porte derrière eux. Elle se laissa retomber contre ses oreillers, son pouls battant à une cadence infernale. Les mains tremblantes, elle saisit le téléphone sur la petite table de chevet et le posa sur le lit près d'elle.

Ouvrant la main, elle regarda la carte froissée qu'elle avait tenue serrée dans son poing durant toute l'entrevue.

Wade Cooper. Agence de Sécurité Cooper.

Elle décrocha le combiné et composa le numéro.

Wade Cooper répondit à la première sonnerie.

— Cooper.

— Ils veulent me transférer à l'hôpital de Quantico, dit-elle sans préambule, parlant à voix basse pour le cas où les deux hommes l'espionneraient devant sa porte.

— Trouvez-vous que ce soit une bonne idée ? demanda-t-il.

— Non, lui répondit-elle, catégorique. Je pense que vous devez me faire sortir de cet hôpital. Sur-le-champ.

3

Deux hommes vêtus de costumes sombres flanquaient la porte de la chambre d'Annie Harlowe. Annie avait dit qu'ils allaient régler les formalités de son transfert avec l'hôpital mais Wade eut le sentiment qu'ils avaient déjà échafaudé un plan pour la faire sortir de l'hôpital de façon non officielle.

Si elle avait vu juste — et que ces hommes étaient des imposteurs — la dernière chose dont ils aient envie de s'encombrer était la paperasse.

Il lui fallait une diversion.

Il retourna se glisser dans la salle d'attente.

— Deux hommes gardent la porte de sa chambre. Il est possible qu'ils soient armés… difficile à dire au premier coup d'œil.

Aaron et Melissa les avaient rejoints tous les trois, ils étaient arrivés au moment précis où Annie appelait Wade. Il se sentit soulagé d'avoir son jeune cousin à leurs côtés pour la suite des événements. Son statut de shérif adjoint, sans parler du Smith et Wesson qu'il portait à son ceinturon, apportait un soutien estimable à leur opération de sauvetage improvisée.

— Il faut les éloigner, déclara Megan.

Jesse était en ligne à l'autre bout de la pièce. Il revint vers eux, l'air grave.

— Ils ne font pas partie de l'A.F.O.S.I. Mason Hunter vient de vérifier auprès de l'un de ses amis qui travaille sur cette affaire pour l'armée de l'air.

Hunter était un membre de l'agence Cooper qui avait autrefois été commandant de l'armée de l'air.

— Personne, là-bas, n'a connaissance du fait qu'Annie Harlowe ait été retrouvée.

Wade grimaça.

— Jusqu'à présent.

Jesse secoua la tête.

— Mason s'est montré discret. Il a prétexté une simple enquête de routine.

— Donc, comme je le disais, reprit Megan, il faut les éloigner.

— Je peux demander à la sécurité de les emmener pour les interroger, suggéra Aaron.

— Ils présenteront leurs insignes et ordonneront aux agents de sécurité de se retirer, objecta Jesse.

— Ou alors ils tomberont le masque et se mettront à tirer, répliqua Wade.

— S'ils ne font pas partie de l'A.F.O.S.I., qui sont-ils ? lança Megan.

— Faut-il vraiment que tu poses la question ? grommela Aaron.

— Des agents de l'U.S.S., compléta Wade en grimaçant.

— On doit présumer qu'il s'agit bien d'eux, convint Jesse.

Wade aurait aimé pouvoir penser le contraire mais il savait malheureusement par expérience qu'il n'y avait guère d'autres possibilités. La faillite de MacLear Sécurité, qui avait autrefois été l'une des meilleures agences privées de sécurité au monde, aurait dû mettre un terme aux activités de l'U.S.S., l'Unité des Services Spéciaux de la société. C'étaient les actions illégales de cette armée secrète de mercenaires sans pitié et corrompus qui avaient causé la perte de cette société de sécurité jusqu'alors reconnue et respectée.

Mais certains des membres de l'U.S.S. avaient échappé à l'inculpation et ils avaient joint leurs forces au sein d'une bande de renégats sans foi ni loi. L'Agence de Sécurité Cooper avait croisé le chemin de l'U.S.S. à plusieurs reprises au cours des derniers mois, chaque rencontre s'étant avérée plus alarmante que la précédente. Livrés à eux-mêmes, délestés de l'obligation de maintenir un semblant de légitimité, les agents de l'U.S.S. étaient devenus plus téméraires et impitoyables que jamais.

— Nous sommes sûrs que l'U.S.S. a été impliquée dans l'enlèvement des Harlowe, n'est-ce pas ? demanda Megan.

— Aussi sûrs que nous puissions l'être sans preuve formelle, confirma Jesse.

— Ils ont été entraînés par d'anciens fédéraux chez MacLear, fit remarquer Megan. Ils savent donc certainement comment se faire passer pour de vrais agents.

Et pendant ce temps, songea Wade, l'heure tournait. Il devait faire sortir Annie Harlowe de cette chambre d'hôpital sans se faire surprendre par les deux mercenaires. Par quel stratagème réussirait-il à les éloigner de la porte ?

Il sortit son téléphone portable et composa le dernier numéro, celui de la chambre d'Annie. Elle répondit à la deuxième sonnerie, sur un ton circonspect.

— Braddock et Hartman se tiennent juste devant votre porte, dit-il. Nous devons les entraîner ailleurs pendant un moment. Voici ce que je veux que vous fassiez.

Il lui exposa brièvement un plan dont il espéra qu'il fonctionnerait.

Elle demeura silencieuse un instant avant de répondre :

— Entendu, allons-y.

Wade raccrocha et se tourna vers sa sœur.

— Je vais chercher une tenue stérile, dit-elle avec un sourire.

Dès l'instant où elle eut terminé sa conversation avec Wade Cooper, Annie commença à s'interroger sur ses réactions. Quelle raison aurait-elle de penser que l'étranger qui l'avait découverte dans les bois était moins dangereux que les deux hommes qui venaient de quitter sa chambre.

Il avait un regard énigmatique et à la différence de l'homme qui venait de lui présenter sa carte, Cooper ne lui avait montré qu'une carte professionnelle légèrement froissée. N'importe qui pouvait faire imprimer des cartes de visite.

Elle regarda la carte : Agence de Sécurité Cooper. Le nom lui parut familier. C'était quelque chose en rapport avec un ancien fonctionnaire du ministère des Affaires étrangères récemment inculpé, du nom de Barton Reid. Un membre de l'Agence de Sécurité Cooper n'avait-il pas été impliqué dans le recueil des preuves l'incriminant ?

Elle appuya le bout de ses doigts contre son front, priant pour que sa tête cesse de la faire souffrir. Son pouls lui battait aux tempes tel un marteau-piqueur. Avec la commotion cérébrale dont elle souffrait, tout ce stress n'arrangeait rien.

Une chose à la fois, se dit-elle. Premier point à l'ordre du jour : s'habiller. Au téléphone, Wade avait précisé qu'il lui avait apporté des vêtements de rechange empruntés à sa sœur pour le moment où elle sortirait. Elle devait les enfiler sans délai pour qu'ils puissent quitter l'hôpital sans qu'on leur pose de questions.

Il lui fallait ôter la perfusion posée sur le dos de sa main afin d'être libre de ses mouvements. Avec une petite grimace de douleur, elle retira la canule puis elle pressa son doigt sur la veine pour arrêter le saignement. Bien qu'un peu prise de vertiges, elle parvint néanmoins à garder son équilibre assez longtemps pour atteindre le petit placard encastré et prendre le sac à l'endroit où Wade lui avait expliqué qu'elle le trouverait.

Elle en sortit un pantalon de survêtement et un T-shirt thermique à manches longues. Bien qu'ils soient d'une taille plus petits que ceux qu'elle portait habituellement, les vêtements étaient trop amples. Elle devait avoir perdu du poids au cours des trois dernières semaines.

Ses ravisseurs l'avaient-ils affamée ? Etait-ce là le moindre dommage qu'ils lui aient causé ?

Mais ce n'était pas le moment de penser à cela. Elle devait s'habiller et se tenir prête.

Elle venait de glisser ses pieds dans la paire de tennis découverte au fond du sac quand elle entendit des voix dans le couloir. Elle regagna son lit en toute hâte, manquant de trébucher en chemin, et tira les couvertures sur elle pour dissimuler ses vêtements.

Une infirmière rousse, en tenue bleue, entra dans la chambre, une bouteille de jus de fruits à la main. Elle adressa un bref sourire à Annie et la lui tendit.

— Je vais emmener vos amis au secrétariat afin qu'ils puissent faire signer les documents de transfert à notre médecin, lui annonça-t-elle d'un ton jovial.

Elle avait un accent rural prononcé, des yeux gris intelligents et un sourire espiègle.

— Je suis Megan Pike, la sœur de Wade, ajouta-t-elle à voix basse.

Wade avait prévenu Annie qu'il lui enverrait sa sœur mais elle ne vit pas une grande ressemblance entre cette femme à la peau claire parsemée de taches de rousseur et son frère au teint olivâtre, aux cheveux foncés et au regard ténébreux.

— Que se passera-t-il ensuite ?

— Mon cousin Aaron se trouve un peu plus loin dans le couloir. S'il constate que ces hommes ne m'accompagnent pas de leur plein gré, il les affrontera et, si nécessaire, il les arrêtera.

Megan lui adressa un sourire fugace.

— Il est shérif adjoint. Et bâti comme une armoire à glace.

— J'ai peur que ces hommes ne soient armés.

— Nous le craignons aussi mais Aaron et mes frères

le sont également. Je pense que personne, y compris ces hommes là-dehors, ne souhaite provoquer une fusillade dans un hôpital.

Megan s'était efforcée de paraître confiante mais elle se rendit compte elle-même qu'elle n'avait pas été tout à fait convaincante.

— Savez-vous qui ils sont ? demanda Annie.

— Nous le pensons. Wade vous expliquera tout aussitôt que nous vous aurons emmenée en lieu sûr.

— C'est-à-dire ?

— Chez lui, pour l'instant.

Megan jeta un coup d'œil par-dessus son épaule.

— Il faut que j'entre en piste. Attendez simplement ici. Si vous entendez que les choses tournent mal, mettez-vous à couvert derrière votre lit.

Alarmée, Annie sentit sa poitrine se comprimer.

— Vous pensez que cela pourrait se produire, n'est-ce pas ?

— Je l'ignore. Mais oui, c'est une possibilité.

Elle sortit de la chambre. Annie perçut d'autres voix. L'un des hommes haussa suffisamment le ton pour qu'elle l'entende déclarer :

— Est-ce vraiment nécessaire ?

— Absolument, lui répondit Megan d'un ton ferme. Cela ne prendra que quelques instants.

Enfin, Annie entendit des pas s'éloigner. Les yeux rivés sur la porte, elle se redressa sur son lit.

Un instant plus tard, la porte s'ouvrait. Annie retint sa respiration.

La silhouette de cow-boy de Wade Cooper s'encadra dans l'embrasure. Il tenait les poignées d'un fauteuil roulant.

— Il est temps de se mettre en route, dit-il d'une voix douce en amenant le fauteuil jusqu'au lit.

— Peut-être est-ce que je réagis de manière excessive.

Peut-être ces hommes sont-ils ce qu'ils prétendent être, auquel cas mon imagination me joue des tours...

— Ces hommes ont menti.

Il l'engagea d'un geste à s'asseoir dans le fauteuil.

— Je ne pense pas avoir besoin d'un fauteuil roulant.

— Cela paraîtra plus naturel, du moins jusqu'à ce que nous atteignions le tunnel.

— Le tunnel ?

— Il y a un tunnel qui conduit du sous-sol au parking extérieur.

Il tendit la main pour l'aider à s'installer dans le fauteuil.

Elle la prit, rassérénée par la chaleur de son étreinte ferme. Quand elle se fut assise, il la lâcha, et elle eut alors l'impression que ses doigts devenaient gourds.

— Et ensuite ?

— Nous vous emmènerons le long du tunnel puis nous laisserons le fauteuil sur place. Jesse est parti chercher la voiture pour l'amener devant la sortie de l'hôpital. Nous vous conduirons chez moi jusqu'à ce que nous décidions que faire ensuite.

Sa voix était calme et chaude, et pourtant Annie avait l'impression d'y percevoir une pointe d'incertitude, comme si lui-même n'avait pas totalement confiance en ses propos. Néanmoins, il fallait que tout se déroule selon ses plans, car elle avait de nombreuses questions à lui poser. A ce stade, elle en était convaincue, Wade Cooper en savait davantage qu'elle concernant l'enlèvement de ses parents.

Mais la première étape était de sortir sans encombre de cet hôpital.

Ils patientèrent un instant devant l'ascenseur qui s'ouvrit sur deux personnes. Annie leur adressa un sourire fugace, les jaugeant dans le même temps. L'une d'elles était à l'évidence une infirmière. Elle transportait un panier en plastique rempli de tubes de prélèvement, de bandages, de garrots en caoutchouc et de tout l'attirail nécessaire aux prises de sang. L'autre, un homme à l'air hagard, dans la cinquantaine et portant des vêtements froissés, sembla ne même pas avoir la force de lui sourire en retour.

L'infirmière s'excusa en passant devant eux pour sortir tandis que l'homme s'appuyait contre la paroi. La cabine s'arrêta à chaque étage, accueillant de nouveaux occupants. Une femme aux yeux rougis. Un homme portant un col d'ecclésiastique, qui rendit gentiment son sourire à Annie en entrant. Un autre homme, tenant une enfant endormie blottie contre son épaule. Annie s'efforça de se décontracter. Non, songea-t-elle, ils ne représentaient pas tous des dangers potentiels, même si son métier de journaliste lui avait souvent montré le côté sombre de l'humanité.

L'ascenseur se vida au niveau du hall. Wade poussa son fauteuil roulant hors de la cabine et décrivit un rapide circuit dans le hall en attendant que leurs compagnons de transit soient tous sortis par la porte principale.

Il revint alors sur ses pas et amena le fauteuil face à un autre ascenseur. Lorsqu'il appuya sur le bouton d'appel, les portes s'ouvrirent sur une cabine plus étroite qui ne devait manifestement pas être conçue pour contenir les lits à roulettes des malades.

Wade poussa le fauteuil d'Annie à l'intérieur et appuya sur le bouton « Sous-sol » du panneau.

— Vous vous livrez souvent à ce genre de tour de passe-passe ? lui demanda-t-elle avec un petit sourire narquois.

— Pas très fréquemment, répondit-il, en posant la main sur son épaule.

A ce simple contact Annie perçut des picotements électriques qui se propagèrent dans tout son corps et persistèrent un bon moment après qu'il eut retiré sa main.

— Habitez-vous loin d'ici ?

— A dix minutes environ. Nous y serons en moins de temps qu'il n'en faut pour le dire.

— Et s'il n'était pas prudent que je quitte l'hôpital ? Je veux dire, d'un point de vue médical.

Après tout, une commotion cérébrale n'était pas à prendre à la légère. Le médecin avait précisé qu'il voulait la garder une journée de plus, peut-être deux, simplement afin de s'assurer que sa blessure à la tête n'était pas aussi grave qu'elle y paraissait.

— Nous avons déjà prévenu le médecin de l'Agence Cooper. S'il estime que votre état nécessite une surveillance permanente, il la mettra en place.

— Mais pas dans un hôpital public ?

— Exact.

— L'Agence Cooper, répéta-t-elle, ce nom titillant de nouveau son cerveau confus. Vous avez un lien avec la récente inculpation de Barton Reid, n'est-ce pas ?

— Indirectement, convint Wade.

L'ascenseur arriva au niveau du sous-sol et un tintement annonça l'ouverture des portes. Ils s'engagèrent alors dans un couloir bien éclairé, dont les murs blancs lépreux étaient absolument nus, à l'exception des caméras de sécurité disposées tous les vingt mètres environ.

— Ils sauront comment je suis partie, murmura Annie.

— Cela n'a pas d'importance.

— Pourquoi ?

— Parce que vous ne faites rien d'illégal et que mon cousin informe en ce moment même le personnel de sécurité que vous quittez l'hôpital sous l'autorité du shérif du comté de Chickasaw.

— Il peut faire ça ?

— Le shérif le peut et Aaron s'est arrangé avec lui.

— Le shérif ne voudra-t-il pas savoir où je me trouve ?

— Le shérif Canaday a un arrangement avec l'Agence de Sécurité Cooper. Nous traitons beaucoup d'affaires à haut risque.

— Le véritable A.F.O.S.I. va vouloir me parler, fit-elle remarquer.

— J'imagine que le FBI aussi, affirma Wade tandis qu'ils passaient devant la dernière caméra de sécurité du tunnel. J'ai un cousin à l'antenne de Huntsville… Nous l'appellerons dans quelques jours pour voir de quelle manière ils voudront procéder.

Annie se sentit prise de vertiges.

— J'ai l'impression de m'être réveillée au beau milieu d'un film d'espionnage.

Wade se mit à rire doucement, et ce son chaleureux qui la prit par surprise la réconforta.

— Croyez-le ou non, je vois ce que vous voulez dire.

Le bruit métallique des roues du fauteuil sur le terne sol carrelé se répercutait sur les murs du tunnel, couvrant pratiquement tout autre son. Pourtant, il ne parvint pas à masquer le tintement annonçant l'arrivée de la cabine d'ascenseur à l'autre bout du couloir.

— Est-ce que c'est… ? commença Annie.

Wade marqua une courte pause puis il se mit à courir. Le sang battait aux tempes d'Annie tandis qu'ils gagnaient de la vitesse et elle entendit, alors que Wade accélérait le pas, que sa claudication disparaissait presque quand il courait. Derrière eux retentissait en écho le martèlement des pas sur le linoléum.

— Wade…

— Nous y sommes presque, lui répondit-il dans un souffle.

Il lui parut aussi effrayé qu'elle.

A cause du fauteuil, il lui était impossible de se retourner pour voir qui arrivait derrière eux. Mais qui d'autre cela pouvait-il être ? Les hommes qui étaient venus dans sa chambre pour l'emmener avaient apparemment découvert où elle était allée.

Ils atteignirent l'extrémité du long tunnel où une porte métallique d'aspect massif les séparait encore de l'extérieur. A travers la grande vitre carrée qui y était incluse, Annie eut le temps d'apercevoir un parking bétonné avant que Wade ne fasse rapidement le tour du fauteuil pour lui tendre les mains.

— Nous allons devoir courir, lança-t-il sur un ton pressant, plongeant ses yeux sombres dans les siens.

Elle s'aida de son appui pour se lever, se risquant à jeter un regard furtif derrière eux tandis qu'ils s'élançaient en direction de la porte. Les deux prétendus agents de l'A.F.O.S.I. gagnaient du terrain, ils n'étaient plus qu'à cinquante mètres.

Wade poussa la porte et l'entraîna dehors avec lui. Ils émergèrent à toute allure dans un parking faiblement éclairé.

Mais aucun véhicule ne les y attendait pour les emmener.

4

A côté d'elle, Annie entendit Wade laisser échapper un juron étouffé.

Saisie d'un accès de panique, elle regarda par-dessus son épaule en direction de la vitre donnant sur l'entrée du tunnel.

Les deux hommes en costumes sombres se ruaient vers la porte. Ils n'étaient plus qu'à vingt mètres.

Un crissement de pneus ramena son attention vers le parking. Elle vit Wade adresser des signes frénétiques à un imposant Ford Expedition noir qui s'approchait d'eux à vive allure. Le conducteur freina brusquement et la portière arrière s'ouvrit. Annie entrevit le visage pâle, parsemé de taches de rousseur, de Megan Pike au moment où Wade la poussait sur le siège arrière avant de s'y hisser à sa suite.

— Démarre, ordonna-t-il à l'homme assis sur le siège du conducteur.

Tout ce qu'Annie vit fut des cheveux foncés et, dans le rétroviseur, des yeux sombres encore plus mystérieux que ceux de Wade.

Wade se contorsionna afin de regarder derrière eux et Annie fit de même, ignorant l'étourdissement que lui causait le mouvement rapide de sa tête. Elle aperçut alors leurs poursuivants qui jaillissaient de l'entrée du tunnel au moment même où l'Expedition s'engageait dans le large virage du parking, dissimulant les hommes à sa vue.

Elle tourna la tête de nouveau et se laissa aller contre le

siège. Sa nausée était revenue de plus belle et elle s'efforça de la réprimer, fermant les yeux.

La main de Wade se referma sur la sienne.

— Vous allez bien ?

— J'ai seulement un peu mal au cœur.

— Tenez.

Assise à sa gauche, Megan lui mit un sac plastique entre les mains.

— Merci, mais je vais bien, assura Annie, à bout de souffle. J'ai seulement besoin d'air.

— Nous pouvons ouvrir une vitre, suggéra Megan.

— Ce ne serait pas une bonne idée, lui fit remarquer l'homme assis à l'avant.

— Les vitres sont à l'épreuve des balles, expliqua Wade d'un ton calme.

— Mais qui êtes-vous au juste ? demanda Annie, rouvrant les yeux pour le regarder.

— Nous sommes des personnes qui se sentent quasiment aussi concernées que vous par ce qui arrive à vos parents, lui répondit le conducteur.

Comment cela était-il possible ? se demanda Annie.

— Je comprends que vous ayez des questions, reprit Wade d'une voix posée.

Il exerça une pression sur la main d'Annie.

— Et nous répondrons à toutes ces questions, je vous le promets. Pour l'instant, laissez-nous vous emmener en lieu sûr et vous faire examiner par le médecin, d'accord ?

Elle prit conscience qu'elle avait envie, qu'elle avait besoin de lui faire confiance. Elle était meurtrie et fatiguée, terrifiée à l'idée de ce qui pourrait arriver à ses parents et inquiète pour sa propre sécurité. De sa vie, elle ne s'était jamais sentie aussi seule.

Mais comment pouvait-elle faire confiance à une seule de ces personnes ? Par quel mystère s'était-elle aussi totalement abandonnée à leur emprise sans même leur poser quelques questions essentielles ?

Sa tête lui semblait peser une tonne. Elle avait la sensation que son cou peinait à la soutenir. En cet instant, même l'effort de garder les yeux ouverts lui semblait au-dessus de ses forces. Si elle avait dû leur fausser compagnie, elle en aurait été incapable. Elle n'avait donc d'autre choix que de leur faire confiance et de les accompagner, du moins pour l'instant, en espérant qu'elle avait raison de mettre sa vie entre leurs mains.

Mais dès qu'elle retrouverait un tant soit peu de forces, elle aurait un tas de questions pressantes à poser à Wade Cooper et à sa famille.

— Est-elle inconsciente ?

C'était la voix de Megan Pike. Elle traversa les brumes compactes qui s'étaient installées à demeure dans son cerveau, lui faisant doucement reprendre connaissance. Elle se força à lever ses paupières lourdes et elle vit que le quatre-quatre s'était arrêté.

— Je suis réveillée, murmura-t-elle.

Sa voix lui sembla pâteuse et inarticulée. Elle s'obligea à se redresser, son corps entier la faisant souffrir. Chaque muscle était saisi de crampes, chaque ligament et chaque tendon protestait. La nausée était réapparue et elle eut plusieurs haut-le-cœur qui l'obligèrent à se servir du sac en plastique que Megan lui avait donné.

— Bien, il est temps que vous voyiez un médecin, déclara Wade d'un ton ferme tout en lui maintenant la nuque de sa main chaude.

— Laissez-moi encore un instant, lui demanda-t-elle d'une voix entrecoupée.

— Je vais appeler Eric pour savoir ce qui le retient, les informa Megan.

Elle descendit de voiture, refermant la portière derrière elle. Le conducteur sortit lui aussi, laissant Annie seule en compagnie de Wade sur le siège arrière.

— J'imagine que vous êtes probablement effrayée, murmura-t-il sur un ton réconfortant. Je le serais tout autant à votre place.

Elle se frotta les yeux, épuisée.

— Je n'arrête pas de me dire que je vais me réveiller et que mon existence va reprendre son cours normal.

— Nous ferons notre possible pour favoriser ce retour à la normalité.

La nausée s'estompa assez pour qu'elle puisse lever la tête et croiser son regard. Ses yeux sombres lui parurent chaleureux et bienveillants, dépourvus de la touche de mystère qui les avait auparavant habités. C'était un sentiment singulièrement rassérénant même si un tonitruant signal d'alarme résonnait quelque part dans son cerveau embrumé.

Ne s'en remettre à personne. Ne faire confiance à personne. Ne tomber jamais, au grand jamais, amoureuse.

— Où sommes-nous ?

Elle s'arracha à la contemplation de ces yeux bruns envoûtants pour scruter le paysage. Ils étaient stationnés devant un chalet entouré de feuillus et de pins majestueux. Face à eux, au bout d'un long tapis d'aiguilles de pin, le clair de lune se reflétait sur l'eau calme et miroitante d'un lac.

Une vision emplit son esprit. Une nuée d'étoiles s'étendant devant elle, brillant et scintillant tandis qu'elle s'avançait vers leur lueur.

Non, pas des étoiles. Des lueurs réfléchies par l'eau.

Elle était déjà venue dans cet endroit.

— Je suis venue ici, murmura-t-elle.

— Pas ici, la contredit Wade en se glissant hors du quatre-quatre.

Il se retourna pour lui faire face.

— Mais pas très loin.

Il lui tendit la main. Elle la saisit et entreprit d'extraire son corps endolori de la voiture. Cette soirée de septembre était plus fraîche qu'elle ne s'y attendait et elle ne put réprimer un frisson.

— Entrons, il fera plus chaud à l'intérieur, chuchota Wade en entourant ses épaules de son bras et en l'attirant contre lui.

En d'autres temps, elle se serait rebellée si un étranger avait eu la présomption de la toucher de cette manière mais pas cette fois. Au contraire, elle fut reconnaissante du soutien ferme et chaleureux qu'il lui offrait, l'aidant à se tenir droite tandis qu'ils s'avançaient prudemment sur le sentier en gravier inégal menant à la terrasse côté jardin. Sous leurs pieds, le sol humide était glissant bien que la pluie ait cessé après son réveil à l'hôpital.

Elle baissa les yeux sur ses pieds, les imaginant suivant un sentier similaire. Non, il n'y avait pas de gravier.

C'étaient des dalles. Elles étaient sombres, quasiment indétectables dans l'herbe. Elle était tombée…

Elle porta la main à sa tête.

— Votre tête vous fait toujours souffrir ?

— Je suis tombée sur des dalles.

Elle leva les yeux vers Wade et trouva son regard scrutateur posé sur elle.

— Je me suis cogné la tête sur l'une d'elles.

Megan les rejoignit sur la terrasse. Le conducteur garda ses distances.

— Eric sera retenu au dispensaire pendant encore environ une heure. Ils ont un afflux d'urgences de dernière minute. Il demande que tu l'installes et que tu gardes un œil sur elle simplement pour t'assurer qu'elle ne perde pas conscience avant son arrivée.

Annie fronça les sourcils.

— Vous ne restez pas avec nous ?

Megan lança un regard à Wade avant de reporter son attention sur Annie.

— Nous avons pensé que cela attirerait moins l'attention si nous ne faisions rien qui sorte de l'ordinaire.

— Vous ne voudriez pas que l'on s'aperçoive de votre présence ici, argua Wade.

Elle ne pouvait pas vraiment le contester, songea-t-elle.

— Je serai donc seule ici avec vous ? Je vous connais à peine.

— Je ne crois même pas que vous me connaissiez du tout, reconnut-il. J'ai demandé à ma cousine Cissy de venir également s'installer ici. Elle vous plaira. Elle pourra vous aider à vous procurer des vêtements supplémentaires ainsi que les autres articles féminins dont vous pourriez avoir besoin.

Elle ne put réprimer un sourire en s'entendant rassurer d'une manière aussi gauche.

— Travaille-t-elle aussi pour l'Agence de Sécurité Cooper ?

— Seulement dans l'attente de la reprise de ses cours à l'université en janvier, répondit Megan, devançant Wade.

Wade ouvrit la porte et les fit entrer dans le chalet.

Une femme brune et mince émergea de l'arrière de l'habitation, suivie de près par un homme grand et brun aux yeux bleus perçants. Annie eut vaguement la sensation de la reconnaître. Elle avait déjà vu cette femme auparavant. Mais où ?

La jeune femme brune lui adressa un sourire.

— Vous paraissez éreintée. Allons vous mettre au lit avant que vous ne vous effondriez.

— Cette créature courtoise et gracieuse est ma sœur Isabel, murmura Wade. Inutile de préciser qu'elle ne s'encombre jamais de trop de mondanités.

— Isabel Cooper, murmura Annie, situant enfin la jeune femme. Votre partenaire au FBI a été tué dans cet attentat à la bombe de Reston en Virginie.

— La nouvelle de ma mort est très exagérée, intervint l'homme aux yeux bleus avec un accent traînant.

— Ben Scanlon. Partenaire d'Isabel. Et à présent son époux.

Annie cligna des yeux, surprise.

— Oh ! il semblerait que je doive réactualiser mes références.

— Nous n'avons pas précisément fait la publicité de mon retour triomphant à la vie, la rassura Ben avec un rire léger.

— Avez-vous faim ? lui lança Isabel. J'ai apporté un reste de soupe que tante Beth a préparée hier… Je pourrais vous en réchauffer un bol au micro-ondes.

Après la nausée qui l'avait assaillie dans la voiture, Annie n'était pas certaine de devoir essayer de manger mais peut-être lester son estomac d'un peu de nourriture le remettrait-il d'aplomb. Elle aurait été absolument incapable de dire à quand remontait son dernier repas… pour autant qu'elle sache, il se pouvait qu'il date de plusieurs jours.

— La soupe de tante Beth est vraiment délicieuse, insista Megan. Et il se pourrait que vous vous sentiez mieux une fois que vous aurez mangé quelque chose.

La propre tante d'Annie, Phyllis, cuisinière d'exception, croyait fermement qu'il n'y avait quasiment aucune difficulté dans la vie qu'un gratin chaud au fromage filant et un verre de thé glacé sucré ne puissent résoudre. Peut-être avait-elle raison.

— Entendu. Je prendrai un peu de soupe, déclara-t-elle.

Elle se tourna vers Wade.

— M'autoriseriez-vous à emprunter votre téléphone ? Je dois appeler ma tante Phyllis pour lui dire que je vais bien. Elle doit terriblement s'inquiéter à notre sujet.

Wade échangea un regard avec sa sœur. Le cœur d'Annie se serra sous l'effet de la tension qu'elle sentit soudain s'installer dans cet intérieur douillet.

— Qu'y a-t-il ? Me cachez-vous quelque chose concernant ma tante Phyllis ?

— Non, répondit Wade sur un ton laconique en posant une main sur son épaule. Pour autant que nous sachions, elle va parfaitement bien.

Elle se tourna pour le regarder.

— Dans ce cas, où est le problème ?

— Je pensais que vous auriez compris, lui répondit-il sur un ton circonspect. Personne — ni la police ni même votre famille — ne doit savoir où vous vous trouvez.

Annie Harlowe donnait l'impression d'avoir vécu l'enfer au cours des trois dernières semaines, songea Wade. Ses cheveux étaient sales et emmêlés, toujours poissés de son propre sang. Son visage était tellement pâle qu'il en paraissait presque translucide. Des cernes violacés, foncés comme des ecchymoses, soulignaient ses yeux rougis. Et elle chancelait littéralement quand elle se tourna complètement pour lui faire face.

Mais les éclairs que lançaient ses yeux sombres étaient assez flamboyants pour l'incendier.

— Vous me retenez prisonnière ? Est-ce là ce que je dois comprendre ?

— Bien sûr que non.

Il garda un ton mesuré et réconfortant, mais elle ne voulut rien entendre.

— Donc, je peux partir quand je le veux. Aller où je veux. Parler à qui je veux. Exact ?

Wade quêta du regard l'aide de ses sœurs. Isabel fit un pas en avant, posant sa main sur l'épaule d'Annie.

— Vous êtes libre de faire toutes ces choses mais vous devez savoir que ce choix pourrait vous faire courir un grave danger. Il se pourrait que nous ne soyons plus en mesure de vous protéger.

Le regard d'Annie resta rivé au visage de Wade.

— J'ai conscience que je vous ai demandé votre aide mais peut-être me suis-je un peu précipitée. Le véritable service de renseignements de l'armée va vouloir m'interroger. Le FBI aussi, probablement, comme vous l'avez souligné tout à l'heure. Je sais que nous les journalistes avons la réputation de ne pas faire confiance au gouvernement mais…

— Barton Reid a autrefois fait partie du gouvernement, répliqua tranquillement Ben Scanlon. Il a missionné des hommes pour enlever à sa mère un petit garçon de deux ans dans le but de la faire chanter afin qu'elle lui remette les preuves qu'elle détenait contre lui. Il a engagé toute une escouade de mercenaires pour faire assassiner une femme qui avait déjà enduré la torture pour protéger son pays à seule fin de défendre ses propres intérêts.

— Nous ignorons à qui faire confiance. Nous avons la quasi-certitude qu'une autre personne au sein des hautes instances du gouvernement était de mèche avec Barton Reid, ajouta Megan. Peut-être même plus d'une.

Annie plissa le front.

— L'architecte, murmura-t-elle.

Wade regarda Megan et Isabel.

— L'architecte ?

Les yeux d'Annie s'agrandirent.

— J'ignore pourquoi j'ai dit cela.

— Peut-être vous rappelez-vous quelque chose.

— Je ne me souviens de rien, répondit-elle distraitement. Je suis seulement tellement fatiguée.

— Quand Cissy arrivera-t-elle ? demanda Wade à Isabel.

— Dans quelques minutes, juste le temps de faire sa valise. Annie ? Aimeriez-vous prendre un bon bain pendant que nous vous réchauffons la soupe ?

Le cœur de Wade se serra face au regard empreint de gratitude qu'Annie adressa à Isabel. Dieu seul savait ce que cette pauvre femme avait pu traverser durant les trois dernières semaines. Ni quelles nouvelles épreuves pourraient se dresser sur son chemin au cours des prochaines tant que dureraient les recherches pour retrouver ses parents disparus.

Il attendit qu'Isabel accompagne Annie jusqu'à la salle de bains avant de se retourner vers Megan et Ben.

— L'un d'entre vous a-t-il eu connaissance du résultat de l'examen pratiqué aux urgences concernant l'éventualité d'un viol ?

Megan secoua la tête.

— Il se pourrait qu'Aaron soit au courant. Il a dit qu'elle était restée consciente assez longtemps pour donner son accord afin que les autorités exploitent tous les indices relevés pendant l'examen.

— Bien.

Il avait le sentiment que, quel que soit ce résultat, Annie préférerait le connaître. Du moins pourrait-il lui fournir la réponse à l'une des nombreuses questions qui devaient tarauder son esprit inquiet.

— Je me demande ce qu'elle voulait dire par « l'architecte », murmura Ben.

Wade tourna les yeux vers la porte close de la salle de bains.

— Je ne suis pas certain qu'elle se le rappelle. Pas encore, du moins.

— Le FBI va vouloir s'entretenir avec elle, dit Ben en parfaite connaissance de cause. Je pensais appeler Will. Ce secteur est sous la juridiction de l'antenne de Huntsville et puisque c'est là qu'elle a été retrouvée…

— Bonne idée, acquiesça Megan. Peut-être Will pourra-t-il organiser une entrevue secrète de façon que personne d'autre au FBI n'ait à savoir où elle se trouve.

Ben secoua la tête.

— J'imagine mal le FBI tolérer bien longtemps ce genre d'obstruction.

— Cela ne durera peut-être pas longtemps, lui fit

remarquer Wade. Si elle récupère de son amnésie à court terme, il se peut que ce soit une affaire de jours pour que nous apprenions ce qui leur est arrivé, à sa famille et à elle.

Annie lutta pour rester éveillée tandis que l'eau chaude qui enveloppait son corps dissipait nombre des douleurs et des tensions qui la tourmentaient depuis son réveil à l'hôpital. Le seul gel de douche dont disposait Wade dans sa salle de bains fonctionnelle avait une senteur boisée et vivifiante qui plut à la jeune femme. Elle lui évoquait le début de la saison estivale dans les montagnes du nord de la Géorgie, juste avant que la touffeur humide d'un été du Sud ne s'abatte sur la région, immergeant tout, y compris les montagnes, dans un bain de vapeur.

Les événements qu'elle venait de vivre avaient eu lieu dans ces montagnes, songea-t-elle. Quelqu'un les avait retenus prisonniers, ses parents et elle. On avait dû les ligoter, supposa-t-elle, levant les mains afin d'examiner les marques de liens sur ses poignets. Ils piquaient encore un peu au contact de l'eau chaude et savonneuse. Les marques ne paraissaient pas anciennes. Elles semblaient au contraire récentes. Encore à vif.

Il n'y avait pas longtemps qu'elle avait échappé à la captivité. Elle inspecta avec soin le reste de son corps, cherchant d'autres indices de ce qui aurait pu lui arriver. Elle était couverte d'ecchymoses. Il y en avait partout… sur ses bras, ses jambes, ses côtes. Certaines zones de son dos lui faisaient mal ce qui l'amena à se demander si elle avait été battue à un moment donné de sa détention.

L'intérieur de ses cuisses lui apparut exempt de marques, lui procurant l'espoir que quoi que ses ravisseurs lui aient fait, ils ne l'avaient pas agressée sexuellement. Elle se demanda si quelqu'un avait pensé à interroger le médecin sur le résultat du test concernant le viol avant que l'Agence Cooper ne l'emmène de l'hôpital.

Elle n'était pas certaine de vouloir connaître la réponse. Enlevant la bonde afin de vider la baignoire, elle se releva avec précaution. Puis elle tira le rideau de douche sur le côté et entreprit de se rincer à l'aide de la pomme de douche. Ses jambes se mirent à trembler jusqu'à ce qu'elle craigne de tomber. Le jet puissant réveilla la sensation de brûlure de ses écorchures et égratignures mais elle y trouva un certain plaisir acide.

Elle lui prouvait qu'elle était vivante. Toujours debout même si elle était chancelante.

Elle se sécha rapidement et s'habilla, craignant que ses jambes ne la trahissent alors qu'elle était encore nue et vulnérable. Pelotonnée au chaud dans le jogging douillet, les cheveux relevés dans une serviette nouée en turban, elle s'effondra sur le siège rabattu des toilettes et prit plusieurs inspirations profondes pour clarifier son esprit confus.

S'était-elle montrée stupide en suivant Wade Cooper et sa famille ? A présent que ses idées s'étaient un peu éclairées, elle se rappelait certaines choses concernant l'Agence de Sécurité Cooper… C'était une entreprise assez récente mais qui faisait des vagues dans le monde de la sécurité. Elle avait même songé à brosser le portrait de ses membres pour son journal à Washington mais elle semblait incapable de se rappeler pourquoi ni quel angle elle avait envisagé d'adopter.

Un coup léger frappé à la porte la fit sursauter.

— Annie ?

La voix était celle de l'une des deux sœurs Cooper. Pas la rousse… elle avait un accent prononcé. Mais l'autre, l'agent du FBI… Isabel. Elle aussi avait un accent mais pas aussi marqué. Il avait été corrigé, supposa Annie, par ces années passées au service du FBI. Elle avait fait partie de l'antenne locale de Washington… ou peut-être celle de Baltimore. Annie ne parvenait pas à se rappeler laquelle.

— Vous pouvez entrer, répondit-elle d'une voix faible.

La porte s'ouvrit et Isabel passa la tête à l'intérieur.

— Vous allez bien ?

Annie hocha la tête, s'attendant à avoir un autre vertige. Mais il ne se matérialisa pas et elle respira de nouveau librement.

— Je pense, oui. Je suis seulement un peu secouée.

— Vous voulez que je vous aide à regagner la chambre ?

— Non, je peux y arriver.

Elle se mit debout, heureuse de constater que son esprit commençait à être un peu plus clair. Ses jambes ne vacillèrent que légèrement tandis qu'elle suivait Isabel hors de la salle de bains puis le long du couloir jusqu'à une petite chambre d'amis. Un chat gris au pelage duveteux était allongé au pied du lit. Il ouvrit les yeux lorsqu'elles entrèrent dans la chambre. Puis il releva la tête et huma l'air.

— Allez, ouste, Ernie.

Isabel s'avança vers le lit. Le chat se contenta de bâiller.

— Pas de problème. Je ne suis pas allergique.

Annie observa le chat. Il se leva lentement, arqua le dos, s'étirant voluptueusement puis il gagna en silence le bord du lit. Elle remarqua qu'il avait des doigts supplémentaires, des appendices ressemblant à des pouces aux pattes avant ainsi que des ergots aux pattes arrière. Il vint frotter sa tête contre sa main tendue et ouverte.

— Autant te prévenir… Ernie va te racketter pendant ton dîner.

— Ernie, murmura-t-elle. Comme Ernest Hemingway ?

— Exactement, lui répondit Isabel avec un sourire.

Les chats polydactyles étaient souvent appelés « chats d'Hemingway » car l'auteur avait collectionné les chats ayant des doigts supplémentaires. La famille d'Annie avait eu un croisé de Maine Coon polydactyle lorsqu'elle était enfant.

— Il est mignon.

— Méfie-toi... il ne se contente pas de quémander, c'est aussi un chapardeur. Wade dit qu'il ne cesse de voler des objets aux voisins.

Annie regarda autour d'elle, embrassant du regard le décor masculin.

— Est-ce la chambre de ton frère ? Je ne voudrais pas le déranger.

— C'est un ancien marine. Il peut dormir n'importe où.

Isabel tira les couvertures, faisant sauter le chat au bas du lit. Il disparut de la chambre comme un éclair.

— Il y a un lit pliant dans son bureau pour Cissy et, de toute manière, Wade dort sur le canapé une fois sur deux.

Isabel se tut soudain comme si elle avait laissé échapper quelque chose sans le vouloir.

— Si tu préfères ne pas dormir avec ce jogging, je pense que Megan a apporté une chemise de nuit.

Annie se sentait encore un peu frileuse et endolorie et le jogging lui faisait l'effet d'une protection supplémentaire contre la menace invisible et inconnue qui l'attendait encore.

— Je me sens bien dans ce jogging.

Elle se glissa sous les couvertures et ne s'étonna pas de trouver le matelas ferme. Un matelas de marine, songea-t-elle en souriant intérieurement. Elle avait passé la majeure partie de sa vie dans une famille de militaires, entretenant avec son père une relation complice, fondée sur une compréhension réciproque. Elle savait que les soldats des armées de terre, de mer et des airs, et peut-être plus particulièrement les marines américains, éprouvaient un certain plaisir à vivre à la dure et que parfois ce mode de vie affectait jusqu'au confort de leurs proches.

Ce n'était toutefois pas inconfortable. Elle-même éprouvait un certain plaisir à vivre de manière spartiate.

— Je reviens dans un instant avec la soupe, annonça Isabel.

Annie n'eut pas conscience de s'être assoupie jusqu'à ce

qu'un bruit de voix dans le couloir ne la réveille en sursaut. Elle reconnut l'accent traînant de Wade et entendit une autre voix masculine, chuchotant elle aussi. Cette seconde voix avait une intonation plus neutre, évoquant un accent côtier trouvant son origine plus au sud et contrastant avec l'inflexion plus rocailleuse de l'accent des montagnes des Cooper. Elle ne distingua pas grand-chose de ce qu'ils disaient, à l'exception du mot « hôpital ».

Un instant plus tard, elle entendit un coup léger frappé à la porte. Elle se redressa et lança :

— Entrez.

Wade entra dans la chambre, suivi par un homme mince et séduisant aux cheveux noirs coupés court et aux yeux bleus circonspects. Il transportait une grande mallette noire… Le médecin, se dit Annie. Il réussit à afficher un bref sourire tandis qu'il s'avançait lentement en direction du lit.

— Je suis le Dr Brannon. Je collabore avec l'agence Cooper. Comment vous sentez-vous ?

— Je vais bien, lui répondit-elle en levant le poignet.

Il prit visiblement garde de ne pas appuyer trop fermement sur les abrasions tandis qu'il lui prenait le pouls.

— Le pouls est un peu rapide, dit-il.

— C'est sans doute dû à votre allure et à votre charme, répondit-elle sur un ton badin en lançant un regard à Wade.

Ce dernier leva les yeux au ciel, ce qui la fit sourire.

— On dirait que nous avons là une mademoiselle Je-sais-tout, lança le Dr Brannon à Wade, avec un sourire qui n'atteignit pas ses yeux vigilants.

Il pinça légèrement la peau sur le dos de sa main puis il examina sa bouche à la lueur d'une petite torche.

— Vous avez la bouche sèche et pâteuse ?

Elle hocha la tête.

— Je pense que vous êtes encore déshydratée, conclut-il. J'ai apporté une poche de perfusion… nous pourrons vous réhydrater par voie veineuse durant la nuit. Cela devrait vous permettre de restaurer votre état général.

Tandis qu'il sortait le matériel de perfusion de son sac, Wade s'approcha en boitant et s'assit sur le bord du lit.

— Une fois qu'il vous aura posé la perfusion, j'irai chercher votre soupe. Voulez-vous également quelques biscottes ?

Avant qu'elle puisse répondre, le Dr Brannon s'avança vers elle, tenant une fine aiguille et une canule. Un reflet de lumière fit briller l'aiguille et soudain Annie se retrouva dans un endroit sombre, humide et froid. Une odeur de transpiration et de peur assaillit ses narines, son corps meurtri se convulsa.

— Prête, Annie ?

La voix était froide. Cruelle. Elle prenait un plaisir pervers à se délecter de sa détresse. La brûlure fantôme de la douleur dont elle anticipa l'arrivée fut assez réelle pour provoquer une hyperventilation.

— Non !

Elle se dégagea de l'étreinte de son bourreau, le repoussant loin d'elle. Puis elle s'avança en trébuchant, ses pieds entravés par leurs liens. Enfin, elle heurta violemment le sol, atterrissant lourdement sur son épaule.

— Annie !

Il ne s'agissait plus de la même voix, songea-t-elle, s'efforçant de reprendre sa respiration. Cette voix-là était prévenante. Inquiète. Elle se tourna afin de regarder dans sa direction et elle vit les yeux d'un brun chaleureux de Wade Cooper posés sur elle. Il semblait perplexe et effrayé.

Les ténèbres se dissipèrent. Elle se trouvait de nouveau dans la chambre d'amis lumineuse et en ordre. Mais elle était tombée par terre, ses jambes enchevêtrées dans la couverture qui la recouvrait quelques instants plus tôt.

Wade s'agenouilla à côté d'elle, son front creusé trahissant son inquiétude. S'asseyant près de lui et épongeant le sang de sa lèvre inférieure, le Dr Brannon posa sur elle un regard inquisiteur.

— Que s'est-il passé ? demanda Annie.

— Je pense que vous avez eu un flash, lui répondit Wade.

5

— J'ignore si l'on peut appeler cela un syndrome de stress post-traumatique, déclara Eric Brannon à Wade, Ben et Megan.

— Parce que le traumatisme est encore récent ? l'interrogea Wade.

Ils étaient revenus dans le salon et conversaient à voix basse afin d'éviter qu'Annie n'entende leur discussion. Isabel était restée dans la chambre avec elle, lui faisant la conversation pendant que la jeune femme meurtrie goûtait à la soupe qu'elle lui avait fait réchauffer.

— Le SSPT se manifeste généralement longtemps après que la survenue du traumatisme. Je pense que, dans le cas de Mlle Harlowe, ce à quoi nous assistons est la continuité du traumatisme qui se manifeste simplement à travers des résurgences erratiques parce que l'amnésie a occulté une importante partie de ce qu'elle a traversé.

Eric secoua la tête.

— Quoi qu'il en soit, les marques sur ses poignets ne sont pas seules en cause.

Wade sentit sa poitrine se comprimer.

— A-t-elle été violée ?

— A moins que le viol ne soit plutôt récent, on ne pourrait sans doute rien détecter par le biais d'un examen médical.

Un pli soucieux creusa le front d'Eric.

— Je faisais allusion à certaines marques que j'ai

observées sur ses bras. Elles ressemblent à des piqûres d'aiguille accompagnées d'une irritation cutanée.

— Ils lui auraient injecté certaines substances ?

Isabel entra dans le salon, la voix vibrant de colère. Quelques mois plus tôt, elle avait été kidnappée par des trafiquants de drogue qui lui avaient injecté de la kétamine afin de briser sa résistance.

Eric baissa le ton.

— J'ai effectué des recherches sur la douleur il y a quelque temps. L'un des moyens étudiés pour soulager la douleur est l'injection sous-cutanée de capsaïcine pour saturer les nerfs, apaisant ainsi la souffrance. Mais les premières injections…

— La capsaïcine est la molécule qui rend les piments piquants, c'est bien ça ?

Megan sembla horrifiée.

— Quelqu'un lui a injecté cette substance sous la peau ?

— A plusieurs reprises, affirma Eric. J'ai repéré plusieurs traces de piqûre sur ses bras. Il se peut qu'il y en ait également à d'autres endroits de son corps.

Wade était écœuré.

— Quelle raison avaient-ils de faire une telle chose ?

— C'est une forme rudimentaire de torture, lui répondit Eric. Utilisée à court terme, elle ne provoque pas de dommage permanent mais la douleur est plutôt intolérable durant le déroulement du processus. La brûlure est intense et, puisqu'elle est sous-cutanée, il n'y a aucun moyen de la faire cesser en la refroidissant sous l'eau. C'est un peu comme si on vous insérait des piments jalapeno sous la peau et qu'on les laissait diffuser leur composant actif.

Wade proféra un juron étouffé.

— Ceux qui l'ont enlevée devaient penser qu'elle était au courant des secrets de son père, intervint Ben.

— Se pourrait-il qu'elle sache quelque chose ? demanda

Megan. Pensez-vous que le général Harlowe aurait confié à sa fille quelque chose d'aussi dangereux ?

— Je l'ignore, lui répondit Wade. Peut-être devrions-nous demander à Annie.

— Me demander quoi ?

Tous se retournèrent au son de la voix d'Annie. Elle se tenait debout à l'entrée du salon, appuyée contre le chambranle. Elle paraissait encore pâle mais son teint était moins cireux.

— Si vous voulez parler de moi, faites-le en ma présence.

— Vous devriez être au lit, répliqua Wade sur un ton ferme en la rejoignant.

— Wade a raison, renchérit Eric de sa voix la plus professionnelle. Vous devriez être couchée. Alors nous allons vous ramener dans la chambre et nous vous mettrons au fait de ce que vous avez raté pendant que vous mangiez.

— Il faut que je rentre, annonça Megan. Evan rentrera en retard de la bibliothèque de droit et Patton est probablement occupé à dévaster les placards en essayant de trouver quelque chose à manger.

Elle adressa un sourire à Annie.

— Mon chien. La plupart du temps, il se tient bien mais il oublie totalement les bonnes manières quand il a faim.

Elle embrassa Isabel et fit un petit signe à Wade.

— Appelle-moi si tu as besoin de moi.

— Nous devrions probablement partir nous aussi, déclara Ben en prenant la main d'Isabel dans la sienne. Cissy vient de m'appeler pendant que vous étiez tous dans la chambre. Elle est en chemin, nous devrions donc lui laisser de la place pour se garer.

Isabel sourit à Annie.

— Si tu as besoin de quoi que ce soit, tu me le fais savoir, d'accord ? Wade pourra te donner mon numéro.

Annie réussit à afficher un pâle sourire.

— Merci. Vous avez tous été si gentils.

Wade accompagna ses sœurs et Ben jusqu'à la terrasse.

— L'une d'entre vous pourrait-elle m'envoyer par e-mail tout ce que nous avons sur Annie Harlowe ? demanda-t-il posément.

Isabel posa sur lui un regard scrutateur.

— Ces dossiers devraient désormais se trouver dans les archives internet. Je pense que Shannon y a téléchargé les dernières informations dont nous disposons ce matin.

— Bien.

Plus il en saurait sur sa nouvelle protégée, mieux cela vaudrait. En raison de son genou blessé, il n'avait pas été directement impliqué dans les recherches menées en Géorgie pour retrouver Annie, il ne savait donc pas grand-chose concernant les disparus. Le moment était venu pour lui de suivre un cours intensif sur tout ce qui touchait à Annie Harlowe.

En revenant à l'intérieur, il trouva Eric Brannon assis près d'Annie sur le canapé, il lui montrait les marques rouges sur son bras.

— Vous découvrirez probablement d'autres endroits de votre corps où la peau aura cet aspect rougi. Tâchez de ne pas vous en inquiéter. Les rougeurs disparaîtront en quelques jours et vos récepteurs de la douleur reviendront à la normale.

Wade croisa le regard d'Annie. Elle lui parut plus furieuse que bouleversée.

— Ces salauds m'ont torturée.

Il s'installa dans le fauteuil face à elle.

— Je le sais. Je suis désolé.

— Que croyaient-ils obtenir ? Je ne suis pas une espionne. Les secrets de l'univers ne sont pas enfouis dans mon cerveau.

Wade se rappela une chose qu'elle avait dite lorsqu'il l'avait découverte. Elle délirait, était à demi inconsciente mais elle avait murmuré : « J'ignore où il se trouve. »

— Vous n'étiez peut-être pas la personne sur laquelle

la torture était censée avoir un impact, fit remarquer Eric, l'air sombre.

— Pourraient-ils m'avoir torturée pour obliger mon père à leur révéler quelque chose ?

— Cela paraît logique.

Wade se pencha vers elle, les coudes sur ses genoux.

— Je pense que ce pourrait être la raison pour laquelle ils vous ont enlevée en même temps que votre père.

— Mais il est retraité à présent. Il ne fait plus partie de l'armée de l'air depuis juin dernier. Quels secrets espèrent-ils donc lui soutirer ? Toutes les informations classées top-secret ont probablement été révisées et réencodées après son départ. L'armée n'est pas très encline à prendre ce genre de risques avec les informations confidentielles.

— Peut-être votre père dissimulait-il un autre type de secret, suggéra prudemment Wade.

Il était possible qu'Annie Harlowe ignore tout du journal codé que sa sœur Shannon avait découvert quelques semaines plus tôt, un journal qui avait appartenu à l'un des amis proches du général Harlowe.

Le général Edward Ross avait été, comme le général Harlowe, l'un des trois officiers en charge de la mission de maintien de la paix dans la nation d'Asie centrale du Kaziristan. D'après les éléments que l'Agence Cooper avait pu rassembler au cours des mois précédents, les trois généraux avaient commencé à suspecter que des individus haut placés du gouvernement américain avaient conclu leurs propres accords avec des rebelles d'al Adar au Kaziristan dans l'espoir d'influer sur la composition du gouvernement de la nation pétrolière.

Malheureusement, le général Ross lui-même était décédé, victime de ce qui ressemblait de plus en plus à un attentat déguisé en banal accident de voiture. Et, sans l'aide de Ross pour décoder le journal, les membres de l'Agence Cooper n'étaient pas près de découvrir ce que les trois généraux savaient exactement.

Ils avaient espéré que les deux autres généraux, Harlowe et Marsh, auraient été en mesure de répondre à certaines de leurs questions mais Harlowe et sa famille avaient été portés disparus à peu près au moment où Shannon avait découvert le journal. Et Baxter Marsh se montrait tout sauf disposé à coopérer avec l'Agence de Sécurité Cooper pour le moment.

— S'il détenait des secrets, dit-elle, j'ignore quels ils pouvaient être.

— Bien, conclut Eric en se levant, c'est un sujet que vous devez laisser de côté, du moins pour ce soir. Je ne prendrai pas le risque de provoquer un nouveau pic de tension en tentant de vous perfuser mais cela implique que vous devrez boire beaucoup et cette mesure prend effet dès à présent.

Il se tourna vers Wade.

— Il faudra vérifier son état à intervalles réguliers.

— Vous voulez dire me réveiller toutes les deux ou trois heures pour vous assurer que je n'ai pas sombré dans le coma ? marmonna Annie.

Le médecin lui lança un regard contrit.

— Exactement.

— Je prendrai soin d'elle, répondit Wade d'un ton ferme.

Il sentit les yeux d'Annie posés sur lui et lui lança un regard oblique. Elle l'étudiait avec attention comme si elle cherchait à percer ses intentions cachées.

Il faillit éclater de rire. Il n'avait pas d'intentions cachées. De tous les Cooper, il était probablement celui qui avait la personnalité la plus ouverte et dénuée de complexité.

Il n'avait pas, à l'instar de Jesse, de motifs insondables ni de secrets enfouis dans le tréfonds de son âme comme Isabel. Il ne possédait ni le génie de Shannon ni le charme caméléonesque de son frère Rick. De tous ses frères et sœurs, il était celui qui ressemblait le plus à Megan et même cette fille toute simple de la campagne était plus énigmatique que lui.

Il attendit le départ d'Eric pour s'adresser à Annie.

— Je n'ai pas grand-chose à vous offrir. Il y a du jus de pomme au réfrigérateur et bien sûr de l'eau.

— De l'eau, ce sera très bien.

Il gagna la cuisine en boitillant et fouilla dans le placard jusqu'à ce qu'il trouve une bouteille d'un litre munie d'un bouchon sport.

— Glacée ou du robinet ?

— Glacée.

Sa voix, incroyablement proche, le fit sursauter sous l'effet de la surprise. Se retournant, il la trouva à seulement un mètre de lui. Elle se tenait d'une main au plan de travail comme si elle avait besoin de s'y appuyer pour tenir debout.

— Je peux venir la chercher.

Il secoua la tête.

— Vous devez rester au lit pour vous reposer. Pourquoi ne retourneriez-vous pas vous installer le temps que je vous apporte l'eau ?

De nouveau, elle posa sur lui un regard inquisiteur.

— Que gagnez-vous à faire cela ?

— Vous avez besoin d'aide. Apporter son aide est la mission de l'Agence Cooper.

— Cette aide a un prix.

Il lui adressa un signe de tête, reconnaissant la pertinence de son argument.

— Le fait est que nous espérons obtenir quelques informations.

— De ma part ?

— Peut-être. Nous comptions plus précisément sur votre père.

Sa réponse parut la plonger dans la perplexité.

— Quel genre d'informations ?

On ne lui avait pas encore donné le feu vert pour parler

à Annie Harlowe du journal codé. La découverte de ce journal avait failli coûter la vie à sa sœur seulement quelques semaines plus tôt. Les mercenaires qui cherchaient à mettre la main dessus — ainsi que, présuma Wade, leurs puissants commanditaires — devaient désormais certainement savoir que l'Agence Cooper détenait ce journal. C'était la raison pour laquelle Jesse avait renforcé le niveau de sécurité dans les bureaux.

Annie se mit à chanceler et elle se raccrocha au côté du réfrigérateur. Wade posa la bouteille d'eau glacée et la rattrapa avant qu'elle ne s'affaisse.

Elle appuya son front contre l'épaule de Wade pendant un moment puis elle releva la tête pour le regarder. Des larmes coulèrent de ses yeux. Elle les essuya précipitamment.

— Bon sang.

— N'essayez pas de retrouver tout de suite vos forces, murmura-t-il, se rappelant sa propre frustration face à la lenteur avec laquelle il s'était rétabli suite à sa blessure. Une étape à la fois. Et la première étape est de vous reposer.

Il resserra son étreinte, s'efforçant d'ignorer les courbes douces que même trois semaines de captivité n'étaient pas parvenues à effacer. C'était une femme faite comme il les aimait, svelte mais féminine, pourvue d'une poitrine avantageuse et de hanches généreuses et avec un minimum de chair sur les os.

— Je n'ai pas le temps d'attendre.

S'arrachant à ses bras, elle agrippa le bord du plan de travail pour garder son équilibre et leva les yeux vers lui. Le désespoir s'inscrivait sur son visage.

— Je dois retrouver ma famille.

— Et nous vous y aiderons. Mais, cette nuit, il faut que vous preniez du repos. Je vais appeler Eric afin de savoir s'il peut vous donner quelque chose pour vous aider à dormir.

Elle secoua la tête.

— Non, je ne veux rien. Rappelez-vous, j'ai une blessure à la tête.

— C'est juste.

Il prit la bouteille d'eau et vissa le bouchon.

— Bien, allons vous réinstaller.

Il consulta sa montre. Il était déjà bien plus de minuit.

— Je vais programmer mon réveil aux alentours de 2 heures et demie afin de contrôler votre état.

Elle grimaça.

— Est-ce vraiment nécessaire ?

— Ce sont les ordres du médecin.

Elle lui glissa un regard oblique.

— Faites-vous toujours ce que l'on vous dit de faire ?

— Rarement, reconnut-il avec un sourire. Mais j'y consens quand c'est fondé.

Elle lui décocha de nouveau l'un de ses regards scrutateurs. Il commençait à en avoir l'habitude. Elle faisait à l'évidence partie de ces personnes qui s'imaginent que tout le monde nourrit des desseins cachés. Il supposa que c'était légitime… A en croire son dossier, elle vivait et travaillait dans la capitale de la nation depuis cinq ans. Elle y était journaliste politique. Cela suffisait sans doute amplement à rendre quiconque cynique et caustique.

Un coup frappé à la porte le fit sursauter, tandis qu'Annie tressaillait. Elle tendit vers lui une main tremblante avant de la laisser retomber.

— C'est probablement ma cousine, la rassura-t-il.

Il s'approcha de la porte et regarda à travers le judas. Sa jeune cousine se tenait au-dehors, l'air solennel et concentré.

Il ouvrit la porte.

— Salut, petite caille.

Elle leva les yeux au ciel à l'énoncé de ce surnom.

— Où est-elle ?

— Je suis ici, répondit tranquillement Annie derrière lui.

Se retournant, il la trouva solidement campée sur ses pieds

bien que la contraction de ses mâchoires et ses poings serrés trahissent l'effort que lui coûtait le fait de se tenir debout.

— Vous devez être Cissy.

Cissy sourit mais le cœur n'y était pas. Elle avait vécu un traumatisme quelques mois plus tôt, perdant par un cruel coup du destin son premier petit ami sérieux et ce qu'il restait de son innocence. C'en était fini de la jeune fille enthousiaste et pleine d'entrain, impatiente de postuler au FBI aussitôt qu'elle serait diplômée de l'université. Cette Cissy, plus âgée et plus réfléchie, avait gagné en pondération. Elle était plus morose. Mais elle était également plus forte et plus mature. Découvrir que l'homme que vous aimez est un meurtrier devait produire cet effet, supposait Wade.

— Il est réellement tard. Nous devrions tous être au lit, déclara Cissy avec fermeté.

Elle posa son sac de voyage par terre près du canapé.

— Qui dort où ?

— Tu disposes du convertible dans le bureau. Le lit est pour Annie et je dormirai ici sur le canapé.

— Entendu.

Cissy regarda Annie.

— Vous me mettez au courant de votre état de santé et de ce que nous devons faire pour que vous vous rétablissiez. Wade, peux-tu emporter mon sac dans le bureau ?

Cissy entraîna Annie hors du salon.

Avec un sourire perplexe, Wade souleva son bagage et le porta dans le bureau. Alors qu'il entreprenait de déplier le canapé convertible pour sa cousine, il entendit le bruit assourdi d'une conversation dans la chambre, trop faible pour qu'il puisse distinguer ce qui se disait.

Prenant le pari que son cousin serait encore éveillé après cette soirée mouvementée, il appela Aaron sur son portable.

Celui-ci répondit à la première sonnerie.

— Tu es encore debout ?

— J'allais me mettre au lit, lui répondit Wade. Je voulais

seulement vérifier un détail… L'examen qu'a passé Annie concernant le viol a-t-il donné quelque chose ?

— Je ne suis pas censé partager cette information avec quiconque n'appartenant pas aux forces de police.

— Dans ce cas, peux-tu lui communiquer le résultat ? Je sais que ça la ronge.

Il rejoignit la chambre et trouva la porte entrebâillée. Assise au bord du lit, Cissy contemplait les taches rouges que lui montrait Annie.

Elles relevèrent toutes deux la tête lorsque Wade fit son entrée. Les yeux de Cissy brillaient d'une colère noire.

— Tu peux croire ce qu'ils lui ont fait ?

Malheureusement, après ce qu'ils avaient appris au sujet de l'U.S.S. au cours des dernières années, il n'éprouvait pas de difficulté à les croire capables d'une telle dépravation.

— Annie, j'ai mon cousin Aaron en ligne. Il a le résultat du test pour le viol.

Son expression se figea mais il décela la peur dans ses yeux. Inspirant profondément, elle tendit la main. Wade lui donna le téléphone et elle le porta à son oreille.

— Annie Harlowe.

Elle écouta pendant un moment, son expression demeurant inchangée. Puis elle déglutit avec peine, dit « Merci » à Aaron et rendit son téléphone à Wade. Elle inspira de nouveau profondément et murmura :

— Négatif.

Wade sentit un peu de la tension de son dos se relâcher. Il rangea le téléphone dans sa poche.

— Bonne nouvelle, n'est-ce pas ?

Annie tira les couvertures sur elle, ramenant ses genoux sur sa poitrine.

— Cela signifie que je n'ai pas subi de viol pendant les tout derniers temps. Je ne suis pas certaine que cela puisse absolument valoir pour les trois dernières semaines. Et je ne me rappelle rien de ce qui s'est passé pendant tout ce temps.

— Ma tante Hannah a eu une commotion cérébrale et elle a perdu en partie la mémoire mais elle l'a finalement totalement retrouvée, intervint Cissy. Cela peut vous arriver à vous aussi.

— J'aimerais que cela se produise rapidement. Je ne supporte pas de ne pas savoir, en particulier alors que mes parents sont en danger.

Son visage s'assombrit.

— Si toutefois ils sont encore en vie.

— Je pense qu'ils doivent l'être, déclara Wade prudemment.

Il voulait éviter de lui donner de faux espoirs… Croire à un mensonge n'était jamais, au final, profitable à quiconque. Mais tout ce qu'il savait à propos des trois généraux suggérait que l'U.S.S. aurait pour consigne de garder le général Harlowe en vie.

Les meilleurs cryptographes travaillant pour l'Agence Cooper avaient confirmé la conclusion de Shannon, la sœur de Wade : le journal codé du général Ross nécessiterait probablement la contribution des deux autres officiers pour le décodage. Depuis la mort du général Ross, il était vital pour l'U.S.S. de garder en vie le général Harlowe et le général Marsh. Ils avaient fait une grave erreur en tuant le général Ross. Ce n'était pas le genre de bévue qu'ils commettraient à deux reprises s'ils pouvaient l'éviter.

Ils avaient gardé Annie vivante pendant trois semaines, se servant apparemment d'elle comme d'un moyen de pression sur son père. Son évasion rendait d'autant plus probable le fait qu'ils garderaient également Mme Harlowe en vie. Elle était le seul moyen de pression qu'il leur restait après la disparition d'Annie.

— Je pense que nous devrions tous dormir un peu.

Cissy tira Wade par le bras.

Ce dernier adressa un sourire à Annie.

— On se retrouve dans quelques heures.

Il eut le plaisir de la voir lui faire une grimace, une

ébauche de sourire étirant ses lèvres pâles. Voilà qui était mieux, songea-t-il.

Il emboîta le pas à Cissy et il referma la porte derrière lui.

— Elle a une mine affreuse, observa Cissy lorsqu'ils regagnèrent le bureau. Pas étonnant qu'elle soit effrayée à l'idée de ce qu'elle ne parvient pas à se rappeler. Ce que nous en savons est déjà assez terrible.

— J'apprécie que tu sois venue ce soir. Au-delà de l'appel du devoir.

— Je déteste ces criminels de l'U.S.S.

Il posa la main sur son épaule.

— Tu as toutes les raisons de les haïr.

Elle s'appuya sur son bras et il l'attira contre lui pour la serrer très fort. Au bout d'un moment, elle se dégagea et elle lui décocha un sourire espiègle, le premier véritable sourire qu'il voyait sur son visage depuis longtemps.

— Et si on se réveillait à tour de rôle ? Tu peux assurer le premier quart et je programme mon réveil pour dans quatre heures.

— Tu n'es pas obligée de faire ça…

— Ça ne m'ennuie pas.

Cissy souleva son sac de voyage.

— Dépêche-toi de dormir. Deux heures, c'est vite passé.

Wade prit la direction du salon, manquant de trébucher sur Ernie.

— Tu n'aimes pas dormir avec une jolie femme ? demanda-t-il au chat.

Ernie sauta sur le canapé, ses yeux verts scintillant.

Wade programma son réveil, éteignit la lumière et s'étendit sur le canapé, maugréant lorsque son genou s'ankylosa brièvement en se dépliant. Ernie se pelotonna à côté de lui, ronronnant avec ardeur. Le chat était devenu plus hardi au cours des précédentes semaines, établissant ses quartiers à l'intérieur du chalet. Wade devrait probablement cesser de prétendre qu'il n'avait pas vraiment de chat.

Il fixa le plafond où se reflétait une faible lueur provenant de l'extérieur. Habitué à être seul, il ressentait avec acuité la présence des deux autres femmes dormant sous son toit. Toutes deux lui donnaient de sérieuses raisons de s'inquiéter, Cissy avec son cœur et son mental brisés et Annie Harlowe avec son corps meurtri, son esprit confus et le danger pesant sur elle telle une épée de Damoclès. Toutes deux avaient besoin d'un champion. D'un héros.

Mais Wade craignait de ne plus avoir l'étoffe d'un héros.

6

— Le code. Où est-il ?

L'éclat de la lampe força Annie à cligner des yeux. Elle avait mal à la tête, sa peau lui semblait en feu et la lumière transperçait ses yeux douloureux avec l'acuité d'une lame.

— J'ignore de quoi vous me parlez.

Elle avait la gorge sèche et à vif, sa voix se réduisait à peine à un souffle rauque.

— Ne prétendez pas que votre père ne vous l'a pas confié.

La voix était celle d'un homme, l'accent prononcé et traînant de la Louisiane lui rappelant ses cousins d'Houma. Mais elle n'avait jamais entendu la voix de cet homme auparavant. Elle s'en serait souvenue.

— Où est mon père ? demanda-t-elle, d'une voix étranglée par la peur.

— Il vous embrasse, répondit son ravisseur avec un sourire railleur dans la voix.

Son visage était dissimulé par la lueur de la lampe braquée dans les yeux d'Annie, ce qui rendait ses traits impossibles à distinguer. Il n'était qu'une voix, un grommellement méprisant qui lui glaçait les os.

— Où est ma mère ?

— Elle est saine et sauve. Pour l'instant, mais votre père se refuse à nous dire quoi que ce soit, poursuivit l'homme. Vous allez donc devoir le faire pour lui. Et la sauver car le vieux fou ne semble pas disposé à sauver sa propre peau.

Ce n'était pas non plus la vérité, songea Annie à travers

les brumes qui avaient envahi son cerveau. Il avait dû leur dire quelque chose ou sinon ils n'auraient pas eu connaissance de l'existence du code. Elle prit conscience qu'elle ne pouvait se fier à rien de ce que disait son ravisseur. Aucune des paroles qui sortaient de la bouche de cet homme n'était crédible.

Protège le code. C'était ce que son père lui avait dit. Elle entendait son accent traînant comme s'il lui parlait directement à l'oreille. « Quoi qu'il arrive, quelle que soit la personne qui exigera que tu lui répondes, tu dois protéger le code. »

— Annie ?

Une autre voix l'interpella de derrière la lumière, une voix chaude qui lui ôta un poids de la poitrine.

— Annie, il est temps de vous réveiller.

Elle ouvrit les yeux et constata que la lumière vive avait disparu pour être remplacée par la douce lueur de l'aube, filtrant à travers les fenêtres de la chambre. Près d'elle, le corps de Wade Cooper lui offrait une réalité solide et chaleureuse, tellement rassurante et bienvenue après son cauchemar qu'elle eut envie de se jeter dans ses bras et d'enfouir sla tête contre son large torse.

Elle résista néanmoins à la tentation et écarta ses cheveux de son visage.

— Je suis réveillée.

Wade contrôla délicatement son pouls.

— Votre cœur bat un peu vite.

— Je faisais un cauchemar, reconnut-elle, bien qu'elle fût incapable désormais de se rappeler autre chose que quelques bribes. Il n'en subsistait qu'une voix, le murmure des paroles de son père, se résumant presque à un souffle.

Protège le code.

— Vous en est-il resté une image ?

Elle faillit s'ouvrir à lui. Mais quelque chose en elle,

une terreur poignante qui lui coupa presque le souffle, la réduisit au silence.

— Pas vraiment.

— Vous vous sentez de taille à bouger un peu ?

Il lui tendit la main.

Elle la saisit, frissonnant lorsque sa grande main chaude se referma sur la sienne et elle le laissa l'aider à s'asseoir au bord du lit. Les dernières fois qu'elle s'était réveillée, d'abord avec Wade puis avec Cissy, elle s'était sentie prise de vertiges et plus que nauséeuse. Mais, à cet instant, elle se sentit presque dans son état normal. Et elle mourait de faim.

— Je crois bien que j'ai faim.

Elle décocha à Wade un sourire en coin.

Il sourit.

— Cela tombe bien, Cissy est justement occupée à préparer le petit déjeuner.

Elle la sentait à présent, l'odeur caractéristique du bacon frit.

— Vous essayez tous de m'engraisser ? demanda-t-elle en reprenant sans effort l'accent des côtes de Caroline de son enfance.

Wade afficha un sourire perplexe.

— D'où vous vient cet accent ?

— De Charleston, en Caroline du Sud, lui répondit-elle avec un sourire gêné. Notre port d'attache familial. Mes parents en sont tous les deux originaires.

— C'est joli.

Wade se leva, grimaçant lorsqu'il fit porter son poids sur son genou abîmé.

— Regardez dans le placard. Apparemment Isabel a récupéré des vêtements auprès de toutes les Cooper à peu près de votre taille. Qui sait ce que vous y trouverez.

Elle y trouva quelques jeans, des chemisiers et plusieurs pulls légers. Les vêtements étaient tous un peu lâches mais elle ne risquait pas de les perdre. De plus, étant donné l'intensité des borborygmes qu'émettait son estomac à l'odeur du bacon frit, elle eut le sentiment qu'il valait mieux qu'ils soient les plus larges possible pour toute la nourriture qu'elle avait l'intention d'engloutir aussitôt qu'elle aurait rejoint la cuisine.

Elle n'avait pas tout à fait terminé l'omelette au fromage et au bacon que Cissy lui avait servie lorsque son estomac protesta mais elle réussit à boire tout un verre de jus de pomme. Au moment où le Dr Brannon se présenta aux environs de 9 heures pour l'examiner, elle se sentait presque redevenue elle-même.

— Je constate une nette amélioration, déclara-t-il, l'air satisfait. Vous me faites passer pour un super héros de la médecine, mademoiselle Harlowe.

— Je me sens mieux, concéda-t-elle. Pensez-vous que je puisse faire une petite balade ?

Wade secoua la tête.

— Vous savez que vous ne devez pas sortir.

— Pas même pour me promener ?

Par la fenêtre du salon, elle contempla avec envie le soleil qui brillait au-dehors.

— J'ignore où j'étais détenue mais je doute d'y avoir goûté au soleil ou à l'air frais. Je suis certaine que je me sentirais infiniment mieux si je pouvais me balader un peu dans les environs et prendre le soleil. Je suis probablement carencée en vitamine D à l'heure qu'il est.

Elle détourna les yeux de Wade et s'adressa au médecin.

— Dites-lui que j'ai besoin de soleil.

— Je sais que tu veux la garder au secret, lança le Dr Brannon à Wade par-dessus son épaule. Mais elle a raison. Il n'y a qu'une seule autre maison dans le voisinage immédiat, n'est-ce pas ? Et, pour l'instant, elle est inhabitée.

Agacée, Annie vit que Wade était tenté d'opposer son veto à cette idée.

— Suis-je votre prisonnière ? lui demanda-t-elle, réitérant une question qu'elle lui avait posée la veille au soir.

Son expression changea.

— Non. Bien sûr que non.

— Vous pourriez m'accompagner. Assurer mes arrières.

Wade interrogea Cissy du regard. Elle haussa les épaules.

— Entendu. Mais quand je décréterai le moment venu de rentrer, pas de discussion.

— Marché conclu !

Annie fut surprise par l'excitation qui s'empara d'elle à la perspective d'une promenade autour de la maison du lac. Jusqu'à quel point sa vie s'était-elle dégradée au cours des trois dernières semaines pour qu'elle trouve l'idée d'une simple promenade aussi stimulante ?

Quand Wade et elle se furent éloignés d'une centaine de mètres de la maison, elle eut la réponse à sa question. Sa vie s'était *beaucoup* dégradée. Les muscles de ses jambes brûlaient et protestaient vivement et elle était presque à bout de souffle.

— Ma première séance de kinésithérapie après que les chirurgiens eurent reconstruit ma jambe a été un enfer, dit Wade, s'arrêtant pour s'appuyer contre le tronc d'un pin.

Elle fit de même à quelques mètres de lui, reconnaissante de cette occasion de se reposer et de reprendre sa respiration.

— Comment avez-vous reçu cette blessure à la jambe ?

— Les rebelles d'al Adar m'ont tiré une balle dans la rotule, lui répondit-il sur un ton neutre.

Elle grimaça.

— Oh mon Dieu !

— Le genou était perdu mais les chirurgiens ont travaillé dur pour sauver la jambe.

— C'était il y a combien de temps ?

Le siège fortement médiatisé qui s'était tenu au Kaziristan datait de plusieurs années mais elle savait que les combats avaient perduré beaucoup plus longtemps que cela. Il restait encore des troupes de l'O.T.A.N. en poste au Kaziristan, incluant des soldats américains, qui s'efforçaient d'empêcher cette nation en voie de stabilisation de sombrer de nouveau dans le chaos.

— Deux ans, lui répondit-il. Les médecins m'ont promis que mon état continuerait à s'améliorer.

Il semblait ne pas y croire.

— Vous souffrez ?

— Pas en permanence. Seulement quand je le sollicite trop. Ou quand j'essaie de m'agenouiller, de m'accroupir ou d'agir comme si mon genou était normal.

L'amertume dans sa voix était claire et nette. Il lui jeta un regard penaud.

— Ce n'est pas que je m'apitoie sur moi-même.

— Nous faisons la paire, répliqua-t-elle en souriant. Vous êtes amer et boiteux et je suis confuse et aussi faible qu'un chaton.

Il éclata de rire, surpris de sa franchise désarmante.

— Amer et boiteux ?

Il s'écarta du tronc et tapota le pistolet qu'il avait rangé dans l'étui du ceinturon passé à son jean.

— Enfin, c'est là que le Glock devient pratique. C'est l'arme par excellence.

Elle posa les yeux sur le pistolet, prenant conscience pour la première fois qu'elle s'était autorisée à sortir seule dans les bois en compagnie d'un étranger armé. A quel point désespérait-elle de trouver quelqu'un à qui faire confiance ?

Même alors, en dépit de l'évocation insistante d'une éventuelle traîtrise, elle ne se sentait pas effrayée par Wade Cooper. Son instinct lui soufflait qu'il était du bon côté de la barrière.

Mais pouvait-elle vraiment se fier à son instinct alors qu'une majeure partie de sa mémoire s'était effacée ?

Elle régla son pas sur celui de son compagnon, s'efforçant

de rester concentrée et en alerte tandis qu'ils s'enfonçaient plus avant dans les bois. Même si Wade Cooper était son allié, elle ne pouvait s'en remettre à lui — ni à personne d'autre — pour la protéger.

Ses parents étaient en difficulté. Et le sésame qui permettrait de les retrouver était enfermé quelque part dans son cerveau. Elle était leur seul espoir. Elle, Annie, et non pas Wade Cooper ni sa famille ni qui que ce soit d'autre.

Si ses parents avaient une chance d'être retrouvés, c'était à elle de s'y employer.

L'esprit absorbé par le poids oppressant de cette pensée, elle ne prit pas immédiatement conscience qu'ils avaient quitté les bois touffus pour s'engager dans une clairière partielle. Se fondant presque dans la forêt qui les entourait apparut une imposante maison couverte de bardeaux de bois. Il lui fallut quelques instants pour comprendre où elle se trouvait.

La maison des Marsh.

Cela faisait longtemps qu'elle était venue leur y rendre visite. Plus de dix ans, au moins. C'était près d'un mois avant son entrée à l'université de Géorgie, elle venait de quitter le lycée, fraîchement diplômée. Elle avait choisi d'étudier le journalisme, pour la plus grande fierté de sa mère et au désespoir de son père. La plus âgée des sœurs Marsh, Rita, était en troisième année à Yale et, si les souvenirs d'Annie étaient exacts, elle se mourait d'amour pour un jeune lieutenant des marines placé sous le commandement de son père. Elle avait essayé de convaincre Annie qu'une université de prestige serait un choix plus avisé et elle avait parut positivement horrifiée qu'Annie ait décliné l'offre de Columbia pour retenir plutôt l'université Henry W. Grady, de journalisme et des médias de Géorgie.

Evie, la cadette des sœurs Marsh, avait dix-sept ans à l'époque et elle était un vrai garçon manqué. Elle avait confié en secret à Annie qu'elle voulait rejoindre le corps des Marines mais que son père refusait d'en entendre parler. Annie n'avait jamais su si elle avait réalisé son vœu. Le général Marsh avait changé de commandement à cette période et les familles Marsh et Harlowe avaient perdu le contact pendant un moment.

Elle fut même surprise de se souvenir de cet endroit mais, tandis qu'ils contournaient lentement la maison en direction de l'entrée, elle eut un flash pénétrant.

Des trombes d'eau. La façade sans vie de la maison lui renvoyant son regard, la mettant au défi de la réveiller.

Elle devait pourtant pénétrer à l'intérieur.

Va trouver le général Marsh. Le général Marsh pourra t'aider.

Ses jambes se mirent à vaciller et elle fit un pas hésitant en avant pour reprendre son équilibre. Son orteil heurta l'une des dalles à demi enfouie dans l'herbe haute, la projetant en avant.

Wade la rattrapa avant qu'elle ne tombe, la retenant dans une étreinte ferme.

Elle se tourna entre ses bras, levant les yeux vers lui, un afflux de souvenirs assaillant son esprit. Elle avait trébuché sur l'une de ces dalles et elle était tombée, se cognant la tête. Elle se rappelait que le sang avait ruisselé sur son visage. La douleur avait été cuisante mais elle avait dû continuer à avancer.

Ils étaient à sa recherche.

— Je me suis cogné la tête sur une dalle, énonça-t-elle à voix haute, sa voix résonnant d'une manière étrangement distante à ses propres oreilles.

— Sur l'une de ces dalles ?

Les bras de Wade se resserrèrent autour d'elle.

— Je vous ai découverte non loin d'ici…

— Je pense que je devais être ici hier soir.

Elle retrouva son équilibre et Wade la lâcha. L'air frais du matin remplaça la chaleur de ses bras, lui faisant éprouver un étrange sentiment d'abandon.

— Ici, devant cette maison en bordure du lac ?

— Oui.

— Connaissez-vous la raison de votre présence ici ? Quelqu'un vous a-t-il déposée ?

Elle entendit dans sa tête le grondement d'un moteur.

— Un camion.

— Quelqu'un vous a déposée en camion ? Simplement déposée et c'est tout ?

Elle ne pouvait se permettre que quelqu'un la voie. Elle devait s'assurer que personne ne la voie. La crainte d'être découverte était si forte qu'elle en tremblait de tous ses membres, même alors.

— Non, je ne pense pas qu'ils m'aient déposée. Je pense que je me suis glissée dans le camion et que j'en suis descendue par mes propres moyens.

Wade plissa le front.

— Vous êtes montée subrepticement à bord d'un camion ?

— Il me semble oui.

Elle appuya l'intérieur de ses poignets contre son front, fouillant sa mémoire.

— Je pense que c'est la seule façon dont j'aie pu arriver jusqu'ici.

— Ici, à la maison du lac ?

Elle leva les yeux vers la façade sans vie de la maison, vers la terrasse basse et la porte de bois massif.

— Oui.

Elle avait voulu voir le général Marsh. Le général Marsh aurait pu l'aider.

Mais l'aider à faire quoi ?

— Je ne me rappelle pas pourquoi.

Elle aurait voulu en dire plus mais elle entendait dans sa tête la prière de son père.

Protège le code.

— Je suis fatiguée, soupira-t-elle, réprimant cette pensée. Elle la réserverait pour plus tard, quand elle se retrouverait seule. Elle ne savait pas bien mentir. Si elle ne faisait pas preuve de prudence, Wade Cooper verrait clair dans son jeu.

Elle pouvait peut-être lui faire confiance, songea-t-elle néanmoins. Jusque-là, il avait pris soin d'elle.

Mais il était toujours un étranger.

Non, elle ne pouvait faire confiance à personne. Pas quand la vie de ses parents était en jeu, songea-t-elle alors qu'ils retournaient chez Wade.

Annie Harlowe avait des secrets. Wade le devinait à la manière dont son visage se fermait durant les moments où elle restait silencieuse.

C'était comme s'il y avait tout un univers mystérieux à l'intérieur de son cerveau, comme si, derrière ses doux yeux couleur caramel, un film se jouait, qu'elle gardait caché du reste du monde.

Quelles étaient, dans cela, les parts respectives de réserve naturelle et de duplicité active ? Wade ne pouvait en être certain, pour l'instant. Mais s'il y avait une chose dans laquelle il excellait toujours, une chose que la balle d'al Adar ne lui avait pas ravie, c'était son instinct inné pour débusquer la vérité.

Une fois, alors qu'il pensait ne pouvoir être entendu de lui, Jesse avait fait référence à son jeune frère comme étant « le détecteur de mensonge de l'Agence Cooper ». Jesse n'aurait jamais dit cela devant lui… L'aîné des Cooper aimait garder humbles ses jeunes frères et sœurs en ne dispensant ses éloges que par petites doses opportunes.

Mais Wade avait effectivement le don de deviner quand on lui mentait. Et, en cet instant précis, il surprenait Annie en flagrant délit de mensonge éhonté, du moins en ce qui concernait sa mémoire.

Elle se rappelait des choses. De nombreuses choses, peut-être même. Et la maison du général Marsh y figurait en bonne place.

Il ne pensait pas qu'elle mentait en prétendant être venue jusqu'à la maison des Marsh la veille au soir. Il l'avait découverte dans les bois à une quarantaine de mètres de la maison du lac. L'entaille sur son front pouvait aisément avoir été provoquée par sa chute contre le bord de la dalle, comme elle l'avait expliqué.

Pourtant il avait le sentiment qu'elle savait pourquoi elle s'était retrouvée à la maison des Marsh et que c'était cette partie de l'histoire qu'elle semblait déterminée à ne pas partager avec lui. Mais sans doute était-ce naturel qu'elle soit réticente à livrer ses secrets intimes. En dépit de l'aide qu'ils lui avaient apportée, elle ne connaissait pas plus les Cooper que n'importe quels étrangers qu'elle pourrait être amenée à rencontrer dans la rue.

Et lui-même n'avait d'ailleurs pas précisément partagé ses secrets avec elle.

Les Cooper gardaient secrète la découverte du journal codé du général Ross depuis des semaines, n'en communiquant rien à personne en dehors de la poignée de membres de l'agence dont il était nécessaire qu'ils se soient informés. Même leurs ennemis ne pouvaient que supposer que le journal était en leur possession.

C'était un secret que Jesse avait confié à une poignée d'élus et Wade n'en avait parlé à personne d'autre.

Mais en voyant Annie Harlowe étendue sur le canapé, plongée dans des pensées qu'il aurait aimé avoir le pouvoir de deviner, Wade commençait à se dire que le secret du journal serait précisément l'élément susceptible de la convaincre de lui livrer quelques confidences.

Ils avaient déjà la certitude que le général Harlowe

avait eu connaissance du journal de Ross. Si Shannon, la sœur de Wade, et son petit ami Gideon avaient vu juste, Harlowe ainsi que Baxter Marsh étaient les deux seuls survivants capables de décoder le journal et de mettre au jour ses fascinants secrets.

Le téléphone sonna, faisant sursauter Annie. Elle lança un regard penaud à Wade qui s'avançait vers la desserte pour décrocher le combiné. Le numéro de l'appelant n'était pas affiché sur l'écran. C'était probablement le bureau.

— Allô ?

Il ne s'était pas trompé. Jesse était à l'autre bout du fil et il paraissait tendu.

— Nous venons d'avoir un incident.

Wade tendit l'oreille, jetant un coup d'œil à Annie tandis que son frère lui rapportait en termes laconiques la visite inattendue d'un homme en uniforme aux bureaux de l'Agence Cooper.

— Ce n'était pas l'un des hommes présents à l'hôpital, poursuivit Jesse mais nous savons qu'il ne s'agit pas d'un agent de l'U.S.S. Du moins n'avons-nous pas pu l'établir.

Jesse lui décrivit un petit homme trapu, âgé d'environ quarante-cinq ans, aux cheveux blonds clairsemés et aux yeux bleus perçants.

Cette description n'évoquait rien pour Wade mais apparemment la femme de son frère, Amanda, qui avait autrefois été un agent de la C.I.A, avait reconnu en lui un collègue d'alors.

— Elle dit qu'il s'appelle « Oliver Pennock » et qu'aux dernières nouvelles il était haut placé dans la division des questions transnationales. Son domaine d'expertise serait l'Asie centrale.

— Le Kaziristan, murmura Wade.

Annie le fixa intensément et tout son corps se raidit. Il regretta de s'être exprimé à voix haute.

— Il est venu pensant trouver Annie Harlowe, reprit

Jesse. Il s'est enquis de sa présence avec amabilité. Il était désinvolte et tout sourire mais quand nous lui avons dit de s'adresser au service du shérif du comté de Chickasaw, il a arrêté de jouer la comédie. Il a menacé de s'en prendre à notre société, à notre licence commerciale et à la majeure partie du personnel en laissant entrevoir les pires conséquences si nous ne la lui livrions pas.

— Que lui as-tu répondu ?

— A ton avis ?

Wade sourit, imaginant sans peine en combien d'endroits l'esprit créatif de son frère, un marine pur et dur, avait pu suggérer à l'agent de la CIA de mettre ses menaces.

— Cela signifie qu'il sait que nous la protégeons, l'avertit Jesse, effaçant le sourire du visage de Wade. Je ne pense pas qu'elle soit encore longtemps en sécurité avec toi.

Wade posa de nouveau les yeux sur Annie, l'appréhension lui nouant l'estomac. Elle commençait seulement à sembler prendre ses marques et il était sur le point de la déraciner, une fois de plus.

— Qui va venir l'emmener d'ici ?

Annie se redressa, balançant ses jambes par-dessus le bord du canapé. Le regard qu'elle dirigea vers lui était rempli d'effroi.

— Tu vas l'emmener, répondit Jesse d'un ton ferme.

Une onde d'angoisse parcourut le corps de Wade.

— Seul ?

— Nous sommes quasiment certains que nos bureaux sont sous surveillance. Tu dois la sortir de là aussitôt que possible. Rends-toi à la marina Cooper… je vais appeler oncle Mike pour le prévenir de votre arrivée à tous. Papa s'y trouve ce matin pour donner un coup de main au magasin de pêche. Il pourra donc t'aider pour la suite des événements. Mais tu dois partir de chez toi sur-le-champ.

— Entendu. Je te rappellerai du magasin de pêche…

— Non. Je ne suis pas certain que les lignes des bureaux

soient sûres. J'utilise un téléphone prépayé, c'est donc moi qui te rappellerai.

Jesse raccrocha sans dire au revoir.

— Nous devons partir d'ici, n'est-ce pas ?

Wade se tourna pour regarder Annie qui était à présent debout. Elle paraissait encore un peu pâle, un peu lasse mais il émanait également d'elle une énergie sous-jacente qui l'électrisait même à cette distance. Wade se sentit attiré par cette force magnétique comme s'il pouvait puiser dans cette énergie pour restaurer ses ressources défaillantes. Il avança de quelques pas dans sa direction avant de s'arrêter.

— Je sais que vous auriez besoin de plus de repos…

Secouant la tête, elle l'interrompit.

— Expliquez-moi seulement ce qui se passe pendant que je prépare ma valise.

La marina Cooper était nichée dans une anse à large accès située à une dizaine de kilomètres du chalet de Wade. La marina par elle-même consistait en cinq pontons comportant chacun plusieurs emplacements dont la plupart étaient occupés. Alors qu'Annie suivait Wade sur le chemin gravillonné menant au magasin de pêche situé quelques mètres en retrait des pontons, elle vit des bateaux venir se ranger avec maestria dans les emplacements adjacents. Deux hommes aux cheveux foncés qui semblaient presque jumeaux amarrèrent prestement leurs bateaux d'une main experte et longèrent le ponton dans leur direction.

Wade les salua d'un geste mais il ne s'arrêta pas pour leur parler. Les deux hommes lui rendirent son salut et ils poursuivirent leur chemin. Annie fut soudain effrayée à l'idée de tourner le dos à ces étrangers, bien que Wade semblât les reconnaître.

— C'est terriblement exposé, lui murmura-t-elle tandis qu'ils atteignaient l'entrée du magasin de pêche.

— C'est pourquoi nous devons agir comme si nous ne tentions pas de nous cacher, lui répondit Wade avec une égale discrétion. Mais si vous êtes inquiète à l'idée que ces hommes pourraient nous suivre, détendez-vous. Ce sont mes cousins et ils détestent l'U.S.S. tout autant que vous.

Wade la conduisit au comptoir où se tenaient deux hommes d'une bonne soixantaine d'années qui, en silence, les regardaient s'avancer d'un œil scrutateur. Le plus grand des deux les accueillit d'un sourire mais Annie remarqua que l'autre observait la démarche hésitante de Wade avec une pointe de consternation.

— Papa, oncle Mike, voici Annie.

Lui désignant l'homme le plus grand, il dit à Annie :

— Je te présente mon oncle Mike.

Puis il reporta les yeux sur l'autre homme.

— Ainsi que mon père, Roy Cooper.

— Ravi de vous rencontrer Annie, déclara Roy Cooper avec un sourire sincère.

Il s'adressa ensuite à son fils.

— J'ai cru comprendre que vous deviez fuir sans tarder.

Le sourire de Wade n'atteignit pas ses yeux.

— On dirait que le téléphone arabe fonctionne à merveille dans la famille Cooper, les nouvelles vont vite.

— Jesse a appelé pour vous arranger la traversée du lac jusqu'à Willow Point. Jake vous y conduira et vous accompagnera pour protéger vos arrières.

— Et que se passera-t-il, une fois que nous aurons atteint Willow Point ?

— Mariah viendra vous chercher et elle vous emmènera aux écuries de Luke, répondit l'un des cousins de Wade.

Soit Jake soit Gabe. Annie ignorait, qui était qui ou même si, le sachant, elle aurait été capable de les différencier.

Wade lança un regard bizarre à son cousin.

— Tu n'espères pas que nous en repartions à cheval ?

Son autre cousin se mit à rire.

— Seigneur, non. Crois-tu que Luke vous laisserait prendre l'un de ses chevaux ? Non, tu pourras emprunter le van des écuries. Ils n'auront pas à transporter de chevaux dans les prochains jours. Et comme c'est l'ancien van de Riley Patterson, il n'est même pas enregistré au nom d'un Cooper.

Wade donna une tape sur l'épaule de son cousin.

— Gabe Cooper, tu es un génie.

— C'était mon idée, protesta Jake.

— Tu es un génie, toi aussi.

Wade se tourna vers Annie, son regard sombre pétillant de vie. Elle prit conscience qu'il était excité à la perspective de l'inconnu, de l'aventure, porteuse d'un grand mystère, qui les attendait. Même si cela pouvait être — non, plutôt serait presque certainement — dangereux. Peut-être du reste était-il excité *parce que* ce serait certainement dangereux.

Plus étrange encore, il semblait lui avoir communiqué son excitation car l'idée de prendre la fuite en sa compagnie faisait trembler ses genoux et s'emballer son cœur, non de peur mais de plaisir anticipé.

Avait-elle perdu l'esprit ? Ou était-ce le soulagement de pouvoir agir enfin, même s'il s'agissait de fuir des criminels, qui mettait son sang en ébullition ?

Pendant trois semaines de sa vie, presque rayées de sa mémoire, elle avait semble-t-il été une souris en cage, tourmentée et totalement impuissante. A présent, elle était libre. Fuyant pour rester en vie, taraudée par la peur, mais vivante.

Il était plus que temps.

La traversée du lac ne dura que quelques minutes. Ils furent accueillis à leur arrivée par une superbe femme brune aux yeux gris acier — Mariah, l'épouse du cousin de Wade, Jake — qui leur adressa un discret sourire de bienvenue avant de les faire monter en toute hâte dans le quatre-quatre. Un nouveau trajet de dix minutes le long d'une route sinueuse les mena dans la cour d'un vaste haras.

Un homme d'une taille imposante aux cheveux noirs coupés ras émergea d'une écurie. Il fit un signe d'au revoir à Mariah qui s'éloignait du haras au volant du quatre-quatre.

— Luke Cooper, se présenta-t-il. Je suis particulièrement heureux de vous trouver en vie.

Annie parvint à esquisser un sourire, bien qu'elle commençât déjà à se sentir accablée. Son récent accès de courage était vite retombé, songea-t-elle.

— Voilà les clés.

Luke tendit à Wade un petit objet où étaient accrochées deux clés.

— Tâche de ne pas avoir d'accident et ne te fais pas arrêter. Tu n'es pas couvert par la police d'assurance.

— Je pense que c'est le cadet de nos soucis, répliqua Wade avec un sourire narquois.

Luke regarda de nouveau Annie mais il adressa sa question à son cousin.

— Tu as une idée de votre destination ?

— Pas la moindre. Saurais-tu comment nous sommes censés garder le contact ?

— Ah oui. J'ai failli oublier.

Luke plongea la main dans sa poche et en sortit un petit téléphone portable d'aspect quelconque.

— Prépayé, intraçable. Utilise-le avec parcimonie.

Wade prit le téléphone.

— Merci. Pour tout.

Ils se dirigèrent de l'autre côté de l'écurie où un pick-up vert foncé poussiéreux, un Ram 1500, les attendait près d'une énorme balle de foin.

— Alors, demanda Wade à Annie en lui ouvrant la portière côté passager. Selon vous, où devrions-nous aller ?

Annie réfléchissait à la question depuis qu'ils avaient sauté à l'arrière du bateau de pêche de son cousin.

— Je pense qu'il n'y a vraiment qu'un endroit logique.

Il marqua une pause, cessant un instant de charger les sacs contenant leurs provisions sur la banquette du pick-up.

— Ah oui ? Lequel ?

— Je pense que nous devrions retourner en Géorgie.

Là où cet horrible cauchemar avait commencé.

7

— C'est vraiment une mauvaise idée.

Wade surveillait la grand-rue de Pea Hollow, Géorgie, population, trois cent cinquante habitants, et il se sentait comme un cerf en terrain découvert. Il pouvait pratiquement sentir les regards posés sur eux tandis qu'ils remontaient la rue principale en direction de la montagne.

— Sans risque, pas de récompense, décréta Annie avec résolution.

— Nous aurions pu arriver par la direction opposée, éviter la ville.

— Nous traversons toujours la ville quand nous venons ici. Si je veux me rappeler ce qui est arrivé après mon arrivée à l'aéroport de Chattanooga, il me semble nécessaire de retracer mes pas jusqu'ici.

Annie abaissa la casquette de base-ball de Wade sur son front.

— En général, nous faisons une halte à La Confiserie car maman affirme que leurs pralines aux noix de pécan sont les meilleures de la région.

Sa voix chevrota légèrement. Wade se tourna vers elle mais elle regardait droit devant à travers le pare-brise. Ses lèvres se mirent brièvement à trembler.

— Je préfère les pistaches au chocolat.

— Je vous offrirais bien de m'arrêter pour vous en acheter un sachet mais…

Elle afficha un sourire résigné.

— Oui, je sais, profil bas.

— Quoique, si vous avez l'habitude de vous arrêter quelque part, peut-être devrions-nous en faire autant, lui concéda Wade, partagé entre l'envie d'obtenir des réponses et le désir de garder Annie saine et sauve. Vous n'aurez pas à descendre mais je pourrais aller jeter un coup d'œil. Je filmerais l'intérieur de la boutique avec mon portable et vous visionneriez la vidéo pour voir si elle éveille en vous certains souvenirs.

Elle lui lança un regard reconnaissant.

— Bonne idée. Allons-y.

Il se sentit terriblement content d'avoir gagné son approbation.

— D'accord, dans ce cas. Cette confiserie était-elle le premier endroit où vous vous arrêtiez ?

Elle lui lança un regard oblique.

— A votre avis ? Deux femmes, une boutique remplie de chocolats.

Il lui sourit.

— C'est entendu, indiquez-moi la route du chocolat.

Elle le guida jusqu'à une modeste devanture faisant face au bureau de poste. L'inscription « La Confiserie » était peinte en lettres fantaisie en travers de la vitrine.

— C'est petit, vous devriez donc réussir à filmer toute la boutique en une minute environ. Faites-le délibérément, ce sera mieux. Inventez une histoire pour vous justifier.

Il fronça les sourcils. Il était sans doute doué pour détecter les mensonges mais pas vraiment pour en inventer.

— Telle que ?

— Dites par exemple que vous êtes venu pêcher avec des amis et que votre petite amie n'a pas pu vous accompagner car elle doit travailler, lui suggéra-t-elle. Prétendez que vous lui avez par conséquent promis de filmer votre visite à la boutique pour qu'elle ait l'impression d'être présente.

Elle décocha un regard malicieux à Wade.

— Et que vous achetez un sachet de pistaches au chocolat pour le lui rapporter.

Il se mit à rire.

— Pour parfaire ma couverture.

— Bien sûr.

Si un sachet de pistaches au chocolat avait le pouvoir de maintenir, même peu de temps, ce sourire sur son visage, il justifierait largement chaque cent dépensé.

Il décrivit un circuit complet dans la confiserie, filmant le comptoir, les vitrines et même certains clients. Comme prévu, la curiosité de la vendeuse derrière le comptoir le contraignit à lui débiter son histoire. La vendeuse trouva qu'il faisait preuve d'un dévouement adorable envers sa petite amie et elle ajouta même une demi-livre de pistaches.

— Le fait que je joue les idiots vous aura valu des pistaches supplémentaires, expliqua-t-il à Annie lorsqu'elle s'exclama devant le poids de confiseries qu'il avait acheté.

— Ce n'est pas idiot, c'est gentil et attentionné. Vous avez dû vraiment bien jouer votre rôle, Cooper.

Il ressentit de nouveau un accès de plaisir devant son sourire approbateur.

— Quoi qu'il en soit, laissez-moi vous prévenir, il est hors de question que je tienne votre sac à main au centre commercial.

Elle éclata de rire. C'était la première fois qu'il l'entendait exprimer de la joie depuis son réveil à l'hôpital du comté.

— J'en prends note.

Il lui tendit son téléphone tout en s'engageant dans la circulation de fin d'après-midi sur la rue principale.

— Je pense avoir couvert toute la boutique.

Elle lança l'enregistrement, souriant légèrement lorsqu'elle l'entendit expliquer en bégayant la raison pour laquelle il filmait. Mais soudain son sourire se figea et son corps se raidit, tendant la ceinture de sécurité.

Le téléphone tomba sur le plancher à ses pieds tandis

qu'elle crispait les mains en essayant de le rattraper. Elle laissa échapper un gémissement plaintif.

Ils avaient désormais quitté les abords de la ville et ils gravissaient la route boisée de montagne menant aux chalets de Pea Hollow. Il dut attendre de trouver un replat assez large pour y stationner le pick-up avant de s'occuper d'elle.

— Annie ?

Il posa la main sur son épaule.

Elle sursauta à son contact, hurlant de terreur.

Entravée par des câbles métalliques attachés au mur par des crochets, elle était incapable de bouger. Elle s'était auparavant libérée de ses liens, sciant les menottes en plastique dont ils s'étaient servis en premier lieu puis se débarrassant des cordes qu'ils avaient utilisées en remplacement des menottes.

Ils n'étaient pas disposés à la laisser de nouveau s'échapper.

— Laissez-moi partir ! hurla-t-elle dans l'obscurité, non pas parce qu'elle sentait une présence, comme c'était souvent le cas, mais parce que le son de sa voix la faisait se sentir très légèrement moins impuissante.

— Annie, arrête !

Ce n'était pas une voix qu'elle connaissait. C'était une voix sympathique. Une voix teintée de frayeur.

Elle se rendit compte que ses mains n'étaient plus entravées. Elle tira sur les sangles qui la maintenaient en place, surprise de trouver non pas de l'acier tressé mais du Nylon tissé. Elles cédèrent lorsqu'elle tira dessus lui laissant la place pour se rehausser. Mais quelque chose la retenait encore prisonnière au niveau de la taille.

Ce n'est pas réel. Ce n'est pas ce qui est arrivé.

La voix de la raison émit un murmure discret dans un recoin de son cerveau mais la panique l'étouffa. Elle tira désespérément sur la bande de Nylon qui la tenait captive, faisant glisser sa main sur la matière.

Elle sentit des mains sur elle, qui tentaient de la maintenir sur place. Elle lutta contre ses mains, aveugle mais terrifiée.

Soudain, à travers le néant emplissant sa tête, elle entendit la voix de son père. « Si tu réussis à sortir d'ici, trouve Marsh. »

Elle repoussa de nouveau les mains, redoublant d'efforts pour trouver le moyen d'échapper à la sangle maintenant ses hanches clouées au mur. Ses doigts effleurèrent du métal… une boucle. Elle enfonça une partie amovible et la boucle retomba, la libérant de sa captivité.

Elle se détourna des mains qui cherchaient à l'agripper et fonça, la tête la première, dans quelque chose de dur. Elle cria sous le coup de la douleur qui lui transperça la tête.

— Annie, arrête !

Les mains la rattrapèrent, la ramenant en arrière pour la presser contre un corps ferme et chaud.

Elle y voyait de nouveau. Mais la lumière était tellement vive qu'elle lui brûlait les yeux. La douleur de sa tête se réduisit à un élancement sourd et elle prit conscience qu'elle ne se trouvait pas du tout dans une pièce obscure.

Elle était assise dans un pick-up. Le mur qui la retenait prisonnière était la portière du passager.

Et le corps qui enveloppait le sien, la maintenant fermement, appartenait à Wade Cooper.

Elle se retourna entre ses bras, plongeant les yeux dans son regard insondable pour avoir la confirmation rassurante qu'elle avait raison. C'était bien lui. Il lui rendit son regard, le souffle court.

— Annie ? Vous m'entendez ?

— Je suis revenue, lui répondit-elle d'une voix râpeuse, la gorge douloureuse.

Il promena la paume de sa grande main sur sa joue, lui caressant le visage de ses doigts tremblants.

— Tant mieux. Vous vous sentez mieux ?

Elle hocha la tête, portant la main à son front. La casquette était restée en place mais, dessous, sa tête la faisait souffrir. Elle l'ôta, laissant ses cheveux retomber librement et elle vérifia le bandage adhésif couvrant l'entaille à la naissance de ses cheveux. Lui non plus n'avait pas bougé.

— Me suis-je cogné la tête ? demanda-t-elle.

— Vous avez foncé la tête la première dans la vitre mais la visière de la casquette vous a évité de vous abîmer le visage.

Il prit son menton dans le creux de sa main, lui levant le visage pour examiner son front.

— Je ne vois pas de sang transpercer le bandage.

— Combien de temps a duré cette nouvelle absence ?

Elle regarda autour d'eux, essayant de se repérer. Ils étaient stationnés sur un replat essentiellement bordé d'arbres. C'était la route menant aux chalets parsemant le versant de la montagne. La ville était à présent derrière eux. On ne l'apercevait plus à travers les arbres.

— Une ou deux minutes seulement.

Wade se pencha en avant et ramassa le téléphone tombé aux pieds d'Annie.

Elle le lorgna d'un air méfiant, consciente que quelle que soit la chose qui avait provoqué ce flash-back, elle devait figurer sur cette vidéo. Prudemment, elle tenta de se rappeler les images qu'elle avait vues après avoir appuyé sur le bouton « lecture ».

L'intérieur de la boutique, un spectacle familier, agréable. L'eau lui vint à la bouche, même alors, au souvenir de la vitrine remplie de confiseries au chocolat. Wade avait promené lentement le téléphone, prenant une vue panoramique de l'intérieur de la boutique incluant les broderies au point de croix accrochées au mur ainsi que le visage souriant de la vendeuse derrière le comptoir.

Des clients étaient présents. Pour la plupart, des touristes en tenue décontractée agglutinés autour des vitrines en quête de délices sucrés qu'ils pourraient déguster sans culpabiliser puisqu'ils étaient en vacances.

Puis, soudain, la caméra avait capté dans son champ le mur du fond…

— Laissez-moi visionner de nouveau cette vidéo, reprit-elle en tendant la main.

Wade lui lança un regard circonspect.

— Je ne suis pas certain que ce soit une bonne idée.

Elle pouvait difficilement lui reprocher son hésitation. Elle boucla sa ceinture, la serra et tendit la main.

— S'il vous plaît.

Il soupira et il lui donna le téléphone. Elle appuya sur la touche « lecture » et regarda de nouveau défiler les images. L'entrée, le comptoir des friandises, les délicieux chocolats, la jolie vendeuse… c'était à ce moment-là. Wade racontait l'histoire du week-end de pêche et de la petite amie retenue chez eux lorsqu'il avait braqué la caméra vers le mur latéral.

Un homme se tenait debout près des ballotins de chocolats, faisant mine de réfléchir à son choix. Vu de dos, il paraissait assez ordinaire, un simple touriste de plus, vêtu d'un pantalon kaki et d'un polo de golf bleu clair. Mais lorsqu'il se tourna vers Wade, il se figea durant un instant puis il détourna rapidement la tête.

Mais pas assez rapidement.

Elle revint en arrière et elle appuya sur « pause » lorsque le visage de l'homme fut complètement tourné vers elle. Il portait un chapeau de pêche mais il était suffisamment relevé pour révéler un visage ordinaire, un large front, des pommettes plates, une bouche mince et une mâchoire carrée. Il n'y avait rien chez lui de remarquable

Elle avait vu ce visage auparavant, dans le salon du chalet de son père. Il les avait attendus, tapi à l'intérieur, à leur retour du petit déjeuner, ce deuxième jour de leurs vacances.

Il ne les avait pas attendus seul.

— Vous le reconnaissez ? lui demanda prudemment Wade.

Perturbant la concentration d'Annie, sa voix la fit sursauter. Elle eut un petit rire amer.

— C'est l'un des hommes qui nous ont enlevés, au chalet.

— Vous vous en souvenez ?

Elle hocha la tête, un frisson lui parcourant la colonne vertébrale.

— Pas en détail mais je sais qu'il était présent. Il y avait également d'autres individus. Je ne me rappelle rien de plus les concernant, seulement qu'ils étaient là.

— C'est déjà très bien. C'est même extraordinaire.

Il posa sur son épaule une main légère, hésitante.

Mais elle trouva ce contact revigorant. Comme il retirait sa main, elle la retint.

— Merci.

— De quoi ?

— Vous avez pris un gros risque en m'accompagnant ici. J'ai conscience que vous n'y étiez pas obligé.

Il exerça une pression sur son épaule et libéra doucement sa main de son étreinte.

— Voyons si je peux tirer un cliché de cette vidéo et l'envoyer par e-mail à Gossamer Ridge.

— Cela ne risque-t-il pas de révéler notre position ? Puisque votre frère pense que l'on surveille étroitement votre famille.

— Je l'enverrai d'abord à Luke. Il pourra le transférer à Jesse. Ou alors l'apporter à mon cousin Aaron afin qu'il voie s'il est possible de mettre un nom sur ce visage.

Elle n'osa espérer que quelque chose d'utile résulte de l'identification de l'homme sur la vidéo. Même s'ils démontraient qu'il était relié à l'U.S.S., cela ne ferait que confirmer ce qu'ils pensaient déjà.

Elle ne se rappelait peut-être pas précisément ce qui était advenu de sa famille, mais elle était persuadée, en son for intérieur, que l'U.S.S. était impliquée.

— Allons-y. « Envoyé ».

Wade rangea son téléphone dans sa poche et boucla sa ceinture avant de tourner la clé de contact. Le Ram revint à la vie dans un vrombissement.

— Nous ne sommes peut-être pas obligés de gagner tout de suite la montagne, qu'en pensez-vous ?

Elle comprit ce qu'il sous-entendait.

— Vous craignez que j'aie une nouvelle absence ?

— Je me dis seulement qu'une par jour suffit. Pourquoi ne pas nous trouver un motel dans la prochaine ville et nous y installer pour la nuit ?

Elle fit glisser son doigt le long de la sangle de la ceinture de sécurité, une pensée nouvelle affleurant à son esprit. Ils n'avaient pas pris le temps de réfléchir à toutes les implications de leur fuite précipitée en direction de l'est tandis qu'ils avalaient les kilomètres d'autoroute pour mettre de la distance entre eux et les individus qui, dans le comté de Chickasaw, étaient à sa recherche. Il y avait une chose à laquelle aucun d'entre eux n'avait pensé.

— Je pense que nous devrions prendre une seule chambre, déclara Wade.

Quoique, peut-être y avait-il pensé, pour sa part.

— Parce que vous pourriez avoir un autre flash-back, ajouta-t-il précipitamment, en croisant son regard oblique.

— Très juste.

C'était la seule option raisonnable. D'une part, elle doutait que l'un comme l'autre fussent pleinement en sécurité, dans la solitude d'une chambre inconnue. D'autre part, si un nouveau flash-back venait altérer son état, Dieu seul savait où elle échouerait avant de recouvrer ses esprits.

— Ou alors nous pourrions retourner en Alabama et laisser mon cousin vous garder sous la protection de la police, ajouta Wade d'un ton neutre.

Elle reporta les yeux sur lui. Il fixait la route sinueuse

bordée de forêts à flanc de montagne. Son profil figé était impossible à décrypter.

— Préféreriez que nous fassions cela ? demanda-t-elle. Je veux dire… comme je le faisais remarquer, tout ceci exige beaucoup de vous…

Il lui jeta brièvement un regard farouche.

— J'ignore où vous pourriez être le plus en sécurité. C'est la seule chose à prendre en compte.

— Je ne serais nulle part plus en sécurité qu'avec vous.

Elle avait laissé échapper ces propos sans réfléchir. Mais ils exprimaient son intime conviction.

Il posa sur elle un regard brûlant.

— Dans ce cas, entendu. Trouvons un motel bon marché et installons-nous pour la nuit.

Le « Motel des montagnes » de Samsonville était loin d'être aussi pittoresque que son nom le suggérait. Wade trouva le réceptionniste plus que disposé à accepter du liquide — incluant un généreux pourboire — plutôt qu'une carte de crédit pour régler la nuitée. Il amena le pick-up devant la chambre et pressa Annie d'entrer, prenant soin de la soustraire rapidement au regard éventuellement indiscret d'occupants des chambres voisines.

Il y avait deux lits, dont aucun ne semblait particulièrement engageant mais Annie ne parut pas encline à se montrer difficile. Elle se laissa tomber sur le matelas le plus proche et s'affala en avant, les coudes sur ses genoux.

— Cette cavale pour rester en vie, ce n'est pas aussi excitant qu'il y paraît à la télévision.

Il lui enleva sa casquette, la forçant à lever les yeux vers lui.

— Comment vous sentez-vous ? Comment va votre tête ?

— Je vais bien, lui répondit-elle.

Elle lui parut plutôt sincère.

— Mais je prendrais volontiers une douche bien chaude.

— Moi aussi.

Ce long trajet avait mis à rude épreuve son genou droit défaillant. Une douche chaude détendrait sans doute ses muscles endoloris.

Elle pencha la tête sur le côté.

— Allez-y le premier. Et n'utilisez pas toute l'eau chaude.

— Vous êtes certaine ?

Elle hocha la tête, saisissant le sac en papier qu'il avait déposé près d'elle sur le lit.

— Je resterai ici pour examiner de plus près ces pistaches au chocolat.

Elle esquissa une mimique espiègle qui le fit sourire.

Il se doucha rapidement puis il enfila un jean propre et un T-shirt vert olive décoloré, datant de son service dans le corps des Marines. L'eau chaude avait en partie soulagé la douleur de son genou mais il trouva sa claudication beaucoup trop prononcée à son goût tandis qu'il rejoignait Annie.

— Les lits sont d'une propreté étonnante, commenta cette dernière, étendue sur le dos sur le lit du fond.

Les pistaches qu'elle était occupée à grignoter rendaient ses paroles confuses.

— J'imagine qu'il n'y a pas le câble ? dit Wade en s'asseyant sur le lit voisin. Et, dites donc, ne vous coupez pas l'appétit.

Ils s'étaient arrêtés dans un fast-food à cinq cents mètres du motel et avaient acheté hamburgers et boissons sans alcool pour compléter les quelques provisions que Wade avait glissées dans son sac marin.

Elle fit la moue et se redressa, laissant le sachet de friandises de côté. Puis elle fit un signe de tête en direction de son genou, qu'il s'était mis à frictionner distraitement.

— Il vous fait toujours mal ?

— Un mal de chien, reconnut-il.

Elle se leva de son lit et vint s'asseoir à côté de lui.

— Mon père s'est blessé au genou alors que j'étais encore

au lycée. Il était terrifié à l'idée que cela puisse ruiner sa carrière… Les pilotes estropiés ne sont pas promis à un brillant avenir. Je l'aidais à faire sa rééducation à la maison.

Elle croisa le regard de Wade qui lut une interrogation dans ses yeux d'un chaleureux brun caramel.

Se sentant soudain incapable de lui refuser quoi que ce soit, il hocha légèrement la tête.

Elle posa sa main en conque au-dessus de son genou récalcitrant, testant avec douceur l'articulation enflée.

— Des dommages neurologiques ?

— En effet, admit-il, se sentant rougir, décontenancé.

— Ainsi que des muscles déchirés, constata-t-elle en faisant glisser ses doigts sur les muscles déformés, là où la balle avait pulvérisé la chair et les os.

— Aïe.

Aussi clinique que soit cet examen, il avait décidément un effet non clinique sur son corps. Bien qu'il luttât pour n'en rien laisser paraître, son sang s'était mis à bouillir dans ses veines à chaque contact léger, son corps se consumant d'une brûlante ardeur sexuelle. Si elle laissait davantage remonter ses doigts le long de sa jambe, il risquerait d'être totalement incapable de lui cacher sa réaction.

Elle retira sa main de son genou et releva lentement la tête, un désir égal embrasant son regard.

— Que faisons-nous ? chuchota-t-elle en se rapprochant dangereusement de lui.

— Je l'ignore, confessa-t-il, incapable de s'éloigner.

Elle était si proche de lui qu'il sentit la chaleur de sa peau irradier contre la sienne. Son souffle au parfum sucré de pistache effleura son visage.

Il fallait qu'il découvre sa saveur, qu'il goûte à sa suavité.

Elle glissa la main dans le col de sa chemise, triturant le tissu pour l'attirer à elle. Il pressa sa bouche contre la sienne, haletant sous l'effet du désir.

Sucré et salé. D'une sensualité torride et ténébreuse. Tandis qu'elle nouait les mains derrière sa nuque, il enveloppa sa taille de ses bras et il l'attira contre lui, cédant à l'envie de sentir son corps ferme et consentant contre le sien.

Elle laissa échapper un gémissement sourd, enfonçant les ongles dans son dos. Puis, soudain, il sentit son corps se raidir et le gémissement se transforma en un cri.

Il s'écarta précipitamment au moment où elle le repoussait violemment, submergée par la terreur. Elle se rua loin de lui, le regardant sans le voir.

De nouveau, elle avait perdu tout contact avec la réalité.

8

La pièce était plongée dans l'obscurité et il y régnait une odeur de transpiration et de peur.

Sa transpiration. Sa peur.

Lorsque la porte s'ouvrit avec un crissement de métal, Annie sortit brusquement de sa stupeur désespérée, son corps se raidissant à la perspective de l'horreur à venir.

Au cours des derniers jours, les visites avaient été espacées à des intervalles irréguliers, choisis, elle en était certaine, afin d'accroître au maximum son angoisse. De lui laisser le temps de trembler de peur et de désespoir dans l'attente de la prochaine confrontation.

Ce n'était pas le même homme chaque fois. Bien qu'ils l'eussent gardée dans une obscurité quasi totale, à leur entrée dans la pièce, elle parvenait quand même à les différencier en fonction du timbre et de l'accent de leurs voix. L'un d'eux était originaire de la Louisiane. Il avait un accent du bayou prononcé qui ne faisait rien pour adoucir la cruauté de ses railleries. Un autre venait de quelque part dans le Nord. Il avait disparu plus tôt, après la première semaine. Puis il y avait un troisième homme, celui qui manipulait les aiguilles. Elle les détestait, son accent insipide, neutre, et lui.

Enfin, il y avait le quatrième homme. C'était un Noir avec un léger accent citadin du Sud mais ce n'était pas le seul point qui le différenciait des autres. Son intonation était presque bienveillante. Relativement sympathique. Il n'était pas au nombre de ceux qui la tourmentaient. Il se contentait de lui apporter ses repas et il ressortait de la pièce, avare de ses gestes comme de ses paroles. Mais cela faisait un moment qu'elle ne l'avait pas vu.

Il commençait à terriblement lui manquer.

Une lumière vive jaillit de la lampe torche braquée droit dans ses yeux. Ses pupilles se contractèrent douloureusement et ses paupières tentèrent de se refermer. La lumière se rapprocha, lui agressant plus cruellement les yeux.

— Vous avez faim ?

Cette voix était celle de l'homme originaire de la Louisiane. Un frisson de peur lui parcourut le dos, faisant se contracter ses muscles et se liquéfier ses entrailles.

— Je veux voir mon père.

Elle ignorait pourquoi elle se répétait. Elle savait que ce modeste acte de défi lui vaudrait un châtiment plus sévère mais elle craignait, si elle ne réitérait pas cette même question chaque fois que quelqu'un entrait dans sa cellule, de se laisser totalement submerger par sa terreur. Peu importerait alors qu'elle puisse leur échapper.

— Tu sais pourtant que ça n'arrivera pas, ma jolie.

Sa voix était proche, son souffle chaud lui effleurait la joue. Elle parvenait désormais à distinguer ses traits bien qu'il gardât la torche braquée sur ses yeux.

Sa silhouette était floue mais du moins put-elle voir ses yeux, scintillant à la lueur réfléchie du faisceau de la torche.

— Vous ne pourrez pas me garder toujours ici.

— Non, je ne pense pas que ce soit le plan, mon ange.

Il lui toucha le cou, faisant glisser un doigt sur sa clavicule de plus en plus saillante. Ils ne l'avaient pas privée de nourriture mais elle n'avait pas eu l'appétit de manger plus que le minimum vital lui permettant de subsister.

Sa peau se hérissa à son contact et elle frissonna. Sans doute perçut-il ce frémissement car il se mit à rire.

— La consigne est de regarder mais de ne pas toucher.

— Et la torture, vous appelez cela comment ? lui rétorquat-elle, la peau toujours enflammée par la dernière injection qu'ils lui avaient faite.

Elle ne savait pas ce qu'ils lui administraient mais cela brûlait horriblement. Ils ne lui laissaient pas beaucoup de lumière même en leur absence, aussi ne distinguait-elle pas bien les marques laissées par les aiguilles sur sa peau.

— Il y a différentes manières de toucher, petite fille.

Sa voix traînante recélait une évidente allusion sexuelle. Son souffle était plus chaud, plus proche. Elle sentit une odeur de café ainsi qu'une soudaine bouffée de menthe.

— Je veux voir mon père.

Elle répétait ces mots comme une incantation comme s'ils possédaient en quelque sorte le pouvoir de l'empêcher de sombrer complètement dans la démence.

La voix de l'homme susurra à son oreille :

— Peut-être pourrais-je faire quelque chose pour toi si tu fais quelque chose pour moi.

Elle entendit le bruit d'une fermeture Eclair et son corps tout entier se contracta de dégoût.

Soudain la porte s'ouvrit, inondant la pièce de lumière. Une haute silhouette sombre s'encadra dans l'embrasure de la porte, large d'épaules, imposante.

— Dehors ! ordonna-t-elle.

L'obscurité qui enveloppait Annie céda brusquement la place à la douce lueur du soir tombant.

Il lui fallut quelques secondes pour se recentrer. Elle n'était pas attachée au mur dans une pièce sombre, froide et humide. Elle était au contraire assise sur un lit et deux bras chauds et puissants la maintenaient fermement. Ressentant un besoin d'espace et de distance, elle se libéra de ces bras. Elle voulait se sentir autonome.

Elle finit par battre en retraite sur l'autre lit et elle s'y assit lourdement. Wade Cooper était assis face à elle sur le lit opposé, une expression circonspecte dans ses yeux sombres.

— Annie ?

— Je vais bien, le rassura-t-elle.

Et c'était vrai. Même le dégoût insidieux et la terreur occasionnés par le rêve s'étaient rapidement évaporés, avalés par la réalité.

Plus important encore, cette fois elle se rappelait le flash-back.

Elle se rappelait tout. Les éléments sensoriels… la pièce sombre, les murs inhospitaliers, les liens serrés. L'odeur de café et de menthe dont était chargée l'haleine de son ravisseur. L'éclat de ses yeux dans la faible clarté. Et même le son de sa voix.

— L'homme dans la boutique de confiseries, dit-elle à voix haute. Je suis formelle, c'était l'un de mes ravisseurs.

— Nous avions cru le comprendre.

— Et je ne pense pas qu'ils m'aient violée, ajouta-t-elle, éprouvant un profond soulagement. Il m'a dit que leur politique envers moi était de « regarder sans toucher ».

Elle grimaça.

— Mais il n'appréciait guère cette consigne.

— Vous vous rappelez le flash-back cette fois ?

Il parut surpris.

Elle hocha la tête.

— Oui. Ce n'est pas une construction de mon esprit. C'est un souvenir. C'était trop clair, trop détaillé pour être autre chose.

— Vous rappelez-vous où vous vous trouviez ?

— Non, seulement que c'était une petite pièce sans fenêtres. Ils me gardaient autant que possible dans l'obscurité. Sans doute plutôt afin de se protéger que pour me punir.

Elle n'aurait su expliquer pourquoi elle pensait que c'était le cas mais elle avait le sentiment d'avoir raison.

— Ils me gardaient enchaînée au mur. Je n'avais pas une grande liberté de mouvement.

— Vous ont-ils privée de nourriture ?

Elle secoua la tête.

— Trois repas par jour.

De cela aussi, elle était certaine bien qu'elle n'ait pas le souvenir précis d'avoir mangé aucun de ces repas.

— Vous souvenez-vous de tout ?

— Non, reconnut-elle. C'est assez étrange... je me rappelle tout ce qui a trait à ce souvenir, à ce moment précis. Je me rappelle tout sur ma captivité jusqu'à cet instant. Mais je ne me rappelle ni comment je me suis retrouvée dans cet endroit ni comment je l'ai quitté.

— Vous vous rappeliez être montée subrepticement à bord d'un camion tout à l'heure, n'est-ce pas ?

Elle hocha la tête.

— Je pense qu'il s'agissait d'une sorte de camion bâché.

— Vous souvenez-vous de ce qu'il y avait à l'intérieur ?

Elle tenta de se le représenter, de surmonter la sensation d'être enfermée et en mouvement mais elle ne put franchir le mur invisible qui se dressait entre sa mémoire et elle.

— Non.

— Pas de problème. Vous vous êtes souvenue de beaucoup plus de choses cette fois. Et vos réminiscences ont persisté. Vous êtes en progrès.

— Vous avez raison.

Son regard traversa l'espace étroit qui les séparait et elle perçut une lueur d'espoir dans les yeux de Wade. Elle se rendit compte qu'il souhaitait vraiment lui voir recouvrer la mémoire. Mais était-ce dans son propre intérêt ? Ou alors dans celui de l'enquête que menait sa famille ?

Et quelle place ce baiser tenait-il dans tout cela ?

Il fronça les sourcils devant le regard soudain scrutateur qu'elle posait sur lui.

— Vous rappelez-vous autre chose ?

— Vous m'avez embrassée.

Il rougit légèrement, son regard sombre se radoucit.

— En effet. Bien que, techniquement, je dirais que ce fut un effort combiné.

Elle esquissa un sourire.

— C'est juste.

Le sourire qu'il lui adressa en retour s'effaça rapidement.

— Est-ce ce qui a provoqué le flash-back?

— J'imagine, lui concéda-t-elle.

— Etait-ce si désagréable ?

Il avait posé la question sur un ton léger mais elle décela une pointe de vulnérabilité derrière ses paroles.

— Non.

Elle n'était pas sûre de pouvoir expliquer ce qui avait pu être à l'origine de la corrélation mais il s'était montré tellement bienveillant à son égard jusque-là. Il méritait qu'elle fasse un effort.

— Je pense que cela a davantage un rapport avec ce que j'ai ressenti.

— Du dégoût ?

— Non.

Elle lui adressa une moue espiègle.

— De la vulnérabilité.

— Oh.

— J'ai senti que je perdais le contrôle et je suppose que c'est ce qui a réellement déclenché le processus.

Elle baissa les yeux sur ses mains, notant pour la première fois combien ses ongles étaient courts et abîmés. Elle avait toujours pris soin de les manucurer, les gardant nets, longs et vernis comme il sied à une femme menant une carrière professionnelle, en grande partie parce que, lorsqu'elle était une adolescente mal dans sa peau, elle avait eu la vilaine habitude de les ronger méthodiquement.

Elle serra les poings pour ne plus voir ses ongles.

— C'était un délicieux baiser.

— Comment pouvez-vous en juger ? murmura-t-il. Vous avez été aussitôt submergée par vos souvenirs.

— Je me rappelle le début, protesta-t-elle. C'était agréable.

— Mais ?

Il posa sur elle un regard interrogateur.

— Je ne pense pas que cela doive se reproduire. Pour l'instant.

Peut-être même jamais.

— Entendu.

Elle lui glissa un regard oblique, étonnée de se sentir blessée par son assentiment désinvolte.

— Pas même une protestation de pure forme, ne serait-ce que pour épargner mon amour-propre?

Il lui sourit et elle ressentit un léger regret d'avoir ruiné la perspective d'un autre baiser. Il était terriblement séduisant, surtout lorsqu'il souriait. Et distraire son esprit de ses soucis par une nouvelle séance de bécotage avec ce cow-boy et ex-marine la tentait plus qu'elle ne l'aurait imaginé.

— Vous savez quoi ? reprit-il, souriant toujours. Lorsque nous aurons retrouvé vos parents et que vous serez prête à reprendre une vie plus normale, si vous êtes toujours disposée à batifoler avec un ex-marine boiteux, vous saurez où me trouver.

Elle lui retourna son sourire, s'efforçant d'imaginer à quoi ressemblerait le fait de retrouver une vie normale. Serait-ce même un jour envisageable, après ce que ses parents et elle avaient traversé ?

Son sourire disparut à l'évocation d'un autre souvenir. Non pas en rapport avec son dernier flash-back mais avec le précédent. Elle se rappela le son de la voix de son père, son ton assourdi et pressant. Elle ressentit un sinistre accès de terreur tandis que les mots résonnaient dans sa tête et fut soudain certaine qu'ils avaient été prononcés dans l'urgence tandis que le monde autour d'eux échappait à tout contrôle.

Si tu réussis à sortir d'ici, trouve Marsh.

— Annie ?

— Je ne suis pas en train d'avoir un flash-back, l'informa-t-elle, levant les yeux vers lui.

— Vous paraissiez un peu distante.

Trouve Marsh. C'était la raison pour laquelle elle était venue à la maison du lac.

Parce que son père lui avait dit que si elle échappait à leurs ravisseurs, elle devrait trouver le général Marsh. Et il lui avait également dit de protéger le code.

Mais quel code ?

Le téléphone portable de Wade se mit à sonner, ses trilles infligeant un choc électrique au système nerveux d'Annie. Elle releva brusquement les yeux et vit qu'il la fixait, le front creusé.

— Oui ? dit-il en décrochant.

Pendant un moment, il écouta son interlocuteur.

— Attends, je mets le haut-parleur.

Il appuya sur une touche.

— Vas-y.

La voix grave de Luke Cooper s'éleva sur la ligne altérée par les parasites.

— Comme je le disais, nous avons identifié l'homme de la boutique de confiseries. Rick est passé au haras pour voir la vidéo et il nous a appris qu'il se nommait Toby Lavelle.

Ce nom n'évoqua rien à Annie mais l'expression de Wade s'assombrit.

— Ce ne serait pas ce trafiquant d'armes à qui Scanlon a eu affaire à Bolen Bluff en avril dernier ?

— Lui-même. L'ex-agent MacLear. Apparemment, il aurait trempé dans des opérations douteuses aux côtés de l'U.S.S. avant que la société MacLear Sécurité ne fasse faillite. Rick nous a avertis qu'il ne reculait devant rien… Vous feriez bien de vous tenir éloignés de lui.

Wade croisa le regard d'Annie.

— Nous l'avons bien compris.

— Comment tenez-vous le coup, tous les deux ?

— Jusqu'à présent, ça va, répondit prudemment Wade tout en lançant un regard interrogateur à Annie.

Elle hocha brièvement la tête bien que le flot d'informations qui la submergeait pour l'instant — de l'appel de Luke Cooper à son propre afflux de souvenirs décousus — ne la fasse pas se sentir bien du tout.

— Je préfère ne pas rester en ligne trop longtemps.

— Garde le contact, lui conseilla Luke.

— Je le ferai.

Wade raccrocha et glissa le téléphone dans sa poche, son regard toujours rivé à celui d'Annie.

— Et si vous alliez prendre une douche ? Je vais sortir les hamburgers et ensuite nous pourrons manger.

Une douche lui parut une merveilleuse idée bien qu'elle commençât à se demander combien de temps ses jambes vacillantes pourraient supporter son poids. Elle se doucha aussi rapidement qu'elle le put et se sécha sans perdre de temps de peur de s'effondrer.

Elle réussit à enfiler un jean propre et un T-shirt à manches longues avant que ses jambes ne la trahissent finalement et qu'elle ne s'écroule devant le lavabo.

Des larmes brûlantes se mirent à couler de ses yeux. Elle les essuya d'un revers de main mais elles revinrent aussitôt, lui piquant les yeux.

Un sanglot étouffé s'échappa de sa gorge et elle plaqua une main contre sa bouche afin de l'empêcher d'enfler. Mais son corps se secouait à chaque nouveau sanglot avorté, à chaque gémissement de désespoir réprimé.

Comment sa vie avait-elle pu se trouver si complètement, si irrévocablement bouleversée ? Son esprit — celui, parmi ses attributs, qu'elle avait toujours le plus prisé — l'avait trahie, lui dissimulant de dangereux secrets, dans une cruelle partie de cache-cache. Son corps, qu'elle s'était tant exercée à garder fort et en bonne condition, en était réduit à n'être plus qu'une coquille fragile incapable de lui permettre de se tenir debout assez longtemps pour prendre une douche rapide.

Tout était dénué de sens. Rien ne lui semblait plus familier dans ce monde chaotique où elle s'était réveillée moins de vingt-quatre heures plus tôt.

Accorde-toi du temps. La voix qu'elle entendit alors dans sa tête était celle de sa mère, douce et compréhensive, comme toujours. Attentionnée et sans malice. Cathy Harlowe était la personne la plus gentille qu'Annie connaisse et elle s'était toute sa vie efforcée de contrebalancer l'énergie fougueuse héritée de son ambitieux de père par la bonté naturelle de sa mère.

Un nouveau sanglot l'ébranla, franchissant la barrière de ses mâchoires serrées. Où se trouvait sa mère en cet instant ? Qu'est-ce que ces salauds lui avaient fait ? Annie ne voyait personne en ce bas monde qui méritât moins qu'elle d'être tourmenté et maltraité.

Un coup léger, frappé à la porte de la salle de bains, la fit se recroqueviller, et elle chercha instinctivement à se réfugier sous le lavabo. Il fallut quelques instants à son cerveau en état d'hyper vigilance pour conclure que c'était certainement Wade Cooper qui était de l'autre côté de la porte. Et si elle ne lui répondait pas rapidement, il entrerait et il assisterait au spectacle de son effondrement.

Elle tenta de parler mais sa gorge nouée refusa d'articuler un son. Soudain, il fut trop tard. Wade ouvrit la porte et passa la tête par l'entrebâillement.

Leurs regards se croisèrent et elle détourna la tête, humiliée.

Au bout d'un moment, il entra dans la salle de bains et elle entendit la porte se refermer derrière lui. Cela paraissait étrange de s'enfermer ainsi alors qu'il n'y avait personne d'autre dans la chambre du motel mais elle trouva cette intimité supplémentaire singulièrement réconfortante.

Wade s'assit près d'elle, attentif à ne pas la toucher.

— Etes-vous blessée ?

Elle secoua la tête, refusant toujours de le regarder.

— C'est seulement un mauvais moment à passer.

— Ah.

Il demeura silencieux pendant quelques instants puis il reprit à voix basse :

— Je me suis retrouvé assis par terre la première fois que j'ai essayé de prendre un bain seul après avoir été blessé. J'étais complètement nu dans la salle de bains et totalement incapable de me relever. Et la seule personne présente dans la maison à ce moment-là était ma cousine Hannah, qui était passée voir comment j'allais.

Elle grimaça devant le tableau qu'il lui brossait.

— Si vous vous dites que c'était gênant pour moi, pensez à la pauvre Hannah. Mais c'est une Cooper, elle a donc relevé mes pauvres fesses nues et elle m'a fait un sermon sur le fait de vouloir aller trop vite. Se remettre demande du temps.

— Et parfois, cela n'arrive jamais, lui répondit-elle, la voix étranglée par les larmes. Parfois les choses ne peuvent pas s'arranger.

Il frictionna son genou blessé.

— C'est vrai. Mais elles sont généralement supportables si l'on s'accorde ne serait-ce que le temps de souffler.

— Si seulement je pouvais me rappeler ce qui s'est passé...

— Cela fait à peine une journée que je vous ai trouvée. Vous ne pouvez pas escompter que tout vous revienne d'un seul coup. Je ne suis même pas sûr que votre cerveau puisse supporter ce genre d'assaut.

Elle reporta alors son regard sur lui.

— Ce que je sais pourrait sauver ma famille si seulement j'étais capable de me le rappeler.

— Vous vous êtes déjà souvenue de certaines choses, n'est-ce pas ?

Elle détourna de nouveau les yeux. Elle se rappelait bien davantage que ce qu'elle lui avait dit.

— Je me disais une chose, poursuivit-il face à son absence de réponse. Je ne pense pas que ce soit une bonne idée que nous fassions de vieux os ici avec cet homme de l'U.S.S. qui rôde dans les parages. Il se peut qu'il vous recherche, se figurant que vous reviendriez sur les lieux où vous avez vu vos parents pour la dernière fois.

Une part d'elle était totalement d'accord avec lui, celle qui s'était recroquevillée, tremblante, sous le lavabo d'une chambre de motel. Mais cette part d'elle n'était pas censée dicter sa loi. Elle ne représentait pas la vraie Annie Harlowe.

Elle avait également une colonne vertébrale. Et elle savait comment en faire usage.

Annie se dégagea de sous le lavabo et elle se redressa, agréablement surprise de découvrir que ses jambes ne tremblaient plus.

— Je n'ai pas encore dit mon dernier mot, déclara-t-elle en baissant les yeux vers lui.

Il soutint son regard.

— Bien.

Posant ses mains par terre près de lui, il tenta de se relever mais la difficulté lui sembla insurmontable. Finalement, il piqua un fard et baissa le menton sur sa poitrine.

— Bon sang. Quelle idée j'ai eue là de m'asseoir par terre.

Annie lui tendit la main. Il posa les yeux sur sa main secourable puis sur son visage. Alors, tout à coup, il se mit à sourire et elle éprouva la même attirance irrésistible qui l'avait entraînée avec lui dans un baiser passionné peu de temps auparavant. Mais elle ne retira pas sa main et le laissa s'en saisir, refermant ses doigts autour des siens afin de lui offrir un point d'appui.

Il trébucha légèrement en retrouvant la station debout, la repoussant de son poids contre la porte de la salle de bains. Une onde de désir se propagea au plus profond d'elle tandis que le corps ferme de Wade se plaquait, l'espace d'un long moment enivrant, contre le sien.

Son visage était tellement proche qu'elle fut prise de vertige en tentant de regarder dans ses insondables yeux sombres. Ses paupières palpitèrent avant de se fermer. Elle saisit à pleine main le tissu de son T-shirt, réprimant un gémissement de désir.

Il ne fallait pas qu'il l'embrasse de nouveau, songea-t-elle. Elle ignorait si elle serait capable de résister s'il l'embrassait encore.

Posant les mains sur la porte de chaque côté de sa tête, Wade s'écarta d'elle, la privant de sa chaleur. Elle réprima un nouveau gémissement, de déception cette fois.

— Désolé, murmura-t-il.

Elle rouvrit les paupières et croisa son regard rempli de questions.

Se ressaisissant, elle releva le menton et redressa le dos.

— Il n'y a pas de mal.

Elle ouvrit la porte de la salle de bains et se glissa à l'extérieur, le laissant la suivre.

Sur la table près de la fenêtre, il avait posé leur dîner : deux hamburgers enveloppés de papier aluminium dans une tentative probablement vaine pour les garder chauds.

Elle s'assit, laissant Wade prendre place en face d'elle.

— Merci.

— De quoi ?

— Pour ce dîner.

Elle lui glissa un regard oblique et sourit.

— Et pour vous être assis près de moi par terre en sachant pertinemment que vous pourriez avoir des difficultés à vous relever.

— Je n'étais pas dans l'un de mes meilleurs moments.

Il concentra son attention sur le hamburger qu'il déballait.

— Au contraire.

Il releva les yeux vers elle.

— Vous préférez les hommes boiteux et stupides ?

Elle soupira.

— Est-ce vraiment la manière dont vous vous voyez ?

Il secoua la tête.

— Je me considère toujours comme valide. C'est peut-être là mon problème. Je ne suis pas réaliste.

Mais, aux yeux d'Annie, son problème était l'exact opposé. Elle l'avait vu se déplacer lorsqu'ils s'étaient trouvés dans l'urgence. Au début, il boitait en poussant son fauteuil mais il n'avait pas eu de difficultés à courir le long du tunnel une fois qu'ils eurent compris que les individus lancés à leurs trousses les rattrapaient rapidement. Et tandis qu'ils préparaient leur départ précipité de Gossamer Ridge, sa claudication était devenue presque imperceptible.

Elle supposa toutefois que c'était une prise de conscience à laquelle il devrait parvenir de lui-même. Aussi longtemps qu'il se sentirait invalide, il le serait.

Entre-temps, elle était aussi parvenue à une résolution dont elle était quasiment certaine que Wade la désapprouverait. Elle-même n'en était pas particulièrement ravie étant donné la facilité avec laquelle elle sombrait dans ses étranges flash-backs.

Mais chaque seconde qui s'écoulait faisait courir à ses parents un danger plus grave. Elle n'avait pas le temps de se remettre avant de partir à leur recherche.

— J'ai pris une décision, lança-t-elle à voix haute.

L'expression méfiante de Wade lui noua le ventre.

— Laquelle ?

— Eh bien, d'une part, je pense que nous devrions rester ici une nuit de plus.

Son regard se durcit.

— Ce n'est pas une bonne idée.

— Peut-être pas. Mais c'est ma meilleure chance de me rappeler ce qui s'est passé la nuit où mes parents et moi avons été enlevés.

Elle remballa son hamburger à demi grignoté, l'estomac trop barbouillé pour envisager de continuer à manger.

— Je me suis déjà rappelé plus de choses depuis notre

arrivée ici que lorsque nous étions à Gossamer Ridge. Je pense que je peux faire mieux encore.

— Nos ennemis sont trop dangereux. Nous savons qu'il y a au moins un agent de l'U.S.S. lancé à votre recherche.

— On n'y peut rien.

Wade pinça les lèvres avant de reprendre la parole.

— Qu'avez-vous exactement à l'esprit ?

Elle fit taire ses réticences et lui exposa son plan.

— D'autre part, demain soir, nous nous rendrons dans le chalet de vacances de mes parents.

9

— C'est de loin l'idée la plus folle que vous ayez eue jusqu'à présent, décréta Wade dans un souffle, le regard rivé sur le chalet éclairé par la lune, à une trentaine de mètres de là.

— J'en prends note, pour la énième fois, murmura Annie en lui décochant un regard agacé.

Elle avait refusé de prêter l'oreille à ses objections, les écartant avec la détermination farouche d'un soldat résolu à mener à terme une mission dangereuse mais essentielle.

Elle devait le faire. Et, pour autant qu'il déteste cela, il devait lui permettre de le faire, songea-t-il. Sa famille était en danger et il savait que si les rôles étaient inversés, il irait jusqu'à ramper dans un marécage rempli d'alligators affamés pour venir en aide à sa propre famille.

— On n'aperçoit pas le moindre mouvement aux alentours du chalet, chuchota-t-elle, brisant le silence qui régnait autour d'eux dans les bois.

Même les animaux et les oiseaux étaient silencieux comme s'ils sentaient la présence d'intrus dans leur havre de paix.

— Il pourrait y avoir des hommes postés à l'intérieur.

Elle secoua la tête.

— Les autorités ne considèrent plus cet endroit comme une scène de crime depuis plus d'une semaine. Je l'ai lu dans des articles de presse en ligne.

N'ayant pas grand-chose d'autre à faire que de se terrer dans leur chambre de motel en attendant la tombée de la nuit, Annie avait passé une grande partie de la journée sur l'ordinateur portable de Wade, compulsant internet à la recherche d'articles consacrés à la disparition de sa famille. Elle avait espéré réveiller ainsi d'autres souvenirs mais tout ce que cela avait réussi à faire avait été de décupler sa colère ainsi que sa détermination à trouver le fin mot de ce qui leur était arrivé dans ce chalet isolé de montagne, presque quatre semaines plus tôt.

— Je ne faisais pas allusion à la police, laissa tomber Wade d'un ton monocorde.

Elle le regarda, ses yeux reflétant le pâle clair de lune filtrant à travers les cimes des arbres au-dessus de leurs têtes. Les jours passant, le temps clément du début de septembre commençait à laisser place à des températures plus fraîches, en particulier dans ces montagnes de Géorgie, et le thermomètre était tombé sous les quinze degrés durant la nuit. L'automne s'annonçait et l'hiver lui succéderait rapidement.

Wade pria pour que retrouver la famille d'Annie ne leur prenne pas trop longtemps. Si l'on se fondait sur ce qu'elle lui avait révélé concernant sa captivité, ses conditions de détention avaient été au mieux sommaires. Si jamais la température descendait au-dessous de zéro…

— Allons-y, s'il vous plaît, reprit Annie, tirant sur la manche de sa veste en jean. Il n'y a personne là-bas pour l'instant mais si nous attendons encore longtemps…

— D'accord.

Elle avait raison. Chaque minute qu'ils passaient à attendre pouvait être une minute perdue. Wade ne voyait rien qui indiquât clairement que quelqu'un se cache à l'intérieur du chalet. Mais le simple fait que les agresseurs n'y soient pas pour le moment ne signifiait pas qu'ils ne se montreraient pas tôt ou tard. S'ils recherchaient Annie, le chalet s'imposerait comme étant un lieu à visiter.

— J'ignore si vous avez appris à vous déplacer furtivement, poursuivit Wade, mais si c'est le cas, faites-le.

Il lui ouvrit la voie, ayant douloureusement conscience de la défaillance de son genou. Il ne souffrait pas pour l'instant, en dépit de leur ascension pénible depuis l'endroit où il avait dissimulé leur véhicule. Mais il éprouvait un sentiment de malaise. L'endroit lui semblait peu sûr comme si la situation pouvait tourner à son désavantage d'un moment à l'autre.

Il s'efforça de chasser cette pensée de son esprit tandis qu'ils s'avançaient à travers bois, se rapprochant de plus en plus de l'étroite clairière entourant le chalet. Lorsque les arbres se clairsemèrent au point de disparaître, il marqua une pause et se tourna pour regarder Annie.

— Il n'est pas trop tard pour faire demi-tour.

Le regard furieux qu'elle lui lança aurait suffi à renverser un homme moins robuste. Il prit une profonde inspiration et commença à s'engager dans la clairière lorsqu'une question évidente, une question qu'il aurait dû lui poser avant de mettre un pied hors de la chambre du motel, lui vint à l'esprit.

— Avez-vous la clé ?

Annie secoua la tête.

— Mais je sais où en trouver une.

Annie et ses parents gardaient tous des clés du chalet sur leur porte-clés. Ce n'était pas une location, comme tellement de résidences dans le secteur, mais une propriété que son père avait achetée en économisant pendant des années afin que la famille ait un lieu où se réfugier à l'abri des pressions d'un travail accaparant. Il avait voulu que chacun d'entre eux ait la possibilité de s'y évader à tout moment sans avoir à s'inquiéter de savoir si la propriété était déjà occupée. Ils s'y rendaient assez souvent pour que cela vaille la peine de l'entretenir, qu'il s'agisse d'un week-end pour elle et sa mère ou, lorsque Annie était un peu plus jeune, d'une joyeuse escapade en compagnie de ses amis de l'université.

Au cas où quelqu'un aurait oublié sa clé, son père avait

pris soin d'en dissimuler une de secours à proximité du chalet, non pas dans un endroit évident comme le dessous d'un rebord de fenêtre ou l'intérieur d'un pot de fleurs, mais dans le creux d'une souche d'arbre à une dizaine de mètres du chalet. Une tornade avait abattu l'arbre des années plus tôt mais le tronc était solide et il avait résisté depuis à bon nombre de tempêtes.

Priant pour qu'aucune horrible bestiole rampante n'ait élu domicile dans l'anfractuosité depuis la dernière fois qu'elle avait utilisé la clé cachée, Annie plongea la main à l'intérieur et sentit le contact froid de la petite boîte métallique qui la protégeait des éléments.

Le temps et l'humidité l'avaient fait rouiller mais elle s'ouvrit en grinçant et laissa apparaître la clé.

— Malin, murmura Wade par-dessus son épaule.

— Vous avez conscience qu'à présent que je vous ai montré notre cachette secrète, je dois vous tuer.

Il lui sourit mais un léger tic nerveux fit tressauter sa mâchoire. Rester si longtemps à découvert n'était pas fait pour lui plaire.

Annie partageait ce sentiment sans l'exprimer.

Ils montèrent rapidement les marches menant à l'entrée principale et ouvrirent la porte. Son grincement sourd fit s'emballer le cœur d'Annie. Elle referma le battant derrière eux et ils se tinrent un moment immobiles au milieu du vestibule, épiant avec une anxiété muette tout bruit qui pourrait révéler une présence étrangère.

Au bout d'un moment, Wade alluma sa torche. Ce que vit Annie à la faveur du faisceau de lumière balayant le salon du chalet lui coupa le souffle.

L'endroit avait été mis à sac, les tiroirs ouverts, les coussins retournés. Une fine pellicule de poudre dactyloscopique recouvrait toutes les surfaces visibles. La pièce n'était pas dans cet état lorsque les ravisseurs les avaient emmenés hors du chalet, ses parents et elle.

Elle eut un bref sursaut à ce souvenir soudain.

— Qu'y a-t-il ? chuchota Wade.

— Je me rappelle avoir regardé la pièce tandis qu'ils me traînaient dehors et elle paraissait si normale alors. Ils sont entrés brusquement et nous ont maîtrisés. Nous n'avons même pas eu le temps de nous défendre, nous n'avons donc pas causé beaucoup de désordre.

La main de Wade se referma sur son épaule.

— C'est un souvenir ? demanda-t-il. Pas un flash-back?

Malgré l'insidieuse sensation de danger qui les cernait, elle ne put réprimer un sourire.

— Un souvenir. Uniquement celui de ce moment où je regardais le chalet en me demandant si quelqu'un apprendrait un jour ce qui nous était arrivé.

Les doigts de Wade exercèrent une légère pression sur le haut de son bras.

— J'imagine que la police est à l'origine de cette pagaille. Prenez garde de ne rien déranger, ajouta-t-il.

Annie se demanda comment ils étaient censés naviguer au milieu de ce fatras sans rien déplacer mais elle ne pouvait le contredire.

— Qu'espérez-vous trouver ici ? lui demanda Wade à voix basse tandis qu'ils s'avançaient plus avant dans le chalet en se guidant à la lueur de la lampe torche.

— Des réponses, lui lança-t-elle tout en sachant que rester aussi vague le frustrerait.

Où se trouvait-elle lorsque les intrus avaient attaqué ? Elle se remémora toutes les occasions où ses parents et elle avaient séjourné dans ce lieu. Lorsqu'elles y venaient entre mère et fille, Cathy et elle privilégiaient la terrasse où elles se balançaient sur les rocking-chairs en pin tout en se racontant leur quotidien. Son père étant un cuisinier contrarié, ils se retrouvaient aussi souvent dans la cuisine pour préparer les repas ensemble quand il était présent. Et si sa mère faisait la sieste ou qu'elle avait d'autres occupations, Annie et son père se retiraient parfois dans son petit bureau où il conservait ses « devoirs de vacances », comme il les appelait.

Elle porta ses pas dans cette direction, attirée par les souvenirs heureux attachés à l'endroit préféré de son père. Son travail lui avait pris tellement de son temps que la simple liberté de s'asseoir dans le grand fauteuil d'angle en cuir pour lire un bon roman ou l'une des biographies qu'il se délectait à dévorer était un luxe rare.

Elle pouvait se le représenter, assis là, jambes croisées, ses lunettes de lecture à monture d'écaille noire perchées sur le bout de son nez tandis qu'il lisait. Le fauteuil était à présent recouvert d'un voile de poudre dactyloscopique. Le siège lui faisant face, un fauteuil couleur rouille plus petit, n'avait pas été poudré, probablement parce que son tissu à l'aspect noueux n'était pas susceptible de garder les empreintes, songea-t-elle.

— Vous voulez rester un peu ici ?

La voix calme de Wade la fit brusquement sursauter.

— Oui, si cela ne vous ennuie pas.

— Pas du tout. Mais je pense que je vais inspecter le reste du chalet, dit-il en lui tendant sa torche.

— Vous n'en aurez pas besoin ?

— J'en ai une de rechange.

Il sortit une autre lampe électrique, plus petite, de sa poche et l'alluma. Le faisceau était moins puissant mais elle se dit qu'elle conviendrait à l'usage qu'il comptait en faire.

Elle saisit la torche qu'il lui offrait, prenant conscience seulement après son départ qu'il avait probablement deviné sa réticence à demeurer seule dans l'obscurité. Il aurait pu lui laisser sa lampe-stylo, étant donné qu'elle allait rester assise dans cette pièce sans bouger pendant qu'il parcourrait les lieux, mais il savait qu'elle se sentirait mieux avec une plus puissante source de lumière pour repousser les ombres.

Wade Cooper était un type bien.

Elle contrôla de nouveau le siège couleur rouille pour s'assurer qu'il était intact et s'y assit, les yeux fixés sur le fauteuil en cuir en face d'elle. En imagination, elle vit son père lever les yeux pour la regarder.

Alors, cet enterrement de vie de jeune fille, c'est terminé ? Il l'avait ainsi taquinée la dernière fois qu'elle s'était trouvée assise là, face à lui. Sa voix était claire et nette dans sa mémoire.

Elle prit conscience que cela datait du jour de son arrivée à l'aéroport de Chattanooga. Sa mère et lui étaient venus la chercher et ils l'avaient ramenée au chalet dans le Ford Expedition gris métallisé de son père. Sa mère avait bavardé joyeusement pendant toute l'heure du trajet.

Elle se rappela qu'elles n'avaient pas eu le temps de papoter ainsi depuis longtemps parce qu'elle avait travaillé dur sur cette piste concernant l'affaire Barton Reid. Des rumeurs couraient, étayant l'hypothèse que, quelle que soit la position que Barton Reid ait atteinte au ministère des Affaires étrangères, des personnes encore plus haut placées que lui étaient probablement impliquées dans la conspiration visant à manipuler les événements mondiaux pour servir leurs desseins.

Plus elle progressait dans son enquête, plus elle s'était heurtée à des murs. L'invitation de ses parents à les rejoindre pour une semaine de vacances dans les montagnes était tombée à point nommé. Elle avait été ravie de laisser de côté pour un temps Washington et son enquête, espérant que le recul lui offrirait une nouvelle perspective.

Au lieu de cela, son univers s'en était trouvé bouleversé.

Les souvenirs lui revenaient. Elle se rappelait avoir repéré ses parents à l'aéroport et leur avoir adressé un signe de main. Son père avait insisté pour porter sa valise tandis que sa mère avait passé son bras sous le sien avant de se lancer dans son habituel interrogatoire tendre sur sa vie amoureuse.

Qui avait été, durant la majeure partie de cette dernière année, plutôt aride.

Quelque temps plus tard, sa mère et elle avaient épuisé les traditionnels sujets de conversation et, tandis que Cathy était partie prendre une douche avant de se coucher, elle était venue dans ce bureau afin de passer un peu de temps en compagnie de son père.

Il n'était pas en train de lire cette fois, se souvint-elle. Il était assis là, occupé à regarder par la fenêtre, les mains croisées sous le menton.

Elle avait souri de sa plaisanterie sur l'enterrement de vie de jeune fille, consciente qu'il adorait sa mère précisément en raison de sa douceur et de son aisance en société qui servait à merveille sa propre personnalité, calme et réservée. Mais le sourire qu'il lui avait adressé en retour s'était rapidement figé et elle se rappela avoir éprouvé une étrange crispation à l'estomac, comme si elle pressentait qu'il avait quelque chose d'infiniment grave à lui confier.

Elle avait craint qu'il ne lui apprenne que sa mère ou lui étaient malades. Un cancer, peut-être. Ou alors, étant donné qu'ils avançaient en âge, peut-être les prémices de la maladie d'Alzheimer. Elle s'était assise en face de lui, rassemblant son courage pour affronter ce qui se cachait derrière cette expression grave sur son visage d'ordinaire placide.

— Je vais devoir me rendre à Nightshade Island, plus tard dans la semaine, pour rencontrer Lydia, avait-il dit.

« Nightshade Island » ne lui avait rien évoqué au contraire du nom de Lydia. Lydia Ross était la veuve de l'un des plus proches et des plus anciens amis de son père. Lui, le général Edward Ross, et le général du corps des Marines, Baxter Marsh avaient été les trois officiers aux commandes de la mission de maintien de la paix au Kaziristan. Suite au soulèvement d'al Adar dans ce pays, qui avait débuté par le siège à Tablis, la capitale, des ambassades américaine et britannique, les trois généraux avaient élaboré une stratégie pour soutenir le gouvernement kaziri en rétablissant et en maintenant l'ordre dans ce pays instable.

La mission perdurait toujours, en particulier étant donné que le Kaziristan préparait sa première élection démocratique depuis le siège, mais les trois généraux avaient été relevés de leurs fonctions un an plus tôt, lors du changement du secrétaire d'Etat à la Défense.

A l'âge de soixante-sept ans, son père avait décidé de prendre sa retraite, choix qui, à l'époque, l'avait surprise, sachant combien il avait adoré faire carrière dans l'armée de l'air. Mais tandis qu'il continuait à lui faire part de ses projets pour la semaine suivante, cette décision avait revêtu un sens assez terrifiant.

— Je crois que l'on a assassiné Edward dans le but de l'empêcher de communiquer les preuves que nous rassemblions contre Barton Reid ainsi que nos soupçons sur un complot ourdi en plus haut lieu.

— Un complot visant quel objectif ? avait-elle demandé, le ventre noué en comprenant que la mort de l'un d'entre eux faisait de tous trois les cibles manifestes du tueur.

Son père était-il en danger lui aussi ? Ainsi que le général Marsh ?

— Nous n'en sommes pas sûrs, avait reconnu son père. Nous connaissons seulement l'identité des personnes qui pourraient être impliquées ainsi que la nature de certaines de leurs activités. Edward a tout noté dans un journal, incluant les preuves que nous avons chacun découvertes. Il faut que je protège ce journal.

— Et si les personnes qui l'ont tué l'avaient emporté ?

— J'ai parlé à son épouse. Personne ne s'est introduit sur l'île, il devrait donc toujours être en sécurité. Par ailleurs, je suis plutôt certain que ceux qui ont provoqué cet accident de voiture ignorent son existence car sinon ils n'auraient jamais tué Edward.

— Je ne suis pas sûre de te suivre, avait-elle admis.

— L'information a été cryptée à l'aide d'un code complexe qu'Edward a créé alors que nous étions au Kaziristan. Nous ne voulions pas risquer le genre de fuites internes qui ont compromis tant d'autres missions.

Son père lui avait lancé un regard d'excuse.

— Ne te vexe pas, ma chérie, mais les journalistes peuvent se comporter en véritables vautours et il y a trop de jeunes soldats qui entretiennent des griefs ou qui ont des idées radicales sur la guerre et la liberté pour que l'on puisse leur confier des communications ultra-sensibles en zone de conflit. Tu te rappelles ce qui est arrivé suite, la divulgation de certaines données…

Elle se le rappelait en effet.

— Tu sais que je n'ai pas approuvé cela.

— Bien sûr, je le sais. Tu es ma fille.

Il avait souri avec fierté.

— Tu comprends l'importance du secret des opérations. Tu sais que des personnes meurent lorsque l'information tombe dans de mauvaises mains.

Pour Annie, trouver l'équilibre entre le désir naturel de transparence absolue et la confidentialité nécessaire au combat avait toujours été un exercice difficile. C'était une frontière ténue qu'elle avait ménagée durant toute sa carrière.

— Donc, le général Ross a créé un code ?

— C'était un code à trois clés. Chacun de nous en possédait une. Le journal ne peut être décrypté sans les trois clés.

— Et à présent le général Ross a disparu et avec lui sa part du code ?

— Non. Il a été convenu que chacun de nous confierait son code à une autre personne pour le cas où il lui arriverait quelque chose.

Elle avait eu un frisson de peur en comprenant quel

grand danger son père devait courir pour lui en révéler autant sur ce secret.

— Tu crains qu'un malheur ne t'arrive, tout comme cela a été le cas pour le général Ross.

Il avait traversé l'espace qui les séparait et lui avait pris la main.

— Je ferai tout mon possible pour éviter cette éventualité. Mais le problème est que je n'ai toujours pas confié mon code à une autre personne.

Elle avait alors lu dans ses yeux la véritable raison pour laquelle il l'avait invitée à se joindre à eux au chalet.

— Papa…

Il avait serré sa main dans la sienne.

— J'ai confiance en toi. Je sais que tu le protégeras au péril de ta vie.

Elle l'avait écouté dans un silence angoissé lui expliquer les paramètres de sa clé du code. Il était plus simple qu'il n'y paraissait et, après quelques répétitions, elle avait été capable de le mémoriser.

— Protège-le, chérie, lui avait demandé son père d'un ton grave et pressant.

C'était clair dans son souvenir.

Elle plaqua sa main contre sa bouche, prise de nausée. C'était le lendemain matin que ses parents et elle étaient tombés dans une embuscade en revenant de leur petit déjeuner. Annie se rappela l'expression sur le visage de son père tandis qu'il s'efforçait de repousser leurs assaillants et de les protéger, sa mère et elle.

Ensuite, se rendit-elle compte avec un gémissement de frustration, sa mémoire retomba dans un néant abyssal.

— Annie !

Le brusque chuchotement de Wade, juste derrière elle, la fit violemment sursauter. Tremblant de tous ses membres, elle se retourna pour lui faire face. Il posa sur elle un regard insondable à la lueur de sa lampe.

— Eteignez votre torche, murmura-t-il.

Alors, seulement, elle l'entendit. Le bruit d'un véhicule qui approchait, le ronronnement du moteur, discret mais reconnaissable.

Quelqu'un venait au chalet.

10

Il n'aurait jamais dû accepter de venir au chalet, en particulier en raison des récents flash-backs qui la tétanisaient, songea Wade tandis qu'il suivait Annie dans l'obscurité en direction de la porte de derrière. Toutefois, après son sursaut de panique, elle avait ensuite réagi avec une étonnante assurance, éteignant sa torche puis lui ouvrant la voie.

Ils atteignirent la porte avant que le moteur de la voiture ne soit coupé devant l'entrée. Annie ouvrit le battant et se glissa à l'extérieur, lui saisissant le bras pour l'attirer à sa suite. Ils refermèrent la porte avec précaution, le martèlement des pas sur les marches du perron masquant le bruit du pêne.

Annie introduisit la clé dans la serrure et la tourna.

— Je n'ai pas refermé la porte d'entrée à clé, murmura-t-elle, le front creusé.

— Je l'ai fait en entendant la voiture arriver, lui répondit-il dans un souffle.

Il leva les mains pour lui montrer qu'il avait enfilé une paire de gants en cuir fin.

— Pas d'empreintes.

Elle parut soulagée. Il crut même discerner une pointe d'admiration dans son regard mais sans doute prenait-il ses désirs pour la réalité, songea-t-il.

Il n'avait pas le temps de s'adonner à ce type de rêverie.

— Venez.

Annie resserra son étreinte. Elle l'entraîna à la lisière de la forêt derrière le chalet jusqu'à ce qu'il n'aperçoive presque plus la maison à travers l'épais rideau d'arbres.

— A présent, on ne verra plus ce qu'ils font, murmura-t-il.

— Patience.

Elle continua à avancer, le remorquant derrière elle jusqu'à ce qu'ils atteignent quatre pins se dressant côte-à-côte, telles des sentinelles montant la garde. Au-dessus de leurs têtes, les branches des arbres étaient inextricablement enchevêtrées comme s'ils se tenaient par la main. Mais, entre les larges troncs rugueux, Wade avait vue sur le chalet.

— Maman et moi les avons surnommés les quatre sœurs, chuchota Annie. Papa trouve cette idée fantasque.

Wade sonda l'obscurité. De cette position élevée, il distinguait la terrasse ainsi que la fenêtre latérale du salon.

Près de lui, Annie laissa échapper un cri étouffé lorsque la lumière s'alluma devant l'entrée.

— Téméraire, murmura Wade.

— Vous avez vu de qui il s'agit ? répliqua-t-elle.

Il plissa les yeux pour percer la pénombre. L'un des hommes, absorbé dans la contemplation du sol, était debout près de la fenêtre. Au bout d'un instant, il releva la tête et sembla regarder droit en direction de Wade.

Ce dernier se figea, bien qu'il sût que la lumière éclairant l'intérieur du chalet transformait la vitre en un miroir l'empêchant de distinguer quoi que ce soit au-dehors. L'homme demeura sur place encore un moment avant de s'éloigner mais Wade eut le temps de reconnaître en lui l'un des deux prétendus agents de l'A.F.O.S.I. qui avaient monté la garde devant la chambre d'Annie à l'hôpital. Le même homme qui s'était lancé à leur poursuite dans le tunnel.

— Ils n'abandonnent pas, murmura-t-elle. Vous croyez qu'ils cherchent des indices de notre présence sur place ?

— Peut-être. Ou peut-être recherchent-ils autre chose.

Comme par exemple le mobile du kidnapping des Harlowe. Sa famille et lui avaient supposé qu'ils avaient voulu découvrir ce que les trois généraux cachaient mais leurs adversaires connaissaient déjà alors l'existence du journal du général Ross. Ils s'étaient donné beaucoup de peine pour tenter de le voler à Lydia Ross quelques semaines plus tôt, manquant de tuer à cette occasion la sœur de Wade.

Dans ce cas, que cherchaient ces hommes ? Les clés du code qui avait jusqu'alors gardé le journal indéchiffrable en dépit des intenses efforts de Shannon pour le décrypter ?

Il lança un regard à Annie qui, songeuse, observait attentivement les mouvements des deux hommes. Il la trouva changée. Plus forte et moins nerveuse qu'elle ne l'était à peine quelques heures plus tôt tandis qu'ils gravissaient la montagne en direction du chalet.

Que s'était-il passé lorsqu'il l'avait laissée seule dans le bureau de son père ? Se rappelait-elle autre chose ?

— Ils semblent avoir l'intention de rester un moment.

Elle avait raison. C'était bien leur dessein. La lumière s'éteignit dans le salon puis se ralluma dans l'une des pièces plus petites… Le bureau du général Harlowe, observa-t-il.

— Vous n'avez pas laissé de traces derrière vous, n'est-ce pas ?

— Je ne le pense pas.

Changeant légèrement de position, Wade inspecta l'allée étroite et repéra une berline foncée. Elle était stationnée à quelques mètres de la maison ce qui le laissa un moment perplexe jusqu'à ce qu'il comprenne que la terre et le gravier compactés ne retiendraient pas les traces de pneus comme le ferait le terrain plus meuble aux abords de la maison.

Ces hommes ne voulaient pas non plus que l'on apprenne qu'ils étaient venus ici.

— Sont-ils tous les deux dans cette pièce ? demanda-t-il.

— Je vois deux ombres.

Il se demanda s'ils avaient laissé un troisième larron pour surveiller la voiture.

— Attendez-moi ici.

Il s'approcha de la berline, gardant les arbres entre lui et la ligne de visée du chalet.

Bien sûr, à son grand agacement, Annie n'obtempéra pas.

— Où allez-vous ? Je ne vous avais pas demandé de m'attendre là ?

— Vous n'allez tout de même pas faire ce que je crois, n'est-ce pas ?

— Si vous entendez par là fouiller leur voiture, eh bien, si. C'est ce que je m'apprête à faire.

— Etes-vous devenu fou ?

Bien qu'elle chuchotât, sa voix s'éleva d'une octave.

— Ils apercevront la lumière du plafonnier.

— Ils ne peuvent pas voir la voiture de là où ils se trouvent. Je m'inquiète davantage de savoir si les portières sont verrouillées.

Il se glissa silencieusement dans les bois, gardant son attention fixée sur le chalet et surveillant la voiture du coin de l'œil. La lumière resta éteinte dans le salon mais une faible lueur derrière les fenêtres montrait que l'autre pièce était toujours éclairée.

— Attendez-moi ici et surveillez la maison, lui ordonna-t-il.

— Je ne la vois pas bien d'ici. En plus, je devrai crier pour vous alerter.

Elle releva le menton.

— Je vous accompagne. Je jouerai les guetteurs.

Il fronça les sourcils, rechignant à lui laisser prendre un aussi grand risque. Mais elle avait raison. Elle remplirait beaucoup mieux ses fonctions de guetteur en étant proche de lui avec le chalet bien en vue. Il n'existait pas de moyen aisé pour réaliser ce qu'il projetait de faire.

Soit il la laissait prendre ce risque, soit il y renonçait.

Il faillit renoncer. L'idée de faire courir à Annie un danger plus grave encore allait à l'encontre de ce que l'on n'avait cessé de lui rabâcher durant son entraînement dans le corps des Marines. Il était exclu de risquer la vie de civils si l'on pouvait l'éviter. Et il tenait le moyen de l'éviter. Il pouvait abandonner la mission.

Mais il se pourrait qu'une telle occasion d'apprendre ce que manigançaient au juste les mercenaires de l'U.S.S ne se représente jamais pour lui. S'il se trouvait dans leur voiture un quelconque indice permettant à l'Agence Cooper de déjouer les complots qu'ourdissaient ces criminels, il devait prendre ce risque.

Il pourrait peut-être même tomber sur un élément vital indiquant où étaient détenus les parents d'Annie. Pouvait-il vraiment laisser s'échapper une telle opportunité ?

Absolument pas. Pas s'il songeait à Annie. Pas s'il songeait à tous les périls encourus par sa famille au cours des derniers mois afin de découvrir ce que cette bande de mercenaires sans pitié mijotait réellement.

— Entendu, acquiesça-t-il avec calme en serrant la main de la jeune femme dans la sienne. Vous restez aussi près que possible de la lisière de la forêt. Si vous repérez le moindre mouvement dans la maison, avertissez-moi et foncez vous mettre à couvert. C'est compris ?

Elle hocha la tête, posant sur lui un regard effrayé. Néanmoins elle releva le menton et redressa les épaules.

— Allons-y.

Le premier obstacle était les serrures des portières. Il se pouvait qu'elles soient verrouillées mais Wade prit le pari que les deux hommes avaient privilégié la possibilité d'une retraite rapide, étant donné la nature de leur mission ainsi que la situation isolée du chalet.

Il avait vu juste. Et, à son grand soulagement, le plafonnier qu'avait évoqué Annie ne s'alluma pas lorsqu'il ouvrit la portière du conducteur. Ces hommes avaient choisi de passer inaperçus. Les policiers débranchaient souvent leur plafonnier dans un souci de discrétion.

Les criminels faisaient de même.

Annie s'accroupit à côté de la voiture, son regard inquiet rivé sur la façade du chalet.

— Dépêchez-vous !

Il prit le risque d'allumer la lampe-stylo, balayant de son rayon l'intérieur du véhicule. Les sièges à l'avant étaient vides, presque neufs. Il y avait comme un parfum de précision militaire dans l'état immaculé de la voiture qui rappelait, tout corrompus qu'ils fussent, que la plupart des agents de l'U.S.S. avaient été entraînés par des professionnels. Des intentions malveillantes n'allaient pas de pair avec des procédures bâclées.

Wade referma la portière avant aussi silencieusement que possible et tenta sa chance à l'arrière. Tout y était aussi impeccable qu'à l'avant, à l'exception d'une chemise cartonnée posée par terre derrière le siège du conducteur.

Il l'ouvrit et se retrouva face à une photographie d'Annie Harlowe. C'était son portrait officiel, apparemment commandé par le journal pour lequel elle travaillait à Washington. Le même portrait que Jesse avait fourni à tous les membres de l'Agence Cooper qu'il avait affectés à l'affaire Harlowe lorsque la famille avait été portée disparue.

Il retourna la photographie pour passer au feuillet suivant. C'était un rapport d'une page sur Annie, dressant la liste de ses adresses successives, de ses relations amicales, des lieux qu'elle aimait fréquenter à Washington et ailleurs. Ce n'était pas exactement le dossier que Jesse avait rédigé à leur attention lorsqu'ils avaient commencé à enquêter sur la disparition des Harlowe mais cela y ressemblait beaucoup.

Après tout, l'objectif actuel de l'U.S.S. était semblable à celui qu'avait poursuivi précédemment l'Agence Cooper : retrouver Annie Harlowe.

Il feuilleta rapidement le dossier, espérant trouver des informations similaires sur les autres membres de la famille Harlowe. Cela aurait pu signifier qu'ils avaient réussi à s'échapper eux aussi. Mais la photographie suivante ne montrait aucun des parents Harlowe, ce qui pouvait avoir diverses implications. Soit l'U.S.S. retenait toujours les Harlowe prisonniers, soit les ravisseurs savaient qu'ils ne pourraient plus présenter pour eux le moindre danger. Dans un cas comme dans l'autre, ce n'était pas de bon augure.

Pas plus que ne l'était la photographie qui se trouvait à présent face à lui. Des yeux bleus éveillés dans l'ovale d'un joli visage qu'encadraient des cheveux châtains ondulés, les lèvres roses esquissant un sourire énigmatique.

Wade proféra un juron étouffé.

— Qu'avez-vous découvert ? lui demanda Annie, inquiète.

Wade prit la photographie et il lui montra. Les yeux d'Annie s'agrandirent.

— C'est Rita Marsh, murmura-t-elle.

Son front se plissa lorsqu'elle saisit ce que cela impliquait.

— Oh, non.

Wade regarda la feuille placée sous la photographie. C'était un dossier concernant la fille aînée du général Baxter, semblable à celui que l'U.S.S. avait constitué sur Annie. Où elle travaillait, où elle habitait, qui elle fréquentait. Et au bas de la page se détachaient, écrits à la main en noir et en gras, les mots : « 20/10, 14 heures, Eglise presbytérienne de Millwood. »

— La lumière vient de se rallumer dans le salon ! dit Annie en lui agrippant le bras.

Wade glissa toutes les feuilles dans le dossier et le replaça là où il l'avait trouvé. Il referma doucement la portière arrière et prit la main d'Annie.

Ils coururent directement vers les bois sans regarder derrière eux avant d'avoir atteint l'asile des quatre pins enchevêtrés. Ensemble, ils s'accroupirent, s'efforçant de rester immobiles tandis qu'ils reprenaient leur respiration, et ils attendirent anxieusement un signe indiquant que les hommes à l'intérieur du chalet s'apprêtaient à repartir.

— Ils ont éteint de nouveau, chuchota Annie.

La sentant trembler à côté de lui, Wade lui entoura les épaules de son bras et l'attira contre lui. Un élan de pur plaisir viril le submergea lorsqu'elle s'appuya contre lui, levant la tête et lui effleurant le visage de sa joue.

L'adrénaline pouvait se révéler un puissant aphrodisiaque et Wade se retrouva à lutter âprement contre l'envie de l'embrasser de nouveau. Mais l'entraînement des marines n'était pas sans raison exigeant et astreignant. La discipline et le contrôle que ses sergents instructeurs avaient fait entrer de force dans son crâne de jeune étourdi portèrent leurs fruits. Il réprima sans délai cet accès de désir.

— Ils vont rester, murmura-t-il, alors qu'une lumière s'allumait de nouveau quelque part à l'arrière du chalet. Avez-vous une idée de ce qu'ils cherchent ?

Elle ne lui répondit pas aussitôt, ce qui l'amena à la regarder. Son visage était pâle dans le faible rayon de lune qui s'infiltrait entre les arbres. Ses yeux d'un brun caramel lui parurent sombres et mystérieux, instillant en lui un sentiment de malaise.

Elle lui cachait quelque chose.

Mais quoi ?

— Je pense que nous ne devrions pas traîner plus longtemps dans les parages, chuchota-t-elle.

Il ne pouvait la contredire.

Ils firent le chemin du retour en décrivant un arc de cercle, Wade laissant Annie ouvrir la voie. Elle semblait aussi à l'aise et sûre d'elle dans ces bois que lui dans ceux de Gossamer Ridge. Ils rejoignirent la voiture, dissimulée derrière un imposant écran de lianes de kudzu qui s'était formé entre deux troncs d'arbres abattus. Ils avaient de la chance, songea Wade, d'être en septembre, alors que le kudzu était encore vert et luxuriant. En l'espace de quelques mois, les lianes se flétriraient et les feuilles se dessécheraient puis tomberaient dans l'attente du printemps qui relancerait leur croissance.

Ils étaient suffisamment éloignés de l'habitation pour que les deux hommes dans le chalet ne risquent pas d'entendre le moteur du Ram, mais Wade roula tout de même à vive allure, déterminé à mettre autant de distance que possible entre les agents de l'U.S.S. et eux.

Son cœur battait toujours violemment lorsqu'ils arrivèrent au motel. Il se gara à quelques portes de leur chambre et ils firent le reste du chemin d'un pas alerte. Ce ne fut que lorsqu'ils se trouvèrent à l'intérieur qu'Annie éclata d'un rire irrépressible.

Wade la contempla, l'air surpris, non seulement parce que son hilarité détonnait avec la tension extrême de la dernière demi-heure mais aussi parce qu'il ne l'avait encore jamais entendue rire ainsi, à gorge déployée, d'une manière si communicative qu'un sourire naquit sur ses propres lèvres.

Elle le regarda et son rire redoubla de plus belle. Wade sentit l'hilarité le gagner et y céda, conscient que le rire était un moyen plus sûr de libérer les tensions que ce qu'il avait envisagé un peu plus tôt dans les bois.

Lorsqu'ils furent enfin calmés, Annie s'effondra sur le lit, les yeux fixés au plafond.

— C'était tout simplement la chose la plus angoissante que j'aie jamais faite délibérément, dit-elle.

— J'aimerais pouvoir en dire autant.

Il se laissa tomber sur le lit d'en face.

— Comment vous sentez-vous ? Comment va votre tête ?

Elle prit appui sur ses coudes et le fixa.

— Très bien en fait, lui répondit-elle avec un demi-sourire. Et comment va votre genou ?

Avec un sursaut de surprise, il se rendit compte qu'il ne l'avait pas du tout gêné alors qu'ils se trouvaient dans la montagne bien qu'il ressentît désormais un léger élancement dû à l'intense sollicitation qu'il lui avait fait subir. Mais il dut reconnaître que ce n'était pas si terrible. Une légère douleur musculaire mais rien qui puisse véritablement lui poser problème.

— Pas si mal, admit-il.

Son sourire persista.

— J'ai une théorie.

Il ne fut pas certain d'apprécier cet air entendu qu'elle affichait mais il saisit néanmoins la perche qu'elle lui tendait.

— Laquelle ?

— Lorsque vous oubliez votre genou, il vous bride bien moins que quand vous y pensez.

Il posa sur elle un regard scrutateur.

— Vous êtes en train de me dire que c'est psychosomatique ?

— Eh bien, non. Pas la blessure. Mais vous focalisez tellement sur ce que vous avez perdu que vous finissez par ignorer ce que vous possédez toujours.

Il aurait voulu lui démontrer qu'elle avait tort mais, pour être tout à fait honnête avec lui-même, il ne le pouvait pas. Elle avait raison, du moins concernant ce soir-là. Entre la nécessité d'agir rapidement et la pression constante de devoir éviter de les faire repérer, il n'avait pas un seul instant pensé à son genou blessé. Il s'était contenté d'aller de l'avant, ignorant la faiblesse et les éventuels élancements tout comme il l'avait toujours fait avec les douleurs mineures durant son service chez les marines. Aucun homme n'avait un corps parfait, exempt de douleurs ni des tensions d'un travail acharné. Plus d'une fois, en rentrant le soir, il avait dû soulager son épaule à l'aide d'une poche de glace ou se masser les mollets.

Mais il y avait une différence tout de même entre souffrir d'un muscle endolori et se faire exploser le genou !

— Wade, n'y pensez pas trop.

Il se pencha vers elle, irrité qu'elle semble le trouver si facile à percer à jour. Il se sentait mis à nu.

— Vous êtes-vous souvenue de quelque chose ce soir ? lui lança-t-il, préférant prendre l'offensive.

Ses yeux s'agrandirent légèrement avant qu'elle ne se recompose une expression calme et neutre.

— D'une ou deux choses, reconnut-elle.

Mais il n'avait qu'à la regarder pour savoir qu'elle omettait de mentionner un point important.

— C'est arrivé lorsque vous étiez dans le bureau ?

A son tour, elle changea de sujet.

— Ne devriez-vous pas appeler votre société pour parler à quelqu'un de la photographie de Rita ?

Il sortit son téléphone, composa un texto et l'envoya sur le portable de son cousin Luke.

— Voilà. A présent cessez de détourner la conversation.

Elle s'assit et lui fit face, le regard enflammé.

— Vous avez envie de m'embrasser.

Cette audacieuse déclaration le prit totalement par surprise.

— Vous devez vraiment tenir à parler de tout autre chose ! dit-il, stupéfait.

Elle se contenta de sourire et s'approcha lentement de lui.

— C'est vrai, reconnut-elle. Mais cela ne veut pas dire que je n'ai pas aussi envie de vous embrasser.

Elle lui prit le visage entre ses paumes.

— Mettons les choses au point : je stipule tout de suite que ce que je fais là est à coup sûr parfaitement stupide et je ne doute pas que ce que nous ressentons tous les deux en ce moment est en grande partie provoqué par l'adrénaline.

Elle se pencha plus près de lui.

— Mais j'ai envie de le faire depuis notre retour du chalet.

Même s'il l'avait voulu, il n'aurait pu lui résister, en particulier lorsqu'elle approcha ses lèvres des siennes et l'embrassa avec fougue et éloquence. Se sentant près d'abandonner tout contrôle malgré ses réticences, il noua les bras autour de sa taille et l'attira vers le lit où il la plaqua contre le matelas.

Elle enroula ses jambes autour de ses hanches, tirant de toutes ses forces sur l'ourlet de son T-shirt. Mais alors qu'il se contorsionnait pour mieux l'aider dans ses efforts, la sonnerie du téléphone les immobilisa tous deux.

— Je dois répondre, grommela-t-il.

Il sentit sa respiration haletante sur son cou.

— Je sais.

Il s'écarta à regret et sortit son téléphone de la poche arrière de son jean. Luke avait répondu à son texto.

— Oh non ! s'exclama-t-il, choqué.

Annie s'assit sur le lit près de lui et lut le message par-dessus son épaule.

— Oh, mon Dieu, murmura-t-elle. Est-ce le voisin qui a accepté de s'occuper de ton chat ?

Wade hocha la tête, fixant, horrifié et écœuré, l'écran du portable.

> George Foley retrouvé mort sur ta terrasse cet après-midi. Assassiné. Surveille tes arrières.

11

— Qu'est-il advenu du chat ? demanda Annie tandis qu'elle regardait Wade remballer leurs provisions.

Encore sous le choc du message de Luke, elle avait l'impression d'être anesthésiée. Elle avait rencontré brièvement George Foley devant le chalet de Wade. Ce dernier l'avait présentée comme une cousine de Birmingham tandis qu'il s'arrangeait avec son voisin pour qu'il garde un œil sur Ernie, le nourrisse et s'assure qu'il rentre chaque soir passer la nuit à l'intérieur.

— Je l'ignore.

Il saisit le téléphone pour la troisième fois en cinq minutes et cette fois composa un numéro. Annie se leva et entreprit de finir de rassembler leurs affaires ce qui lui valut un discret sourire de gratitude tandis que Wade s'éloignait du lit en attendant que son cousin ne décroche.

— Luke, c'est moi. Dis-moi ce que tu sais.

Pendant que Wade écoutait la réponse de Luke, elle termina rapidement leur bagage bien que ce qu'elle put glaner de ses propos ne plaidât pas en faveur d'une prise de décision hâtive.

— J'ai conscience que c'est dangereux mais ici aussi, nous sommes en danger.

Il rapporta à Luke leur visite au chalet. Celui-ci ne sembla pas ravi de leur initiative. De là où elle se tenait, Annie l'entendit élever la voix.

— Ce qui est fait est fait. Qui plus est, cela nous a permis de découvrir cette information concernant Rita Marsh. En as-tu fait part à Jesse ?

Après un bref silence, il reprit :

— Eh bien, fais-le aussi vite que possible. Il faut qu'il en soit informé.

Annie finit de mettre leurs derniers vêtements ainsi que leurs provisions dans le sac et le ferma. Assise sur le bord du lit, elle observa Wade dont l'allure et la puissance semblaient croître tandis qu'il marchait de long en large. Il recommençait à boiter un peu bien qu'il ne pensât visiblement à rien d'autre qu'au problème actuel. Cela lui rappela que, bien qu'il soit en meilleure condition qu'il ne le pensait, il n'était pas redevenu lui-même à cent pour cent et ne le redeviendrait jamais.

Mais il était prêt à user de toute l'énergie qu'il lui restait pour la protéger. Elle le voyait à la détermination farouche qui se lisait dans ses yeux sombres ainsi qu'à l'intensité de son regard posé sur elle.

— Je la garderai saine et sauve, dit-il.

La réponse était destinée à Luke, mais elle comprit que c'était également un message à son intention.

Elle devait lui parler du code. Cela pourrait se révéler une information inutile, en particulier s'ils ne parvenaient pas à découvrir ceux des autres généraux mais il avait mérité qu'elle lui dise la vérité. Et, étant donné la menace que l'U.S.S. faisait planer sur Rita Marsh — et sans nul doute le reste de sa famille —, c'était le moins qu'elle devait également au vieil ami de son père.

Wade dit au revoir à son cousin et raccrocha.

— Ernie se porte bien. Shannon l'a recueilli pour l'instant.

— Sait-on ce qui est arrivé à ton voisin ?

— Frappé à deux reprises à l'arrière de la tête. Luke m'a appris que la maison avait été mise sens dessus dessous par la même occasion.

— Donc, ils savent que je suis avec toi.

— Apparemment.

Il s'assit près d'elle sur le lit, assez près pour qu'elle puisse le toucher. Elle s'interdit de céder à la tentation.

— Luke veut que nous restions ici ?

— Il veut que nous quittions les lieux pour nous réfugier ailleurs. Il a suggéré le Canada, ajouta Wade avec un sourire ironique. Je ne pense pas que ce soit une bonne idée.

— Que veux-tu faire ?

Il soupira.

— Je veux rentrer chez moi. Ma famille se trouve là-bas. Plus on est nombreux, moins il y a de danger, entre autres avantages.

— C'est périlleux de retourner là-bas.

— Je crains qu'il soit dangereux pour nous d'aller où que ce soit.

Wade se pencha en avant, se prenant la tête dans les mains.

— Je suis désolé. Plus tu restes en ma compagnie, plus les choses semblent empirer.

— Elles empireraient n'importe où, répliqua-t-elle d'un ton calme, faisant écho à ses dernières paroles. Je suis contente d'être avec toi.

Il lui décocha un regard narquois.

— Tu me veux uniquement pour mon corps.

Elle se mit à rire tout comme il l'avait clairement escompté.

— Eh bien, évidemment. Mais je te fais également confiance pour assurer mes arrières. Tu as déjà fait bien plus que ton devoir.

— Je vais te confier une chose, lança-t-il, une détermination soudaine animant son visage. Très peu de personnes en ont connaissance et tu ne peux en parler à personne.

Le code, songea-t-elle. *Il est au courant de quelque chose en rapport avec le code.*

— Le mois dernier, ma sœur Shannon a effectué pour Lydia Ross un travail consistant à archiver les papiers et les livres de son défunt mari. Ce faisant, elle a découvert quelque chose de singulier.

— Un journal codé, murmura Annie, désormais certaine d'avoir raison.

Il plongea brusquement son regard dans le sien.

— Tu es au courant ?

Elle hocha lentement la tête.

— Mais je ne m'en suis pas souvenue avant hier soir.

— Qu'en sais-tu au juste ? lui demanda-t-il sur un ton méfiant.

— Il a été composé grâce à un code à plusieurs niveaux qui ne peut être déchiffré que si l'on dispose des trois clés, reprit-elle en observant attentivement son visage.

Il parut surpris mais elle n'aurait su déterminer si ce qui le déconcertait le plus était ce qu'elle lui disait ou le simple fait qu'elle le lui dise.

— Comment sais-tu cela ?

— Mon père m'en a parlé, brièvement, avant que nous ne soyons enlevés.

Wade se redressa, passant les doigts dans ses cheveux.

— Nous pensons que ton père a dû livrer des informations sur le journal à l'U.S.S. à un moment donné de sa captivité car, peu après votre enlèvement, un groupe de leurs agents s'est donné beaucoup de mal pour dérober ce journal à Lydia Ross.

— Mon père ne parlerait à personne du journal, protesta-t-elle.

— Pas même pour te sauver la vie ? Ou celle de ta mère ?

Elle réprima son envie d'insister car, en vérité, elle savait que, bien que son père aime son pays, il n'était rien pour lui de plus précieux que sa famille. Sachant que les trois niveaux du code devaient être décryptés avant que le journal soit d'une quelconque utilité, se pouvait-il qu'il ait révélé son existence dans le but d'empêcher les mercenaires de l'U.S.S. de leur faire du mal, à elle ou sa mère ?

Elle dut admettre que c'était très possible. Du reste, peut-être elle aussi avait-elle avoué la vérité. Il lui restait encore beaucoup à se rappeler concernant sa captivité.

Et si jamais l'information concernant le journal était venue d'elle ?

Elle leva les yeux vers Wade, inquiète.

— L'ont-ils trouvé ?

— Non, admit-il après un bref silence. Le journal est en lieu sûr.

Elle ressentit un profond soulagement.

— Tant mieux.

— Sais-tu ce qu'il contient ? lui demanda-t-il.

La voix de son père résonna dans sa tête. *Protège le code.*

Mais Wade Cooper n'était pas l'allié de l'U.S.S. Il avait mis sa vie en danger pour elle, perdu un voisin et ami pour elle.

S'il n'avait pas, depuis lors, gagné sa confiance, personne au monde ne le pourrait.

— Il expose un complot d'une portée considérable que mon père et les généraux Ross et Marsh ont mis au jour durant leur mission au Kaziristan, lui répondit-elle lentement tout en guettant sa réaction.

Cette fois, il ne sembla pas surpris. Ainsi il avait déjà une idée de ce que contenait le journal.

Mais comment l'avait-il appris ?

— Tu le savais déjà, hasarda-t-elle.

Il secoua la tête.

— Je le soupçonnais. Mais nous n'en avions pas la certitude car nous n'avons pas réussi à déchiffrer le code.

— Il vous faut les trois clés pour le déchiffrer, répéta-t-elle.

— Et chacun des généraux détenait une clé ?

— Oui. Tous trois devaient l'entrer avant que le contenu ne soit compréhensible.

Son estomac se noua lorsqu'elle prit conscience d'un facteur qu'elle aurait dû prendre en compte plus tôt.

— Et avec la mort du général Ross…

— Nous ne disposons pas de cette partie du code, compléta-t-il à sa place. Mais nous abordons ce problème sous un nouvel angle dont nous espérons qu'il nous aidera à le résoudre.

— Quel type d'angle ?

Il la regarda en plissant légèrement les yeux comme s'il évaluait à quel point il pouvait lui faire confiance.

— J'ignore les détails, concéda-t-il. Je sais seulement que le service informatique travaille activement sur le décryptage.

— Je doute qu'il y arrive sans les trois parties, soupira-t-elle d'un air sombre. Le général Ross savait-il avant sa mort que d'autres personnes étaient en quête du journal ?

— Je ne le pense pas.

— A qui aurait-il confié ses secrets, s'il avait été enclin à les partager ?

— Au hasard je dirais, à son fils, Ford.

— Son fils est décédé, répliqua Annie d'un ton morne. Tué au Kaziristan, il y a deux ans. Aussi, si le général Ford a confié ses secrets à Ford…

— Nous tâchons de découvrir s'il aurait pu se confier à quelqu'un d'autre. Nous avons pris contact avec sa veuve ainsi qu'avec le meilleur ami de Ford.

— Peut-être le général Ross avait-il communiqué l'information à quelqu'un sans qu'ils le sachent. Peut-être a-t-il expliqué à mon père où la trouver si jamais il lui arrivait malheur. Ce qui signifie qu'il l'aura aussi presque certainement dit au général Marsh.

— Le général Marsh refuse de répondre à nos appels. Ces jours-ci, il ignore même les appels de sa fille cadette.

— Suite à tout cela, il doit savoir que quelqu'un l'a inscrit sur sa liste noire.

— Je pense qu'il s'inquiète probablement davantage pour ses filles, observa Wade. A juste titre, si l'on considère ce que nous avons découvert ce soir dans la voiture.

Annie se frotta les yeux, fatiguée.

— Penses-tu que le général Marsh ait confié à l'une de ses filles sa clé du code ?

Wade reporta soudain les yeux sur elle, la lumière se faisant dans son regard sombre.

— Ton père t'a confié sa clé, n'est-ce pas ?

Elle le regarda fixement, ne sachant trop que lui répondre. *Protège le code*, lui avait dit son père. Le meilleur moyen de le protéger était de laisser croire à tout le monde qu'il n'était plus récupérable de quelque manière que ce soit.

Mais Wade n'avait-il pas mérité sa confiance ?

Si, bien sûr. Mais sa loyauté envers son père primait sur tout le reste.

— Non, mentit-elle. Il ne me l'a pas confiée.

Wade parut momentanément troublé par cette déclaration mais bientôt son expression s'apaisa.

— Tu es probablement plus en sécurité de cette manière.

Sa réponse la fit se sentir encore plus mal de lui avoir menti, même si c'était pour se plier à la volonté paternelle.

— Cela réduit sans doute nos chances de jamais réussir à déchiffrer le code et de protéger les informations que détenaient mon père et les autres généraux.

— Ce n'est pas ma priorité pour l'instant.

Il regarda le sac qu'Annie venait de finir de préparer.

— Je pense que nous ne devons pas rester dans les parages plus longtemps. Tu es prête à partir ?

Elle laissa errer son regard dans la chambre exiguë du motel, contemplant le décor au manque d'originalité criant et elle prit conscience que, nulle part ailleurs, elle ne s'était sentie autant en sécurité depuis longtemps.

Parce que Wade avait été présent à ses côtés.

— Où allons-nous exactement ?

Il souleva le sac.

— L'endroit le plus sûr du comté de Chickasaw est l'immeuble de bureaux de l'Agence Cooper. Double dispositif de sécurité plus un bâtiment rempli de personnes entraînées à se battre comme des soldats.

— Et une fois là ? On campe sur les bureaux ou quelque chose dans ce genre-là ?

Wade se contenta de lui sourire.

— Ou quelque chose dans ce genre-là.

Le retour au comté de Chickasaw fut éprouvant. Durant les trois heures et demie de route, chaque fois qu'une voiture les dépassait, Annie l'imaginait remplie d'agents de l'U.S.S. déterminés à les arrêter. Environ à mi-chemin, Wade engagea le pick-up sur le parking d'un restaurant routier ouvert jour et nuit à proximité d'une bretelle d'accès et s'y gara, coupant le moteur. Sortant son téléphone de sa poche — pour la troisième fois durant ce long périple —, il pianota sur le petit clavier et appuya sur « Envoi ».

— Et maintenant ? demanda Annie d'un ton las.

— Nous entrons prendre un petit déjeuner matinal.

Il ouvrit la portière du côté conducteur et descendit de la cabine, émettant un léger grognement lorsque son poids porta sur son mauvais genou.

Il claudiqua un peu tandis qu'il la conduisait à l'intérieur du restaurant mais cette défaillance aurait été à peine perceptible si elle n'y avait pas prêté attention. Elle sourit dans son dos tandis qu'ils prenaient place au comptoir à quelques sièges d'un petit groupe de camionneurs qui buvaient leur café tout en racontant des anecdotes de route à une avenante serveuse entre deux âges.

Une seconde serveuse, rousse d'une petite trentaine d'années, vint à leur table en étouffant un bâillement. Wade commanda des œufs, du bacon et du pain perdu mais Annie estima que son estomac sensible ne tolérerait pas davantage qu'un toast et un verre de lait. La serveuse leva presque les yeux au ciel en partant transmettre sa commande en cuisine.

— Devons-nous vraiment nous montrer ainsi à découvert ? demanda Annie une fois qu'ils furent seuls.

— Nous allons faire une longue route. Si nous nous privons de nourriture, nous n'irons pas loin.

Wade lui prit la main sous la table et la serra. Elle leva les yeux vers lui et le vit jeter un rapide regard vers le plafond. Il exerça de nouveau une pression sur sa main.

Appuyant sa tête contre le dossier de sa chaise, elle laissa son regard glisser vers le haut et repéra une caméra de sécurité. Sans se presser, d'une manière naturelle, elle baissa ensuite les yeux.

— Ensuite, où irons-nous ? demanda-t-elle tout haut, faisant des efforts pour garder une voix normale.

Elle ignorait si la caméra de sécurité avait également la possibilité d'enregistrer les sons mais au cas où…

— Jesse m'a affirmé qu'il avait un ami au Minnesota qui pourrait nous faire traverser la frontière sans que personne ne nous pose de questions, lui répondit Wade. Je crains que nous n'ayons encore beaucoup de route à faire.

La serveuse apporta leurs assiettes et leur addition. Wade sortit son portefeuille et la régla avant d'avaler rapidement son petit déjeuner.

Annie grignota son toast, tentant de ne pas céder totalement à la panique. Elle devait se convaincre qu'il savait ce qu'il faisait.

Mais lorsqu'ils retournèrent au pick-up et qu'ils le découvrirent flanqué de chaque côté par une fourgonnette sombre, elle sentit la panique l'envahir.

— Du calme, la rassura Wade à voix basse en lui prenant la main.

Alors qu'ils atteignaient leur véhicule, les portières avant de la fourgonnette de gauche s'ouvrirent et deux hommes en sortirent, l'un grand et blond et l'autre plus petit et brun. Ils se dirigèrent vers le restaurant.

Dès l'instant où ils furent à l'intérieur, la porte coulissante de la fourgonnette de droite s'ouvrit, faisant s'arrêter le cœur d'Annie. Deux personnes en émergèrent, une femme aux cheveux foncés à peu près de sa taille et un homme brun qui ressemblait assez à Wade pour être son frère, bien que ce ne soit pas Jesse qu'elle avait rencontré brièvement lorsqu'ils s'étaient enfuis de l'hôpital.

Wade donna les clés du pick-up à l'homme, qui déverrouilla la portière et s'installa au volant. La femme désigna à Annie sa veste en jean avant de tendre la main. Annie enleva la veste et la lui tendit. La femme brune l'enfila et contourna le véhicule pour prendre place sur le siège du passager.

— Dans la fourgonnette, murmura Wade en montrant à Annie la porte ouverte.

Annie regarda à l'intérieur et croisa le regard d'Isabel Cooper qui lui adressa un sourire d'encouragement en lui tendant la main.

Inspirant profondément, elle la saisit et laissa la sœur de Wade l'aider à monter.

Wade se hissa derrière elle et ils s'installèrent sur l'une des deux banquettes dans la partie fermée de la fourgonnette tandis qu'Isabel refermait la porte.

— Les fourgonnettes dissimulaient le pick-up à la caméra de sécurité, expliqua Wade.

A côté de la fourgonnette, le moteur du pick-up se mit à vrombir puis le bruit s'atténua alors que le véhicule quittait le parking. Un moment plus tard, l'autre fourgonnette démarra et s'éloigna également, pour sa part dans la direction opposée.

— Qui étaient ces personnes ? lui demanda Annie.

— Les deux hommes qui sont entrés dans le restaurant sont Terry Allen et Dennis McCready. Terry et Mac. L'homme dans la fourgonnette est Mason Hunter, l'un de nos agents de terrain. L'homme et la femme sont mes cousin et cousine, Troy Cooper et Delilah Hammond, un autre de nos agents de terrain, répondit Isabel en s'asseyant sur la banquette face à eux.

Elle boucla sa ceinture de sécurité.

— Troy ressemble beaucoup à Wade, évidemment. Et Delilah est la femme te ressemblant le plus que nous ayons pu trouver dans un délai aussi court.

— Cela ne revient-il pas à leur faire jouer le rôle d'appâts en incitant l'U.S.S. à les prendre en chasse ? demanda Annie, inquiète. Et si jamais ils essayaient de leur tendre une embuscade ?

— Delilah a travaillé plusieurs années à la section des opérations spéciales du FBI et Troy a fait partie des forces spéciales de la marine pendant plus d'une décennie avant de prendre sa retraite au printemps dernier et de rejoindre l'Agence Cooper pour nous aider à traquer l'U.S.S., lui répondit Wade. Ils connaissent les risques et ils savent ce qu'ils font.

— Et maintenant ? demanda-t-elle, pas totalement rassurée.

— Mac et Terry prennent leur petit déjeuner.

Wade consulta sa montre.

— Nous avons environ un quart d'heure pour décompresser.

— Je ne pense pas vraiment y arriver, marmonna Annie, la main posée sur son cœur qui battait encore la chamade.

— C'est le meilleur moyen que nous ayons trouvé pour vous transférer incognito dans les bureaux de l'Agence Cooper, reprit Isabel. Nous sommes toujours surveillés.

— Comment vous êtes-vous éclipsés sans être vus ? lui demanda Annie. N'êtes-vous pas sous surveillance, vous aussi ?

— Scanlon et moi sommes allés assister à un concert hier soir. Notre voiture est toujours garée sur le parking de l'hôtel et Scanlon est resté dans la chambre avec l'écriteau « Ne pas déranger » sur la porte.

Elle lança un regard espiègle à Annie.

— Malheureusement, je ne m'y trouve pas avec lui mais je lui ai laissé mon téléphone. Ainsi, si l'on tente de retrouver ma trace en utilisant le signal de mon portable, on pensera que je suis bien là. Aussitôt que nous repartirons, Mac nous déposera, Terry et moi, où j'ai laissé la voiture qui me permettra de retrouver mon téléphone et mon époux à temps pour que nous quittions ensemble l'hôtel.

— On se croirait dans un roman d'espionnage, s'exclama Annie.

— C'est en quelque sorte la vérité.

Wade lui pressa la main d'une manière rassurante. Lorsqu'il fit mine de la relâcher, elle s'y raccrocha, entremêlant ses doigts aux siens. Il la couva d'un regard ardent qui réussit à merveille à dissiper le froid qui s'était insinué jusque dans la moelle de ses os durant le long trajet éprouvant depuis la Géorgie.

Les deux hommes qui avaient quitté la fourgonnette ignorèrent totalement leur présence lorsqu'ils remontèrent dans le véhicule. Le conducteur fit démarrer le moteur. Ce ne fut que lorsqu'ils eurent parcouru quelques kilomètres depuis le restaurant de routiers que l'homme blond assis sur le siège du passager se tourna vers eux.

— Mon nom est Terry Allen, lança-t-il à Annie. Et voici Dennis McCready. Plus connu sous le nom de Mac.

— Je leur ai expliqué ce que nous faisions, précisa Isabel.

— Il y a une autre chose que vous devez savoir, poursuivit Terry, les embrassant tous trois du regard.

Annie sentit Wade se raidir à côté d'elle.

— Quoi donc ? s'enquit Isabel.

Terry regarda directement Annie.

— Les autorités de Ford Payne ont retrouvé votre mère.

12

L'étreinte d'Annie sur la main de Wade se resserra douloureusement. Il détourna les yeux du visage sévère de Terry pour observer celui d'Annie et il vit la peur modifier son expression.

— Est-elle morte ? demanda-t-elle d'une voix qui se brisa.

— Elle est en vie, s'empressa de répondre Terry. C'est tout ce que nous apprend le message de Jesse.

Annie se tourna vers Wade.

— Il faut que je la voie.

— Ce pourrait être un piège, l'avertit Isabel.

— C'est aussi ce que pense Jesse, dit Mac qui s'exprimait pour la première fois.

Sa voix grave et râpeuse résonna énergiquement en dépit de son ton posé et le regard qu'il adressa à Wade dans le rétroviseur en dit long.

— Elle a besoin de moi, insista Annie.

Elle lâcha la main de Wade et s'écarta de lui comme pour ériger des défenses contre eux tous.

— Je sais qu'elle a besoin de toi, l'assura Isabel sur un ton apaisant. Et dès que nous pourrons démontrer qu'il ne s'agit pas d'un piège, nous te mènerons jusqu'à elle.

— Il faut que je la voie maintenant.

La voix d'Annie monta dans les aigus. Elle fit un effort visible pour maîtriser ses émotions débordantes, le menton tremblant.

— Si elle a des informations sur ce qui lui est arrivé, je suis sans doute la seule personne à qui elle les confiera.

— Et si nous allions à l'Agence Cooper pour faire le point ? suggéra Wade.

Il fit le geste de lui prendre de nouveau la main mais elle la retira.

— Très bien, acquiesça Annie d'une voix contenue. Mais la décision m'appartient.

Wade regarda Isabel. Les yeux de la jeune femme exprimaient à la fois la curiosité et la compréhension.

— Entendu, concéda-t-il bien que la pensée de laisser Annie mettre davantage encore sa vie en danger lui vrillât l'estomac. La décision t'appartient.

Le trajet entre le routier et l'Agence Cooper leur prit encore une heure, Mac ayant pris un chemin détourné afin de s'assurer qu'ils n'avaient pas été suivis. Ils durent également déposer Terry et Isabel devant la carcasse abandonnée de l'église d'Old Saddlecreek nichée à l'ombre de la montagne Gossamer. L'église n'avait pas reçu de congrégation depuis des années mais l'édifice de bois vermoulu tenait toujours debout, un peu affaissé et abîmé par endroits par les méfaits des jeunes vandales du coin.

Aussitôt que Terry et Isabel furent descendus de la fourgonnette, Mac reprit la route, sans attendre de s'assurer qu'ils avaient rejoint sans encombre la voiture qui les attendait. Ils avaient un travail à faire et lui aussi. Si Isabel et Terry avaient besoin de renfort, ils enverraient un message de détresse et les secours arriveraient.

— L'appel concernant ma mère est-il arrivé pendant que nous étions au restaurant routier ? demanda Annie.

Elle se tenait toujours raide et distante bien qu'elle ne soit assise qu'à quelques centimètres de Wade sur la banquette.

— Jesse m'a envoyé un texto. Je ne pouvais pas montrer un trop grand intérêt au message pour le cas où quelqu'un nous aurait observés, dit Mac en les regardant dans le rétroviseur. Nous avons mangé aussi vite que possible afin de revenir vous le dire, ajouta-t-il.

— Et vous êtes certain qu'elle est en vie ?

— Oui. Jesse nous a bien recommandé de vous le dire.

Elle inspira profondément et Wade éprouva une envie irrésistible de l'entourer de son bras et de l'attirer à lui. Mais elle ne montra pas le moindre signe de relâchement et il laissa ses mains là où elles étaient.

Ils rejoignirent l'Agence Cooper à l'instant même où le soleil commençait à pointer à l'est à travers les arbres. Mac conduisit la fourgonnette dans le parking intérieur à l'extrémité du bâtiment et trouva une place près des ascenseurs.

— C'est bon de rentrer chez soi, murmura-t-il en descendant du véhicule.

En se tournant vers Annie, Wade surprit son regard interrogateur.

— Chez soi ?

Il hocha la tête.

— Viens. Laisse-moi te montrer une partie de l'Agence Cooper dont la plupart des gens ignorent l'existence.

Emboîtant le pas à Wade au sortir de l'ascenseur, Annie s'engagea dans un large couloir menant à l'aile ouest du bâtiment. Elle ne tarda pas à découvrir qu'il abritait un dortoir au sein de ses trois étages.

— Techniquement, nous disposons ici d'assez de chambres pour héberger chacun des membres de l'Agence Cooper ainsi que sa famille proche en cas d'urgence, lui expliqua Wade en s'arrêtant devant l'une des portes, la 321. Voici ma chambre attitrée.

Sortant les clés de sa poche, il ouvrit la porte, révélant une chambre de taille modeste.

Il y avait également une autre pièce, à peine plus grande qu'un placard, comprenant des toilettes et un lavabo mais pas de baignoire ni de douche.

— Il y a une douche commune pour les hommes à l'extrémité nord du couloir à cet étage. Celle destinée aux femmes se trouve à l'extrémité sud. Lorsque nous travaillons de nombreuses heures sur certaines affaires, il est plus pratique de grappiller quelques heures de sommeil et de prendre une douche rapide plutôt que de rentrer chez soi et de revenir.

— Et dans le cas d'une attaque terroriste…

— Nous pouvons amener nos familles et ceux qui nous sont chers là où ils seront plus en sécurité.

— Ainsi, vous pouvez faire votre travail sans vous inquiéter pour eux.

Il lui sourit.

— Aussi, en effet.

Elle regarda le lit simple. Il paraissait parfaitement confortable pour accueillir une personne mais risquerait sans doute d'être un peu étroit pour deux, ce qui chassa de son esprit la question qui s'y était imposée. Cela n'avait plus d'importance. Et n'en aurait en tout cas pas tant qu'elle n'aurait pas revu sa mère.

— Il faut que je voie Jesse.

Wade hocha la tête et se dirigea vers le téléphone posé sur le chevet. Il prit le combiné et composa un numéro.

— Nous sommes revenus, annonça-t-il un instant plus tard. Elle veut des réponses.

Il raccrocha.

— Jesse est en chemin.

Alors qu'elle se tenait debout au pied du lit, s'efforçant d'empêcher le tremblement de ses jambes de se propager au reste de son corps, Wade posa leur sac sur le lit et l'ouvrit.

— Je laisse tes affaires dedans, dit-il en commençant à sortir ses vêtements de rechange ainsi que leurs provisions.

Avant qu'il ait terminé, on frappa à la porte un coup bref qui vrilla les nerfs d'Annie.

Wade tendit la main, coupant court au réflexe d'Annie de s'avancer vers la porte, et il passa devant elle pour regarder dans le judas. Elle se rendit compte qu'elle ne l'avait même pas remarqué et se demanda à quel type de danger les membres de l'agence s'attendaient pour placer un judas sur la porte intérieure d'un dortoir.

La posture de Wade se relâcha et il ouvrit la porte, invitant à entrer le conducteur du véhicule qui leur avait permis de s'enfuir de l'hôpital… son frère aîné Jesse, le directeur général de l'Agence Cooper.

Jesse donna une brève accolade virile à Wade puis il se tourna aussitôt vers Annie.

— J'imagine que vous avez des questions à me poser.

— Je veux voir ma mère.

— Je n'en doute pas mais, avant toute chose, je dois vous exposer tous les faits en notre connaissance.

— Vous essayez de me tenir à distance.

— Annie, écoutez, s'il vous plaît…

Wade lui posa la main sur l'épaule.

— Ne me touche pas, dit-elle en le repoussant sèchement.

— Votre mère est en bonne condition physique mais elle ne se rappelle rien de ce qui est arrivé, reprit Jesse. Le FBI est arrivé jusqu'à elle avant nous. Par chance, notre cousin Will était l'un des agents désignés pour l'interroger et le FBI lui a donné la permission de nous communiquer l'essentiel de leur conversation.

Annie réprima son impatience, commençant à comprendre que monter sur ses grands chevaux n'amènerait pas Jesse Cooper à lui révéler plus rapidement les informations qu'elle désirait obtenir. Elle prit une profonde inspiration et lui posa la question qui lui importait le plus.

— Dans quel état physique est-elle ?

— Elle n'a ni commotion cérébrale, ni blessures graves.

Elle est déshydratée et, comme vous, elle porte des traces de liens aux poignets et aux chevilles, mais aucune trace de torture ou d'autre maltraitance physique.

— Dans ce cas, pourquoi cette amnésie ?

— Les médecins pensent qu'elle a pu être gardée sous calmants durant toute sa captivité, lui répondit Jesse.

— Ils la gardaient au frais, murmura Wade.

Annie se retourna brusquement pour le regarder.

— Comment cela, ils la gardaient au frais ?

— Tu étais le moyen de pression le plus évident sur ton père, poursuivit-il. Un homme désire protéger son enfant encore plus qu'il ne désire protéger son épouse. Tu es aussi plus jeune, ce qui signifie que tu aurais pu probablement supporter davantage de mauvais traitements que ta mère et sur une plus longue période.

— Qui plus est, vous êtes journaliste et vous avez couvert l'affaire Barton Reid, ajouta Jesse. Vous êtes plus susceptible que votre mère de savoir ce que votre père cachait.

— Maman a pour principe de rester dans l'ignorance des secrets de mon père, admit Annie. Elle a toujours été son refuge. En sa présence, il pouvait laisser tout cela derrière lui.

— Le médecin veut la garder cette nuit encore afin de s'assurer qu'elle ne se déshydrate pas davantage, reprit Jesse. Pendant ce temps, elle restera sous la garde du FBI qui projette de la maintenir sous protection rapprochée aussitôt qu'elle sera libre de quitter l'hôpital.

— Comment s'est-elle échappée ? demanda Annie. S'en souvient-elle ?

— Non. Elle a expliqué à Will qu'elle s'était réveillée dans un champ en bordure de route à la sortie de Ford Payne. Elle a réussi à arrêter une voiture. Ses occupants ont appelé les secours et la police. Mais elle n'a pas la moindre idée de la manière dont elle est arrivée dans ce champ.

Ce qui signifiait qu'elle ne s'était pas échappée, en

déduisit Annie. On l'avait laissée au bord de la route afin qu'elle soit retrouvée.

Elle s'assit lourdement sur le lit de Wade, comprenant soudain pourquoi tous les membres de l'Agence Cooper voulaient éviter qu'elle ne se précipite auprès de sa mère.

— C'est un piège, soupira-t-elle.

— C'est ce que nous pensons, lui confirma Wade.

Le regard d'Annie passa de Jesse à Wade.

— Ma mère sait-elle que je suis saine et sauve ?

— Will lui a appris que vous vous étiez échappée et que vous aviez été placée sous protection, lui répondit Jesse. Cela l'a un peu apaisée mais elle est manifestement bouleversée par le fait que votre père soit toujours porté disparu.

Sa mère n'était la seule à être inquiète. Annie ignorait comment interpréter sa libération inattendue. Cela garantissait-il plus que jamais la survie de son père ? Ou était-il à présent considéré comme susceptible d'être sacrifié ?

Wade lui toucha de nouveau l'épaule. Cette fois, elle laissa sa main en place, honteuse de s'être montrée si irascible. Wade n'était pas son ennemi, songea-t-elle. Au contraire, il était pour l'instant à peu près la seule personne à se préoccuper sincèrement de ses intérêts.

Elle-même n'y attachait pas autant d'importance.

Si elle avait suivi son instinct, elle se serait précipitée au chevet de sa mère, se moquant éperdument de risquer sa vie. Mais, en examinant la situation d'un point de vue plus rationnel qu'émotionnel, elle s'aperçut que la libération inespérée de sa mère, si près de l'endroit où elle-même avait réapparu seulement quelques jours plus tôt, était un stratagème pour la faire tomber de nouveau sous le contrôle de ses ravisseurs.

— Que faisons-nous maintenant ? s'enquit-elle.

— J'ai modifié l'itinéraire de Troy et Delilah, l'informa Jesse. Ils vont se rendre à l'hôpital de Ford Payne afin d'y rendre visite à votre mère. Cinq autres de nos agents les pistent afin de prévenir une embuscade.

— Ça me gêne beaucoup qu'ils mettent ainsi leurs vies en danger pour moi.

— Ils savent pour quel genre de travail ils ont signé, objecta Wade posément. Nous le savons tous.

— Bien. Et, dans l'intervalle, que faisons-nous ?

L'étreinte de Wade se resserra sur son épaule.

— Nous patientons.

— Qui reste-t-il dans l'immeuble ?

Wade faisait les cent pas à l'extrémité du couloir, à quelques mètres à peine de la douche des femmes, restant à portée de voix. A l'évidence, songea Jesse, son jeune frère tenait à ne pas perdre de vue Annie Harlowe, même pendant quelques minutes. Mais elle l'avait supplié de la laisser prendre une douche chaude et, à moins d'entrer sous l'eau avec elle, monter la garde devant la douche était le seul moyen pour Wade de répondre à son obsession d'assurer sa sécurité.

Jesse le regarda marcher de long en large, un léger amusement se mêlant à son écrasant sentiment de responsabilité. Non seulement il devait veiller sur la femme traquée qui se trouvait sous la douche mais il devait aussi protéger son frère. C'était lui qui avait convaincu Wade de cesser de s'entêter à faire partie du corps des Marines pour rejoindre plutôt l'Agence Cooper. Il avait fini par se demander s'il n'avait pas commis une erreur mais la récente prestation de Wade en tant que garde du corps d'Annie Harlowe l'avait sensiblement rassuré.

— Trois gardes… Hotchkiss, Fordham et Fiorello, répondit-il à la question de Wade. J'ai l'intention de rester moi aussi dans les parages cette nuit. Oh ! et je pense qu'il restera également quelqu'un au service comptabilité. J'ai remarqué un bureau éclairé dans le couloir.

Le personnel restait rarement aussi tard le soir mais le bilan trimestriel était attendu pour la fin du mois.

— Trois gardes plus nous ? C'est tout ? s'exclama Wade.

Jesse ne manqua pas de remarquer son regard mécontent.

Annie Harlowe émergea soudain de la douche, les cheveux enveloppés dans une serviette. Elle portait un T-shirt et un pantalon de yoga et elle paraissait plus forte que quelques minutes plus tôt.

— Il y a seulement trois gardes ici ? demanda-t-elle, l'air inquiet.

— Nous voulons rester discrets.

Jesse baissa la voix par habitude bien qu'ils soient les seules personnes présentes dans l'aile du dortoir.

— Donc ils ne sont pas au courant de ma présence ici.

— Et si jamais ils se rendent compte qu'elle est ici et qu'ils décident que c'est le moment parfait pour passer à l'attaque ? riposta Wade, redressant le menton d'un air rebelle. Ils nous surpasseront en nombre et que se passera-t-il ?

— Il leur faudrait encore franchir plusieurs dispositifs de sécurité. Et nous avons tout un arsenal à notre disposition.

— Encore faudrait-il que nous ayons le temps d'en disposer.

Jesse ne put s'empêcher de remarquer la façon dont le regard de Wade ne cessait de graviter vers le visage pâle d'Annie Harlowe. Ainsi il avait, à n'en pas douter, un intérêt personnel dans cette affaire, songea-t-il. La situation n'était pas idéale — il préférait de loin que ses agents restent pondérés et logiques dans leur travail plutôt que de se laisser gouverner par leurs émotions — mais il ne pouvait refuser à son frère un peu de bonheur. Si Annie Harlowe s'avérait être la femme de sa vie, ce n'était pas un mauvais choix.

Et cela ne l'en inciterait que davantage à la garder saine et sauve. Puisqu'il se pourrait qu'elle représente la meilleure chance de l'Agence Cooper de ramener son père en vie — et d'avoir accès à son code — il était dans leur intérêt commun de garder Annie Harlowe en vie.

— Je retourne un moment dans mon bureau. J'ai de la paperasse qui s'accumule. Appelle si tu as besoin de quoi que ce soit.

— Attends.

Wade le rattrapa par le bras.

— As-tu parlé à Luke ?

— Bien sûr.

— Cela ne te perturbe pas de savoir que Rita est leur prochaine cible ? La date de son prochain mariage ainsi que le nom de l'église où il aura lieu étaient notés dans le dossier.

Jesse s'efforça de dissimuler ses sentiments mais il eut conscience que son ton n'était pas aussi égal qu'il l'aurait souhaité quand il répondit :

— Je suis au courant. Ils essaieront probablement de lancer l'offensive sur la famille Marsh pendant le mariage. Malheureusement, aucun d'entre nous n'y est invité.

— Evie y sera, lui fit remarquer Wade.

Elle était comptable, pas agent de sécurité.

— Je sais qu'elle a suivi un entraînement mais…

— Je me disais que peut-être tu pourrais la persuader de te choisir comme cavalier.

— Oh.

Cela valait la peine d'essayer, supposa Jesse.

— Qu'elle accepte ou non, je pense que nous devrions assurer une présence sur les lieux. A l'insu de tous.

Wade hocha la tête.

— Absolument.

— C'est sur ma liste de choses à faire, répondit Jesse en espérant ne pas trahir son angoisse.

Il savait que ses frères et sœurs s'inquiétaient encore de la manière dont sa rupture avec Rita l'avait affecté même si elle s'était produite des années plus tôt. Mais aucun d'entre eux ne pouvait se permettre d'être distrait.

— Merci de votre aide, murmura Annie.

— Je vous en prie.

Il donna une tape dans le dos de son frère et se dirigea vers l'escalier au bout du couloir, passant devant les ascenseurs. Depuis qu'il avait troqué son uniforme de combat contre des vêtements civils, il avait trouvé de plus en plus difficile de conserver sa forme de soldat même avec une salle de gym sur place. Il mit donc un point d'honneur à éviter les ascenseurs pour prendre l'escalier.

Ce n'était pas exactement la même chose qu'une randonnée à plein régime sur le versant enneigé d'une montagne mais c'était mieux que rien. En particulier avec la puissante décharge d'adrénaline qui parcourait son corps en raison de son inquiétude pour Rita et sa famille.

Il atteignit les bureaux du deuxième étage et il prenait le chemin de sa spacieuse suite d'angle quand il remarqua une pièce encore éclairée dans le service comptabilité. Curieux, il revint sur ses pas et entra dans le bureau commun où les comptables de l'entreprise accomplissaient leur travail.

Le bureau était désert à l'exception d'une petite femme brune assise devant un ordinateur près du fond de la salle. Ses cheveux mi-longs étaient remontés en chignon et maintenus en place par un stylo et ses yeux d'un bleu foncé étaient braqués sur l'écran de l'ordinateur qui éclairait son visage d'une lueur bleu pâle. Elle était tellement absorbée que Jesse s'approcha à quelques mètres d'elle avant qu'elle ne lève brusquement les yeux avec un bref sursaut, portant la main à sa poitrine.

— Seigneur, Jesse, pourrais-tu faire un peu de bruit la prochaine fois ?

— La conscience situationnelle est vitale pour tous les employés de l'Agence Cooper, déclara-t-il à voix basse, citant le manuel de l'employé édité par l'entreprise.

Elle lui adressa une grimace qu'il n'aurait pas tolérée venant de n'importe quel autre employé. Mais Evie Marsh n'était pas n'importe quelle employée. Elle était la sœur de la femme que Jesse avait autrefois pensé vouloir aimer pendant le reste de ses jours.

Et il se pourrait bien qu'il ait besoin de son aide pour protéger cette femme à son mariage.

— Je consacrerai des heures supplémentaires aux séances d'entraînement la semaine prochaine, lui promit-elle. En fait, je suis contente que tu sois encore là. Il faut que je te montre quelque chose.

— Quel genre de chose ?

Le front d'Evie se creusa tandis qu'elle croisait son regard curieux.

— Je regrette de dire ça mais je commence à soupçonner l'un des employés de comploter quelque chose de louche.

— Combien de temps penses-tu qu'il faudra à vos amis pour arriver à l'hôpital ?

En entendant la question d'Annie, Wade cessa de déballer leurs affaires et se retourna pour la regarder. Elle était assise au milieu de son lit, les jambes repliées sous elle. Elle lui parut fatiguée mais superbe et Wade se demanda s'il ne serait pas plus sûr pour eux deux qu'il appelle Jesse afin de lui demander de leur fournir une chambre supplémentaire pour qu'Annie y passe la nuit.

— Je l'ignore. Cela dépend de la distance qu'ils auront parcourue en direction du nord avant d'être avisés du changement d'itinéraire.

— Ma mère doit être terrifiée. Seule avec pour unique compagnie celle de gardes armés.

Annie secoua la tête.

— Elle était tellement soulagée quand mon père a

finalement pris sa retraite de l'armée de l'air qu'elle a failli donner une fête.

— Elle n'appréciait pas qu'il soit militaire ?

— Non, ce n'est pas ce que je veux dire, répondit-elle avec véhémence. Maman était très fière de mon père et de ses états de service. Elle était fière d'être l'épouse d'un général de l'armée de l'air et de garder le fort en l'attendant. Elle prenait très au sérieux le fait d'assumer son devoir de patriote tout comme le faisait mon père. Elle s'est toujours assurée que je comprenne bien pourquoi mon père devait rester autant éloigné de la maison. Elle était un roc. Mais l'avoir tout le temps à la maison, ne plus avoir à s'inquiéter pour lui tandis qu'il était parti remplir sa mission… je sais que cela a été pour elle un immense soulagement.

— En quelque sorte une retraite, pour elle aussi ?

— Exactement.

Wade approcha le seul fauteuil de la pièce afin de pouvoir s'asseoir près d'elle et avança timidement sa main vers celle d'Annie.

— Je pense qu'elle se rappelle encore comment se montrer patriote, tu ne penses pas ?

L'expression d'Annie se radoucit et elle retourna sa main pour amener sa paume en contact avec celle de Wade.

— Si. J'espérais seulement qu'elle n'aurait pas à reprendre du service, en particulier de cette façon. Sans savoir où se trouve mon père ni même s'il nous sera rendu vivant…

Des larmes brillèrent dans ses yeux. Elle les chassa, refusant de se laisser aller.

— Tu sais, ils le garderont en vie.

Elle posa sur lui un regard scrutateur.

— Non, je ne le sais pas.

— Ils ne seraient pas à ta recherche si ton père leur avait livré le code, tu ne crois pas ?

Elle réfléchit un moment à sa remarque puis elle secoua la tête.

— Non, probablement pas. Ce n'est pas comme si les individus qui nous ont kidnappés n'étaient pas recherchés par la police, n'est-ce pas ? Donc, ils ne me poursuivent pas parce qu'ils craignent que je puisse témoigner contre eux.

— Exact. Ils sont après toi parce qu'ils ont compris que tu étais le meilleur moyen de pression qu'ils puissent utiliser sur ton père ce qui signifie qu'il doit forcément être encore en vie. Car, sinon, ils n'auraient pas besoin de ce moyen de pression.

Annie ne se départit pas pour autant de son expression inquiète.

— Ou alors cela pourrait avoir une autre signification, reprit-elle calmement en levant les yeux pour rencontrer son regard.

La peur et la souffrance qu'il y lut firent se nouer la gorge de Wade.

— Telle que ?

— Il y a une chose que je ne t'ai pas dite concernant le soir où ces hommes ont fait irruption dans le chalet et nous ont enlevés, poursuivit-elle d'une voix sourde et étranglée. Une chose que mon père m'a révélée juste avant que ça n'arrive.

— En plus de t'avoir parlé du journal codé ?

— Oui.

Elle lâcha sa main et se recula un peu, croisant les bras autour de sa taille comme si elle avait soudain froid.

— Je t'ai expliqué qu'il m'avait relaté comment les deux autres généraux et lui avaient décidé de mettre leurs soupçons noir sur blanc et d'assurer leur confidentialité grâce à un triple encodage. Mais qu'il ne m'avait pas communiqué son code, ce qui aurait pu me permettre de combler les lacunes si jamais il lui arrivait quelque chose.

— Exact.

Le regard de Wade se fit inquisiteur.

— Et alors, qu'as-tu omis de me dire ?

— J'ai menti, lui confessa-t-elle tout à coup, l'air terriblement malheureux. Il m'a effectivement donné le code. Et je parierais que l'U.S.S. sait que je le détiens.

13

A la vue de l'expression qui s'afficha sur le visage de Wade, Annie sentit sa poitrine se comprimer.

— Tu as menti ?

— Je suis désolée, répliqua-t-elle en toute sincérité. Je voulais t'en parler mais…

— Mais ton père t'a dit de n'en parler à personne.

Il détourna le regard.

— Et je suis un étranger pour toi.

Elle tendit la main à l'aveuglette et le saisit par le bras.

— Tu n'es pas un étranger.

— Il n'y a pas de problème. Je comprends.

Elle resserra son étreinte sur le bras de Wade, sans être sûre de savoir pourquoi elle voulait aussi désespérément qu'il la comprenne. Ne serait-il pas plus intelligent, plus sage, de laisser ce fossé qui commençait à se creuser entre eux continuer à s'élargir. La dernière chose dont elle avait besoin était que les sentiments qu'elle éprouvait imprudemment envers Wade Cooper compliquent davantage encore sa vie perturbée.

Mais lui laisser croire qu'elle n'avait pas confiance en lui était plus qu'elle n'en pouvait supporter. Il avait mérité sa confiance et elle avait eu tort de lui dissimuler cette information, quelles qu'aient été ses raisons.

— J'aurais dû t'en parler.

— J'imagine que ton père t'a demandé de ne le dire à personne ?

— En effet.

Elle relâcha la pression sur son bras, ses doigts se faisant caressants.

— Mais, à présent, je te le dis.

Lorsqu'il leva les yeux vers elle, elle décela l'ombre d'un sourire sur son visage.

— Pourquoi cela ?

Elle lui toucha le visage.

— Parce que tu as gagné ma confiance.

Il saisit sa main, l'écartant doucement de sa joue.

— Je ne suis pas certain que ce soit totalement vrai.

— Pendant tout ce temps, tu m'as protégée. Et je ne crois pas un instant que ce soit uniquement parce que tu estimes que je puisse t'aider d'une quelconque manière.

— C'est en partie la raison.

— Mais pas la seule raison.

Elle se rapprocha de lui, dépliant ses jambes et s'assit au bord du lit. Elle se trouvait à présent face à lui et elle franchit l'espace étroit qui les séparait pour prendre son visage dans ses deux mains.

— Tu sais bien que ce n'est pas la seule raison.

Il la regarda en retour, une expression mêlée de consternation et de désir impuissant se peignant sur ses traits.

— Tu es si incroyablement sexy quand tu es aussi sérieuse. On ne te l'a jamais dit ?

Peu d'hommes lui avaient jusque-là dit qu'elle était sexy, voilà tout, songea-t-elle. Elle s'était bien gardée de laisser ses collègues devenir trop proches d'elle. Dans le monde où elle vivait, trop de personnes servaient avant tout leurs propres intérêts, n'hésitant pas à mentir effrontément dans le but de prendre l'avantage sur un adversaire ou pour voler sans vergogne à un collègue l'un de ses sujets.

Le sexe était une arme, l'intimité une illusion et une relation une transaction soigneusement calibrée qui bénéficiait invariablement à l'un des protagonistes. Le seul amour auquel elle ait jamais vraiment cru était celui qui unissait ses parents.

Mais Wade Cooper n'obéissait pas à des motivations cachées. Elle ignorait s'il avait même en lui cette aptitude à la tromperie.

— Personne ne me l'a jamais dit, reconnut-elle en caressant avec légèreté la lèvre inférieure de Wade avec son pouce. Quelqu'un t'a-t-il jamais dit que tu étais sexy chaque instant de chaque jour ?

Wade la regarda plus intensément.

— Non. Certainement pas.

— Eh bien, c'est une véritable honte.

Elle se pencha vers lui, les yeux fixés sur sa bouche ferme et bien dessinée.

Il l'attrapa par les bras, la maintenant à une courte distance de lui.

— Ce n'est pas une bonne idée.

— Pourquoi pas ? protesta-t-elle, luttant contre sa tentative pour la tenir éloignée de lui.

Il resserra son étreinte et la repoussa doucement vers le lit.

— Parce que je ne suis pas celui que tu crois.

— Quelque chose de louche ?

Jesse s'empara de la chaise posée devant le bureau voisin de celui d'Evie et il s'assit près d'elle, remarquant que malgré cette longue journée ainsi que son apparence un peu échevelée, il émanait encore d'elle un parfum frais, évoquant la forêt après une pluie diluvienne. Cette fragrance le frappa de plein fouet, lui faisant tourner la tête pendant un instant.

Cette réaction inattendue le perturba et sa première réaction fut de s'éloigner d'elle. Mais déjà elle poursuivait, inconsciente, à l'évidence, de son embarras, le forçant à se rapprocher d'elle afin de pouvoir suivre ce qu'elle lui disait.

— Je traite actuellement les notes de frais, en prévision

de la présentation du bilan trimestriel et je suis tombée sur quelque chose de bizarre concernant les justificatifs de Derek Fordham.

— Qu'entends-tu par « bizarre » ?

— Eh bien, commençons par son kilométrage. Il s'est absenté du bureau pour affaires pendant dix jours le mois dernier et il a déclaré deux cent trente et un kilomètres facturables. Mais j'ai vérifié le kilométrage du véhicule… Tu sais, le responsable du parc automobile le contrôle chaque fois qu'un agent ramène une voiture. Les compteurs kilométriques des véhicules qu'il a utilisés ne comptabilisent au total que soixante-dix-neuf kilomètres.

Il leva le regard vers elle et ressentit un autre étrange vertige. Baissant les yeux pour s'éclaircir les idées, il ajouta :

— Nous autorisons les agents à facturer des heures sur leurs véhicules personnels.

— Je le sais. Mais ils doivent enregistrer le kilométrage de leur véhicule personnel avant d'être autorisés à facturer ces kilomètres.

— Et Fordham ne l'a pas fait ?

— Si, il l'a fait, répondit Evie. Mais son kilométrage a explosé le mois dernier.

Elle lui désigna une colonne sur son tableur.

— Voici le kilométrage qu'affichait le compteur de son véhicule personnel lorsque le responsable de la flotte automobile l'a contrôlé en début de mois. Il n'a déclaré que cent deux kilomètres en relation avec le travail. Mais regarde le kilométrage du mois.

Jesse regarda le nombre qu'elle lui désignait et il sursauta légèrement.

— Mille quatre cent cinq kilomètres en un mois ?

— J'ai vérifié mais il n'était pas en vacances et, en fait, il a travaillé en heures supplémentaires le mois dernier, cumulant presque soixante heures par semaine, samedis inclus.

Elle prit une feuille posée sur son bureau.

— Voici son dossier. Il habite Blackbriar Road qui n'est qu'à trois kilomètres du bureau. Cela fait six kilomètres par jour, à raison de vingt-cinq jours par mois… cent cinquante kilomètres. Et il n'a été en repos que six jours et seulement un ou deux jours à la fois. A moins qu'il n'ait fait un sacré voyage pendant l'une de ces journées, comment autant de kilomètres se sont-ils retrouvés à son compteur ?

— Une petite amie ?

— Il vit seul. Ni petite amie, ni petit ami, ni quoi que ce soit… j'ai vérifié.

Evie se tut un instant, glissant un regard oblique en direction de Jesse.

Il plissa les yeux, la gorge serrée. Non pas sous l'effet de la colère comme il aurait pu s'y attendre étant donné que l'une de ses employées de bureau avait mené sa propre enquête sur un autre employé sans son autorisation mais parce qu'il éprouvait une inquiétude rétrospective.

— Qu'entends-tu par « j'ai vérifié » ?

Evie baissa les yeux sur ses mains.

— Il se pourrait que je l'aie suivi à plusieurs reprises pendant sa pause déjeuner. Que je me sois renseignée sur lui.

Ses cils noirs se relevèrent, ses yeux bleus se posant de nouveau sur Jesse.

— Et il se pourrait que j'aie laissé entendre que je le trouvais vraiment craquant et que je voulais savoir s'il était disponible.

A présent, il était furieux.

— Evie, as-tu perdu l'esprit ? Tu ne peux pas t'amuser à mener des enquêtes sur les autres employés ! Tu n'es pas un agent. Tu es comptable !

— Je le sais. Mais c'était étrange et vous étiez tous tellement absorbés par cette affaire Harlowe…

Elle soupira.

— Je ne voulais pas t'ennuyer avec ça si cela ne cachait rien. J'ai fait quelques recherches préliminaires, c'est tout.

— C'est trop.

Il songea qu'il devrait la licencier. Lui donner dans l'instant son congé, lui fournir de bonnes références et la laisser partir travailler comme comptable dans une entreprise assommante où elle ne serait pas tentée de jouer les détectives.

Pour commencer, il n'aurait jamais dû engager la jeune sœur de Rita Marsh.

— Eh, minute, s'exclama-t-elle à l'instant où il s'apprêtait à ouvrir la bouche pour lui signifier son congé.

Il ravala ses paroles et lui lança un regard interrogateur mais elle avait de nouveau les yeux rivés sur l'écran de l'ordinateur. Il suivit son regard et il vit qu'elle vérifiait ses e-mails. Il y avait un nouveau message ayant pour sujet : « Demande de renseignements sur Derek Fordham. » L'adresse de l'expéditeur ne lui était pas familière.

— Qu'as-tu fait ? murmura-t-il.

— Un petit instant.

Elle ouvrit l'e-mail qui était un courrier officiel émanant d'un agent immobilier. Le message, adressé à Evie, fournissait la liste des locataires des tours Bellewood à Dallas au Texas durant une période allant de janvier à novembre, quatre ans plus tôt.

La liste comportait une société de courtage, quelques cabinets d'avocats, une agence de publicité et un nom qui fit cesser de battre le cœur de Jesse.

« MacLear Sécurité » était le cinquième nom de la liste.

— Oh non, murmura Evie.

— Qu'est-ce que c'est que cette liste ?

Elle croisa son regard, ses yeux bleus remplis d'inquiétude.

— Daughtry Sécurité a assuré la sécurité des tours Bellewood. Derek Fordham travaillait pour Daughtry à l'époque où MacLear avait des bureaux dans l'immeuble.

Le sang de Jesse se figea dans ses veines.

— Et Fordham est l'un des gardes de sécurité qui sont de service ici ce soir.

Wade posa les mains sur ses genoux pour s'empêcher de toucher de nouveau Annie et il rencontra son regard rempli de confusion.

— Je ne suis pas un héros. Je ne le suis plus. Et je ne le serai plus jamais.

— Ne serait-ce pas à moi d'en juger ?

— Ecoute. Je n'ai jamais été qu'un simple soldat. Qui s'est enrôlé à la sortie du lycée, qui a marché au pas dans la boue pendant des années, rampé sur le ventre dans le froid et la chaleur, sous la pluie et sur le sable du désert et qui a fait ce qu'on lui ordonnait. Je n'étais même pas un bon tireur, hormis pour sauver ma propre peau ou la vie de l'homme tapi dans le trou à côté de moi.

Il secoua la tête.

— Jesse m'a engagé parce que j'étais son frère. Dieu sait que je n'ai guère de talents négociables mis à part le fait d'être plutôt qualifié pour être de la chair à canon.

— Arrête.

Elle lui prit les mains.

— Si tu ne veux pas que les choses aillent plus loin entre nous, dis-le simplement. Tu n'as pas à te dénigrer ainsi.

Il entremêla ses doigts aux siens, incapable de s'arrêter.

— Mais je suis assez futé pour savoir si quelqu'un est trop bien pour moi.

— De nouveau, n'est-ce pas à moi d'en juger ?

Elle lui décocha un regard appuyé.

— J'ignore ce que nous réserve l'heure qui vient et je ne suis donc pas en position de prendre des engagements à long terme. Pourquoi ne pas accepter cette chose qu'il y a entre nous pour ce qu'elle est ?

Il ne put réprimer un sourire.

— Qui est… ?

Un léger pli de consternation se creusa entre les sourcils d'Annie.

— Pourquoi devrions-nous absolument la définir ?

Elle l'attira à elle.

— Si tu as envie de m'embrasser, embrasse-moi simplement.

— Annie ?

— Attends, je vais te faciliter les choses.

Elle se leva et vint se placer entre ses genoux, appuyant ses hanches contre sa cage thoracique ce qui eut pour effet de faire battre son cœur comme un tambour à timbre. Elle lâcha les mains de Wade pour glisser ses doigts dans ses cheveux, lui levant le visage vers elle.

— J'ai envie de t'embrasser. Tu es d'accord ?

Il ferma les yeux et hocha la tête.

Le temps lui sembla s'arrêter tandis qu'il attendait de sentir de nouveau le contact de ses lèvres sur les siennes. Sa tension en devint si intense qu'il pouvait à peine respirer.

Elle retira les mains de ses cheveux et il entendit grincer les ressorts du lit. Il rouvrit les yeux et la trouva de nouveau assise au bord du lit, les yeux baissés.

— A présent, je suis perdu, murmura-t-il, son corps entier pulsant de frustration.

Annie joignit les mains sur ses genoux.

— Je ne suis pas vraiment douée pour les rapports humains.

Wade réprima un sourire.

— Qui peut prétendre l'être ?

— Non, je veux dire, je suis vraiment nulle. Je suis en quelque sorte connue pour avoir une vie sociale particulièrement désastreuse. Il m'est arrivé de prendre rendez-vous avec un inconnu et de découvrir qu'il était un criminel en fuite.

Wade ne put s'empêcher de rire.

— Je suis sérieuse, insista-t-elle. Jamais plus je ne laisserai un informateur privé m'organiser un rendez-vous.

Wade secoua la tête, souriant toujours.

— Tu es superbe, intelligente et drôle… Je ne peux pas croire que tu aies des difficultés à attirer les hommes.

— Oh ! je les attire. Mais ce sont toujours des hommes mariés ou des prédateurs ou bien encore ils sont trop bien pour me supporter très longtemps.

Elle repoussa les cheveux de son visage.

— J'ai des horaires déments et je travaille parfois des jours ou des semaines d'affilée sur un sujet. Mes meilleurs amis sont des journalistes sans scrupule et des informateurs minables. Mon père est général dans l'armée de l'air ce qui semble fasciner toutes les mauvaises personnes et rebuter toutes les bonnes.

— Si cela les rebute, sont-elles vraiment les bonnes personnes ?

— Non, en effet.

— Lorsque nous t'avons découverte, je me suis un peu renseigné sur ta vie afin de pouvoir t'aider plus facilement. Et sais-tu ce qui m'a frappé plus que tout le reste au cours de ces recherches ?

— Quoi donc ?

— Tes parents sont mariés depuis trente ans et ton père n'a cessé de monter en grade, passant des mois et des années loin de toi et de ta mère. Et pourtant, durant tout ce temps, pas le moindre nuage n'est venu assombrir leur mariage. Pas d'aventures sur le champ de bataille pour ton père, ni de liaisons pour ta mère. Absolument toutes les personnes que nous avons interrogées les enviaient sans réserve.

Annie sourit.

— Ils sont fous l'un de l'autre. Ils l'ont toujours été.

— N'est-ce pas ce que tu désires pour toi-même ?

— Bien sûr que si.

Elle leva un regard douloureux vers lui.

— J'ai simplement arrêté de chercher. Parce que je pense qu'en dehors de rares exceptions cela n'existe pas.

Wade aurait voulu la détromper mais comment l'aurait-il pu ? Sa propre expérience confirmait la théorie d'Annie. Bien entendu, son frère Rick avait récemment eu la chance d'établir une relation qui semblait les rendre heureux, son épouse et lui. Et ses trois sœurs étaient toutes éperdument amoureuses… Megan et Izzy étaient de jeunes mariées et Shannon serait probablement fiancée, sinon mariée, avant Noël. Mais le grand amour de Jesse était sur le point d'épouser un autre homme et Wade lui-même n'avait pas entretenu de relation sérieuse à long terme depuis le lycée.

— A quoi songes-tu ? lui demanda Annie.

— Je cherchais comment te convaincre qu'il n'était pas si improbable de trouver cette personne spéciale. Mais je suppose que je ne suis pas en mesure de le faire.

— Ta sœur Isabel et son mari semblent heureux.

Il acquiesça.

— Ils le sont. Mais ils ont vraiment failli perdre ce bonheur. Et ne me lance pas sur le sujet de mes parents.

Elle arqua les sourcils.

— Qu'en est-il pour tes parents ? Sont-ils divorcés ?

— Non. Seulement séparés.

Elle afficha une moue compatissante.

— Depuis combien de temps ?

— Vingt-deux ans.

— Qu'est-il arrivé ?

— Au bout de dix-sept années de mariage, ma mère a décrété que les rôles de mère et d'épouse n'étaient pas vraiment faits pour elle. Du moins, pas de cette manière conventionnelle. Elle nous a donc abandonnés, papa et nous, et elle est partie dans le but de se trouver elle-même ou quelque chose de ce genre.

— Sans même vous prévenir ?

— Jesse dit qu'il s'en doutait un peu mais il avait presque

seize ans quand elle est partie. Nous, nous étions trop jeunes. Shannon n'était même pas encore en maternelle.

— C'est terrible.

— Je pense qu'avec le recul, nous avons, pour la plupart, pris conscience que c'était probablement ce qu'elle avait pu faire de mieux pour nous. Etre mère la rendait malheureuse et elle ne s'en sortait pas très bien. En nous quittant, elle nous a permis de trouver autour de nous de meilleures figures maternelles. Ça a bien fonctionné.

— Il n'empêche que cela a dû te donner une idée vraiment déformée de l'amour et du mariage.

Elle remonta ses genoux contre sa poitrine… comme pour se protéger, constata Wade. S'il pouvait ramener son genou blessé sur sa poitrine, lui aussi s'assiérait volontiers dans cette position, quelque pénible que puisse s'avérer la conversation.

— J'imagine que c'est ce qui m'effraie. Il est tellement plus facile, de nos jours, de rencontrer des histoires d'amour qui se terminent plutôt que le contraire. Il paraît logique de garder ses distances, n'est-ce pas ? poursuivit-elle.

— Qu'est-ce qui te fait penser que je garde mes distances ? demanda-t-il d'un ton léger.

Elle lui lança un regard narquois.

— Je vois la panique dans tes yeux. Si tu ne devais pas me protéger, tu te serais enfui d'ici en courant depuis dix minutes déjà.

Il se mit à rire.

— Franchement, j'apprécie assez de discuter avec une personne qui semble aussi peu douée que moi pour les rapports humains. Nous pourrions former notre propre équipe de bowling ou que sais-je.

Elle lui rendit son sourire mais son visage s'assombrit rapidement.

— Je me dis que je ne veux pas être enfermée dans une relation. Que je suis indépendante, que j'ai du succès dans mon travail et que je n'ai pas besoin d'un homme qui m'attende le soir à la maison quand je rentre…

— Mais tu n'y crois pas vraiment.

Elle croisa son regard.

— Lorsque j'ai découvert, à mon réveil, que mes parents avaient disparu, ma première pensée a été combien je me sentais horriblement seule sans eux. Même si nous ne vivons pas dans le même Etat, j'ai toujours su que je pouvais appeler ma mère ou mon père pour parler si j'avais quelque chose sur le cœur. Et brusquement un événement terrible m'arrivait et je n'avais personne à qui me confier.

Elle chassa les larmes de ses yeux.

— Et alors, soudain, tu t'es trouvé là. A tout moment, chaque fois que j'ouvrais les yeux ou que je me retournais.

— Comme un harceleur.

— Comme une bouée de sauvetage.

Elle déplia ses jambes, posa ses pieds à terre et se pencha en avant, touchant le visage de Wade.

— Et je te veux. Je te veux avec moi. Je veux que tu me prennes dans tes bras et que tu me laisses te prendre dans les miens.

Elle posa la main sur son genou blessé.

— Je veux te délivrer de ta souffrance et t'aider à aller mieux. Je veux goûter la sensation de me réveiller dans tes bras le matin.

Elle s'exprimait simplement, sans emphase, sans une once de provocation. Mais le pouvoir de séduction de ses paroles lui coupait littéralement le souffle. Pas uniquement parce qu'elle lui avouait son désir mais parce que ces paroles résumaient parfaitement ce que lui-même ressentait.

— Tu éprouves aussi cela, n'est-ce pas ? demanda-t-elle en se levant pour venir se placer de nouveau devant lui.

Il se leva, prenant délicatement son visage entre ses mains.

— Oui.

— Est-ce que ça t'effraie autant que ça m'effraie ?

Il inclina la tête, posant son front contre le sien.

— Oui.

— Qu'allons-nous faire ?

— Arrêter de trop y penser, lui répondit-il en se penchant pour l'embrasser.

Elle se haussa sur la pointe des pieds, nouant les bras autour de son cou pour l'attirer à elle. Son corps s'adapta si parfaitement à celui de Wade qu'il eut la sensation insensée qu'elle avait été créée spécifiquement pour lui et lui pour elle. Sa bouche était parfaite, douce et ferme. Le contact de ses doigts relevait de l'alchimie, leur simple effleurement faisant se consumer sa peau.

Elle l'entraîna à sa suite vers le lit et, ensemble, ils tombèrent sur le matelas souple, bras et jambes enchevêtrés. Il n'avait écarté ses lèvres des siennes que le temps de lui demander si elle était sûre de ce qu'ils faisaient lorsque la pièce fut plongée dans l'obscurité.

Il se figea, le sang lui battant aux tempes. Hormis leurs respirations haletantes, aucun autre son n'était audible, pas même le bourdonnement omniprésent du courant dans les fils électriques.

Allez, mets-toi en marche.

S'il te plaît, mets-toi en marche, implora-t-il silencieusement le circuit auxiliaire.

Mais dix secondes s'écoulèrent et rien ne se produisit.

— Que se passe-t-il ? demanda Annie d'une voix faible et tremblante.

— Je l'ignore, reconnut-il. Le circuit auxiliaire aurait dû prendre le relais au bout de dix secondes.

Il s'écarta d'elle et s'assit, cherchant sa lampe torche dans sa poche. Il en balaya la pièce jusqu'à ce qu'il aperçoive leur sac de provisions d'où il tira son Glock et son holster.

— Que doit-on en déduire dans le cas contraire ?

Il attacha l'arme à la ceinture de son jean et la regarda

à la faible lueur de sa torche. Elle paraissait apeurée et vulnérable et son désir de la protéger à n'importe quel prix attisa sa détermination.

— Rien de bon, répondit-il.

14

— Nom de nom !

Wade fourra son téléphone portable dans la poche de son jean.

— Il n'y a plus de réseau.

— A-t-il été saboté intentionnellement ?

Annie se sentait à deux doigts de céder à la panique. Elle devait se ressaisir. S'ils étaient autant en danger que Wade semblait manifestement le croire, il n'avait pas besoin d'être encombré d'une hystérique.

— Très probablement.

Wade se faufila vers la porte et l'ouvrit d'un geste vif, jetant un coup d'œil dans le couloir.

— Nous devons rejoindre Jesse. Il doit en savoir plus sur ce qui se passe. Et plus nous serons nombreux, plus nous serons en sûreté.

Elle savait qu'il avait raison. Quels que soient les événements, ils représentaient des cibles idéales, enfermés dans cette chambre. Du moins, en se déplaçant avaient-ils une petite chance de s'échapper.

Mais, même avec Wade armé près d'elle, Annie eut l'impression de porter une cible lumineuse dans le dos tandis qu'ils se glissaient dans le couloir obscur. Très peu de lumière émanait des chambres aux portes restées ouvertes. Mais Wade ne semblait pas dérouté par l'obscurité. Il se déplaçait avec une grâce inattendue, balayant du faisceau de sa lampe les chambres ouvertes à la recherche d'ombres tapies et de menaces cachées. Ne rencontrant rien à cet étage, ils se glissèrent dans la cage d'escalier au bout du couloir.

Wade passa son bras autour des épaules d'Annie, la serrant contre lui. La chaleur de son corps l'enveloppa, accomplissant des merveilles sur ses nerfs ébranlés.

— Reste immobile et silencieuse. Contentons-nous d'écouter.

Son cœur battait trop fort, sans répit, dans ses oreilles pour qu'elle soit apte à entendre grand-chose d'autre. Mais Wade sembla constater avec satisfaction, après quelques instants, qu'ils étaient seuls dans la cage d'escalier.

— Le bureau de Jesse est situé dans le bâtiment voisin. Il nous reste à descendre deux étages puis à emprunter le passage couvert menant au bâtiment principal.

Il progressa lentement, ouvrant la voie avec précaution tandis qu'ils descendaient les deux étages dans le noir absolu. En atteignant le second palier, Wade fit une halte et il prit la main d'Annie dans la sienne.

— Une fois engagés dans le passage couvert, nous serons exposés. Il est fermé, mais par des parois vitrées. Quiconque se tenant à l'extérieur de l'immeuble pourra nous voir avancer. Les vitres sont à l'épreuve des balles mais…

Le cœur d'Annie se mit à battre à se rompre.

— Devrons-nous le traverser au pas de course ?

— Si tu t'en sens la force, oui. Ce n'est pas une mauvaise idée.

Wade poussa la porte mais elle ne s'ouvrit pas.

— Que se passe-t-il ? demanda Annie, les nerfs à vif.

— Quelque chose bloque la porte.

Wade donna un nouveau coup d'épaule, plus violent cette fois. La porte s'entrebâilla légèrement, lui permettant de se faufiler dans l'étroit passage.

— Attends ! lança-t-il tandis qu'Annie le suivait dans la brèche obscure.

Mais il était trop tard, son pied heurta quelque chose et elle s'affala en avant, se recevant lourdement.

— Annie !

Les bras de Wade se refermèrent sur elle, l'attirant contre lui.

— Tu vas bien ?

Elle sentit un liquide chaud et visqueux sous sa main. Une odeur métallique lui assaillit les narines.

Du sang.

Battant en retraite, elle s'arracha à l'étreinte de Wade et s'essuya frénétiquement la main sur la moquette à l'aspect noueux.

— Wade ?

Sa voix chevrota.

Elle entendit un léger déclic et la lumière de la torche éclaira le sol. A un ou deux mètres d'elle, gisait un homme vêtu d'un uniforme bleu foncé d'agent de sécurité, son corps bloquant partiellement la porte. Sa tête reposait dans une position improbable et une mare de sang d'un rouge sombre maculait le haut de son torse.

— Qui est-ce ? demanda-t-elle dans un souffle.

— Fiorello, l'un des gardes.

— Est-il mort ?

La question semblait stupide, si l'on considérait combien il était improbable qu'il en fût autrement, songea-t-elle.

— Oui.

Wade revint près d'elle et l'aida à se relever, entourant de nouveau ses épaules de son bras puissant.

— Allons retrouver Jesse.

— En courant ? chuchota-t-elle en observant le long couloir sombre s'étendant devant eux.

Sa partie supérieure vitrée révélait un ciel nocturne étoilé ainsi que d'épais bouquets d'arbres de chaque côté du bâtiment.

Des tireurs pouvaient être embusqués derrière n'importe

lequel de ces arbres, songea-t-elle. Elle refoula cette image dans le tréfonds de son esprit, là où elle avait enfoui sa panique, quelques instants plus tôt.

Ils joignirent leurs mains et se mirent à courir le long du couloir, pourtant Annie avait l'impression de se mouvoir au ralenti. Elle pouvait quasiment sentir des dizaines d'yeux invisibles posés sur eux à travers la bulle de verre d'apparence fragile au-dessus de leurs têtes.

Alors qu'ils approchaient de l'extrémité du couloir, une porte s'ouvrit et deux silhouettes sombres se faufilèrent par l'ouverture.

Wade s'arrêta brusquement, tirant Annie derrière lui.

— Wade ?

Annie sentit le corps de son compagnon se détendre.

— Oui. Que se passe-t-il avec l'électricité ?

— Nous ne sommes pas sûrs.

Jesse Cooper s'avança lentement vers eux, une femme brune et mince sur ses talons. Annie ne distinguait pas très bien ses traits mais quelque chose chez elle lui sembla familier.

— Nous venons de trouver Fiorello mort à l'autre bout du couloir, les prévint Wade. Il semblerait qu'il ait reçu une blessure par balle à la gorge.

Jesse proféra un juron étouffé.

— Des signes de vie de Hotchkiss ou de Fordham ?

— Pas pour l'instant, lui répondit Wade.

— Pourrions-nous sortir de ce stand de tir pour nous mettre à couvert ? dit Jesse en poussant la porte qui menait à l'immeuble de bureaux.

— Le générateur de secours ne s'est jamais enclenché.

— Je sais.

Wade garda le bras fermement serré autour de la taille d'Annie, la chaleur de son corps la distrayant de sa peur croissante.

— Nous pouvons présumer, je pense, que l'ennemi a déjà investi les lieux, dit Wade.

— Il s'agit peut-être d'un homme isolé, fit remarquer tranquillement la femme brune.

— Il ne travaille pas seul, la contredit Jesse.

Il alluma une torche, diffusant une lueur blafarde dans le couloir étroit où ils se tenaient à présent.

— Qui ne travaille pas seul ? demanda Wade.

— Derek Fordham, lui répondit Jesse. Evie est tombée sur des incohérences dans ses frais de déplacement…

Evie, s'avisa Annie, reconnaissant en fin de compte la jeune femme brune au physique familier.

— Evie Marsh ?

Evie leva les yeux vers elle avec un léger sourire.

— Je n'étais pas sûre que tu te souviennes de moi. Cela fait longtemps et tu passais toujours plus de temps avec Rita.

— Il faut vraiment que nous parlions à ton père, reprit Annie d'une voix monocorde.

— Je sais. J'ai tenté de lui parler mais il m'évite.

Jesse les interrompit.

— Voyons si nous pouvons atteindre la chambre forte. Elle nous offrira un niveau de sécurité supplémentaire.

— Mais pas d'issue de secours, protesta Wade.

— Tu n'auras pas besoin d'une issue de secours, répliqua Jesse, se dirigeant sans attendre vers la cage d'escalier au bout du couloir. Je vais sortir pour aller chercher de l'aide. Ton travail consiste à rester ici et à garder Evie et Annie saines et sauves.

Annie sentit le corps de Wade se raidir à côté d'elle bien qu'il ne répondît rien. Elle prit sa main dans la sienne et la serra très fort.

Pendant un moment leurs regards se rivèrent et elle fit passer dans le sien autant de confiance qu'elle pouvait lui insuffler. Elle commençait à comprendre Wade Cooper, ce qu'il craignait et ce qu'il lui fallait. En cet instant, plus que tout, il avait besoin de croire en lui et en ses capacités à les garder tous sains et saufs.

— Entendu, acquiesça Wade. Nous resterons ici et nous ferons profil bas.

— Il me faut une arme, intervint Evie.

Jesse parut sceptique.

— Evie…

— Je te jure que si tu répètes une fois de plus que je ne suis qu'une comptable, je vais te frapper.

Evie releva le menton.

— C'est pourtant toi qui as décidé d'entraîner les employés de bureau de la même façon que tu entraînerais les agents de terrain. Laisse-moi mettre à profit ce que j'ai appris.

— D'accord.

Jesse les guida à travers les couloirs sombres jusqu'à une pièce équipée d'une grande porte métallique à serrures multiples. Il sortit un jeu de clés et ouvrit la porte qui menait dans une petite chambre forte pourvue d'un imposant arsenal.

— Tu as une préférence ? demanda-t-il à Evie.

— Que dirais-tu de ce Kel-Tec compact ?

Jesse prit le pistolet ainsi qu'un holster. Il ouvrit ensuite un tiroir et en sortit plusieurs boîtes de munitions qu'il tendit à Evie pour le charger.

Annie observa les armes au mur, se demandant si elle serait plus dangereuse avec ou sans. Elle savait manier un pistolet. Son père l'avait souvent emmenée s'entraîner à tirer sur des cibles quand elle était plus jeune. Et il s'était assuré qu'elle sache manipuler une arme, la nettoyer aussi bien que tirer. Mais ayant vécu ces dix dernières années à Washington, elle n'y avait plus touché. Son entraînement était maintenant de l'histoire ancienne.

— Sais-tu comment te servir d'une arme ? lui demanda Wade.

— Oui, mais je ne l'ai pas fait depuis longtemps.

— Te sentirais-tu plus en sécurité armée ?

Elle leva les yeux vers lui.

— Je me sens en sécurité avec toi.

L'expression de Wade se radoucit.

— Mais te sentirais-tu encore plus en sécurité avec une arme ?

— Non, je pense que je me sentirais mieux sans une arme que quelqu'un pourrait me prendre, décida-t-elle.

— Dans ce cas, c'est réglé, conclut Jesse. Je dois y aller.

— Sois prudent, lui lança Wade tandis qu'ils sortaient de l'armurerie. Ne joue pas les héros… si tu ne peux pas sortir, reviens ici en faisant disparaître tes traces.

— Je sortirai, répliqua Jesse avec assurance.

Annie n'aurait su déterminer s'il croyait vraiment ce qu'il disait ou s'il s'était fait une spécialité de prétendre être invulnérable. Quoi qu'il en soit, elle se retrouva à partager sa conviction qu'il trouverait le moyen de sortir de ce complexe.

Mais que se passerait-il ensuite ? Si Jesse avait vu juste et que l'immeuble était déjà assiégé en silence, Evie, Wade et elle deviendraient-ils les victimes d'une impasse mortelle ?

— La chambre forte est au troisième étage, murmura Wade en les ramenant dans la cage d'escalier.

— Y a-t-il des toilettes où je pourrais nettoyer ce sang de mes mains ? demanda-t-elle.

Il lui adressa un regard compatissant et la raccompagna dans le couloir.

— Deuxième porte sur la droite.

Elle entra dans les toilettes et se récura les mains, réprimant un léger accès de nausée. Lorsqu'elle rejoignit les autres, elle se rendit soudain compte qu'elle commençait à avoir mal aux jambes d'avoir trop marché. Ses muscles la brûlaient, lui procurant une étrange sensation familière.

On l'avait forcée à rester debout au début de sa captivité, les mains attachées à un crochet au-dessus de sa tête pour l'empêcher de s'asseoir par terre. Il lui avait été pratiquement impossible de dormir. La priver de sommeil avait sans nul doute fait partie des intentions de ses ravisseurs. En l'empêchant ainsi de s'asseoir ou de s'allonger, ils avaient voulu la briser. La rendre malléable.

— Tu vas bien ? lui demanda Wade quand elle les rejoignit.

Elle hocha la tête.

— Je viens juste de me rappeler qu'ils m'avaient obligée à rester debout pendant des jours. Les muscles de mes jambes étaient comme de la guimauve le temps qu'ils en aient fini avec moi.

— J'imagine qu'après cette course tu ne dois pas te sentir au mieux, non ?

Elle parvint à émettre un rire léger.

— Si. Je ressens une brûlure.

La voix, empreinte d'ironie, d'Evie s'éleva derrière eux.

— Si cela peut t'aider à te sentir mieux, je la ressens un peu moi aussi.

— Plus qu'un étage, les encouragea-t-il.

Il les reconduisit dans la cage d'escalier et commença à monter les marches. Il ne boitait quasiment pas, remarqua Annie en souriant intérieurement. Peut-être cette nouvelle occasion de jouer les héros lui avait-elle suffi pour accélérer son rétablissement.

Ils émergèrent de la cage d'escalier pour se retrouver au troisième étage dans les ténèbres du couloir principal. L'éclairage discret que le crépuscule avait déversé sur le bureau sombre s'était à présent retiré et la lumière des étoiles était trop faible pour offrir davantage qu'une imperceptible lueur dans l'obscurité profonde.

— Pouvons-nous utiliser la torche ou est-il plus sûr de rester dans le noir ? demanda Annie.

— Nous pourrons utiliser la torche, une fois arrivés dans la chambre forte.

Wade s'avança lentement, sa main glissant le long du mur avec un léger bruit de friction tandis qu'il ouvrait la voie. Annie le suivait de près, s'accrochant à son T-shirt, pendant qu'Evie fermait la marche.

Ils avaient presque parcouru la moitié du couloir lorsque Annie entendit un cri étouffé derrière elle. Elle tira sur le T-shirt de Wade, le faisant s'arrêter.

— Evie ? chuchota-t-elle.

Ils entendirent un bruit de lutte dans l'obscurité derrière eux. Wade se retourna brusquement, sondant les ténèbres du faisceau de sa torche. Celui-ci frappa Annie droit dans les yeux et ses pupilles se contractèrent douloureusement, la forçant à fermer les yeux pour les protéger de la clarté. Des images rémanentes continuèrent de lui brûler les yeux derrière ses paupières fermées tandis qu'elle se rapprochait à tâtons de Wade.

— Ne bouge pas ! lui ordonna Wade.

Elle sentit qu'il levait le bras et elle se rendit compte qu'il avait sorti son arme. Instinctivement, elle se laissa tomber au sol, hors de son champ de tir.

Il y eut de nouveaux bruits de lutte dans le couloir, mêlant des gémissements féminins produits par l'effort et un grognement de douleur manifestement masculin. Elle s'efforça de distinguer les deux ombres qui se débattaient à quelques mètres de là dans l'embrasure de l'une des portes.

Soudain, l'une des ombres s'écarta de l'autre. Il s'agissait d'Evie, constata Annie tandis que la jeune femme les rejoignait en courant, malgré ses jambes chancelantes.

Wade repoussa Evie et Annie derrière lui.

— Combien sont-ils ? demanda-t-il.

— Un seul. Un homme. Je pense qu'il porte peut-être une cagoule de ski ou quelque chose sur le visage, lui répondit Evie, le souffle court. Il est entré dans le service informatique… Il va probablement tenter de ressortir par le bout du couloir.

Wade les regarda, visiblement partagé entre l'envie de se

lancer à la poursuite de l'homme masqué et celle de rester à leurs côtés. Finalement il décida de rester sur place.

— Nous n'y serons jamais avant lui.

Il posa une main au creux des reins d'Annie et la poussa doucement devant lui.

— Evie, tu couvres nos arrières. Tu as toujours le Kel-Tec, n'est-ce pas ?

Elle lui montra le pistolet compact.

Ils s'avancèrent avec précaution dans le couloir jusqu'à une large porte à double battant. Wade tenta d'actionner l'une des poignées mais celle-ci s'abaissa sans résultat.

— C'est fermé à clé, dit-il. On ne la ferme jamais à clé.

— Essaie l'autre poignée, lui suggéra Evie.

Il s'exécuta, sans plus de succès.

— Et tu n'as pas la clé ? lui demanda Annie.

— Elle n'est jamais fermée, répéta-t-il, l'air frustré.

— Pourrais-tu la crocheter ? suggéra Evie.

Wade sortit un petit couteau multilames de sa poche.

— Cela ne fait pas partie de mon champ d'expertise mais je vais essayer.

La tension qui nouait l'estomac d'Annie s'accrut douloureusement tandis qu'elle regardait Wade triturer la serrure. Malgré ses protestations, il semblait savoir ce qu'il faisait. Au bout de quelques minutes, elle entendit clairement un déclic et la poignée céda.

Wade ouvrit la porte avec précaution, ouvrant la voie avec son Glock. Evie le suivit de près, brandissant son Kel-Tec et, ensemble, ils balisèrent la pièce.

Annie demeura en retrait, un frisson lui parcourant le dos comme si un spectre promenait ses doigts sur sa peau. Elle jeta un bref coup d'œil derrière elle dans le couloir mais elle ne vit rien d'autre qu'un insondable vide obscur.

— Rien à signaler ? murmura-t-elle.

— Si l'on veut, lui répondit Wade.

Il revint vers elle et l'entraîna avec lui à l'intérieur de la pièce, refermant les portes derrière eux. La torche d'Evie était allumée, son étroit faisceau de lumière éclairant la pièce. Annie suivit des yeux ce faisceau de lumière jusqu'à son extrémité et, choquée, laissa soudain échapper un cri étouffé.

Sur le sol, devant une porte en métal, gisaient deux corps, tous deux en uniforme. Wade s'avança dans la lueur de la torche et se pencha vers les victimes pour vérifier leur pouls. Il leva les yeux vers Evie et Annie en secouant la tête.

— Morts, tous les deux.

Evie s'approcha, braquant le faisceau de sa lampe sur l'un des deux hommes.

— Est-ce que c'est… ?

— Derek Fordham, oui, compléta Wade.

— Me serais-je trompée à son sujet ? demanda Evie, l'air horrifié.

— Peut-être pas. Ce ne serait pas la première fois que des criminels se retournent contre l'un des leurs. S'il leur était devenu inutile, ils auront choisi de l'éliminer.

Annie se rapprocha de Wade, anxieuse de retrouver la chaleur et le réconfort de son corps ferme. Comme s'il avait compris son attente, il se redressa et l'entoura de son bras.

Elle s'appuya contre lui, son cœur battant à se rompre.

— S'il était la taupe dans l'entreprise et qu'à présent il est mort, cela signifie que nous n'avons pas le moindre indice sur l'identité de notre adversaire, désormais, murmura-t-elle.

Son regard passa d'Evie à Wade. Tous deux arboraient une expression lugubre.

Elle déglutit et posa la question qui s'imposait.

— S'il existe une autre taupe, en dehors de Fordham, comment savoir à qui nous fier ?

15

D'après les calculs de Jesse, huit hommes au moins dessinaient un périmètre à l'extérieur des bureaux de l'Agence de Sécurité Cooper. Il avait effectué une reconnaissance minutieuse du rez-de-chaussée, restant hors de vue et guettant le moindre bruit pouvant révéler que quelqu'un se serait introduit dans ce périmètre.

Le cas échéant, il n'aurait pu s'agir que d'une, ou peut-être de deux personnes. Une équipe plus nombreuse aurait, inévitablement, fait davantage de bruit.

L'immeuble de bureaux que Jesse avait aidé à concevoir et à faire construire pour la société n'était pas agencé comme une forteresse bien qu'il disposât de multiples systèmes d'alarme qui, dans la plupart des cas, l'auraient alerté des problèmes avant même qu'ils n'arrivent. Mais, à l'évidence, il avait dû laisser s'introduire un espion — peut-être même plus d'un — et, de son manque de jugement, découlaient les conséquences actuelles. Lorsque la situation serait de nouveau sous contrôle, il passerait au crible les méthodes de recrutement ainsi que les autres procédures de sécurité interne. Mais, pour l'instant, l'autoflagellation n'était pas une distraction souhaitable.

Il avait commis une bévue. La situation avait viré au désastre. Et le seul moyen d'y remédier avant que les choses ne dégénèrent davantage était de sortir chercher de l'aide.

Il n'y avait pas d'issue véritablement secrète dans le

bâtiment de l'Agence Cooper mais cela ne signifiait pas que l'on ne pouvait en sortir sans être vu.

L'étage du parking souterrain, où était stationnée leur flotte de véhicules spécialisés lorsqu'ils n'étaient pas utilisés, possédait une porte discrète menant directement dans les bois derrière l'immeuble. Cette issue n'était signalée d'aucune manière susceptible d'attirer l'attention des intrus. Seule une poignée d'agents avait connaissance de l'existence de cette porte latérale qui avait surtout été placée là pour permettre aux membres de la société travaillant sous couverture d'entrer et sortir sans être vus des autres.

Il n'y avait eu que quelques opérations officieuses de ce type au cours des quatre années d'existence de l'Agence Cooper. La société tendait à se spécialiser dans les missions de sécurité plus officielles, là où une présence visible et impressionnante servait de mesure préventive de dissuasion. A la connaissance de Jesse, Fordham n'avait aucune raison de connaître l'existence de cette sortie. Il espéra seulement qu'un autre agent ne lui en avait pas parlé.

La porte était munie d'une serrure automatique. Il chercha dans son volumineux trousseau jusqu'à ce qu'il trouve la bonne clé, puis il sortit son SIG Sauer P220 et en contrôla le chargeur pour s'assurer qu'il avait bien les huit balles — plus une dans la chambre — à sa disposition, s'il en avait besoin.

Inspiration. Concentration.

Il déverrouilla la porte et l'ouvrit lentement. Avec précaution.

A l'extérieur, les bois étaient paisibles, sans la moindre légère brise pour agiter la voûte de feuillage au-dessus de sa tête. La température douce de l'après-midi s'était muée en une légère fraîcheur automnale qui annonçait la venue de l'hiver. Dans quelques mois, les nuits seraient souvent froides et humides. Il se pourrait même que la menace d'une chute de neige précoce ne se concrétise.

Mais ce ne serait pas pour ce soir-là.

Il se glissa au-dehors, gardant les sens en alerte. Le niveau le plus bas du parking donnait de ce côté directement sur les bois. Aussi, lorsque Jesse laissa la porte se refermer derrière lui, il se retrouva dans la nature, entouré de pins, de noyers blancs et de chênes qui le dissimulaient du reste de la propriété.

L'ennemi avait-il posté des hommes dans la forêt autour de l'immeuble ? Cela paraissait une précaution évidente mais il savait aussi que l'U.S.S. avait depuis longtemps compris qu'il n'y avait quasiment pas moyen de prendre l'avantage sur un Cooper dans ces bois. Jesse, ses frères et sœurs, cousins et cousines avaient tous grandi là, entraînés au pistage en forêt par des pisteurs figurant parmi les meilleurs que le comté avait à offrir… leurs propres pères.

L'U.S.S. avait appris à ne pas se mesurer aux Cooper sur ce terrain. Aussi, peut-être avait-il une chance de se sortir de là et de trouver des renforts avant que les choses ne virent au carnage à l'intérieur.

Il aurait aimé pouvoir appeler Wade pour savoir ce qui se passait. D'après ce qu'il avait pu voir, les agents de l'U.S.S. cernant l'Agence Cooper avaient déjà lancé leur assaut sur l'immeuble. Son frère, Annie et Evie pouvaient être assiégés à ce moment même.

Mais il ne devait pas penser à cela, songea-t-il. Son seul but devait être d'aller chercher de l'aide.

Il s'obligea à détourner ses pensées de ceux qu'il avait laissés derrière lui et s'appliqua à se déplacer en silence, se dirigeant inexorablement vers l'est. Il rejoindrait sous peu la route. Un kilomètre plus loin, il y avait une station-essence avec un téléphone public.

Des bruits de mouvements furtifs à proximité, en direction de l'ouest, l'amenèrent à se figer sur place. Il modula sa respiration, se concentrant pour ralentir son rythme cardiaque. Protégé par les branches d'un magnolia, il serait difficile à repérer aussi longtemps qu'il resterait immobile.

Une ombre se profila à travers les arbres, pratiquement sans bruit. Mais ce fut suffisant pour que Jesse localise la silhouette vêtue de noir. Il patienta jusqu'à ce que la forme floue disparaisse de sa vue, et reprit son périple vers l'est en direction de la route.

S'il s'agissait de l'U.S.S — et Jesse n'imaginait pas qui d'autre aurait l'audace ou la capacité d'assiéger l'Agence Cooper —, ces hommes prenaient de gros risques pour tenter de mettre la main sur Annie Harlowe.

Dans quelle mesure la fille du général avait-elle connaissance des secrets de son père ?

— Elle ne s'ouvre pas.

La voix de Wade se teinta de frustration.

— La serrure est électrique.

— Et d'ordinaire, le générateur de secours prend le relais, murmura Evie.

Annie s'affaissa contre le mur, ses jambes se dérobant soudain sous elle. L'obscurité qui les enveloppait lui parut monstrueuse au regard du faible faisceau de lumière émanant de la torche de Wade. Elle en dévorait littéralement la clarté, emplissant le reste de la pièce d'ombres mouvantes qui lui inspirèrent un oppressant sentiment de déjà-vu.

Une petite pièce. Pas de lumière, quasiment aucun son à l'exception du rythme inégal de sa respiration et du martèlement du sang lui battant aux tempes.

Elle ne devait pas céder à la panique, leur laisser voir qu'elle avait peur.

Elle savait qu'ils l'observaient. Ils la surveillaient sans relâche de leur regard malveillant, palpable et glacé.

Ils programmaient leurs interrogatoires avec un tel à-propos, l'y soumettant lorsqu'elle se sentait la plus faible. Et peut-être, si elle avait été un autre type de personne, leur tactique aurait-elle porté ses fruits. Mais d'un point de vue bien spécifique, elle était la fille de son père. Elle avait hérité de son entêtement sans faille. Le fait que ses mystérieux ravisseurs tentent de tirer parti de ses émotions, de ses faiblesses avait au contraire pour effet de décupler sa colère.

Ils n'étaient parvenus à rien avec elle. Pas un seul des secrets de son père n'avait franchi ses lèvres durant les trois semaines où ils l'avaient retenue prisonnière.

La pièce froide et sombre s'effaça pour laisser place à celle, plus claire et spacieuse, qui abritait la chambre forte de l'Agence Cooper. Wade et Evie se pressaient toujours devant la porte close de la chambre forte, leurs têtes rapprochées tandis qu'ils discutaient de la manière d'entrer.

— Si elle est électronique, je doute qu'il y ait un moyen autre qu'électronique d'entrer, décréta Evie d'un ton formel.

— Je ne peux pas croire que Jesse n'ait pas pensé à cela avant de partir, grommela Wade.

— Je pense qu'il était surtout concentré sur le moyen de sortir d'ici sans encombre, le défendit Evie.

— J'espère qu'il l'était, murmura Wade. Il est peut-être notre seul espoir désormais.

— La chambre forte est-elle le seul endroit sûr où nous cacher ? demanda Annie.

Wade et Evie se retournèrent tous deux au son de sa voix.

— C'est le plus sûr, lui répondit Wade d'un ton catégorique. La serrure de la chambre forte est codée et seules quelques personnes, toutes de la famille, en connaissent le code.

En d'autres termes, toutes des personnes de confiance, songea Annie.

— Mais connaître le code est inutile si l'on n'a pas le moyen de s'en servir.

Le regard de Wade s'assombrit brusquement.

— Exact.

Annie s'écarta du mur et s'approcha de lui, surprenant une soudaine lueur de compréhension dans son regard.

— Qu'as-tu à l'esprit ? demanda-t-elle.

— Pourquoi crois-tu que les gardes soient d'abord venus ici ?

Il fit un geste en direction des deux hommes morts.

— Je l'ignore, lui répondit Annie, s'efforçant de suivre le fil de ses pensées. Peut-être tentaient-ils de s'introduire dans la chambre forte ?

— L'un d'entre eux aurait-il eu le code ? s'enquit Evie.

— Non.

Wade secoua vigoureusement la tête.

— Seuls les membres de la famille possèdent le code. Mais peut-être Fordham l'ignorait-il.

— Peut-être pensait-il que Hotchkiss le connaissait, suggéra Evie.

— Peut-être. Ou peut-être projetait-il d'utiliser Hotchkiss pour attirer ici l'un des membres de la famille.

Wade plissa le front.

— Toutefois, je ne m'explique pas comment tous les deux ont pu trouver la mort.

— Et s'ils s'étaient entretués ? hasarda Evie.

Annie suivit le regard de Wade qui se posait sur les deux corps. Les cadavres gisaient tels qu'ils les avaient trouvés en entrant dans la pièce, proches l'un de l'autre mais sans se toucher. Wade se pencha lentement et éclaira la scène du faisceau de sa lampe.

— Ils avaient tous deux dégainé leur arme, constata-t-il.

Il s'accroupit près du corps le plus proche.

— L'une d'entre vous aurait-elle un stylo sur elle ?

Annie n'en avait pas mais Evie en sortit un du sac passé à son épaule. Wade le prit et s'en servit pour ramasser avec précaution le pistolet tombé par terre près du corps. Il l'approcha de ses narines et le huma.

— Il se pourrait qu'il ait tiré.

Il sortit un mouchoir bleu foncé de la poche arrière de son jean et l'utilisa pour tenir le pistolet pendant qu'il contrôlait le chargeur.

— Il manque deux balles.

Il vérifia l'arme de l'autre homme, celui qu'Evie avait appelé Fordham. La taupe, d'après leurs déductions.

— Une balle tirée. Je suppose qu'ils se seront effectivement entretués.

— Donc Hotchkiss tentait d'interdire à Fordham l'accès à la chambre forte. Peut-être est-il tombé sur lui alors qu'il essayait de s'y introduire ?

— Peut-être ne suis-je en rien la raison de leur présence sur ces lieux, commenta Annie.

— Nous ne pouvons rien affirmer.

— Mais ils essayaient d'entrer dans la chambre forte. Peut-être que ce qu'ils veulent vraiment se trouve à l'intérieur, suggéra Evie.

D'après l'expression du visage de Wade, Annie comprit qu'il y avait derrière cette porte une chose sur laquelle l'U.S.S. tenait absolument à mettre la main. Elle eut le pressentiment angoissant de savoir ce que c'était.

— Le journal se trouve à l'intérieur, n'est-ce pas ?

Elle plongea son regard dans celui de Wade et y trouva la réponse.

— Quel journal ? demanda Evie.

Wade se tourna vers elle.

— Je crains que ce ne soit une question à poser à ton père. Si tu peux toutefois l'amener à te parler.

Evie pinça les lèvres.

— Ces jours-ci, il m'évite. Le mariage de Rita est tout ce dont il consent à parler. Chaque fois que j'aborde un autre sujet, il se referme.

— Il est effrayé, lui expliqua gentiment Annie qui se sentait désolée pour la jeune femme.

Elle imaginait sans peine combien elle-même serait contrariée si son père mettait autant d'ardeur à lui dissimuler des secrets dangereux au lieu de les partager avec elle comme il l'avait fait.

Bien sûr, elle était plus en danger que si son père avait gardé ses secrets pour lui. Mais elle était également plus forte du fait qu'il ait partagé ces informations avec elle. Elle pouvait s'investir activement pour contrecarrer les desseins d'une bande de criminels endurcis planifiant les pires méfaits.

Elle espéra qu'elle aurait l'occasion de remercier son père pour sa confiance.

— Peu m'importe qu'il soit effrayé, maugréa Evie. Nous dissimuler des secrets ne nous rend que plus vulnérables. Il pense qu'il peut nous protéger de tout mais comment peut-il y parvenir si nous ne disposons pas des informations nécessaires ? Il faut que nous ayons la possibilité d'agir pour notre propre défense.

Annie pressa Wade.

— Parle-lui du journal.

Il posa sur elle un regard hésitant.

— Je ne peux pas faire ça.

— C'est aussi son secret, déclara-t-elle, catégorique, en s'avançant vers eux. Evie est impliquée elle aussi, qu'elle le veuille ou non. Les individus qui cherchent le journal ont déjà démontré qu'ils n'hésitent pas à utiliser les membres d'une famille comme moyens de pression. Evie est en droit de savoir à quel type de problème elle peut s'attendre.

— Tu m'effraies, intervint Evie d'une voix étouffée.

— Il y a un journal dans le coffre-fort, reprit Wade après une courte pause. Il appartenait à un général de l'armée nommé Edward Ross.

— Je connaissais le général Ross, déclara Evie. Du moins, ai-je entendu parler de lui. Mon père et lui étaient amis.

— Mon père était également un ami du général Ross, ajouta Annie. Tu sais que ce dernier est décédé il y a quelques mois.

Evie hocha la tête.

— Nous sommes allés à ses funérailles.

— Nous ne pensons pas que son accident de voiture ait été fortuit, poursuivit Wade.

Annie leva les yeux, ébahie.

— Tu crois qu'on l'a tué ?

— Je pense qu'ils ont estimé dans un premier temps qu'éliminer les trois généraux résoudrait le problème.

— Quel est exactement ce problème ? demanda Evie.

— Le journal codé contient un récit, lui expliqua Wade. Il expose les soupçons des trois généraux à propos d'un complot de grande envergure impliquant des membres haut placés du gouvernement.

— Quel genre de complot ?

— Nous n'en sommes pas sûrs, lui répondit Wade. Nous pensons que cela a probablement un rapport avec certains des agissements de Barton Reid au cours des dernières années.

— Cela va plus loin, allégua Annie, terrassée par une soudaine prise de conscience.

Wade ramena brusquement son regard sur elle.

— Tu sais quelque chose ?

Elle hocha la tête, les souvenirs affluant pour combler quelques-unes des lacunes qui subsistaient dans son esprit confus.

— Je ne me souviens pas de tout — je ne suis pas sûre que mon père m'ait tout dit — mais je pense que tout cela est en relation avec un consortium international de groupes de réflexion, de chefs d'Etat et de dirigeants d'entreprises internationales. C'est quelque chose en rapport avec le pétrole.

— Un cartel similaire à l'OPEC ?

Elle fit un signe de dénégation.

— Non, pas comme l'OPEC. Plus comme… j'ignore comment décrire cela exactement.

L'effort qu'elle faisait pour tenter de se rappeler commençait à lui donner la migraine.

— J'ai le sentiment qu'ils veulent contrôler la production pétrolière et traiter le pétrole comme une ressource planétaire de manière qu'un groupe restreint de pays n'exerce plus un contrôle absolu sur les réserves d'énergie du monde entier.

— Une redistribution des richesses ? intervint Evie. Ce n'est pas précisément une idée originale.

— Il ne s'agit pas seulement des richesses.

Annie secoua la tête.

— Bien que je ne puisse prétendre que ce ne soit pas en grande partie cela, continua-t-elle. Mais cela porte aussi sur le contrôle des richesses de façon à ce que ni les gagnants ni les perdants ne soient lésés.

— Je peux voir en quoi de nombreux pays — et même un grand nombre de personnes à travers le monde — puissent trouver un tel arrangement tentant. Ne plus avoir à traiter avec les dictateurs du désert afin de mettre la main sur suffisamment d'énergie pour répondre aux besoins de son propre Etat. Sur le papier, ça paraît une bonne chose, convint Wade. Mais, en réalité, on échange seulement un dictateur contre un autre.

— Exactement. Mais s'il y a dans notre gouvernement des personnes qui sont prêtes à engager leur pouvoir et leurs ressources au service de cette idée…

— Et il devrait y en avoir, l'interrompit Evie d'un air sombre. Il y a toujours quelqu'un au sein d'un gouvernement qui cherche un moyen de prendre plus de contrôle sur le reste du monde. C'est la raison pour laquelle ce genre de personne s'implique en premier lieu en politique.

— Espera ! s'exclama Annie, ce mot se présentant soudain à son esprit. C'est ainsi qu'ils se nomment eux-mêmes. Le Groupe Espera.

Wade secoua la tête.

— Jamais entendu parler.

— Moi non plus, reconnut Evie.

— Ni moi, mais mon père m'a expliqué qu'ils étaient derrière cette aspiration à une nouvelle redistribution des cartes.

— Que t'a-t-il confié d'autre concernant ce groupe ? s'enquit Wade.

Annie pressa le bout de ses doigts contre son front.

— Je ne suis pas sûre. Je me rappelle seulement des bribes de souvenirs.

Wade vint se placer à côté d'elle, entourant ses épaules de son bras pour l'attirer contre lui.

— Ne te force pas. Ce que tu te rappelles déjà représente tellement plus que ce que nous savions jusqu'à présent.

— Je me demande si Jesse a entendu parler du Groupe Espera, murmura Evie. Il est en général tellement à l'écoute de ce qui se passe dans le monde.

— Il se peut qu'il le connaisse, admit Wade, mais s'il avait eu le moindre soupçon qu'il ait un lien avec le journal codé, il n'en a jamais rien dit.

— L'aurait-il fait ?

— Je pense que oui.

Wade leva la main pour lui caresser la joue.

— Tu sembles fatiguée.

Elle était fatiguée. Toute cette cavalcade dans les locaux de l'Agence Cooper avait mis à l'épreuve ses forces déjà entamées.

— Je suis au bout du rouleau, reconnut-elle.

— Peut-être devrions-nous trouver un endroit où nous faire oublier jusqu'à ce que Jesse revienne avec les renforts, suggéra Evie.

Elle semblait confiante comme si elle tenait pour absolument certain que Jesse viendrait à leur secours, accompagné de la cavalerie, songea Annie.

Elle espérait tellement qu'elle ait raison, que Jesse s'en sortirait pour venir les aider. Mais, tant que Wade serait avec elle, songea-t-elle, elle préférerait tenter sa chance sur place.

— Tu as besoin de te reposer un peu plus longtemps ? lui demanda Wade, ses doigts s'attardant sur sa joue.

— Non, allons-y.

Elle se força à s'arracher au contact de sa main douce et rassurante bien qu'il n'y ait rien qu'elle ne désirât plus au monde que de rester ici sans bouger, entre les bras de Wade qui lui insufflait sa chaleur et son énergie.

Cela faisait très, très longtemps, qu'elle n'avait pas eu besoin de quelqu'un. Ses parents lui avaient appris à être indépendante et à se suffire à elle-même. Ils avaient mis en place cette mesure comme une protection destinée à l'aider à s'adapter aux constants déménagements et aux perpétuelles absences de son père. Mais c'était devenu très vite pour elle une seconde nature. Elle mettait un point d'honneur à ne pas avoir besoin des autres car elle ressentait cela comme une forme de dépendance, de restriction de sa liberté qui l'empêchait de réaliser les choses qu'elle souhaitait accomplir.

Pourtant elle commençait à penser qu'elle avait besoin de Wade Cooper. Même le simple fait de s'écarter de lui de quelques pas la faisait souffrir comme si elle venait de s'arracher une part d'elle-même.

— Une idée de l'endroit où nous devrions aller ? lança Evie.

— Je pensais à l'infirmerie. Elle est au deuxième étage, nous serions donc avertis si des intrus tentaient d'entrer. De plus nous pourrons utiliser les lits pour nous reposer un peu. Et si nécessaire, nous pourrons utiliser les scalpels et autres instruments chirurgicaux comme armes blanches.

Evie acquiesça.

— Bon choix.

— Je vais prendre la tête. Peux-tu fermer la marche ?

Il prit les devants, prenant Annie par le coude.

— Plus qu'un étage, puis nous devrons rejoindre l'autre extrémité du couloir et ce sera tout. Ensuite tu pourras te reposer.

A la fois alarmée et transportée, elle prit une profonde inspiration en constatant à quel point son contact la troublait. Ressentait-il la même chose lorsqu'elle le touchait ?

Il la lâcha et elle se mordit la lèvre pour s'abstenir de gémir.

— Je vais avancer vers la cage d'escalier et m'assurer que la voie est libre. Vous restez une vingtaine de mètres derrière moi jusqu'à ce que je vous fasse signe de me rejoindre, d'accord ?

Annie hocha la tête et, à côté d'elle, Evie murmura :

— D'accord.

Wade partit en avant, le faisceau de sa lampe torche dessinant des ombres mouvantes sur les murs du couloir. Quand il atteignit la cage d'escalier, il éteignit sa torche et fut happé par l'obscurité.

— Je ne vois rien, chuchota Annie à Evie.

Evie ne répondit pas.

— Evie ?

Il y eut un gémissement étouffé derrière elle, mais les ténèbres abyssales l'empêchaient de distinguer ce qui se passait.

Elle tendit la main, cherchant le mur. Ses doigts entrèrent en contact avec quelque chose de solide.

Et de vivant.

— Evie ? murmura-t-elle, comme s'il était vraisemblable que ce rempart de muscles sous ses doigts appartienne au corps d'une femme.

Ses yeux commençaient à s'adapter à l'obscurité, assez du moins pour qu'elle aperçoive l'éclat quasi imperceptible de l'objet en métal s'élevant au-dessus d'elle.

Une aiguille. Elle en eut l'intime conviction, la peur s'insinuant jusque dans la moelle de ses os. Les hommes qui l'avaient enlevée avaient la passion des aiguilles, qu'elles servent à délivrer la douleur ou l'oubli.

Elle sentit les sangles sur ses bras, la maintenant en place. Elle sentit l'odeur de la peur se dégager de sa peau.

L'aiguille resta en suspens au-dessus d'elle tandis qu'une paire d'yeux gris et froids sondait son regard. L'homme derrière son masque contemplait la tâche qu'il s'apprêtait à accomplir.

Elle eut conscience qu'il y prenait du plaisir. Il aimait la sensation que lui procurait le fait de brandir cette aiguille et de délivrer douleur ou soulagement au gré de ses humeurs.

Au diable ce pervers.

Elle fit un bond en avant alors que l'aiguille se rapprochait dangereusement, réussissant presque à lui échapper. Mais il la rattrapa par le bras, la tirant brusquement vers lui.

— Non, s'écria-t-elle, en lui donnant des coups de pied, à l'aveugle, dans les jambes.

Un rayon de lumière les illumina, éclairant le visage de son ravisseur. Elle leva les yeux, s'attendant à rencontrer la familière cagoule noire qui ne laissait voir que ces iris gris et froids.

Mais le visage de l'homme était à découvert. Il avait des traits communs, ordinaires. Seule la lueur malfaisante dans ces yeux menaçants le singularisait.

Néanmoins, elle se rendit compte, surprise, qu'elle l'avait déjà vu. Pas seulement derrière un masque noir dans une secrète chambre de torture mais au-dehors, à l'air libre. Cette fois-là, il lui souriait, la regardant avec bienveillance.

C'était à l'hôpital, se rappela-t-elle soudain. Cet homme était le médecin qui s'était occupé d'elle à l'hôpital du comté de Chickasaw. Il l'y avait examinée dans sa chambre d'hôpital, prétendant se préoccuper de son bien-être.

— Docteur Ambrose ! s'exclama-t-elle.

Il plissa les yeux et la tira violemment en arrière, pressant son dos contre sa poitrine. Elle sentit la piqûre de l'aiguille et retint son souffle.

Un point lumineux brilla au bout du couloir, l'obligeant à cligner des yeux. Un bruit de pas se fit entendre puis le cri guttural d'un homme fou de rage.

— Lâche-la ou je t'abats sur place ! ordonna Wade.

16

L'extrémité de la seringue était posée sur l'artère carotide d'Annie. Déjà, Wade voyait une gouttelette rouge foncé tacher sa peau pâle à l'endroit où la pointe de l'aiguille lui piquait le cou.

L'homme qui brandissait la seringue cligna des yeux à la lueur de la torche mais ne relâcha pas Annie. Wade se fit la réflexion que son visage lui était familier sans vraiment le reconnaître.

Il pointa le Glock sur la tête de l'homme.

— Pose cette seringue, gronda-t-il, le sang lui battant aux tempes. Pose-la et lâche cette femme.

— Voilà une chose qui ne risque pas d'arriver !

Ce fut le son de sa voix qui rafraîchit la mémoire de Wade.

Le médecin de l'hôpital, le Dr Ambrose. Celui-là même qui lui avait ordonné de quitter la chambre pour examiner Annie.

La seringue dans sa main lui parut soudain plus mortelle que jamais.

— Tu ne sortiras pas d'ici vivant si tu t'en prends à elle, l'avertit Wade, refrénant sa peur pour laisser libre cours à sa fureur.

Il ne pouvait se permettre de montrer la moindre faiblesse même si ses genoux tremblaient à la vue du danger que courait Annie.

Il devait la sortir de là. Elle s'en était remise à lui, pensant qu'il la protégerait. Et c'était ce qu'il ferait quoi qu'il lui en coûte.

S'il devait abattre cet homme d'une balle entre les deux yeux pour lui faire lâcher cette seringue, il le ferait.

— Où est Evie ? demanda Annie d'une voix terrifiée.

— Elle ne se réveillera pas de sitôt, rétorqua Ambrose, la maintenant plus fermement devant lui.

Elle était trop près désormais, songea Wade, frustré. Il aurait dû tirer un instant plus tôt, alors qu'elle était plus éloignée de sa ligne de tir.

— Que contient cette seringue ?

— Assez de tranquillisant pour arrêter son cœur, répondit Ambrose d'un ton implacable. Il est donc très important que vous ne tentiez pas de vous mettre en travers de mon chemin. Une légère pression sur ce piston et tout sera fini.

— Si tu lui fais le moindre mal, je te tue.

— Je suis conscient des conséquences mais je parie que tu préfères me laisser l'emmener d'ici en vie, non ? Tu ne vas pas la laisser mourir pour pouvoir me tuer. Vous, les Cooper, ne fonctionnez pas ainsi.

— Laisse-le m'emmener, intervint Annie. Je ne pense pas qu'il bluffe à propos du contenu de la seringue.

Wade était certain qu'il ne bluffait pas.

— Je ne peux pas le laisser t'emmener d'ici.

Annie le regarda fixement, ses yeux sombres brillant à la lueur de la torche. Soudain, ses yeux se révulsèrent et elle s'affaissa contre le médecin, le prenant au dépourvu.

Wade retint sa respiration, le regard rivé sur la pointe de l'aiguille. Elle s'enfonça un peu plus dans le cou d'Annie mais Ambrose dut lâcher la seringue pour empêcher le poids de son otage de l'entraîner au sol.

Tout à coup, Annie se dégagea de l'étreinte du médecin fournissant à Wade un angle de tir.

Ambrose leva vers Wade un regard angoissé. Wade ajusta

son Glock jusqu'à ce que le front d'Ambrose soit dans sa ligne de mire.

— Debout, les mains derrière la tête.

Ambrose se releva lentement, levant les mains puis les joignant derrière sa tête. Il jeta à Wade un sourire narquois, les muscles de sa mâchoire agités de soubresauts.

Soudain, son corps entier devint rigide et il s'effondra au sol, convulsant violemment.

Gardant le pistolet et la torche braqués sur le corps secoué de spasmes d'Ambrose, Wade appela Annie.

— Je vais bien.

Elle apparut juste à côté du faisceau de sa lampe.

— J'ai simulé un flash-back.

— Viens derrière moi.

Il n'était pas sûr de ce qui arrivait à Ambrose bien qu'il soupçonnât d'en connaître l'origine.

Annie vint se placer derrière lui, les mains fermement appuyées contre son dos.

— Que lui arrive-t-il ?

— Je n'en suis pas certain, admit Wade, attendant la fin des convulsions.

S'il avait raison, plus rien de ce qu'il pourrait tenter ne ferait la moindre différence et, s'il avait tort, il refusait de tomber dans le piège d'Ambrose.

— Vois-tu Evie ? murmura Annie. Je pense l'avoir entendue gémir.

Le corps d'Ambrose s'immobilisa en silence. Saisissant l'occasion, Wade détourna sa torche du médecin, captant dans son faisceau une silhouette recroquevillée sur elle-même, quelques mètres derrière lui. Son cœur se serra aussitôt mais, heureusement, Evie remua et tenta de s'asseoir.

— N'essaie pas de bouger, Evie. Reste là où tu es encore un instant, dit-il.

Il attrapa derrière lui l'une des mains d'Annie.

— Ne bouge pas. Je vais vérifier son état mais, s'il fait le moindre geste, je veux que tu t'enfuies en courant. Compris ?

— Je ne veux pas te laisser, protesta-t-elle d'une voix étranglée.

— Il le faut.

— Va vite voir. Et sois prudent.

Wade garda son Glock bien en main tandis qu'il s'approchait du corps inerte d'Ambrose. Il promena le faisceau de sa torche sur le corps, guettant le moindre signe de vie, mais Ambrose resta immobile. Il constata que des traces d'écume lui maculaient les lèvres. Il n'en fut pas surpris. Il avait déjà observé ce type de réaction auparavant.

Il repoussa la seringue du pied et se pencha prudemment pour contrôler son pouls, sans baisser sa garde, pas même quand il échoua à détecter l'ombre d'un battement de cœur de chaque côté du cou de l'homme.

Il recula lentement.

— Il est mort.

— Comment ? lui demanda Annie.

— Capsule de cyanure, lui répondit-il d'un ton bref, se rappelant le sourire de l'homme ainsi que le mouvement rapide de ses mâchoires une fois qu'il l'eût mis en joue. Il devait avoir cette capsule dans la bouche pour le cas où il se ferait prendre. J'ai déjà vu un autre agent de l'U.S.S. choisir cette échappatoire pour éviter d'être interrogé.

Peut-être était-il temps de se rappeler à quel type de criminels ils avaient affaire. La plupart des mercenaires que Wade avait rencontrés ne pensaient qu'à sauver leur peau. Ils n'étaient pas des kamikazes.

Ils n'avaient pas l'esprit d'équipe.

Il fouilla les poches d'Ambrose, produisant un petit pistolet Smith & Wesson ainsi que, plus important, le bouchon de sécurité de la seringue qu'il avait utilisée pour menacer Annie. Il reboucha la seringue et la rangea dans la poche de sa veste. Il demanderait que l'on en analyse ultérieurement le contenu.

— Evie, comment te sens-tu ?

Evie s'assit lentement en se tenant la tête.

— Il m'a cueillie à froid, marmonna-t-elle, l'air furieux.

— Es-tu certaine qu'il ne t'a rien injecté ?

— Non. Je suis formelle, il m'a frappée. J'ai eu l'impression qu'il séparait ma tête de mon corps.

Elle gémit tandis que lentement, péniblement, elle se redressait. Elle dut s'appuyer au mur pour rester debout.

— Bon sang, je ne l'ai même pas entendu arriver.

— Tu n'as pas de reproches à te faire, intervint Annie.

Elle tira Wade par la main.

— A présent, nous devons absolument rallier l'infirmerie.

Continuant de se tenir entre Annie et le corps d'Ambrose, Wade l'entraîna rapidement à côté d'Evie. Il aida la jeune comptable à s'avancer en clopinant vers l'escalier après être passée devant le cadavre.

— Tu es sûre de pouvoir aller jusqu'à l'infirmerie ? demanda-t-il à Evie.

— Oui. Mes pensées commencent déjà à s'éclaircir.

Elle paraissait plus stable sur ses pieds, constata Wade avec soulagement. Il lui serait déjà assez difficile d'expliquer à Jesse comment il avait laissé la petite sœur de Rita Marsh se faire surprendre par un intrus sans avoir en plus à justifier un coma.

Ils parvinrent dans la cage d'escalier et entreprirent de descendre les marches. Wade garda une main posée sur le bras d'Evie afin de l'empêcher de trébucher et de tomber. Ils étaient arrivés à l'entresol lorsqu'un son de mauvais augure s'éleva du rez-de-chaussée.

Quelqu'un avait ouvert la porte menant au premier étage. Quelques instants plus tard, des pas résonnèrent dans la cage d'escalier.

— Nom de nom ! grommela Wade en éteignant immédiatement sa torche.

— Wade…

La voix d'Annie était à peine audible mais sa prise sur son bras tandis qu'elle y enfonçait ses doigts était vigoureuse.

— Je les entends, lui répondit-il calmement. Montons.

Il poussa Evie en avant, la hissant à demi jusqu'au palier du deuxième étage. Il songea un instant à faire un détour par ce couloir mais ils seraient des cibles plus faciles à découvert que dans une cage d'escalier où les marches et les rambardes leur fourniraient au moins une modeste couverture.

— Jusqu'où ? chuchota Evie.

— Jusqu'au toit, lui répondit-il, espérant ne pas commettre une erreur irréparable.

Il n'y avait aucun moyen d'opérer une approche silencieuse, pas dans un hélicoptère Bell 407. Et le risque était avéré d'essuyer des tirs venant du sol mais Jesse estima que cela en valait la peine. Le Bell était équipé d'une caméra thermique… système que le pilote, J.D. Cooper, cousin de Jesse, l'avait convaincu d'installer quand ils avaient commencé à parler d'utiliser l'hélicoptère pour traquer les fugitifs. L'imagerie thermique leur fournirait une meilleure vue d'ensemble du nombre d'hommes qu'ils devraient affronter à l'Agence Cooper.

Le premier passage au-dessus de l'immeuble dispersa les signatures thermiques de silhouettes se mettant à couvert mais ils s'échappèrent sans essuyer le feu de l'ennemi.

— Je vois dix agents à l'extérieur, lança J.D. du siège du cockpit. Voyez-vous quelqu'un à l'intérieur ?

— Je vois un agrégat de signatures thermiques sur le côté est du bâtiment, lui répondit Jesse en s'efforçant de se représenter la disposition de l'immeuble.

Sur le côté est, se trouvait l'une des cages d'escalier menant du rez-de-chaussée au toit.

— Il se peut qu'il y ait plusieurs personnes dans l'escalier.

— Incluant Wade et les femmes ?

— Faisons un nouveau passage, suggéra J.D.

Jesse se prépara à des tirs anti-aériens tandis que l'appareil décrivait un virage au-dessus des bois et repartait vers le complexe de l'Agence Cooper. Il y avait à présent six signatures thermiques à l'extérieur du bâtiment et l'agrégat lumineux dans l'escalier semblait avoir gagné en taille.

— Je pense qu'ils montent l'escalier.

— Pas de signe de Wade ou des autres ?

— Je pense qu'ils peuvent être dans la cage d'escalier, eux aussi, précisa Jesse, réprimant une peur viscérale.

J.D. proféra un juron étouffé.

— Quand ils atteindront le toit, ils n'auront plus nulle part où s'enfuir.

— Dans ce cas, offrons-leur une échappatoire, conclut Jesse en faisant un geste en direction de l'héliport situé sur le bord ouest du toit. Pose-toi et j'assurerai le tir de couverture.

Il quitta le siège du copilote et s'appuya près de la porte coulissante, se préparant à l'atterrissage.

L'hélicoptère descendit lentement vers la plate-forme, secoué par un léger vent de travers qui faillit faire tomber Jesse. Il s'agrippa fermement à la porte afin de se stabiliser, gardant son équilibre lorsque l'hélicoptère se posa sur la surface rigide de la plate-forme. Il ouvrit la porte et l'utilisa comme bouclier tout en pointant son SIG en direction de la porte du toit du côté est.

Wade avançait rapidement, gardant Evie debout et tirant Annie derrière lui pour qu'ils ne soient pas séparés. S'il s'essoufflait, il n'en montrait rien, songea Annie avec un mélange d'admiration et de frustration. Pour sa part, un peu de repos n'aurait pas été superflu mais elle savait qu'ils ne pouvaient s'offrir le luxe de faire une pause.

Ils avaient déjà dépassé le palier du troisième étage. Si sa perception de la disposition de l'immeuble Cooper était correcte, leur prochain arrêt se ferait sur le toit.

Et ils seraient alors des cibles toutes désignées.

Alors qu'ils s'approchaient du dernier palier, elle entendit un bruit de moteur, terriblement bruyant qui semblait se rapprocher. La main de Wade serra plus fort la sienne et un léger rire lui échappa.

— C'est notre sauveur, lui murmura-t-il à l'oreille.

— Un hélicoptère ?

— Oui, madame.

Il l'entraîna plus vite encore dans l'escalier.

— Et s'il s'agit de celui auquel je pense, la cavalerie est arrivée.

— La plate-forme est située sur le côté opposé du toit, marmonna Evie, l'air abattu.

— Nous allons devoir piquer un sprint.

Les poumons d'Annie lui semblaient déjà sur le point d'exploser mais elle puisa dans ses dernières forces, se rappelant le regard de son père tandis qu'il comprenait qu'on était sur le point de les enlever. Ce souvenir était d'une clarté saisissante, comme fossilisé dans sa mémoire.

Protège le code, l'avait adjurée son père quelques instants avant que les hommes en noir ne les emmènent en captivité.

Elle n'avait aucun moyen de savoir si son père avait, oui ou non, survécu à leur enlèvement mais elle était, quant à elle, en vie. Et elle connaissait sa partie du code.

Quoi qu'il lui en coûte, elle devait survivre pour la protéger.

Ils atteignirent la porte du toit et s'y engouffrèrent sans attendre, bousculés par un vent frais d'une force surprenante.

— Le voilà ! s'exclama Wade en désignant l'hélicoptère rouge perché sur la plate-forme à l'autre bout du toit.

— On court jusque-là ?

Il garda sa main dans la sienne, son autre bras passé sous celui d'Evie. Soudain, venant de l'hélicoptère, une silhouette brandissant une arme se mit à courir vers eux. Durant les quelques instants qu'il lui fallut pour reconnaître Jesse Cooper, Annie crut plusieurs fois que son cœur s'arrêtait.

Elle entendit des bruits derrière eux, une porte s'ouvrant avec fracas, des pas s'élançant à leur poursuite.

— Allez, allez, allez !

C'était la voix de Jesse, s'élevant à mesure qu'il se rapprochait. Il décrivit un grand arc de cercle autour d'eux et se mit à tirer pour couvrir leur fuite.

Annie fit un ultime effort surhumain pour suivre Wade tandis qu'ils se ruaient vers l'hélicoptère. Wade poussa d'abord Evie à l'intérieur puis, se retournant, il souleva Annie de terre et l'installa elle aussi dans l'appareil.

Tandis qu'elle s'accroupissait derrière l'un des sièges, Wade disparut de sa vue et elle entendit une nouvelle salve de coups de feu se joindre au crépitement de la fusillade.

— Wade ! s'écria-t-elle, le cœur serré.

— Restez baissée ! lui ordonna une voix chaude provenant du cockpit, à peine audible par-dessus le vrombissement du moteur.

Soudain, deux silhouettes s'encadrèrent dans l'espace ouvert de la porte de l'hélicoptère. Elles plongèrent à bord et l'une d'elles referma la porte.

— Go, go, go !

C'était la voix de Wade, tellement proche qu'Annie ne put s'empêcher de tendre la main pour le toucher.

Les doigts de Wade se mêlèrent aux siens tandis qu'il se frayait un chemin jusqu'à elle. Il l'entoura de ses bras, l'attirant à lui.

— Tu vas bien ?

L'hélicoptère décolla, faisant une embardée qui projeta violemment Annie contre Wade. Il appuya ses jambes contre les sièges devant eux la retenant alors que l'appareil s'élevait dans le ciel.

Des détonations retentirent et quelques claquements métalliques alarmants se firent entendre sur le fuselage. Wade l'enveloppa plus étroitement de son corps et elle enfouit son visage dans son cou, le souffle coupé par la terreur.

Il lui sembla s'écouler une éternité avant qu'elle n'entende quelqu'un s'écrier :

— Nous sommes hors de danger. Attachez vos ceintures.

Wade prit place sur son siège et l'aida à s'asseoir à côté de lui. Ses mains tremblaient un peu tandis qu'il lui attachait sa ceinture de sécurité.

En face d'eux, Jesse avait aidé Evie à se glisser sur le siège près de lui et il examinait sa blessure à la tête, un rictus maussade sur son visage.

— Ce n'est qu'une bosse, protesta-t-elle.

Mais ses allégations ne semblèrent pas le moins du monde dissiper l'humeur sombre de Jesse. Il désigna d'un geste les casques suspendus au dos des sièges et ils coiffèrent chacun le leur.

Jesse s'adressa alors à eux par le biais du micro, sa voix leur parvenant claire et forte dans les haut-parleurs.

— Nom de nom, que s'est-il passé là-dedans ? demanda-t-il à Wade.

— C'est une longue histoire…

Pour la première fois, Wade parut fatigué, songea Annie. Il entremêla ses doigts aux siens, s'abîmant dans son regard comme si le reste du monde autour d'eux avait disparu.

— Emmène-nous en lieu sûr et je te promets que nous te raconterons tout.

Annie risqua un coup d'œil rapide en direction de Jesse et elle vit qu'il n'avait pas perdu son air renfrogné. Mais si Wade le remarqua, il n'en laissa rien paraître. Son attention restait concentrée sur elle comme s'il voulait être sûr qu'elle n'allait pas lui échapper. Elle serra plus fort sa main.

— Il y a au moins une douzaine d'hommes à l'intérieur ou autour de l'agence, lança Jesse. Les forces de l'ordre du comté de Chickasaw ainsi que les services d'urgence de la police de Maybridge se rendent sur les lieux.

Wade regarda son frère.

— On risque le bain de sang.

— Ils savent ce qui les attend, lui répondit Jesse. Ils battront en retraite si cela devient trop incontrôlable… nous avons déjà prévenu les renforts de l'Agence Cooper. Tous nos agents les mieux entraînés sont en chemin.

— Nous devrions retourner leur prêter main-forte, dit Evie.

— Non, décréta fermement Jesse. Tu es blessée et Annie n'est pas entraînée pour ce type d'escarmouche.

— Nous vous déposerons en lieu sûr puis nous retournerons étoffer leurs rangs, ajouta Wade d'un ton résolu.

Annie resserra son étreinte sur sa main.

— Tu ne peux pas y retourner.

Il embrassa ses doigts, le regard teinté de regret.

— C'est mon travail.

— Isabel renforce le périmètre de sécurité de sa ferme… Nous y laisserons Annie et Evie, expliqua Jesse. Izzy, Ben, Megan et Evan assureront leur sécurité jusqu'à ce que nous puissions trouver un arrangement plus permanent.

Annie posa sur Wade un regard inquiet. Un arrangement plus permanent ? Envisageaient-ils de l'envoyer ailleurs, la séparant de tout ce qui lui était désormais familier ?

La séparant de Wade ?

Etant donné que Wade et Jesse en étaient venus à discuter stratégie par casque interposé, Annie n'eut pas l'occasion, durant le reste du trajet, de leur poser la question. Elle se résolut finalement à enlever le sien pour ne plus les entendre, l'évaluation qu'ils faisaient des risques encourus étant assez horrible pour la terroriser.

Elle devait croire que Wade s'en sortirait indemne. Ses

collègues de l'Agence Cooper et lui maîtriseraient les intrus et les remettraient aux autorités sans autre effusion de sang.

Cela devait se passer ainsi. Wade devait lui revenir sain et sauf.

L'hélicoptère atterrit sur une route devant une immense ferme située au milieu de nulle part, le pilote parvenant à se tenir à l'écart des arbres qui flanquaient la route de part et d'autre. Dès qu'ils eurent touché terre, Jesse et Wade entraînèrent promptement les deux femmes hors de l'appareil puis dans la maison où Isabel et son mari Ben attendaient de les prendre en charge.

— Attends, s'écria Annie quand elle se rendit compte que Wade retournait sur-le-champ à l'hélicoptère.

Wade se retourna vers elle, une interrogation dans ses yeux sombres.

Elle ne trouvait pas les mots pour exprimer la terreur qui se répandait dans sa poitrine comme un nuage toxique, la rendant folle d'inquiétude. Elle ne parvenait pas à formuler ce qu'elle éprouvait, à concevoir comment dire à Wade combien elle était effrayée à l'idée de ne jamais le revoir.

Il la rejoignit, l'entraînant à l'écart des autres.

— N'aie pas peur. Tout ira bien.

— Tu n'en sais rien, murmura-t-elle.

Il lui prit délicatement le visage entre les mains.

— Tu seras en sécurité ici. Isabel et Megan veilleront à ce qu'il ne t'arrive rien.

— Je n'ai pas peur pour moi, lui répondit-elle d'un air sombre. J'ai peur pour toi, qui vas devoir retourner là-bas, affronter ces monstres…

— Nous les avons déjà combattus. Nous savons ce que nous faisons.

Son assurance blasée l'emplit de frustration.

— Je demande à voir, Cooper !

Il lui sourit.

— Essaie de ne pas te tracasser.

Elle grimaça.

— Impossible.

— Je serai prudent.

— Tu ferais bien.

Elle couvrit de ses mains celles de Wade.

— Tu reviens en vie, tu m'entends ?

Un sourire étira les lèvres de Wade.

— C'est en général ce que l'on tente de faire.

— Je suis sérieuse, Wade.

Ses yeux pétillèrent de malice. Elle ne sut si elle avait davantage envie de le gifler ou de l'embrasser.

— Est-ce un ordre ?

Elle hocha la tête, la gorge serrée.

— Oui.

— Alors d'accord.

Le sourire de Wade s'élargit.

— C'est toi qui commandes.

— Dis-le, exigea-t-elle, en un urgent besoin de l'entendre prononcer ces mots.

Il inclina la tête, effleurant légèrement sa bouche de ses lèvres.

— Je te reviendrai en vie, lui jura-t-il.

Il ne lui restait plus qu'à prier pour qu'il puisse tenir sa promesse.

Aaron, le cousin de Wade, les retrouva, Jesse, les agents de terrain de l'Agence Cooper et lui à la lisière du périmètre que les forces de l'ordre du comté de Chickasaw avaient défini autour de l'immeuble de bureaux. Portant une tenue pare-balles et un casque noir marqué de l'insigne du service du shérif du comté de Chickasaw, Aaron semblait redoutable tandis qu'il se détachait d'un groupe de policiers équipés de façon similaire afin de les accueillir.

— L'immeuble est sécurisé, leur annonça-t-il.

Toutefois, son air sévère procura à Wade un sentiment d'appréhension.

— Que ne nous dis-tu pas ?

— Eh bien, il n'y a que deux corps dans l'immeuble. Ceux de Fiorello et Hotchkiss. Aucun signe de Fordham ni du Dr Ambrose. Ni de qui que ce soit d'autre.

— Ils ne voulaient laisser aucun indice derrière eux, grommela Jesse.

Rick, le frère de Wade, égrena un chapelet d'injures.

— Comment ont-ils pu s'enfuir aussi vite ?

— Je pense qu'aussitôt que Wade, Annie et Evie se sont arrachés à leurs griffes, ils n'ont plus eu de raison de s'attarder, suggéra Aaron.

— Ils n'ont pas réussi à entrer dans la chambre forte, là où ils présumaient probablement que se trouvait le journal codé, reprit Jesse. Il était plus intelligent de laisser tomber et de battre en retraite aussi vite que possible.

— Pour se regrouper et attaquer un autre jour.

Wade fit la grimace.

Le téléphone de Jesse se mit à sonner et il s'excusa pour prendre l'appel. Rick appuya sa main sur l'épaule de Wade.

— J'ai parlé à Isabel il y a quelques minutes. Annie va bien. Elle s'inquiète seulement pour toi.

Rick lui lança un regard entendu.

— Elle semble être quelqu'un de bien. Tu pourrais tomber plus mal.

— Le mariage t'a rendu sentimental, Rick, rétorqua Wade avec un sourire.

— Wade ?

Jesse se précipita vers lui, rempochant son téléphone.

Son expression lugubre alarma Wade.

— Que se passe-t-il ?

— Je viens d'avoir Maddox Heller au téléphone.

Peu de temps auparavant, Jesse avait appris que Heller était l'associé commanditaire de Jesse à l'Agence Cooper.

Ayant autrefois servi dans les Marines, Heller avait investi un héritage inattendu dans l'agence de sécurité débutante de Jesse. Il avait un vaste réseau de contacts dans les services de renseignement, incluant la CIA.

— Que voulait-il ? lui demanda Wade.

— Il vient d'apprendre qu'Emmet Harlowe a refait surface aux urgences de l'hôpital du comté de Chickasaw. Vivant et indemne.

17

L'habitation où Annie fut conduite en lieu sûr était une maison quelconque de brique et de bois, dans le style d'un ranch, située au cœur d'un quartier de banlieue ordinaire au nord de Birmingham en Alabama. Elle avait un grand jardin clôturé à l'arrière, une large pelouse en façade et une cour latérale, largement abritée par des cornouillers et des noyers blancs.

Annie arriva vers 10 heures du matin, escortée des deux membres de l'Agence Cooper qu'elle avait rencontrés brièvement devant le restaurant routier quelques jours plus tôt. Plus élégante que lorsqu'elle prétendait être Annie, Delilah Hammond semblait aussi plus dangereuse. Elle était professionnelle jusqu'au bout des ongles. Troy Cooper, le cousin de Wade, était plus accommodant et prompt à sourire. Annie se surprit à se rapprocher de lui, et pas seulement parce qu'elle espérait qu'il pourrait lui dire pourquoi elle avait été emmenée en secret, par une route indirecte et sinueuse, de la maison d'Isabel jusqu'à cette demeure discrète.

— Quelle est la prochaine étape ? demanda-t-elle à Troy en s'asseyant en face de lui à la table de cuisine.

Non loin d'eux, Delilah surveillait la rue devant la maison à travers la vitre carrée de la porte donnant sur le patio.

— Deux autres personnes vont se joindre à nous ainsi que quelques gardes supplémentaires, lui répondit Troy.

— C'est plutôt vague.

Delilah regarda par-dessus son épaule.

— C'est censé l'être. L'intégrité de la mission est vitale, dit-elle.

— Et vous pensez que je vais dévoiler un secret de première importance ? A qui ?

— Elle n'a pas tort, Dee.

Delilah décocha un regard acéré à Troy.

— Ils arriveront bientôt. Tout s'expliquera alors.

Annie s'obligea à se taire pour éviter de répliquer à Delilah de façon cinglante. Après tout, cette femme mettait sa vie en jeu pour la protéger.

Mais devait-elle vraiment se montrer aussi agaçante ?

— Pourquoi ne m'avez-vous pas laissée attendre de parler à Wade ?

— Nous devions bouger rapidement, lui répondit Delilah.

Son dos devint soudain rigide et elle tendit la main vers le Glock rangé dans son étui à sa taille.

Troy se leva et il la rejoignit à la fenêtre, sa posture également tendue. Soudain, il se détendit visiblement et, se retournant, il s'adressa à Annie.

— Les voilà.

Annie se leva, essayant de regarder elle aussi par la vitre. Mais les deux agents lui bouchaient complètement la vue. Frustrée, elle se laissa retomber sur sa chaise et elle patienta en attendant la suite des événements.

Troy ouvrit la porte pour faire entrer les visiteurs. Annie ignorait à quoi s'attendre mais sa surprise fut au-delà de toute expression quand elle vit qui était debout dans l'entrée.

— Papa !

Emmet Harlowe plongea son regard sombre dans les yeux de sa fille et il se mit à rire, d'un rire franc et grave qui réussit davantage à apaiser les craintes d'Annie que tout ce qu'elle avait pu entendre depuis longtemps.

Elle se leva d'un bond et courut se jeter dans ses bras tendus.

— Oh, mon Dieu, papa ! Comment es-tu arrivé ici ?

— C'est une longue histoire, murmura-t-il à son oreille en la serrant tout contre lui. Je te raconterai tout mais d'abord…

Il se tourna vers l'homme qui l'avait accompagné dans la maison.

— Savez-vous à quelle heure il est prévu qu'elle arrive ?

L'homme — un grand gaillard aux cheveux blond-roux bâti comme un bulldozer — consulta sa montre.

— Avant le déjeuner. C'est tout ce que je peux certifier.

— Qui doit arriver ? s'enquit Annie.

— Ta mère, lui répondit son père. Elle a pu quitter l'hôpital ce matin et une équipe d'agents l'amènera nous rejoindre ici.

Il caressa les cheveux d'Annie.

— Tu vas bien ? J'ai été fou d'inquiétude en pensant à toi tout ce temps. Quand les hommes qui m'interrogeaient m'ont dit que tu t'étais échappée, j'ai failli défaillir de soulagement.

— Je vais bien, lui assura-t-elle en lui tapotant la joue.

Il lui parut las et amaigri, plus âgé que dans son souvenir.

— Comment vas-tu ? Tu sembles fatigué.

— Je suis fatigué. Et fou de rage.

Il l'embrassa sur le front.

— Et, pour le moment, j'ai un peu faim. Y a-t-il quelque chose à manger dans cet endroit ?

Troy leur montra le contenu du réfrigérateur.

Annie et son père préparèrent quelques sandwichs à la dinde pendant que Troy réchauffait une boîte de soupe dont il versa le contenu dans deux mugs.

— Parmi mes ravisseurs, il y avait un homme qui apparemment travaille pour nous, dit Emmet Harlowe après qu'ils eurent terminé leur brunch. Il m'a aidé à m'enfuir… en prenant de gros risques.

— Es-tu certain qu'il était vraiment dans ton camp ?

— Il m'a dit son nom et quand j'en ai fait part aux membres de l'Agence Cooper qui sont venus me trouver à l'hôpital, ils ont semblé le reconnaître… Damon North. Est-ce que cela t'évoque quelque chose ?

Elle secoua la tête.

— Je me demande comment il a expliqué ton évasion.

— Il a drogué les hommes de main qui me gardaient, donc je ne suis pas sûr que quelqu'un l'ait vu venir à mon secours. Néanmoins c'était un sérieux risque à prendre.

— Et tu es certain d'aller bien ?

Elle lui prit la main par-dessus la table, un peu inquiète de sentir ses doigts trembler sous les siens.

— J'en suis certain.

Il exerça une pression sur sa main.

— J'ai seulement besoin de me restaurer et de dormir un peu. Les médecins m'ont examiné ce matin avant de me laisser partir. Ils m'ont simplement recommandé de manger, de me reposer et de dormir et… d'éviter de me faire de nouveau kidnapper.

— Tenez-vous prêts, lança Delilah de son poste d'observation à la porte du patio.

— Maman est arrivée ? s'écria Annie, se levant d'un bond et se dirigeant vers la porte.

Troy l'arrêta avant qu'elle n'y arrive.

— Vous devez rester éloignée des portes et des fenêtres, mademoiselle Harlowe.

Elle lui lança un regard dépité mais revint à la table.

— Je déteste être gardée enfermée. J'ai trop l'impression d'être prisonnière.

— C'est loin d'être la même chose, la gourmanda gentiment son père.

Il affichait un sourire placide mais elle décela une nuance d'impatience dans son expression tandis que son regard restait rivé à la porte donnant sur le patio.

Enfin, celle-ci s'ouvrit. Deux autres agents entrèrent, escortant la mère d'Annie. Elle avait le visage défait mais, dès qu'elle aperçut sa fille et son mari, elle bouscula les gardes qui l'avaient aidée à gravir les marches et se jeta dans leurs bras.

Une heure plus tard, Annie avait enfin la satisfaction de savoir que ses parents iraient bien tous les deux malgré le traumatisme évident de leur récente captivité. Les problèmes de mémoire de sa mère avaient en grande partie disparu à l'exception d'un blanc qui semblait couvrir la quasi-totalité de sa période de captivité. D'après la description qu'elle avait faite de ce qu'elle pouvait se rappeler, il semblait clair qu'elle avait été mise sous sédatifs presque tout ce temps, exactement comme l'avait spéculé Wade.

— Elle ne présentait pas un grand intérêt pour eux, hormis comme moyen de pression, confia un peu plus tard le général à sa fille après qu'ils eurent persuadé Cathy de faire une sieste.

Elle était encore un peu faible et avait manifestement besoin de sommeil.

— Qu'as-tu dit à tes ravisseurs ? demanda Annie.

— Je leur en ai dit plus que je n'aime à le penser, reconnut son père. Je leur ai parlé du journal codé.

Annie hocha la tête, se remémorant ce que Wade lui avait confié concernant les tentatives pour voler le journal dans la maison des Ross sur Nightshade Island.

— Mais pas du code ?

Il secoua la tête.

— Je ne pouvais pas me permettre de faire une telle chose.

— Ni moi non plus.

Le général l'entoura de son bras.

— C'est la raison pour laquelle je te l'ai confié, tu le sais. Parce que je savais que tu le protégerais à tout prix.

Elle sentit son bras trembler contre elle.

— Papa, pourquoi n'irais-tu pas te reposer avec maman ? Dormir un peu vous ferait du bien à tous les deux et je sais qu'elle se délasse mieux lorsque tu es à ses côtés.

Son père lui sourit.

— Tu essaies de mettre ton vieux père au repos ?

— Je plaide coupable, lui répondit-elle en souriant. En fait, à moi aussi, un petit somme me paraît une bonne idée.

Elle avait peu dormi au cours des dernières vingt-quatre heures et la fatigue sapait son énergie.

— Entendu.

Son père lui prit délicatement le visage entre ses mains, détaillant ses traits comme s'il voulait les mémoriser.

— Promets-moi seulement que tu seras là à mon réveil.

— Je te le promets.

Il l'embrassa de nouveau sur le front et disparut derrière la porte de la chambre où sa mère dormait.

Avec un soupir las, Annie passa devant sa propre chambre et retourna dans la cuisine où quatre des six gardes du corps prenaient un rapide déjeuner. Elle constata que les deux autres déambulaient lentement dans la maison en surveillant le périmètre, attentifs au moindre signe susceptible de révéler la présence d'intrus.

Annie trouva Troy montant la garde devant la maison, la posture rigide, les sens en alerte. Cela l'ennuya de l'interrompre mais, de tous les gardes qui les protégeaient, il était le plus habilité à répondre à sa question.

— Avez-vous des nouvelles de Wade ? lui demanda-t-elle. La dernière fois que je l'ai vu, il partait affronter les malfaiteurs qui ont investi l'agence de sécurité.

Troy posa sur elle un regard légèrement curieux.

— Les intrus se sont enfuis avant que qui que ce soit n'arrive, lui dit-il. Wade va bien.

Elle fronça les sourcils. Dans ce cas, pourquoi ne l'avait-il pas au moins appelée pour l'en informer ? Pourquoi avait-il laissé les membres de l'Agence Cooper la transférer sans délai en lieu sûr sans même lui dire au revoir ?

Elle frotta ses yeux fatigués et retourna sans se presser vers la chambre qu'on lui avait assignée, s'allongeant sur le matelas moelleux sans même prendre la peine de ramener les couvertures sur elle. La tension dans son dos se relâcha un peu alors qu'elle se forçait à se détendre mais le nœud qui lui serrait l'estomac subsista, la gardant éveillée, les yeux fixés au plafond.

Avait-elle surévalué l'intimité que Wade et elle avaient commencé à partager ? Il avait reconnu qu'il ne se considérait pas vraiment comme le candidat idéal pour une relation. Peut-être estimait-il lui épargner une peine de cœur à long terme.

A en croire la douleur qui lui étreignait la poitrine, il ne lui épargnait rien.

— Ils sont tous arrivés sains et saufs.

Jesse raccrocha son téléphone et regarda ses frères et sœurs qui s'étaient rassemblés dans son bureau, attendant le compte rendu du transfert des Harlowe dans la maison de Birmingham.

Wade sentit une vague de soulagement l'envahir, légèrement tempérée par la colère latente qui commençait à se développer en lui depuis qu'il s'était rendu compte que son frère avait évacué Annie de Gossamer Ridge sans même lui laisser l'occasion de lui dire au revoir.

Que devait-elle penser ? Croyait-elle qu'il n'avait même pas pris la peine de la prévenir qu'il allait bien ?

— Shannon, j'aimerais que Gideon et toi vous preniez la route de Birmingham aussitôt que possible. Je veux que vous interrogiez le général Harlowe sur son code ainsi que sur son interaction avec le journal en notre possession. Je veux en particulier que vous découvriez si Harlowe saurait par hasard si le général Ross a confié son code à une tierce personne. Gideon, tu connaissais très bien le général Ross… Peut-être est-ce qu'à vous deux, le général Harlowe et toi pourrez aboutir à quelque chose.

— Sans aucun doute, acquiesça Gideon.

Il prit Shannon par la main et ils quittèrent immédiatement le bureau.

— Je vais assigner quelques gardes supplémentaires à la protection des Harlowe. Ils effectueront un roulement avec l'équipe déjà présente à Birmingham, ajouta Jesse à l'adresse des autres. Pendant ce temps, vous travaillerez en heures supplémentaires pour tâcher de découvrir où se trouve la faille dans nos systèmes de sécurité et pour y remédier.

Jesse congédia l'équipe d'un signe de tête et les agents commencèrent à se disperser aussitôt.

Wade attendit que les autres aient quitté la pièce.

— Tu aurais au moins pu m'accorder un moment pour dire au revoir à Annie, lança-t-il sans préambule.

Jesse plissa légèrement les yeux.

— Nous devions les évacuer sans attendre.

— Je suis donc supposé me contenter de cela ? Elle est hors de portée, inaccessible ? Aurais-tu accepté, il y a dix ans, que quelqu'un tente de t'arracher à Rita Marsh ?

— Quelqu'un s'en est chargé, lui rétorqua Jesse, arquant les sourcils. Rita elle-même. Et non, je ne l'ai pas bien pris.

— Je crois que je l'aime, laissa échapper Wade, avant même de se rendre compte de ce qu'il disait.

Jesse demeura silencieux un long moment, dévisageant son frère comme s'il parlait une langue étrangère.

— Tu as décrété que tu l'aimais, en seulement quelques jours ? finit-il par lui demander.

Wade haussa les épaules.

— Je sais, ça paraît insensé.

— Tu as toujours été impulsif, murmura Jesse.

— Il faut au moins que je lui parle. Que je lui explique que je ne l'ai pas abandonnée.

— Es-tu capable de garder la tête froide en sa présence ?

Wade n'était pas certain de la réponse à donner.

— J'ignore si je peux garder la tête froide en sa présence

mais je prendrais une dizaine de balles pour elle. Est-ce que ça compte ?

Un sourire réticent se dessina sur les lèvres de Jesse.

— J'imagine que oui.

— Donc, je peux aller la voir ?

Jesse ne répondit pas, il continua d'observer attentivement Wade. Alors que le silence se prolongeait de façon intolérable, Wade se mit à s'agiter sur sa chaise.

— Oui ou non ? demanda-t-il.

— Fais ta valise. Tu prends tes fonctions comme garde du corps à la maison de Birmingham.

Avec un sourire, Wade se leva d'un bond et se dirigea vers la porte.

Annie somnola d'un sommeil agité, traversé de rêves sombres et étranges de captivité et de poursuite. Par moments, elle gravissait en courant un nombre interminable de marches, les ténèbres et la mort sur ses talons, sans rien d'autre que l'infini au-dessus d'elle, à perte de vue. Et à d'autres, elle se retrouvait de nouveau dans le taudis froid et humide où ses ravisseurs l'avaient emprisonnée, bras et jambes enchaînés, un avenir sombre, sans espoir s'ouvrant devant elle. Et elle était toujours, irrévocablement seule.

Un bruit de voix à l'extérieur de sa chambre la réveilla pour de bon. Elle alla dans la salle de bains se rafraîchir le visage, s'efforçant de ne pas s'attarder sur l'expression hagarde que lui renvoyait le miroir. Tant pis pour la sieste réparatrice, songea-t-elle en grimaçant.

Elle aurait dû être heureuse. Ses parents étaient vivants et en bonne santé. Ils étaient de nouveaux réunis, en sécurité sous la surveillance attentive d'une demi-douzaine d'agents de sécurité spécialement entraînés. Elle avait de nombreuses raisons d'être soulagée.

Mais Wade n'est pas ici, murmura une petite voix dans

sa tête. Elle se sentait incomplète sans Wade à ses côtés. Quelque chose de vital lui faisait défaut, une part d'elle qui ne pouvait être remplacée. Ce qu'elle éprouvait était insensé, elle en avait conscience, surtout après quelques jours à peine d'intimité forcée.

Mais le seul fait que ce soit insensé ne signifiait pas pour autant que ce n'était pas réel.

Les voix se rapprochèrent. Une voix féminine qui lui parut familière… l'une des sœurs de Wade. Ce n'était pas celle d'Isabel ni de la rousse Megan. Celle de la cadette, peut-être. Comment s'appelait-elle… Shannon ?

Une voix plus grave répondit à Shannon, juste devant la porte d'Annie. Il était question d'un journal.

Le journal du général Ross ?

Elle entendit un coup léger frappé à l'une des portes voisines puis la voix râpeuse de son père qui accueillait les nouveaux arrivants. Ensuite les voix s'évanouirent, laissant de nouveau le couloir silencieux.

Elle se rassit sur le matelas, s'appuyant contre la tête de lit. Devrait-elle tenter de découvrir ce que Shannon Cooper et son ami à la voix grave voulaient à son père ? A l'évidence, cela avait un rapport avec le journal du général Ross et comme elle connaissait la partie du code de son père aussi bien que lui…

Un coup frappé cette fois à la porte de sa chambre la fit sursauter. Elle rajusta ses vêtements et répondit :

— Entrez.

Elle s'était attendue à voir Troy ou l'un des autres gardes du corps entrer dans la chambre. A voir n'importe qui sauf Wade Cooper.

Elle le fixa pendant un moment, se demandant si elle s'était rendormie et si elle avait recommencé à rêver.

— Wade ?

Il lui sourit.

— J'avais promis de te faire savoir que je m'en serais sorti sain et sauf. Alors voilà, je m'en suis sorti sain et sauf.

Aucun mot ne put franchir ses lèvres. Auparavant, quand elle avait pensé ne jamais le revoir, tout ce qu'elle aurait voulu lui dire s'était bousculé dans son esprit.

Mais, à présent qu'il se tenait devant elle, son cerveau tournait à vide.

— En fin de compte, les méchants ont battu en retraite avant que nous puissions les rejoindre, poursuivit-il avec un léger sourire, en s'approchant lentement du lit.

Il s'assit sur le bord, assez près pour la toucher. Mais aucun d'eux n'esquissa un geste en direction de l'autre.

— Je l'ai entendu dire, répondit-elle d'une voix atone.

— Tu as réussi à dormir ?

— Pas vraiment, reconnut-elle.

Elle mourait d'envie de toucher son visage, d'effacer les rides que l'inquiétude dessinait sur son front.

— Tu sembles fatigué.

— J'avoue que je ferais bien un petit somme, admit-il. Au fait, je suis très heureux que tu aies retrouvé ton père et ta mère. Ton bonheur est complet désormais.

— Bien sûr, acquiesça-t-elle, affichant un sourire forcé.

Le front de Wade se creusa.

— Un problème ?

— Seulement quelques mauvais rêves, lui répondit-elle, frustrée par le fait qu'il garde ses mains sagement sur ses genoux.

Essayait-il de prendre ses distances par rapport à elle ? Etait-ce sa manière de lui signifier que l'interlude était terminé ?

Elle força sa voix à franchir le barrage de sa gorge nouée.

— Tu as fait la route jusqu'ici uniquement pour me dire que tu allais bien ?

— Je te l'avais promis, lui rappela-t-il en souriant.

— Quand dois-tu repartir ?

— Eh bien, voilà l'autre raison de ma présence ici.

Son sourire s'élargit.

— J'ai été désigné comme ton garde du corps.

— Pour combien de temps ? demanda-t-elle, envahie d'une joie intense.

— Aussi longtemps que tu resteras ici. Si cela te convient.

— J'en serai enchantée, dit-elle sobrement pour ne pas dévoiler ses sentiments.

Enfin, il s'avança, prenant son visage entre ses mains.

— J'espérais t'entendre dire cela.

Elle eut alors l'impression qu'une digue se rompait en elle. Des larmes trop longtemps contenues affluèrent à ses paupières et elle cligna des yeux pour les empêcher de couler.

— J'ai eu tellement peur de ne plus jamais te revoir, dit-elle, d'une voix tremblante.

De son pouce, il lui caressa légèrement la lèvre inférieure.

— Je sais que tout cela est arrivé tellement vite. Trop vite…

— Tout ce que je sais, c'est que je ne suis pas prête à te laisser sortir de ma vie, coupa-t-elle sur un ton plus ferme, l'expression des yeux de Wade lui redonnant confiance. Et toi, es-tu prêt à sortir de ma vie ?

Il secoua la tête.

— Non, pas du tout. C'est seulement que… c'est si rapide. Il y a une semaine, nous ne nous connaissions même pas.

— Je sais que c'est rapide. Et probablement insensé.

Elle posa ses mains sur sa poitrine, heureuse de sentir que son cœur se mettait à battre plus vite sous ses doigts.

— Mais je n'ai jamais rien ressenti de tel. Pour aucun autre homme. Et je ne pense pas que je puisse choisir d'ignorer mes sentiments. Ils n'obéissent pas à une quelconque règle arbitraire déterminant le temps supposé nécessaire pour fonder un attachement durable.

— Rebelle, murmura-t-il avec un sourire.

— Je ne le suis pas, tu le sais.

Elle appuya sa joue contre son torse, apaisée par le rythme régulier de sa respiration.

— Je suis en général très prudente pour ce genre de choses.

— Je veux seulement que tu n'aies pas à regretter d'avoir pris une décision hâtive.

Elle leva les yeux vers son visage à l'expression grave.

— Qui sait combien de temps tu vas nous protéger ma famille et moi ? Cela nous laissera certainement le temps d'être convaincus que c'est ce que nous voulons réellement. Comment trouves-tu la logique de ce raisonnement ?

Il glissa ses doigts dans sa chevelure.

— Je dois dire qu'elle me convient assez.

Elle pressa ses lèvres contre les siennes, tout en l'attirant contre elle. Il lui rendit son baiser avec une lenteur et une douceur exquises qui la laissèrent prise de vertiges et les jambes tremblantes. Puis il noua étroitement les bras autour de sa taille, plaquant son corps consentant contre le sien jusqu'à ce qu'elle ait l'impression de se fondre en lui.

Un coup frappé à la porte les interrompit à l'instant précis où il l'allongeait près de lui sur le lit. Il poussa un gémissement guttural.

— Bon sang.

— Wade ?

C'était Troy Cooper.

Wade se releva et se dirigea vers la porte.

— Oui ?

— Jesse te demande au téléphone.

Il adressa à Annie un regard empreint de regret.

— Vas-y. Nous avons le temps, dit-elle en souriant.

Il lui retourna son sourire et se glissa dans le couloir.

Annie s'adossa de nouveau aux oreillers, le cœur en joie. Elle songea combien son changement d'humeur avait été radicalement stupéfiant depuis que Wade Cooper était revenu dans sa vie. Elle lui avait dit qu'ils avaient le temps.

Mais elle comprit, tandis qu'elle l'attendait avec impatience, qu'elle n'avait pas besoin de davantage de temps.

Wade Cooper était fait pour elle. Et elle attendrait le temps qu'il faudrait pour le convaincre qu'elle était faite pour lui.

Elle espéra seulement que cela ne lui prendrait pas trop longtemps pour arriver à cette conclusion.

Wade se glissa dans la chambre sans frapper et trouva Annie les yeux fixés au plafond, un sourire léger sur les lèvres. Elle tourna la tête en l'entendant entrer, son sourire s'agrandissant et illuminant son visage.

— Tout va bien ?

— Jusqu'ici ça va, lui répondit-il, se remémorant le message laconique de Jesse au téléphone. Jesse a fait quelques recherches sur ce groupe dont tu nous as parlé… le Groupe Espera.

— Ah oui ?

Elle se redressa en position assise, la curiosité tempérant son plaisir.

— A-t-il de nouvelles informations ?

— Peut-être. Apparemment ils seraient actuellement à l'origine d'importantes pressions exercées sur le Congrès pour l'amener à signer un traité qui limiterait la capacité des nations productrices de pétrole à monopoliser le marché. A la manière dont elle est formulée, leur proposition paraît plutôt tentante : équité, indépendance énergétique et tout le reste.

— Mais cela revient seulement à transférer les commandes à une autre puissance, commenta Annie d'un air sombre. Les lobbyistes ont-ils obtenu les votes ?

— Pas encore. Mais le Groupe Espera semble avoir un contact qui tire les ficelles de l'intérieur. Seulement, pour l'instant, nous ne savons pas qui il est.

— L'architecte, murmura-t-elle.

Il inclina la tête sur le côté.

— Ah oui ?

— Oui. Et cela ne présage rien de bon.

— En effet, Jesse te rejoint sur ce point… Les desseins du Groupe Espera sont trop nébuleux pour rien présager de bon. Et si ton père et les deux autres généraux ont vu juste à propos du complot…

— C'est certain.

L'expression d'Annie s'assombrit.

— Mais nous devons d'abord le prouver.

— Eh bien, nous avons le journal et, apparemment, Shannon et Gideon ont déjà l'accord de ton père pour les aider à le décoder. D'après ses dires, chacun des généraux gardait secrets certains éléments de façon à ce qu'aucun d'entre eux ne puisse tout révéler. Nous devons donc absolument mettre la main sur la partie du code du général Ross.

— Et sur celle du général Marsh, ajouta Annie.

— En effet, acquiesça Wade, se rappelant les dernières paroles de son frère. Jesse a son idée sur la façon d'y réussir.

— Il faut empêcher le Groupe Espera de parvenir à ses fins.

Wade prit les mains d'Annie dans les siennes.

— Nous les en empêcherons.

Elle embrassa ses doigts, levant vers lui un visage souriant.

— Tu m'as manqué.

Il lui rendit son sourire.

— Je me suis absenté à peine cinq minutes.

Elle haussa les épaules.

— C'était déjà trop.

Il s'installa sur le lit à côté d'elle, l'attirant entre ses bras. Elle posa sa joue contre son torse, triturant son T-shirt.

— Tu finiras par être lassée de ma présence avant que tout ceci ne soit fini.

— Ne crois pas ça.

Ses paroles s'accompagnèrent d'un long bâillement.

— Tu devrais encore dormir un peu, lui suggéra-t-il.

Elle frotta sa joue contre sa potrine.

— Resteras-tu ici avec moi ?

— Bien sûr.

Il l'enlaça plus étroitement, lui caressant la joue jusqu'à ce que ses paupières se ferment et que sa respiration devienne lente et régulière. Il l'embrassa alors sur le front.

— Désormais je suis tout à toi, ma chérie.

Dans son sommeil, Annie esquissa un sourire.

Le 1er décembre

Black Rose n°27

En proie au doute - Alice Sharpe

Série *Trois frères, trois destins 3/3*

Tel est pris qui croyait prendre...

Cole est désemparé. En séduisant la jolie Skylar Pope, il n'avait qu'u objectif : approcher l'oncle de la jeune femme, un criminel dont il est la recherche depuis des mois. Pas un seul instant il n'avait imaginé qu' tomberait amoureux d'elle ! Mais Skylar, en plus d'être d'une beauté couper le souffle, est terriblement attachante... Charmé malgré lui, se sentant désormais en devoir de lui apprendre la vérité sur cet onc qu'elle pense intègre, Cole se retrouve bientôt confronté à un cru dilemme. Doit-il continuer à mentir à Skylar, ou lui révéler qu'il l' manipulée... au risque de la perdre ?

Une troublante enquête - Julie Miller

Annie ne décolère pas : on l'envoie, un 31 décembre, enquêter sur u meurtre aux côtés de Nick Fensom ? Ce macho de la pire espèce a intér à prendre son avis en compte, sinon elle exigera un autre coéquipier ! U fois sur place, pourtant, elle est surprise de constater que Nick se mont extrêmement prévenant à son égard. Et comprend bientôt pourquoi : tueur en série qui terrorise les femmes de Kansas City vient à nouve de frapper, et Nick lui apprend qu'il veut se servir d'elle comme appât Décontenancée, mais résolue à prouver à Nick qu'elle est un aussi bon f que lui, Annie accepte de relever le défi...

Black Rose n°28

Une vie en jeu - Charlotte Douglas

Qui est vraiment Trace Gallagher ? Depuis que ce mystérieux incon s'est présenté chez elle en prétendant être un ami de Ryan, son fian tragiquement disparu cinq ans plus tôt, Catherine est bouleversé bien qu'ayant des traits différents de ceux de Ryan, il lui ressemb de façon troublante. Et puis, surtout, il fait renaître en elle d sentiments qu'elle pensait ne plus jamais pouvoir éprouver... Malg tout, Catherine décide de se méfier. Car Trace reste étrangeme énigmatique sur son passé et les raisons de sa présence dans Montana. Comme s'il cachait de sombres secrets... Résolue à en av le cœur net, Catherine se met à enquêter sur lui : il y va de sa sécuri mais aussi et avant tout de celle de Megan, sa fille de quatre ans...

Une précieuse protection - Anna Perrin

Venez avec moi. J'ai été chargé de vous protéger.

Lorsque l'agent du FBI Brent Young lui apprend qu'un dangereux crimi qu'elle a fait interner en hôpital psychiatrique deux ans plus tôt vient s'évader, le Dr Claire Lamont sent la peur la gagner. Ce fou ne lui a- pas en effet promis qu'un jour, il la retrouverait et la tuerait ? Aussi n'a elle d'autre choix que de suivre Brent dans le chalet perdu en pleine fo où il a décidé de la cacher. Même si son séjour aux côtés de cet hom qui éprouve visiblement le plus grand mépris pour la psychologie et praticiens risque de s'avérer des plus désagréables...

L'île du danger - Jill Sorenson

Accoudée au bastingage du ferry, Daniela l'aperçoit soudain : le vieux phare des îles Farallon vient d'apparaître. Elle est arrivée, enfin. Ici, parmi les scientifiques qui, comme elle, étudient les animaux marins, elle va tenter d'oublier ses problèmes... Pourtant, quand ses nouveaux collègues viennent l'accueillir, c'est le choc : Sean, son ex-mari, se trouve parmi eux. Bouleversée, Daniela sait cependant qu'elle devra s'accommoder de sa présence. Mais elle est loin d'être au bout de ses surprises. Car bientôt, Sean lui révèle que d'étranges événements sont survenus sur l'île, et qu'il se pourrait que quelqu'un, au sein de l'équipe, soit un assassin...

J'ai tant besoin de toi - Rita Herron

En voyant Julie Whitehead, son amour d'adolescence, s'avancer vers lui, Brody retient son souffle. Julie est encore plus belle que dans son souvenir... Mais pourquoi est-elle venue le trouver, alors qu' elle lui a juré autrefois qu'elle ne voudrait plus jamais le revoir ? Elle est devenue agent du FBI, lui explique-t-elle, et elle a besoin de sa coopération. Car elle a découvert au cours d'une enquête que Will – le jeune frère de Brody qui a été enlevé, sept ans plus tôt – pourrait bien être toujours vivant...

Black Rose Hors série

Un mystérieux étranger - Amanda Stevens

Impossible. En croisant le regard brun – si familier – de l'homme qui vient de frapper à sa porte, Jessica est sous le choc : il s'agit bien de Pierce, son mari, qui a disparu cinq ans plus tôt sans explication. Pierce, dont elle était alors enceinte... Aujourd'hui, tandis qu'il affirme n'avoir aucun souvenir de ce qui lui est arrivé pendant son absence, Jessica comprend qu'elle va devoir remonter le fil du passé. Et découvrir ce qui lui est arrivé durant ces cinq longues années...

A la place d'une autre - Debra Webb

Le jour où, sans être vue, elle assiste au meurtre d'Ann, sa meilleure amie, Kelly est terrifiée. Car elle comprend immédiatement que ce n'est pas Ann, mais bien *elle* qui était visée, et qu'elles ont été confondues. Persuadée que les tueurs vont très vite s'apercevoir de leur erreur, Kelly décide de se faire passer pour Ann. Et remet son sort entre les mains de Trent Tucker, un privé qui prétend être le seul à pouvoir la protéger...

Le miroir du passé- Marilyn Pappano

Jake Norris, le célèbre écrivain réputé pour tirer ses romans d'histoires vraies, est en ville? Kylie est intriguée. Mais sa curiosité fait place à de l'étonnement quand Jake demande à la rencontrer. D'abord flattée, puis séduite malgré elle par son charme, Kylie ne tarde pas à déchanter. Car Jake lui révèle bientôt qu'il enquête sur un double meurtre commis vingt ans plus tôt, et soupçonne son père, juge au moment des faits, d'avoir volontairement fait condamner un innocent pour servir ses intérêts...

A paraître le 1er novembre

Best-Sellers n°585 • suspense

Jamais je ne t'abandonnerai - Antoinette Van Heugten

Son enfant est innocent. Elle le sait comme seule une mère peut en avoir la certitude. Pour défendre Max, elle aura tous les courages.

Que se passe-t-il ? Danielle Parkman ne reconnait plus son fils. Plus du tout. Pourtant, elle n'imagine pas un instant que la terrible maladie dont Max souffre ait pu transformer le petit garçon tendre et attentionné qu'il était en adolescent au comportement inquiétant. Certes, l'autisme est un mal étrange mais, quoiqu'en disent les médecins, elle seule connaît le cœur de son enfant. Et elle a confiance en lui.

Jusqu'au jour où Max est accusé du meurtre d'un patient hospitalisé dans le même établissement que lui. Sous le choc, Danielle est aussitôt assaillie par un terrible doute : se pourrait-il qu'elle se soit trompée ? Non, c'est impossible. Max n'a fait de mal à personne. Par chance, l'avocat Tony Sevillas, le seul qui semble la croire, fait tout pour défendre sa cause : avec lui, Danielle est prête à braver la peur et le doute pour que la vérité triomphe. Et jamais, jamais, elle n'abandonnera Max.

Best-Sellers n°586 • suspense

L'inconnu de Home Valley - Karen Harper

Une famille à chérir, un champ de lavande à cultiver, et la prière pour la guider. Ella connaît son bonheur de vivre auprès des siens, dans la paisible communauté amish de Home Valley, Ohio. Aussi est-ce avec une certaine inquiétude qu'elle voit arriver chez elle un *ausländer*, un étranger que ses parents ont accepté d'héberger à la demande du FBI. Cible de dangereux criminels contre lesquels il va témoigner, Andrew devra vivre caché sous l'identité d'un amish jusqu'au jour du procès.

Face à cette intrusion dans son univers, Ella se sent perdue. Car si elle est prête à aider Andrew, elle pressent aussi que ce dernier représente une menace pour sa communauté. Pour sa communauté, et pour son cœur, si elle en croit le trouble qui s'empare d'elle chaque fois qu'elle pose les yeux sur lui. Une crainte qui ne fait que se confirmer, lorsque la violence fait soudain irruption dans la vallée, la contraignant à fuir en compagnie du seul homme qu'il lui est interdit d'aimer…

Best-Sellers n°587 • thriller

Le couvent des ombres - Lisa Jackson

La cathédrale de La Nouvelle-Orléans… Au pied de l'autel gît le corps sans vie d'une jeune novice vêtue d'une robe de mariée jaunie. Autour de son cou, un collier de perles écarlates…

Camille, sa petite sœur adorée, est morte. Si seulement Valerie avait pu convaincre sa cadette de quitter ce couvent austère et angoissant, Camille serait vivante aujourd'hui !

Bouleversée, révoltée par ce meurtre, Valerie Renard, une ex-policière, décide de mener sa propre enquête, parallèlement à celle de Rick Bentz et Ruben Montoya, les inspecteurs chargés de l'affaire. Car Valerie le sait : le couvent Sainte-Marguerite n'est pas la paisible retraite que tout le monde imagine, et tous ceux qui y résident, du séduisant père Frank O'Toole à la sévère mère supérieure, semblent avoir quelque chose à cacher. Camille elle-même avait une vie secrète, des zones d'ombre que Valerie ne soupçonnait pas.

Une découverte qui pourrait faire d'elle, si elle découvrait la vérité, la prochaine proie du tueur.

Best-Sellers n°588 • roman

Retour au lac des Saules - Susan Wiggs

A présent que sa fille a quitté la maison, Nina Romano s'apprête à réaliser son rêve de toujours : racheter et rouvrir l'auberge du lac des Saules. Aussi est-elle furieuse d'apprendre que le domaine vient d'être vendu à Greg Bellamy, qu'adolescente elle aimait en secret. En secret, car Greg, le fils de riches propriétaires de la région, était d'un autre monde que le sien. Inaccessible et hautain, il l'avait fait souffrir, et à présent, de retour après un divorce mouvementé, il parvenait encore à lui voler sa part de bonheur…

Pourtant, quand il lui propose de s'associer avec lui, Nina hésite, déchirée entre sa méfiance envers ce rival déloyal, et son attirance pour un Greg encore plus séduisant qu'autrefois…

Best-Sellers n°589 • roman

Le parfum du thé glacé - Emilie Richards

Alors qu'une tempête menace les rivages coralliens de la presqu'île de Happiness Key, cinq femmes vont mettre à l'épreuve leur amitié et, en chemin, découvrir l'amour.

La vie amoureuse de Tracy Deloche, ancienne jet-setteuse, traverse une sérieuse zone de turbulences… Mais heureusement pour elle, elle a le soutien complice de quatre de ses amies, qui louent les petits pavillons qu'elle possède en bord de mer. Il y a la pétulante Wanda, toujours prête à rire, qui régale tout le monde de ses pâtisseries décadentes. Mais aussi Janya, la jeune et superbe Indienne qui, malgré un mariage arrangé compliqué, rêve de devenir mère. Ainsi qu'Alice, la courageuse Alice, qui élève seule sa petite-fille bientôt adolescente. Sans oublier Maggie, l'ex-policière et discrète fille de Wanda, dont la vie sentimentale chaotique n'a rien à envier à celle de Tracy.

Et tandis qu'histoires d'amour et de famille s'enchevêtrent avec tumulte, une tempête tropicale se prépare, rabattant en rafales secrets et surprises vers les rives de Happiness Key. Pour les cinq amies, c'est l'occasion de découvrir qu'elles ont plus que jamais besoin les unes des autres…

Best-Sellers n°590 • roman

Coup de foudre à Icicle Falls - Sheila Roberts

Avec consternation, Samantha découvre que la chocolaterie familiale, installée à Icicle Falls depuis des générations, est au bord de la faillite : la gestion fantaisiste et les dépenses mirobolantes du précédent directeur ont eu raison des finances de l'entreprise à laquelle elle est passionnément attachée. Pour l'aider à redresser la situation, Samantha ne peut guère compter sur ses deux sœurs, certes aimantes mais totalement incompétentes en la matière, ni sur sa mère, incapable d'accepter la réalité. Aussi n'a-t-elle qu'un seul espoir : convaincre le directeur de la banque de la soutenir. Sauf que le directeur en question, Blake Preston, est un arrogant play-boy totalement insensible. Et bien trop beau pour se donner la peine d'aider une jeune femme comme elle…

Best-Sellers n°591 • historique

Les secrets d'une lady - Nicola Cornick

Londres, novembre 1814.

Lady Merryn Fenner mène une double vie. Aux yeux de tous, elle est une lady comme les autres, une femme délicate et raffinée qui fréquente les salons et les salles de bal. Qui pourrait croire que sous ses dehors fragiles se cache une femme bien différente qui ne craint pas de travailler en sous-main pour le détective Tom Bradshaw, un homme au passé louche ? Ce travail, elle ne l'a accepté que pour une seule raison : trouver les preuves qu'elle cherche. Douze ans plus tôt, en effet, son frère a été tué en duel par Garrick Farne, un homme qu'elle aimait en secret. Or, elle a aujourd'hui toutes les raisons de croire qu'il s'agissait en réalité d'un assassinat. Un crime qu'elle veut absolument voir puni.

Best-Sellers n°592 • historique

Le clan des MacGregor - Nora Roberts

Glenroe, Ecosse, 1745.

Dix ans se sont écoulés depuis que, par une nuit glacée, Serena a vu les soldats anglais faire irruption dans le fief des MacGregor à la recherche de Ian MacGregor, son père, injustement accusé de meurtre. Dix ans qui n'ont rien effacé de la terreur qu'elle a éprouvée alors, et de l'horrible humiliation subie par Fiona, sa mère, violée par un officier lâche et cruel. Lors de cette nuit tragique, Serena est devenue une autre : la petite fille douce et innocente qu'elle était a brusquement connu la haine et la soif de vengeance, et s'est juré de ne jamais pardonner…

Depuis dix ans, pas un Anglais n'a franchi le seuil du manoir familial. Aussi est-ce avec une hostilité farouche que, sur ordre de son père, Serena accueille Brigham Langston, le fier et impétueux comte d'Ashburn, à qui son frère aîné doit la vie. Un aristocrate anglais qu'elle considère comme son pire ennemi, mais qui va la contraindre à un impossible choix…

Composé et édité par les
éditions HARLEQUIN
Achevé d'imprimer en Italie (Milan)
par Rotolito Lombarda
en octobte 2013

Dépôt légal en novembre 2013